Texto de acordo com as normas do novo acordo ortográfico da língua portuguesa (Decreto Legislativo Nº54 de 1995).

Editora – Catia Mourão
Capa – Joice Dias
Diagramação – Catia Mourão
Ilustração – Jaque Summer Design
Revisão – Halice FRS

CIP-BRASIL. CATALOGAÇÃO NA PUBLICAÇÃO
SINDICATO NACIONAL DOS EDITORES DE LIVROS, RJ

L746p

Lis
O primeiro amor / Lis. - 1. ed. - Rio de Janeiro : Ler, 2023.
328 p. ; 16 cm. (Trilogia opostos ; 2)

ISBN 978-65-86154-97-9

1. Romance brasileiro. I. Título. II. Série.

23-84956 CDD: 869.3
CDU: 82-93(81)

Gabriela Faray Ferreira Lopes - Bibliotecária - CRB-7/6643
11/07/2023 14/07/2023

Foi feito o depósito legal.
Direitos de edição:

Ler Editorial

O PRIMEIRO Amor

TRILOGIA OPOSTOS

LIVRO 2

LIS

1ª edição
Rio de Janeiro – Brasil

SUMÁRIO

MIRE A CÂMERA DO SEU CELULAR PARA O QR CODE

E LEIA ESTE LIVRO ESCUTANDO A PLAYLIST.

AVISO IMPORTANTE

Este livro contém cenas de gatilho como: abuso sexual, abuso psicológico, abuso psicológico e físico, infantil e aborto

CARTA AO LEITOR

As mulheres sofrem diversos tipos de violência, seja ela física ou verbal. Estima-se que a cada onze minutos ocorre um estupro e segundo a ONU a cada 10 mulheres, ao menos 7 já foram abusadas.

Se você que chegou até aqui e já foi abusada, não se sinta oprimida em denunciar, ninguém deveria passar por isso, saiba que você nunca estará só, você não foi culpada, o único culpado foi o acusador. Não importa a roupa que você usava ou o quanto você bebeu, você é uma vítima.

O crime de estupro está previsto no Título, VI, Capítulo, I, artigo 213 do Decreto lei no 2848/40 (Código Penal Brasileiro), com redação determinada pela Lei 12.015/09:Artigo 213: "constranger alguém, mediante violência ou grave ameaça, a ter conjunção carnal ou a praticar ou permitir que com ela se pratique outro ato libidinoso".

A Central de Atendimento à Mulher - Ligue 180 é um serviço público e gratuito do governo federal que orienta as mulheres sobre seus direitos e sobre a legislação vigente, informando sobre os serviços existentes e encaminhando denúncias para outros órgãos.

PRÓLOGO

Ayla

Saio do banheiro enrolada na toalha e me deparo com Cecília deitada na minha cama.

— Bom dia, Aylinha!

Ela está animada e eu semicerro os olhos em sua direção, procurando algo que indique de onde veio essa alegria.

— Boa tarde já, Ceci! — Ela mostra a língua e eu rio.

Entro no closet e visto um conjunto branco de lingerie, escolho uma saia preta que vai até o meio da minha coxa e uma camiseta branca, visto e faço um nó na camiseta deixando um pedaço da minha barriga à mostra.

Volto para o quarto e a loira ainda está em minha cama, mexendo no celular.

— O que você está querendo, Cecília? — pergunto enquanto penteio meu cabelo.

— Rebeca e Theo chegaram, estão lá na sala e eu vim avisar. Já estou indo para o hospital.

— Rebeca está querendo ir para o shopping...

— E Theo não quer deixar. — Ela ri completando o que eu ia falar — Eles estão discutindo isso desde que chegaram. Mas você sabe, não é...

— Theo não tem nem chances contra Rebeca.

Trocamos olhares pelo espelho e gargalhamos. A diabinha da minha amiga tem seu marido aos seus pés e sabe disso.

Depois de passar um gloss e pegar minha bolsa, desço para a sala encontrando os dois em pé um de frente para o outro, encarando-se como se fossem se pegar a qualquer momento.

— Eu estou grávida, meu filho. Não estou doente, não. — Rebeca argumenta e eu seguro o riso da cara de desgosto que seu marido faz.

— Diaba, seja boazinha, Juliana está para nascer a qualquer momento. Já pensou se você entra em trabalho de parto no meio do shopping?

Theodoro está com uma cara que parece que é ele quem vai dar à luz a qualquer momento. Eu fico olhando para os dois como se tivesse um jogo de tênis.

— Você se esqueceu de que eu sou obstetra e Ayla, pediatra? — Ergue uma sobrancelha questionadora para ele, mas se aproxima e alisa seu peito por cima da camisa; de repente, sua voz vindo suave e calma. — É só um passeio, príncipe. Você pode vir com a gente se for se sentir mais tranquilo.

Eu consegui ver o exato momento em que Rebeca ganhou a discussão e Theo decidiu que cederia à sua vontade. É engraçado ver o poder que ela tem sobre ele.

Ele sai marchando em direção a porta e ela vira o rosto para mim, lançando-me uma piscada e eu rio dela.

— Você é terrível, furacão.

Ela pega sua bolsa e saímos atrás de um Theo contrariado e revoltado por ceder tão fácil.

— Eu não posso fazer nada se ele não resiste ao meu charme. — Joga os cabelos por cima dos ombros e faz uma careta convencida, nós duas acabamos gargalhando.

Ela se acomoda no banco do carona e eu na parte de trás. Theo olha de soslaio para sua esposa e tenta disfarçar um sorriso, balanço a cabeça sorrindo para eles. Acho lindo demais a adoração que ele tem por ela.

Rebeca coloca uma música e *Photograph,* de Ed Sheeran, começa a tocar baixinho. O carro entra em movimento e fico observando o trânsito caótico, duas fileiras quilométricas de carros estão a nossa frente, mas isso não faz perder a beleza majestosa da cidade. Pelo contrário, deixa-a ainda mais linda. O som dos carros, as conversas do lado de fora, tudo isso me faz sentir ainda mais em casa. O silêncio nunca foi algo agradável para mim, sempre odiei a sensação de vazio que ele me traz.

Já faz um tempo que moro aqui, mas nunca me acostumo ao quanto essa cidade é linda.

Meu celular vibra com uma mensagem.

Gabe: *Princesa, podemos nos ver hoje? Estou com saudades.*

Ayla: *Oi, estou indo para o shopping com Rebeca e Theo. Posso ir para sua casa fazer uma janta para nós, assim que eu sair de lá.*

Mas antes que eu possa ver se tem alguma resposta, Rebeca me chama:

— Ayla...

— Hum?

— Minha bolsa estourou.

— A sua bol... — Theo começa a falar, mas quando a ficha cai, ele arregala os olhos para ela e ela dá um sorriso fraco para ele. — Porra! E agora? Eu falei, Rebeca! Você não me escuta... — Ele começa a falar, desesperado, e eu coloco a mão em seu ombro.

— Theo, respira, ok? Vamos para o hospital e de lá eu ligo para Cecília passar na sua casa pegar as coisas das duas.

— Com esse trânsito vai ser difícil chegar ao hospital rápido.

— Príncipe, olha para mim. — Os dois se encaram e ela sorri para ele, tentando acalmá-lo. — Nós temos tempo, ok? Não precisa se desesperar

Eles não desviam o olhar por nem um segundo, enquanto vamos conversando e eu não sei a quem estamos tentando acalmar.

Olho no meu celular e percebo que já passou vinte minutos desde que a bolsa estourou, a respiração da Rebeca está ficando acelerada, em alguns momentos percebo ela se mexendo desconfortável no banco. Seus dedos entrelaçados nos de Theo.

— Eu vou descer para ver o que aconteceu lá na frente, porque estamos parados aqui já tem mais de vinte minutos e nem nos movemos — digo e desço do carro.

Fico na ponta dos pés tentando enxergar mais à frente, mas não consigo ver nada além da fila de carros. Ando um pouco, o sol esquentando minha pele descoberta. Prendo meu cabelo em um rabo de cavalo e continuo andando à procura de alguma forma que Theo consiga tirar o carro dali, mais alguns cinco minutos de caminhada e vejo um caminhão tombado no meio da avenida e isso me faz suspirar.

Ah, merda...

Vejo um policial e Aproximo-me dele, quando nota minha presença me olha de cima a baixo, deixando-me desconfortável e tensa. Sinto meu rosto esquentar e coloco meus braços para frente do meu corpo para esconder um pouco.

— Boa tarde! Precisa de alguma coisa?

— Olá, queria saber se tem alguma previsão de quando o trânsito voltará ao normal? Estou com um casal de amigos no carro e ela está grávida, a bolsa estourou já tem uns vinte minutos e nós precisamos ir para o hospital o quanto antes.

— Estamos aguardando para que venham tirar esse caminhão da estrada, já faz algum tempo. Eu acredito que logo seja liberado, senhorita.

— Não existe alguma forma de voltarmos com o carro para seguir outro caminho?

— Se a senhorita conseguir fazer com que todos os carros de trás saíam para passarem... — Seu tom de deboche me irrita, eu respiro fundo e dou as costas para ele, indo em direção ao carro.

Quando chego, Beca está suada e ofegante, o sorriso em seu rosto é de nervoso e em alguns momentos ela fecha os olhos com força.

Abro sua porta e abaixo ao lado dela, pegando sua mão e acariciando.

— Como estamos? — pergunto e sorrio para ela, tentando confortá-la.

Theo está nervoso. Sua perna direita não para de balançar, ele fica esticando a cabeça para fora de minuto em minuto.

— Estamos prontas para matar um. Por que essa porra não anda, Ayla?

Seguro o riso e a cara de choque do Theo é muito engraçada.

Percebo pessoas em volta do carro nos olhando. De repente, a respiração dela acelera.

— Eu falei com um policial, amiga, e ele disse que a qualquer momento pode ser liberado. Estão apenas esperando vir tirar o caminhão tombado que está bloqueando o trânsito.

— Oito minutos, Ayla... — Rebeca me olha, preocupada, e geme de dor. — Não vai dar para esperar...

Merda!

— Vem!

Eu a ajudo levantar do banco e assim que sai do carro ela se contrai com dor, abro a porta traseira e a ajudo a se deitar confortavelmente, olho para o lado e vejo Theo de olhos arregalados e com as mãos na cabeça.

— Theo, ligue para alguém que possa ir buscar as coisas das duas na sua casa e avise à médica dela o que está acontecendo. Diga que estou cuidando aqui e que ela fique preparada para chegarmos lá a qualquer momento.

Ele olha para Rebeca parecendo perdido e ela força um sorriso para ele. Pego o álcool que sempre carrego na bolsa e limpo minhas mãos. Olho para Rebeca e ela tem lágrimas rolando por seu rosto. Seu vestido está enrolado em sua cintura e ela retira sua calcinha.

— Ei, amiga! Sou eu ok? Vai dar tudo certo. — Ela assente, mas não me olha. — Beca, você é obstetra, amor, sabe que essas coisas podem acontecer. Juju não poderia escolher mãos melhores para nascer se não dá tia Ayla.

Pisco para ela, que sorri para mim.

Minhas mãos estão suando de nervoso pela situação, ser pediatra, cuidar de crianças foi coisa que eu sonhei para mim desde novinha, mas fazer um parto de emergência no meio do trânsito, onde não vou ter auxílio de ninguém e nem a higiene suficiente, não é algo que eu esperava.

Theo volta para o nosso lado e se senta no banco da frente segurando a mão da esposa, os dois trocam olhares e sorrisos. Eu olho ao redor, alguns curiosos olham para nossa direção, mas ninguém se aproxima. Estou ficando cada vez mais nervosa e o suor escorre na lateral do meu rosto.

Os gemidos de dor de Rebeca se intensificam e ela aperta o encosto do banco com tanta força que os nós de seus dedos ficam brancos.

— Nossa menininha está vindo, amor — Theo diz e a emoção em sua voz é quase palpável.

Rebeca sorri para ele enquanto lágrimas descem pelo seu rosto. Sinto a ansiedade tomar conta de mim, mas meus olhos estão presos nos dois, que se olham com muito amor.

— Está preparado, Príncipe? — pergunta, ofegante, e se possível o sorrio do homem se alarga.

— Estou mais que pronto, meu amor. Nossa princesa terá o mundo aos seus pés.

Sinto uma lágrima descer e a limpo rapidamente.

— Eu te amo!

— Eu também... — De repente ela grita e seu corpo se torce. — Argh! Isso dói.

Seu rosto está torcido de dor. Em momento algum Theodoro larga a mão dela.

— Só mais um pouco, Furacão — incentivo. — Está quase lá.

Ela me olha sorrindo e seus olhos brilham com as lágrimas, mas também com amor.

Depois de quase trinta minutos conversando com ela, mandando-a respirar fundo e fazer força, vejo a cabeça de Juliana e um sorriso se abre em meus lábios.

— Vamos lá, amiga, já está quase... — digo, emocionada. Olho para Theo. — Dê-me sua camiseta, rápido.

Ele nem questiona, torce-se para conseguir tirar a camiseta e me entrega.

Assim que a cabeça sai, eu seguro e depois de Beca forçar mais um pouco são os ombros e logo Juliana está em meu colo. Rebeca soluça alto.

Como os bebês nascem com muito e líquido amniótico eu afago de cima para baixo seu narizinho par conferir sua respiração e rapidamente ela chora. Eu olho para os pais que estão chorando com ela e coloco a menina no peito de Rebeca, que prende seus olhos na pequena enrolada na camiseta do pai. O sorriso dela não poderia ser mais lindo, ela brilha lindamente.

— Ela é tão pequenininha, Diaba. — Theo se ajeita no banco para se aproximar delas e passa um dedo no rostinho da pequena. — Ela é linda. Linda demais.

O homem soluça e chora sem vergonha alguma. Ele beija a testa das duas e eu sorrio com a imagem, toda envolvida na cena mais linda que já presenciei.

Meu Deus, eu consegui!

Sento no asfalto, respirando fundo e choro com eles. Em momento algum desvio os olhos deles, mas deixo com que tenham seu momento. Depois de esperar um pouco e controlar o choro, volto para perto da Rebeca e sorrio para ela.

— Você conseguiu, amiga.

Ela me olha agradecida e meu coração salta com força dentro do peito. Eu amo tanto minhas amigas e poder fazer parte de um momento como esse na vida dela é muito importante para mim.

Estico-me um pouco e seguro sua mão, apertando-a.

— Obrigada, Aylinha!

— Escolha-me para madrinha e sua dívida fica paga. — Pisco para ela, que ri.

Depois de mais alguns minutos, percebo os carros se movimentando e aviso Theo. Entro no lado do passageiro após fechar a porta da Beca e vamos em direção ao hospital.

— Você pode ligar para Mike e pedir uma camiseta?

Rio dele e pego meu celular para fazer a ligação.

— Pelo amor de Deus, Dra. Anjinho. Cadê vocês?

— Mike, estamos chegando ao hospital. Theo precisa de uma camiseta.

— Eu tenho uma no carro. Estamos esperando vocês.

Chegamos ao hospital em menos de cinco minutos. Rebeca é levada para dentro pela sua médica e algumas enfermeiras, Theo pega a camiseta com Mike, que estava à porta esperando por nós junto de Matteo e Cecília.

Sorrio para eles e sigo atrás de Beca e Theo. Passo na minha sala e pego meu jaleco, saio correndo em direção à sala de parto em que deixaram Rebeca e chego no momento que a médica está cortando o cordão umbilical. Entro e Aproximo-me dela, que sorri olhando para Juliana em seu colo.

— Ela é linda!

— Ela é mesmo, furacão, e muito forte. Deixe-me examiná-la? — pergunto e quando ela me entrega a pequena, faço exames rotineiros em recém-nascidos.

Quando estou quase terminando, percebo a doutora levar Rebeca para o quarto e assim que finalizo eu a limpo e enrolo na manta rosa. Sigo para o quarto, quando entro todos estão em volta de Rebeca e assim que notam minha presença sorriem para nós duas.

Olho para todos, mas quando passo meus olhos por Matteo ele tem um brilho diferente, seu sorriso é de lado e sua cabeça está inclinada em direção ao ombro. Seu olhar vagueia entre meu rosto e Juliana em meu colo. Sorrio sem graça para ele e Aproximo-me, entregando-a para Theo que desde que se acalmou não parou de sorrir.

Dou um beijo na bochecha de Rebeca ela me agradece.

— Obrigada por tudo hoje, Ayla. Você foi maravilhosa!

— Eu achei que fosse infartar a qualquer momento, mas deu certo, isso que importa. — Rimos e olhamos para Cecília que está brigando com Juliana por não esperar que ela estivesse por perto para nascer. — Vou para minha sala rapidinho me limpar e volto já, ok?

Ela assente e eu saio de mansinho, tentando não chamar a atenção. Ao chegar à minha sala, tiro o jaleco e pego uma blusinha preta de mangas finas que sempre deixo por aqui. Vou para o banheiro e lavo minhas mãos e braços, troco a blusinha e ouço um barulho à porta. Imagino que seja Gabe, alguém deve ter falado para ele que estou aqui.

— Já vou! — grito do banheiro e prendo meu cabelo em um coque bagunçado.

Abro a porta e quando meus olhos encontram o corpo grande no meio da minha sala me encarando com tanta intensidade, algo dentro de mim começa a inchar. É como um balão que vai me deixando sem ar e uma sensação diferente no estômago. Eu pisco lentamente para confirmar que não estou imaginando e meu rosto vai esquentando cada segundo mais.

— Vim ver como você está. — Continuo o olhando sem entender e ele passa o polegar em seu lábio inferior, costume que tem, antes de colocar as mãos no bolso. — Deve ter sido uma situação estressante para você também.

Forço a garganta para que a voz saia e não me movo conforme ele dá alguns passos até me alcançar.

— Eu estou bem... — Respiro fundo e me arrependo logo, o cheiro do seu perfume invade meu nariz e eu me lembro de como é bom estar em seus braços e sentir tão de perto esse cheiro. Pigarreio e dou um passo para trás. — Obrigada por perguntar!

Ele assente e olha para minha mesa, onde tem uma foto com as meninas, uma com meus pais e uma com Felipe. Ele se aproxima da mesa e segura a foto com meus pais.

— Você se parece com sua mãe.

— Papai diz que sou a cópia fiel, só não tive os olhos. — Dou de ombro

— Seus olhos são lindos.

Graças a Deus ele não levanta o olhar para mim. Meu rosto está pegando fogo e minha respiração falhando, troco o peso de uma perna para a outra e começo a mexer os dedos em um gesto nervoso.

Reparo que ele olha para os meus dedos de soslaio e encosta na mesa.

— Asher também mexe os dedos quando está nervoso. — Rio disso e me forço a parar. Ele se aproxima de mim de repente e eu prendo a respiração, sentindo-me completamente presa em seus olhos. — Você fica nervosa perto de mim?

Nego com a cabeça e ele solta uma risadinha, seus olhos descem rapidamente para os meus seios e eu mexo as pernas, nervosa com a atenção dele. Ele sobe o olhar novamente para os meus olhos e se demora um pouco na minha boca.

— Você parece nervosa.

— Não... Não estou. — Minha voz falha e respiro fundo.

Sua mão alcança meu rosto e seu polegar acaricia minha bochecha. Ele desce sua mão para o meu pescoço e aproxima sua boca da minha. Meus pulmões já não recebem mais ar.

— Sabia que você vive em meus sonhos?

Nego com a cabeça. *Aí meu Deus!*

Sinto como se mil borboletas batessem asas no meu estômago.

— Neles eu faço coisas com você que não faço acordado. Pelo menos não fiz ainda. Quer saber o que é?

Quero.

Mas a minha voz não sai, meu corpo não se mexe. Sinto-me totalmente enraizada no lugar e presa em seu olhar. E por isso ele deve ter percebido o que eu queria responder.

Sua boca roça na minha em uma carícia deliciosa.

— Eu adoro esse tom rosado que suas bochechas ficam sempre que eu a olho.

Não tenho nem tempo de pensar em algo, sua boca toma a minha com uma fome deliciosa. Sua língua acaricia a minha assim que dou passagem para dentro da minha boca. Ele tem um gosto de menta delicioso.

Ele me beija de um jeito que eu não fui beijada até hoje. Tomando tudo de mim.

Suas duas mãos seguram firme meu pescoço inclinando meu rosto para ele ter um acesso mais fácil e eu fico na ponta dos pés, levando uma das mãos para o seu braço e outra para seu cabelo macio.

Chupo sua língua e brinco com a mesma. Ele sorri entre o beijo e morde meu lábio inferior.

Eu me sinto queimar de dentro para fora. Minha calcinha tão molhada de uma forma que me incomoda. Seu membro está extremamente duro na minha barriga.

Ele me dá vários selinhos.

Ao fundo ouço a porta ser aberta e logo ele é arrancado de perto de mim, deixando-me completamente perdida e sem ação.

Gabe acerta um soco em sua boca que logo revida, jogando-o na parede. Matteo segura a gola da camisa dele e o encara de perto.

— Eu mandei você não chegar mais perto dela — Gabe diz com a voz carregada de raiva enquanto tenta se soltar.

— E eu falei que só saio quando ela pedir. Ela não pediu. — Matteo sorri e sua voz abaixa com um tom frio. — Sai do meu caminho, Gabe.

Ele solta Gabe e vai para a porta, olha para mim e pisca, saindo.

Gabe me olha, bufando, e seus olhos queimam de raiva.

— Que porra é essa, Ayla?

Eu o olho, ainda sem saber o que falar. Estou sentindo o gosto de Matteo ainda. Seguro um sorriso que ameaça aparecer e vou saindo quando ele segura meu braço com força.

— Eu não quero você perto dele.

— Gabe, estou indo ver minha sobrinha que acabou de nascer. Estou cansada. Nós nos vemos mais tarde.

— Para beijar Matteo você não está cansada não é.

— Ele me pegou de surpresa, não foi algo que planejamos. Se quiser, brigamos por causa disso mais tarde, agora não.

Dito isso me solta de seu aperto e sigo rumo aos meus amigos.

Sorrindo feito uma boba.

CAPÍTULO 1

Ayla

Estou saindo do estúdio de tatuagem e piercing, perguntando-me até agora, de onde foi que tirei coragem para vir até aqui e matar a vontade que eu tinha há um tempo.

Fiz minha primeira tatuagem, com minhas duas melhores amigas; Rebeca e Cecília. Decidimos fazer um triângulo, para simbolizar nossa amizade, lealdade e irmandade. Mas, há alguns dias, decidi que ia fazer uma borboleta na costela também e marquei de vir. Só que não estava preparada para sentir essa dor, já que da primeira vez, foi supertranquilo.

Em um ato de loucura, decidi que ia matar outra vontade e colocar dois piercings, um em cada seio, e puta que pariu, senti uma dor horrível, mas quando olhei no espelho, fiquei simplesmente encantada, quase me esquecendo da dor. Agora, sentindo o tecido da minha blusa roçar no local sensível, está um pouco difícil não me concentrar na dor.

Se meus pais souberem disso, provavelmente vão me matar de forma lenta, principalmente papai. A primeira tatuagem, já gerou uma briga imensa, parecia até que eu tinha cometido algum crime horrível.

Pego um táxi e sigo para minha casa. Chegando lá, pago o motorista e sigo para dentro.

— Cecília? — grito da porta, para saber se ela está em casa, mas não recebo uma resposta.

Olho para meu relógio e percebo que esse horário ela já deve estar no hospital.

Vou para o meu banheiro e coloco a banheira para encher. Enquanto enche, tiro minha roupa e aproveito para pegar meu celular. Vejo que tem mensagens, tanto das meninas, quanto de Gabe e Benício.

Gabe: *Oi, princesa, estou sentindo sua falta no hospital. Posso passar aí mais tarde?*

Beni: *Aylinha do meu coração, estou precisando MUITO beber! Vamos? Não me negue isso, mulher!*

Rio com a mensagem de Benício e o respondo primeiro.

Ayla: *Homem, hoje vou me encontrar com Gabe. Pode ser amanhã?*

Benício e eu nos aproximamos depois que ele foi ao hospital, levar seu sobrinho que estava doente. O homem tem uma beleza surreal. As enfermeiras e médicas do hospital faltam deitar no chão e rolar, para tentar chamar sua atenção sempre que ele aparece por lá.

Seus braços tatuados, estilo despojado e o rosto perfeitamente desenhado, com olhos azuis e lábios grossos rosados, que estão quase sempre esticados em um sorriso provocador, dão a ele um ar de menino rebelde e cafajeste.

Mas apesar de considerá-lo um dos homens mais lindos que já vi, nunca nos envolvemos fora do campo da amizade. Criamos um laço forte demais, para deixar que isso passe a ser outra coisa. Ele que me apresentou muita coisa aqui em Santa Mônica, mesmo às vezes tendo de me arrastar para os bares e baladas que ele gosta.

Entro na banheira com água quente e me afundo, sentindo um pouco de ardência tanto no local da tatuagem, quanto em meus peitos, e solto um gemido por isso. Lembro que tem uma mensagem de Gabe e o respondo logo, para poder tomar meu banho.

Ayla: *Oi, Gabe! Daqui a pouco vou ficar um instante com Rebeca, mas nos vemos depois. Posso ir para a sua casa.*

Gabe: *Ótimo, princesa. Eu a espero lá, então. Meu plantão já acabou.*

Suspiro ao ver sua mensagem chegar rápido e respondo com um *Ok*. Coloco uma música para tocar e aproveito meu banho.

Queria muito sentir aquelas coisas todas que são ditas nos livros quando estou com ele. Queria sentir as borboletas no estômago, aquele friozinho gostoso, aquela saudade absurda quando não o vejo. Queria sentir minhas mãos suarem e comicharem de vontade de tocá-lo. Queria sentir todo aquele fogo e aquela loucura que Rebeca sempre fala que tem, quando vê Theo. Queria olhar para Gabe e me sentir sem chão, mas não me sinto assim, não consigo sentir por ele, nada além do que certo tipo de carinho.

Na verdade, não me lembro de ter sentindo isso com nenhum carinha que eu já tenha ficado. Só um mexeu comigo a ponto de me deixar desnorteada, mesmo nos vendo poucas vezes e nos beijado apenas uma. O detetive me desestruturou de uma forma que nunca tinha acontecido, mexendo com coisas dentro de mim, que eu nem sabia que poderia sentir

Não sou inocente, ao ponto de não entender o que rolou. Eu entendo perfeitamente que foi o tesão em sua forma crua. O coração acelerado, as mãos suando e as borboletas no estômago, foram devido à atração. Eu só não entendo porque não sinto tudo isso, com a pessoa que está comigo. Quando estou com Gabe, é diferente, mesmo que tenhamos criado uma rotina e eu me sinta bem em estar com ele, seus ciúmes e surtos de raiva me deixam tensa e preocupada.

Não posso dizer que o sexo com ele é o melhor, porque, para mim, é como qualquer outro que eu já tive. Não sinto aquele êxtase, aquela vontade louca de me atracar com ele. Queria entender se há algo de errado comigo, porque, para mim, ter sexo ou não, não muda nada. Não consigo ver, como é dito nos livros e pela minha melhor amiga, como algo esplendoroso. É só para matar a vontade dele e pronto.

Finalizo meu banho e vou me trocar. Visto uma calça jeans e uma regata de gola alta. Calço meu tênis e arrumo meu cabelo. Passo uma maquiagem leve e volto no banheiro para pegar meu celular. Vejo outra mensagem de Benício.

Beni: *Não posso acreditar que está me trocando por esse cirurgiãozinho.*

Rio disso, porque quase posso ver a cara de indignado dele. Gabe e ele, por algum motivo, não conseguem se dar bem.

Já até levei Gabe para sair com a gente, mas os dois mal conversaram.

Ayla: *Deixa de drama, Benício. Não estou te trocando, estou dividindo meus horários.*

Beni: *É aceitável dividir com as meninas. Posso até dividir com outro cara... Contanto que ele não seja o mala do Gabe.*

Ayla: *Deixa a Rebeca sonhar que você acha aceitável dividir minha companhia com ela. Rapidinho vai te mostrar quem está roubando quem.*

Beni: *Deus me livre! Imagina o estrago que ela faria nessa carinha linda? O que seria das mulheres de Santa Monica? Então deixa aquela diaba pensar que é mais importante que eu na sua vida.*

Ayla: *Eu acho lindo como seu ego parece maior a cada vez que nos falamos. Estou indo para a casa da furacão, nós nos falamos depois.*

Guardo o celular na bolsa após pedir um carro e saio de casa. Quando o carro chega, seguimos para Rebeca.

Após alguns minutos, chegamos à casa dela, pago o motorista e desço. Toco a campainha e fico esperando que atenda, quando a porta se abre, revela uma Rebeca de short jeans e camiseta larga. O cabelo preso em um coque bagunçado mais que o normal, com olheiras, como se não dormisse há dias e um sorriso gigante no rosto, demonstrando que apesar do cansaço, irradia felicidade. Dou um abraço apertado nela, que retribui.

— Nossa, parece que faz anos que não me vê. Estava com tanta saudade de mim, assim? — questiona rindo, quando nos afastamos.

— Não posso nem abraçar minha amiga? — Faço beicinho para ela, forçando uma cara triste e caímos na risada logo em seguida. Ela me dá espaço e eu entro na casa. — Cadê minha sobrinha?

— Está dormindo, pela glória do Senhor! — Ri e se joga no sofá, puxando-me com ela.

— Ah! Que pena! Vim aqui só para vê-la — reclamo.

— Eu sabia que você não tinha vindo aqui matar a saudade da sua melhor amiga. Ingrata!

Bate com a almofada em mim e eu rio dela.

— A dramática sou eu, viu? Pode parar — digo para ela, devolvendo a almofadada.

Ela suspira dramaticamente e me olha de lado.

— Como estão as coisas? — Ajeita-se no sofá, sentando de frente para mim.

— Estão normais. — Dou de ombros e ela sorri. — E a vida de mãe?

— Minha menina é perfeita. — O sorriso dela se alarga — Mas os dias são cansativos. Ela tem muito de mim. O gênio difícil vem se mostrando bem presente, desde já.

Fazemos caretas juntas e logo voltamos a rir.

Rebeca sempre foi a complicada de nós três. Vivia arrumando brigas na escola, por não conseguir ficar quieta e guardar para si mesma seus deboches ou até mesmo suas opiniões. Quando via alguém mexendo comigo, ou com Ceci, era como se a ferisse de alguma forma, porque além de ficar sentida, ela ia para cima de quem fosse.

Quando começamos a sair com os garotos da escola, eles faziam fila para tentar algo com ela e Rebeca não se importava nem um pouco com o que pensariam sobre ela, já que pegava todos que tinha vontade. Mas era só falar em ter algum tipo de compromisso que fugia como o diabo foge da cruz. Era até engraçado ver o quanto os caras estavam dispostos a tê-la, ainda mais quando percebiam seu problema com relacionamento.

Sempre quis ser igual a ela: livre, desinibida e que faz as coisas sem pensar ou se importar. Mas sou completamente o oposto, sempre fui muito tímida, fico nervosa perto de pessoas novas, sou na minha e tenho bastante dificuldade em conseguir flertar, até chegar ao ponto de querer algo realmente sério.

— Agora você vai ver como é para a gente conviver com essa sua teimosia. — Dou a língua e ela suspira.

— Theodoro que lute! Duas Rebecas para ele lidar.

— Falando mal de mim, Diaba? — Theo aparece com Juliana no colo e é até engraçado ver um homem desse tamanho todo, segurando delicadamente um bebê tão pequeno.

— Você já me viu falar mal de você, Príncipe? — retruca com um sorriso. — Nunca falei.

— Isso não é bem verdade, amiga — digo para encher o saco deles.

Ela me olha, chocada, e ele ergue uma sobrancelha.

— Você é minha melhor amiga ou dele? Sua traíra.

Começamos a rir dela e eu me levanto para pegar a neném de Theo.

— Dá ela aqui um pouquinho.

Ele a passa para mim delicadamente.

— Beca, estou indo dar um pulo na livraria e volto tarde.

Os dois trocam beijos se despedindo e eu fico balançando suavemente a pequena, ouvindo sua respiração baixinha.

Meu coração se encheu de uma felicidade surreal, na primeira vez que a vi. Senti como se fosse realmente minha sobrinha, quase uma parte de mim. A pequena tem meu coração em suas mãozinhas minúsculas.

É louco, pensar em como vidas mudam completamente depois de um serzinho tão pequeno quanto ela, não só a dos pais.

Tê-la comigo, aconchegada como está agora, me traz uma paz absurda.

Já se passaram dois meses desde o nascimento maluco da pequena furacãozinho. Pensar naquele dia me faz ter certeza de que ela não podia ter vindo de outro jeito, já teve de chegar causando.

Quando percebo que estamos sozinhas, Beca me chama para dar banho na Juju e juntas seguimos para o quarto todo cor-de-rosa. Ajudo no banho e coloco uma roupinha confortável e quentinha. Rebeca da mama para ela enquanto conversamos e a coloca no berço, quando a pequena dorme.

Descemos para a cozinha e ela faz um cappuccino para a gente e voltamos para o sofá.

— E Gabe? Estão bem? — pergunta assim que sentamos no sofá e eu abro um sorriso de lado, depois de tomar um gole do meu cappuccino.

— Estamos bem. — Dou de ombros.

— Meu Deus, Ayla, que falta de emoção! — Faz uma careta e eu rio.

— Não é falta de emoção, amiga. É só, sei lá...

Verbalizar como anda minha relação com ele não é uma coisa fácil. Não só pelos sentimentos escassos, mas também pelas situações que eu me submeto com ele.

— Falta de emoção no relacionamento — completa, encarando-me.

— Estamos sempre saindo, sempre nos encontrando. Ele demonstra estar cada vez mais interessado. É sempre simpático, apesar de algumas coisas. Está sempre preparado para me ajudar em qualquer coisa que eu precise. Eu só... — Paro para pensar em como explicar para ela, sem que eu pareça ser uma pessoa horrível. — Eu não consigo... Não consigo retribuir o sentimento, sabe? Não consigo me empolgar com isso tudo, não sinto aquele frio na barriga. Sinto-me até mal por isso, como se o estivesse usando. Estou trabalhando em me permitir sentir.

— Se você não sentiu isso agora no início, Ayla, para frente vai ser ainda mais difícil.

— Eu só quero ver se consigo gostar, como ele gosta de mim. Ele é tão carinhoso, tão fofo comigo.

— E no sexo? — Engasgo com o cappuccino quando ouço sua pergunta, fazendo-a cair na gargalhada. — Deixa de ser tonta, sou eu, sabe que podemos falar disso.

— Sei. — Tomo mais um pouco da bebida, tentando enrolar para responder e pensando nas últimas vezes em que fiz sexo com Gabe. — É bom.

— Só isso? Só "bom"?

— Você quer o quê, Beca?

— Quero que me fale que o homem te tira o chão, que joga na parede, puxa seu cabelo, dá uns tapas. Já fez isso, Aylinha? Umas selvagerias?

— Pelo amor de Deus, Beca! Claro que não!

Sinto meu rosto arder. Mesmo que ela seja minha melhor amiga, para mim, é muito difícil falar sobre isso.

— Por isso você não sente essas coisas por ele. Ele não te tira da sua zona de conforto, ele não mostra o quanto pode ser prazeroso sair um pouco da rotina e você já está acostumada a tudo isso. Para que a faça se sentir assim, você precisa de alguém que vai tirá-la o chão, abalar suas estruturas. Alguém que faria você implorar para ser fodida de verdade e não fazer amorzinho mamãe e papai.

— Não fazemos amorzinho mamãe e papai. — Faço careta para ela, que ri de mim.

— Você vai por cima, também?

— Cala a boca, Rebeca!

— Não vejo a hora de você encontrar esse homem, viu. Vou adorar te assistir sair dessa tua bolha de ingenuidade. Vai ser lindo.

Ela ri, levantando-se para levar as xícaras e o telefone dela, que está em cima do sofá, começa a tocar. Ela grita da cozinha para que eu atenda.

— Oi, Theo. Rebeca está na cozinha.

— Oi, Ayla, tudo bem. Liguei para avisar que depois de sair daqui da livraria, vou me encontrar com Matteo e Mike para bebermos um pouco e conversar. — Ouço o que ele diz e só de ouvir o nome dele, meu corpo já parece entrar em estado de alerta.

— Tudo bem, eu aviso. — Nós nos despedimos e desligo o telefone no momento em que Rebeca volta da cozinha. — Seu marido pediu para avisar que vai se encontrar com Mike e Matteo depois que sair da livraria.

— Então você tem como obrigação, ficar aqui comigo até ele voltar — a mandona diz.

Mordo meu lábio e assinto para ela. Meu pensamento logo vai para os olhos azul-claros mais intensos que já vi na vida. Para a sensação das suas mãos em mim, dos seus lábios macios, e meu estômago se retorce em ansiedade.

— Pare de pensar no detetive, sua safada!

Sou acertada por uma almofada e olho para Rebeca, em choque.

— Eu não...

— Não mente para mim.

— Só estava pensando no Asher.

— No pai do Asher — corrige e faço uma careta, suspirando. — Às vezes que se encontraram, nenhum de vocês conseguiu disfarçar os olhares que dão para o outro. Parecem duas mariposas atraídas pela luz.

— Cala a boca! Eu nem fico olhando para ele.

A gargalhada que ela solta é tão alta, que eu me assusto.

— E eu sou cega, não é?

— Deveria fingir ser — retruco. — Nós nos beijamos no dia que a Juju nasceu — conto como se não fosse nada e ela me olha de boca aberta, seus olhos quase saltando do rosto.

— E por que só estou sabendo disso agora? — Dou de ombros e ela me empurra de leve. — Vamos, conta.

— Beca, não foi nada demais. Eu estava na minha sala quando ele entrou, conversamos um pouco e ele me beijou. Então, Gabe apareceu e ele foi embora. Só isso — digo como se não fosse nada. — Agora, vamos assistir a um filme até que seu marido chegue, para me livrar de você logo.

— Pare de fazer pouco caso disso. Eu vejo como você fica perto dele e ele perto de você. Deveria experimentar mais do que um beijo. Quem sabe não é ele que vai sacudir seu mundo.

— Eu não quero alguém para sacudir meu mundo e ele é casado.

— Ele não é casado, ele nem mora com a cobra.

A notícia me pega de surpresa. Eu já tinha notado que Asher está passando tempo com Rebeca, e o menino parece estar sempre feliz, sorridente. Porém não sabia que eles não moravam na mesma casa.

— Isso não é importante. Eu tenho Gabe.

Ela me olha e parece pensar um pouco, balança a cabeça negativamente e pega o controle da TV. Logo escolhemos um filme para assistir.

Começo a pensar em tudo o que ela me falou, e eu sei que é verdade. Já parei para pensar que estou com Gabe só porque ele não me tira da minha zona de conforto.

Às vezes me sinto sufocada, com ele tentando me controlar de alguma forma, mandando mensagem, sempre querendo saber onde e com quem estou ou tentando controlar as roupas que eu uso. Até brigamos por essas coisas algumas vezes. Cheguei a falar sobre pararmos de sair, porém ele sempre chora e faz eu me sentir mal. Ele falou que só é assim por medo de me perder e eu tentei ver as coisas pelo lado dele, então acabei aceitando seus argumentos, por isso decidi continuar a tentar.

Mas hoje, eu vejo que preciso resolver isso. Preciso conversar com ele e me afastar, porque não quero dar esperanças de um relacionamento que já sei desde o início que não vai adiante.

Mando uma mensagem para ele.

Ayla: *Nosso encontro ainda está de pé? Quero conversar com você.*

Gabe: *Claro, princesa! Já estou em casa, pode vir a hora que quiser.*

Ayla: *Vou demorar um pouco, porque Theo saiu e eu estou de companhia para Beca e Juliana.*

Gabe: *Achei que não fosse demorar tanto aí.*
Ayla: *Não ia, mas ela me pediu que esperasse ele chegar, aqui com ela.*

Gabe: *Tudo bem. Então eu a espero aqui, meu amor.*

Respiro fundo e volto minha atenção para o filme. Preciso urgentemente resolver isso.

CAPÍTULO 2

Matteo

— Você não devia estar na faculdade, Tony?

— Até devia, mas passei aqui para ver você um pouco e saber como está Asher. Já faz alguns dias que você não o leva lá para casa, sinto falta do meu sobrinho.

Meu irmão está sentado diante de mim, fazendo seu costumeiro drama, enquanto eu não tiro os olhos dos papéis a minha frente.

Estou trabalhando há alguns dias já, em um caso que está literalmente mexendo com a minha cabeça, mal consegui dormir depois que o peguei.

Depois de uma denúncia de maus-tratos a uma criança de seis anos, a polícia, com uma assistente social, foi até a casa da família e quando chegaram lá, encontraram a menina praticamente definhando na cama. Desnutrida, desidratada, com marcas de espancamento por todo seu corpo, nos braços e nas pernas marcas de algo parecido com correntes, queimaduras de cigarro e até mesmo de ferro. Como se fosse para marcá-la.

A menina nem conseguia falar e foi imediatamente encaminhada ao hospital. A mãe está foragida e, depois disso, a investigação foi passada para que eu a encontre e monte o caso para colocá-la na cadeia.

É impossível olhar as fotos e não sentir a raiva crescer dentro de mim. Eu, como pai, não consigo imaginar o que se passa na cabeça de alguém para fazer isso com a própria filha. Meu filho é o meu mundo, ele é o ar que eu respiro e é ele quem me mantém são nessa loucura que a minha vida se tornou. Por ele, eu movo céus e terra, e é pensando nele que sigo firme nesse caso. Para conseguir fazer justiça por essa menina, porque se fosse com Asher, eu mataria quem ousasse tocá-lo.

Olho para Antony, que está parado me observando e por incrível que pareça, está calado. Jogo a caneta em cima da mesa e passo a mão em meu cabelo, em um gesto nervoso.

— Asher parece estar melhorando cada dia mais, Tony. Desde que aluguei o apartamento e o levei para lá, está mais sorridente e brinca mais. Eu gosto de chegar a casa e vê-lo jogando videogame, ou só lá assistindo, me traz alívio.

Sua sobrancelha sobe e eu respiro fundo.

— Mas Valerie às vezes aparece por lá quando eu não estou e quando vai embora, parece que toda a evolução que ele teve se perde. Volta a ser o menino triste e cabisbaixo.

Ele abaixa a cabeça e quando volta a me olhar, parece querer falar algo, mas está receoso. Faço um sinal com a cabeça para que ele fale, porque eu preciso de uma luz, preciso de qualquer coisa que possa me ajudar com Asher nesse momento.

— O que acha de deixá-lo passar uns dias com a gente? Mamãe está morrendo de saudades dele e Benício está tão depressivo por não ter seu companheiro de bagunça, que estou quase sentindo dó do idiota. — Ele ri baixo e eu o acompanho, porque me lembrar das bagunças que meu menino faz com o tio, aquece meu coração.

Asher era uma criança extremamente ativa, até que Valerie começou a tratá-lo como um adolescente. Porra, o menino só tem cinco anos. Ele deveria poder correr e brincar como bem quer, mas era sempre impedido por ela.

— Vou buscá-lo e vamos jantar lá, ok? Não sei se ele vai querer ficar, porque Asher não dorme até que eu esteja com ele em sua cama, ou ele na minha.

— Avise a mamãe, mas já adianto para se preparar, porque a mulher está uma fera com você, por ter sumido e não levado o neto para ela paparicar.

Rimos disso. Asher é muito mimado pelos meus irmãos e pela minha mãe desde que nasceu, até mais do que Antony foi, quando era criança. Quando ele nasceu, até achei que ele ia sentir ciúmes por Asher ter a atenção de todos, mas aos dezessete anos meu irmão já se mostrou tão coruja, quanto é possível. Ele e Benício viram duas crianças com Asher.

De repente, os olhos de Antony seguem para o elevador que abriu e quando acompanho seu olhar, vejo a mulher entrar com todo seu olhar altivo e passos firmes. Está vestindo um conjunto de terninho rosa, com uma blusa branca de seda, que destacam em sua pele morena. Seus cabelos, como sempre, estão soltos, com seus cachos fazendo um volume que contorna e destaca ainda mais seu rosto bonito.

— Comporte-se, Tony — rosno para ele.

— Porra! Ela é linda, irmão — ele sussurra e seus olhos estão brilhando, enquanto acompanham a mulher que caminha diretamente para a minha mesa.

Quando ela para ao lado da minha mesa, levanto-me e finjo não estar vendo meu irmão quase babando na mulher.

— Boa tarde, doutora Cox! — cumprimento e estendo a mão, que ela aperta e abre um sorriso.

— Pode me chamar de Ísis, Matteo. Além de estar de folga, já somos íntimos o suficiente para usar os nomes. Passei para buscar a cópia do inquérito do caso da menina Evans.

— Ah! Claro, Ísis. — Aceno para ela e logo ouço um pigarro chamando nossa atenção e quase reviro os olhos, por saber de onde veio. — Esse é meu irmão, Antony. Antony, essa é a advogada, Ísis Cox.

Ele se levanta e estende a mão para ela, que pega e não desvia seu olhar do dele. Ele beija o dorso de sua mão e ela quase sorri, mas logo fica séria novamente e puxa a mão.

— Prazer, doutora Cox.

— Prazer, Antony — ela diz secamente e volta a me olhar. — Preciso urgente dessa cópia, você consegue para mim agora?

— Claro, só vou ali fazer a cópia e já volto.

Antes de sair, lanço um olhar para Antony, quase implorando para ele ficar calado. A mulher não é conhecida por ter o melhor humor e meu irmão com essa boca que não fica fechada, só sabe falar merda.

Saio em direção a sala que fica a impressora e faço as cópias. Assim que termino, volto para a minha mesa e quando chego, os dois estão se encarando. Antony com um sorriso de lado e ela com uma cara de quem pode matá-lo a qualquer momento.

É óbvio que Tony fez ou falou algo para tirar a mulher do sério.

Respiro fundo, Aproximo-me e entrego a pasta com as cópias que pediu. Ela as pega e, quando me olha, seu olhar amolece um pouco e eu sorrio de lado para, tentando aliviar um pouco o clima.

— Como está Asher? — questiona e morde o lábio inferior.

Olho de relance e Tony está encarando-a, ainda com as sobrancelhas juntas, como se tentasse decifrá-la.

— Está melhorando. Ainda não sabemos o que ele tem, mas estou correndo atrás para descobrirmos o quanto antes.

— Melhoras para o pequeno, Mat. — Ela sorri, despede-se de nós com um aceno e se afasta.

Volto o olhar para meu irmão, que está quase babando na mulher e dou um tapa em sua cabeça.

— Aí! — resmunga. — Por que fez isso?

— O que você falou para ela?

— Eu falei? — Coloca a mão no peito para enfatizar o drama e ergue a sobrancelha. — A doida me chamou de moleque, e eu que falei algo errado? Você pensa muito mal do seu irmãozinho.

Bufo.

— Tony... — advirto.

— Só falei para ela, para marcarmos um dia, para ver o quão moleque posso ser — solta na maior cara de pau e com toda a inocência que ele não possui.

— Porra! — Bato em sua cabeça de novo. — Você é um babaca.

— Para de me bater, caralho! — Seu telefone começa a tocar e quando olha o visor, abre o maior sorriso do mundo atendendo. — Olá, minha musa! Adivinha com quem estou nesse momento? — Ele fica calado alguns segundos. — Isso mesmo, mamãe. O filho ingrato.

Mostro o dedo do meio para ele, que ri de algo que minha mãe disse. Ele coloca no viva-voz e logo ouço a voz doce da mulher da minha vida, que talvez não esteja tão doce assim, já que ela parece estar um pouco brava.

— *Depois de grande se tornou ingrato? Cadê meu neto? Não vai mais deixar que eu o veja?* — Começa o drama, que é coisa de família, se notarem direitinho. — *Se você é um ingrato e se esquece da sua família, não deixe seu filho se tornar assim, também. Traga-o para minha casa. Hoje, Matteo!*

— Mamãe, estou bem. Obrigado por perguntar! — digo com ironia e ela bufa. — Não sou ingrato, só estou atolado com serviço aqui. Mas hoje vou aí jantar com vocês, ok?

— *Eu acho bom, viu? Vou ficar esperando!*

E assim minha mãe desliga o telefone e Tony fica rindo.

— É impressionante, como uma mulher de 1,50m bota medo em três marmanjos do nosso tamanho — ele diz e eu o acompanho na risada.

Porque se tem alguém que coloca medo na gente desde sempre, é ela, mesmo quando ficamos maiores e comigo morando em outra casa, ela não se faz de rogada. Liga, xinga e se precisar, dá umas chineladas também.

A prova disso foi o dia que bateu em mim e em Benício por jogarmos Antony na piscina, em um dia que estava muito frio.

— Ela é doida — respondo e arrumo os papéis em minha mesa. Pego meu celular e carteira. — Vamos, vou passar para pegar Asher, que está com Valerie na casa do Gabe.

Saímos da delegacia e sigo para o meu carro, um Cupra Ateca preto, e assim que entramos, Tony coloca uma música animada e vai cantando o caminho todo. O sol já está se pondo e o clima está agradável.

Paramos em frente ao apartamento do irmão de Valerie e desço, pedindo para o meu irmão esperar no carro, já que não vou demorar. Entro e subo para o andar dele, depois de Valerie liberar minha entrada.

Já em frente ao apartamento, bato à porta e é ela quem abre.

— Olá, amore. — Ela se aproxima, como se fosse beijar minha boca, porém viro o rosto e o beijo vai para minha bochecha.

— Oi, Valerie. Só vim pegar Asher.

Ela me dá espaço e eu entro, vendo meu menino sentado no sofá, encolhido, assistindo alguma coisa na TV. Quando seus olhos me encontram, eles brilham e um sorriso fraco se abre. Eu Aproximo-me e faço carinho em seu rosto.

— Vamos ver a vovó, Amber? Tio Tony está lá embaixo também, esperando por você.

Seu sorriso se expande e ele se joga em meus braços, fazendo-me abraçá-lo forte.

— O convite não se estende a mim? — A voz fina de Valerie me irrita um pouco.

— Você nem gosta da minha mãe e vive se estranhando com meus irmãos.

— Sua mãe é quem não gosta de mim e seus irmãos vivem implicando comigo. Você fala como se eu fosse a bruxa má da história, Matteo.

— Valerie, por favor, hoje não, ok? Estou indo.

Ela assente em silêncio e logo seu irmão aparece na sala. Ele está com o telefone na orelha, mas quando me vê, fecha a cara.

Gabe e eu até tentamos ser amigos por um tempo, mas ele é um babaca e eu nunca abaixei a cabeça para ele. Já chegamos até mesmo a sair no soco algumas vezes. Irrita-me ainda mais, ele ser indiferente ao meu filho. Não entendo como Valerie aceita.

— Tudo bem, Ayla. Eu a espero aqui mais tarde — ele diz ao telefone e o nome dela saindo de sua boca me faz querer socá-lo.

Essa médica mexeu com algo dentro de mim, desde a primeira vez que nos esbarramos no hospital. Várias vezes, encontrei Cecília e Rebeca, porém não a via junto. É como se o destino não quisesse cruzar nossos caminhos novamente. Mas aqueles olhos castanhos esverdeados estão sempre bem vívidos em meus pensamentos, e sua boca carnuda e vermelhinha sempre muito real nos meus sonhos.

Mesmo sem saber por que, só de pensar nela ou ouvir falarem sobre ela, sinto algo diferente. Um tipo de paz, que eu até então, não tinha sentido. Até o dia em que eu não resisti e a beijei dentro da sua sala. No mesmo instante que minha boca devorou a sua, eu soube que ela está enraizada na minha mente. Se antes eu já não a esquecia, agora ficou ainda mais complicado.

Quando Mike e Theo me contaram que ela está saindo com Gabe, quis falar para eles que não podiam deixar que ela se envolvesse com ele, que esse homem é um dos maiores idiotas que eu conheço, mas eles me achariam louco por querer proteger uma mulher que vi só algumas vezes. Já que não contei a nenhum deles sobre o beijo.

Pego meu filho e me despeço dela, voltando para o carro. Prendo Asher em sua cadeirinha e logo que coloco o carro em movimento, ele começa a cantar com seu tio.

— *Seus amigos todos vão vibrar, quando a boa nova se espalhar e o novo rei Simba vai reinar!* — eles cantam juntos e a raiva que eu sentia, logo se dissipa, dando espaço à alegria de ver Asher já se animando, só de estar perto do seu tio. — *E o que eu quero mais, é ser rei! E o que ele quer mais, é ser rei! E o que eu quero mais, é ser rei!*

Chegamos à casa da minha mãe depois de eles cantarem umas quatro músicas e mesmo Antony cantando horrivelmente, não tive coragem de mandá-lo calar a boca.

Antes que eu vá tirá-lo da cadeirinha, meu irmão toma a frente e logo os dois entram correndo para a casa grande de minha mãe.

— Vovó, vovó... — eles gritam quando entramos e logo Sra. King, aparece na sala, corre para o neto e o abraça apertado.

Posso jurar que vi uma lágrima descer por seu rosto, mas ela logo afunda o rosto no pescoço pequeno, respirando o cheirinho gostoso.

— Faz cócegas, vovó... Para... — Ele está rindo.

— Neném da vovó, isso é saudade. Não seja ingrato como seu pai — repreende, segurando o riso e duas mãozinhas envolvem seu rosto, fazendo carinho.

— Meu papai não é igra... Inga... Isso aí que a senhora chamou ele.

— Isso aí, herói, defende o papai. — Bato minha mão na dele, que sorri lindamente para mim, e minha mãe me olha feio. Abro um sorriso para ela. — Senti saudades também, Sra. King.

Ela levanta e bate em meu braço.

— Seu filho da... — Ela olha para baixo, em direção a criança, antes de me xingar e eu ergo a sobrancelha em desafio. Tony e eu rimos da cara dela. — Não fique mais tanto tempo sem trazer meu netinho para mim, ouviu? Olha como ele já está grande. Olha esses cabelos lindos, estão enormes.

Nós nos abraçamos e eu sinto como se o peso dos meus ombros fosse embora. Dentro dos braços dela, sempre encontrei paz, hoje não é diferente. Ela acalma tudo que estou sentindo e me faz sentir como se eu sempre fosse ter um lugar para voltar.

— Desculpe, mãe. — Ela acaricia meu cabelo e meu rosto, como se eu fosse uma criança. — Estou trabalhando em um caso que está mexendo demais comigo e, ele e eu estamos nos adaptando ainda à nova rotina.

Ela assente e vai para a cozinha, deixando-me com Tony e Ash.

Engatamos uma conversa animada. Logo, Benício chega mexendo no celular, mas quando ergue o olhar e vê os dois rolando no tapete, seus olhos brilham e um sorriso se abre em seu rosto. Ele se aproxima, cumprimenta-me.

— O tio mais legal chegooooooooou!

Asher pula em suas pernas, abraçando-o.

— Tio Beni, tio Beni... Vem brincar comigo e tio Tony.

E eles brincam tanto, que os cabelos longos de Asher estão grudados em seu rosto por causa do suor. Minha mãe vem nos chamar para jantar e depois de lavar as mãos e o rosto de Asher, vamos comer.

Comemos entre conversas e risadas, sinto-me como não me sentia há algum tempo, em casa. Sinto paz e felicidade, e isso só aumenta quando olho para o meu lado e Asher está com o rosto todo sujo, enquanto come e conversa animadamente com os tios.

Depois de jantar, Benício diz que vai dar um banho em Asher e eles vão para o banheiro. Já imagino a bagunça que vão fazer, mas realmente não me importo, porque meu herói está sendo criança outra vez aqui hoje e isso me deixa tranquilo.

O toque de um telefone me tira dos meus pensamentos e quando olho para o chão da sala, vejo que é o de Benício, com a foto da médica aparecendo na tela, eu mordo o lábio, tentado a atender só para ouvir sua voz, nem que seja por alguns segundos.

Eu sei que meu irmão manteve uma amizade com ela e isso me deixa tranquilo, por saber que ele cuidaria dela em qualquer situação, mas também me faz pensar se os dois são apenas amigos. Só de pensar neles tendo algo além me deixa puto.

— Alô. — Atendo antes que ela desligue.

— *Alô, quem é*? — Sua voz doce logo me invade.

Porra! Até a voz da mulher me remete a uma inocência que me deixa duro.

— Matteo — respondo, segurando a respiração por alguns segundos, tentando me controlar.

— *Ah! Oi, Matteo. Posso falar com Beni*?

— Ele está dando banho no Asher, posso pedir pra ligar pra você depois?

— *Pode, sim, por favor*!

— Como você está? — pergunto antes que ela possa desligar.

— *Eu estou bem, tudo certo. E com você*?

— Estou bem, também.

Ouvindo sua respiração baixa e acelerada me faz pensar o que ela pode estar fazendo.

— Estive pensando em você esses dias.

Ela suspira e permanece em silêncio.

— Você também tem pensado naquele beijo?

Mordo meu lábio, torcendo para que ela diga que sim, que assim como eu, parece estar enlouquecendo com o quanto um beijo nos deixou alucinados um no outro.

— *Matteo...*

Meu nome sai quase como um gemido e eu jogo minha cabeça para trás, no encosto do sofá. Meu sangue bombeando rápido e forte, diretamente para meu pau.

— Eu sei que não fui só eu, Anjo.

— *Preciso desligar agora.*

Ela desliga antes que eu possa responder e eu fico olhando para o celular, pensando no quanto essa mulher me deixa maluco, desde quando quase a derrubei no hospital.

Sorrio, porque posso ver perfeitamente suas bochechas coradas e seus olhos arregalados. Quase posso sentir sua cintura fina em minhas mãos, de quando a peguei com força. Umedeço meus lábios com a língua e pego meu telefone para mandar uma mensagem para Mike.

Matteo: *Podemos ir à livraria amanhã? De lá, chamamos Theo para ir beber alguma coisa.*

Sua resposta vem rápido. Desocupado do caralho!

Mike: *Está com saudades? Tudo que eu preciso é beber e jogar conversa fora com dois machos.*

Rio dele e jogo meu celular no sofá, ao lado do de Benício e meus pensamentos voltam para Ayla, tão rápido quanto possível.

CAPÍTULO 3

Ayla

Depois de passar a noite com Rebeca, fui até em casa apenas para tomar um banho e vim para o hospital.

Estou aqui há cinco horas, em uma correria louca. Trabalhar no *Dignity Health* sempre foi uma das minhas maiores vontades, mas nunca pensei que meu pai fosse realmente me deixar vir para a Califórnia. Apesar de me amar muito, ele sempre foi protetor ao extremo, e ver sua menina voando para outro ninho, nunca pareceu uma boa ideia para ele.

Soube desde pequena que queria ser médica, salvar vidas e curar as pessoas. Sempre me encheu de esperanças pensar que talvez, um dia, eu pudesse ter uma vida em minhas mãos e que eu faria o que eu pudesse para salvá-la. Mas até entrar na faculdade, nunca tinha pensado em qual área eu queria me especializar. Até que um dia eu estava assistindo a uma série e um pediatra estava cuidando de um bebezinho tão pequeno, que cabia em sua mão. Vê-lo lutando para ajudar aquela bolinha pequena, foi como se uma luz acendesse em minha cabeça, então de repente, eu soube o que realmente queria para a minha vida.

Eu queria cuidar de crianças.

Eu queria salvar crianças.

Quando contei aos meus pais, eles me apoiaram, no entanto, sempre tentando me mostrar o lado feio da profissão que eu estava escolhendo para a minha vida. Que eu perderia pacientes e isso poderia despedaçar cada vez mais um pedaço do meu coração. Mesmo eu tentando não pensar muito nisso, sempre tentei pensar que salvaria todos que pudesse.

Estou andando no corredor, indo para um atendimento, quando trombo em um corpo sólido e o tablet cai da minha mão.

— Merda!

Abaixo-me e pego o tablet, quando olho para cima, encontro os olhos azuis de Gabe me fitando suavemente e um sorriso em seus lábios bonitos.

Ele tem o cabelo loiro-escuro, como se fosse queimado de sol. Seu rosto é tão harmonioso, que parece que o homem já fez procedimentos estéticos, mas devido a sua profissão, eu não duvido, mesmo que sua testa quase tenha linhas bem marcadas.

Gabe é mais velho que eu e quando foi transferido para o hospital, começou a investir em mim e depois de algumas tentativas fracassadas, finalmente cedi e desde então estamos saindo.

— Oi, amor. — Seu toque em meu rosto é suave. — Já estava pensando que não nos encontraríamos hoje. Ontem você mandou uma mensagem que precisava falar comigo. Podemos jantar mais tarde, o que acha? Já que ontem não deu certo.

— Oi, Gabe. Pode ser na minha casa? Ceci vai estar no hospital e eu posso fazer o jantar.

— Hum, eu adoro quando você cozinha para mim, amor. — O sorriso que ele abre, mostra seus dentes alinhados e brancos e acentua ainda mais suas linhas de expressão. — Preciso ir agora, tenho uma consulta em cinco minutos.

— Ok, nós nos vemos mais tarde.

Ele me dá um selinho e sai pelo corredor. Fico parada, olhando seu corpo grande e forte se perder entre as paredes brancas. Tento entender como um homem que está comigo quase todos os dias, que me trata bem e cuida de mim, não consegue me fazer sentir, como me sinto quando penso em outro par de olhos azuis, cobertos por cílios pretos perfeitos, barba e cabelo ainda mais escuro.

Merda! Porque esse homem simplesmente não desaparece dos meus pensamentos?

Meu telefone toca no bolso do meu jaleco e balanço a cabeça para espantar os pensamentos que estão tomando um caminho, pelo qual não pretendo ir. Não posso ir.

— Alô! — atendo, sem nem mesmo olhar quem é.

— *Olá, coisa linda*. — A voz alegre de Benício enche meus ouvidos e eu sorrio só por isso.

— Olá, menino rebelde.

— *Eu, rebelde, Ayla? Onde já se viu isso*? — Ele dá uma risadinha e eu o acompanho.

— A que devo a honra de uma ligação sua, no meio da tarde?

— *Queria conversar um pouco, estou precisando*. — Sua voz muda para tensa, de repente, e isso me deixa alerta.

— O que aconteceu, Beni? Você está bem? — Ele faz um som esquisito e um pensamento me vem em mente. — Aconteceu algo com Asher?

— *Asher está bem, coisa linda. Só preciso realmente desabafar com alguém. Alguns sentimentos ruins, sabe? E, infelizmente para você, é só com você que posso falar sobre o assunto.*

— Tudo bem, Beni. Podemos nos encontrar em algum lugar para conversarmos daqui a umas duas horas?

— *Pode ser. Mas não fique preocupada, ok? Vou te buscar no hospital.*

— Ok, até depois.

Desligo o telefone e sigo para verificar uma criança que já estamos cuidando há alguns dias. Ela chegou com hematomas por todo o corpinho, queimaduras e até mesmo marcas de correntes em seus pulsos e tornozelos. Depois de alguns dias, descobri que tinha sido resgatada dos maus-tratos que sofria da própria mãe. A menina de seis anos estava desnutrida, desidratada e com falta de todas as vitaminas que são mais do que necessárias.

Além de tudo, desde que chegou, não fala com ninguém, a não ser com um policial, que vem vê-la algumas vezes.

Entro em seu quarto e ela está concentrada em algumas peças de Lego que estão em cima de sua cama. Abro um sorriso para ela.

— Olá, Anjo. — Espero por uma resposta, mesmo sabendo que ela não virá. — Vim checar sua temperatura e saber como está hoje.

Aproximo-me dela e quando ergo a mão para acariciar seu cabelo, a menina se encolhe tanto na cama, que quase poderia se fundir a mesma. Abaixo a mão imediatamente e meus olhos ardem com lágrimas que não posso derrubar em sua frente.

— Perdoe-me, não queria te assustar, pequena.

Ela me olha com lágrimas correndo pelo seu rostinho pequeno e pálido, assente para mim, mas continua encolhida.

Vou conversando com ela e fazendo os procedimentos diários. Ela parece se acalmar depois de um tempo e continua em seu silêncio de sempre.

Passo as próximas duas horas brincando e falando com ela, vez ou outra, ela dava algumas risadinhas, mas sempre me olhava meio assustada quando isso acontecia.

Despeço-me dela e vou para minha sala, tranco a porta e coloco a roupa que eu estava antes de colocar o uniforme. Uma calça preta skinny, um top rendado branco e uma blusa de lã, caída em um dos ombros, deixando o top à mostra. Pego minha bolsa e depois de guardar minhas coisas, saio do hospital.

Encontro Benício encostado no carro com sua cara de menino mau de sempre. O cabelo loiro despenteado propositalmente dá um ar selvagem a ele, e eu não posso julgar as mulheres que estão passando na sua frente torcendo os pescoços para olhar para ele. O homem parece preso em uma bolha, não dá atenção para nenhuma delas, e isso chama minha atenção, já que geralmente ele é só charme para todas as mulheres possíveis.

Aproximo-me e beijo seu rosto.

— Ei, menino rebelde.

Faz uma careta para o apelido que o chamo e eu sorrio.

— Ei. Está linda, hein? — Ele me analisa de cima a baixo e isso me faz encolher um pouco e sentir meu rosto queimar de vergonha. — Ia sair para algum lugar?

— Não. Combinei com Gabe de jantarmos mais tarde em casa, mas não tinha planos para antes. — Benício revira os olhos e eu bato em seu braço. — Para de implicância com ele, Benício.

— Ayla, meu anjo, não é implicância quando você conhece a pessoa e sabe que metade das pessoas normais não gosta do cara.

— Eu não sou muito normal, mesmo. — Dou de ombros.

— Eu já percebi isso. — Bufa e entra no carro.

Dou a volta e quando chego à porta do passageiro, ele a abre pelo lado de dentro. Entro e logo sou inundada pelo seu perfume. Coloco o cinto e ele da partida enquanto decidimos o lugar.

Ele estaciona em frente à livraria do Theo e eu sorrio para ele. Quando entramos cumprimento Tina, funcionária do Theo, ela me abraça. Apresento os dois e a mulher parece que vai derreter diante do sorriso dele. Empurro Beni em direção a cafeteria e escolhemos uma mesa para nos sentarmos.

Olho em volta, procurando por Theo, mas ele não está. Depois de fazer nosso pedido, Beni se encosta à cadeira com uma perna esticada e começa a tamborilar os dedos, em um tique nervoso que ele tem. Coloco minha mão sobre a sua e olho em seus olhos azuis, tão claros e intensos, parecidos com os do irmão. Mas enquanto os de Benício parecem estar sempre brilhando e sorrindo, os de Matteo, as poucas vezes em que o vi, pareciam apagados, quase sem vida.

— O que está acontecendo, Beni? Sabe que pode conversar comigo sobre qualquer coisa. — Minha voz é mansa.

— Eu sei, Ayla. — Ele passa as mãos no cabelo e logo volta a me encarar. — Aquela mulher só pode estar tentando destruir qualquer relação que eu ainda tenha com meu irmão.

Antes mesmo de ele terminar de falar, eu já imagino de quem ele está falando. A única mulher capaz de despertar sentimentos ruins no meu amigo é a Valerie, a mulher do seu irmão. Ou ex, como todos vêm falando.

O fato é que Benício está revoltado com o irmão porque, segundo ele, só Matteo não vê o quanto a mulher suga não só ele, como o filho deles, também. E como se não fosse suficiente, ainda testa os limites dos outros irmãos King.

— O que ela fez?

— Ontem eu fui ver Asher, que para variar não estava se sentindo bem e Matteo me pediu para ficar com ele. Quando cheguei, ele estava dormindo, então fiquei velando seu sono. — Revira os olhos e eu sorrio. — Quando a louca da mãe dele chegou e me viu lá no quarto, foi saber o que eu estava fazendo lá, falando um monte de merda sobre eu não ser o pai e quem tinha de ficar com ele, era meu irmão. Acabamos discutindo feio. Eu nem sei como foi que ela conseguiu entrar no apartamento.

— Beni, você tem de aprender a ignorá-la. Ela o provoca o leva ao limite, por saber que você vai ceder e gritar com ela e falar as coisas para depois poder usar isso contra você.

— Eu sei, porra! Eu sei. Mas quando eu vejo, já estou gritando e querendo jogá-la escada abaixo. Essa desgraçada está fodendo a vida do meu irmão e do meu sobrinho, mas o idiota parece que não enxerga essa merda. Ele acha que estar perto daquela cobra, de alguma forma faz bem para Asher, mas não faz, entende?

Assinto para ele, mesmo sabendo que foi uma pergunta retórica.

— Depois de gritarmos um com o outro e acordamos o menino, ela nem ao menos quis saber como ele estava. Virou as costas e foi para o quarto do Matteo, como se fosse sua própria casa.

— Ela deu em cima de você? — franzo as sobrancelhas, sentindo uma pontada de raiva dessa mulher.

— Não, ontem não. Ayla, aquela desgraçada só pode ser bipolar. Ela precisa de tratamento, só isso explica. — Suspira, cansado, e nosso pedido chega. Tomo um gole do meu cappuccino, sem tirar os olhos dele. — Ela já criou situações em que tive de me afastar por dias. Já a vi dando em cima até mesmo do Tony, juro! Só faltou ele vomitar na mulher. A propósito, isso eu ia querer ver.

Soltamos uma risada.

— Você já conversou sobre isso com seu irmão?

O homem levanta a sobrancelha e faz uma cara como se dissesse: "óbvio".

— Tony, Matteo e eu sempre tivemos uma relação muito tranquila e aberta. Mesmo Matteo sendo mais fechado e silencioso do que Tony e eu, ele sempre foi um bom ouvinte, sempre foi um bom conselheiro. É por isso que eu me senti tranquilo quanto a ir conversar com ele, mas quando falei, ele simplesmente deu de ombros e disse: "não caia nesses charminhos dela, como eu cai" — diz frustrado. — Depois dessa conversa, ela ficou um bom tempo sem nem mesmo aparecer em casa, e eu tenho quase certeza de que Matteo foi conversar com ela.

— Então, sua parte você fez. Você conversou com ele, contou o que estava acontecendo. Agora, se ele decidiu prosseguir com uma relação fadada ao fracasso como a deles, você tem de entender que é uma decisão apenas dele e não pode deixar que ela o leve ao limite assim. Você tem que começar a ignorar totalmente a presença dela, para ela saber que não o afeta de forma alguma.

— É tão fácil pensar em fazer isso, mas quando olho meu sobrinho tão sozinho e sempre quieto, obedecendo sempre às ordens dela de não fazer nada, só ficar sentado... — Sua voz vai se tornando raivosa e os nós de seus dedos estão brancos ao redor do copo. — Isso me enche de raiva, aí quando vejo, já explodi.

— Você pode tentar conversar mais uma vez com seu irmão e talvez combinarem de ele levar Asher para você, em vez de você ir até a toca da cobra.

Ele me olha, fingindo uma cara de espanto e coloca a mão à altura do coração.

— Eu vivi para ver Ayla Ferri Bacelar xingar alguém. E ainda por cima, minha ex-cunhada.

Nós dois gargalhamos de sua piada, seus olhos de repente focam atrás de mim e eu giro a cabeça para ver o que ele olha tão fascinado.

— Ela é tão linda.

— Ah, não. — Quando percebo que é para Talissa que ele olha, já que ela está vindo em nossa direção, repreendo-o. — Pode tirar esse brilho dos olhinhos, porque ela não vai ser mais uma na sua enorme lista, não. Ela é mãe, uma ótima mãe. Uma mulher maravilhosa demais, para qualquer coisa que você tenha nessa sua cabecinha pervertida.

Ele faz uma carranca para mim como se me assustasse e eu ergo uma sobrancelha para ele. Talissa chega a nossa mesa e eu me levanto para cumprimentá-la.

— Olá, Talissa.

— Oi, Ayla. — Seu olhar cai em meu amigo e ela arfa, quase rio disso.

Benício se levanta e dá um beijo no rosto de Talissa, pegando-a de surpresa com o gesto.

— Prazer, Benício.

— Talissa.

Ela sorri enquanto o analisa e eu já imagino o que deve estar passando em sua cabeça.

Os dois irmãos são realmente muito parecidos, tirando o cabelo.

— Ele é irmão do Matteo — respondo sua pergunta silenciosa.

— Ah! Por isso ele me parece tão familiar. — Ela ri e coloca uma mecha de cabelo atrás da orelha. — Bem, só vim lhe dar um *oi* . Estou indo buscar Ana, ela está com Rebeca. Ela deve estar ficando louca, já.

— Corajosa! — Ouço o resmungo de Benício e de repente tem duas mulheres o olhando, confusas, e ele ri baixinho. — Deixar sua filha com a Furacão.

— Você sabe que Rebeca já é mãe, não sabe? — Ergo uma sobrancelha e cruzo os braços, encarando-o e Talissa está segurando a risada.

— Eu sei. Já pensaram no que ela pode ensinar para essas meninas? — ele geme, parecendo desgostoso e eu mordo o lábio para não rir dele. — Ensinar a sair escondido do pai, dançar, apontar uma faca para o sexo oposto. Senhor, quando eu tiver uma filha, você, Ayla, só vai vê-la quando for à minha casa e só como garantia de que Rebeca não irá ensinar para minha filha nada que possa colocar minha vida em risco.

Talissa e eu trocamos olhares e caímos na risada. Lágrimas correm pelo meu rosto, de tanto que estou rindo e Tali tem o corpo curvado na mesa, rindo dele.

— Benício, Rebeca não vai ensinar Ana a apontar uma faca para ninguém. A não ser que seja necessário. Deixa de ser exagerado! Ela é doida, mas é uma doida consciente.

Ele bufa e revira os olhos.

— Se vocês acham. Deixa só elas crescerem e voltamos a conversar.

Depois de rir mais um pouco com ele, Talissa se despede de nós e eu aproveito e peço para ele me levar em casa. Ainda tenho um jantar para fazer.

Vamos direto para minha casa e quando paramos em frente, beijo seu rosto e desço do carro. Ele me chama e eu abaixo na janela para olhá-lo.

— Obrigado por me ouvir! Foi muito bom poder conversar com alguém que realmente me ouve sobre esse assunto.

— Estou sempre aqui para você. — Mando um beijo para ele e sigo para dentro de casa.

Fecho a porta atrás de mim e sigo para o meu quarto, jogo minha bolsa na cama e me sento na mesma. Pego meu celular para conversar um pouco com as meninas.

Acabo me perdendo no horário e só me lembro do jantar, quando a campainha toca.

Quando abro a porta, Gabe não está com uma cara muito boa, parece estar cansado. Ele me olha de cima a baixo e abre um sorriso de lado.

— Você sumiu o dia todo, nem respondeu minhas mensagens. Estava muito ocupada?

Dou passagem para ele entrar e respiro fundo, sentindo-me incomodada com a forma rude com que ele pergunta.

— Estava com Beni na livraria e não vi suas mensagens, desculpa.

Fecho a porta e ele se aproxima, prendendo contra a madeira.

— Sempre com esse cara... — resmunga e eu fecho os olhos, sentindo-o pressionar todo seu corpo contra o meu. — Não gosto de te dividir com ninguém, muito menos com esse babaca.

Sua boca vai para o meu pescoço, dando-me beijos suaves, que contrasta com a forma que ele fala.

— Gabe, ele é meu amigo.

— Seu amigo, que daria tudo para te comer.

Abro os olhos, arregalando-os, assustada com o que ele disse.

— Pelo amor de Deus, para com isso.

Suas mãos, que acariciavam meu braço, de repente me apertam com um pouco de força e ele sussurra ao meu ouvido:

— Você é só minha e eu não divido o que é meu. Não me importo se ele é só seu amigo.

Ele me beija com força e eu tento corresponder. Sua língua pede passagem e eu dou, isso faz com que ele aprofunde mais e é como se ele descontasse sua raiva nesse beijo. Ele morde meu lábio inferior com força e sinto o gosto metálico de sangue. Tento afastá-lo e ele se afasta contra vontade. Sua mão vai para o meu rosto e faz um carinho, seu polegar passa onde ele mordeu quando volta a falar.

— Desculpe. Só tenho ciúmes de você com ele, porque vejo a forma com que ele a olha.

— Ele não me olha de forma nenhuma, Gabe. Somos apenas amigos. — Ele fica me encarando e seus olhos não suavizam em momento algum, por isso decido mudar de assunto. — Podemos pedir uma pizza?

Ele se afasta e acena que sim. Pedimos a pizza e passamos a noite assistindo um filme que ele escolheu, porque disse que não gostava de nenhum que eu escolhia. Comemos em um clima pesado e acabo dormindo encostada em seu peito.

CAPÍTULO 4

Matteo

Valerie, com toda a certeza, é um pé no meu saco!

Nós nos conhecemos desde a escola e ela sempre foi apaixonada por mim, investiu pesado e tentou de tudo para ficarmos juntos, mesmo comigo reforçando que seria só uma amizade, que eu não conseguia sentir nada por ela, além daquilo que já estava oferecendo. Isso persistiu até a uns seis anos atrás, quando saímos para beber e acordei no outro dia em sua cama, completamente pelado e ela enroscada em mim. Depois de dois meses dessa noite, ela apareceu com um teste de gravidez e mesmo em choque, eu soube que teria de assumir minhas responsabilidades com aquela vida que geramos e foi isso que eu fiz.

Pelos três primeiros anos de vida do meu filho, eu tentei fazer nosso relacionamento dar certo. Levamos uma vida de casados realmente, com jantares, encontros e uma vida sexual ativa. Quando estávamos nós três em casa, ela sempre tratou Asher bem, entretanto, nunca vi um amor de mãe vindo dela para ele e algumas vezes. Até peguei-a brigando exageradamente com ele, gritando, apertando seu braço e isso nos levava a discussões feias, que acabavam sempre comigo gritando com ela, que chorava e tentava jogar a culpa em mim e no meu serviço, que exigia horas extras e muita dedicação.

Em algum momento, eu cansei e joguei toda essa merda para o alto e fui para o outro quarto da casa. Passei a evitar contato com ela e terminei definitivamente qualquer coisa que tinha entre a gente, até porque, mesmo tentando, eu nunca senti nada por ela, além de uma amizade. Porém, a mulher é persistente e mesmo depois de quase dois anos em que nos separamos, ela invadia meu quarto quase todas as noites. Por isso decidi que o melhor era me mudar e trouxe meu filho comigo. Foi um pouco difícil a conversa com ela, mas garanti que poderia visitá-lo sempre que quisesse.

— Matteo...

Seu gemido chama a minha atenção novamente e eu a olho encostada ao batente da porta do quarto, usando um sobretudo por cima de uma camisola de seda transparente, tão curta, que eu consigo notar que ela está sem calcinha. Seu cabelo loiro jogado de lado, cobre um dos seus seios. Ela se aproxima de mim, coloca a mão no meu peito e vai descendo, mas eu seguro seu pulso antes que sua mão chegue à minha toalha.

— Eu sinto tanto a sua falta.

— Você não cansa de se humilhar, assim? Quantas vezes vou ter de repetir que não vai rolar? — Minha voz soa rude, porque estou cansado do trabalho e mais cansado ainda de ter de ficar falando sempre a mesma coisa para ela.

— Você não se sente mais atraído por mim? — ela questiona, manhosa, chegando seu corpo pequeno mais perto de mim e passando suas unhas pintadas de vermelho em meu peito.

Dou dois passos para trás, afastando-me.

— Não, não me sinto atraído e já falei isso para você milhares de vezes. Está realmente ficando chato isso, Valerie, estou ficando cansado dessa porra.

— Não consigo entender porque perdeu o tesão em mim — choraminga — Eu sei que quando dei à luz ao menino, meu corpo mudou e eu engordei, mas eu estou me cuidando para voltar ao que era antes e é impossível deixar de se sentir atraído por alguém, tão rápido assim.

— Asher! Porra, o nome do "menino que você deu à luz" é Asher, e é seu filho, caralho! E não foi por isso que perdi o tesão em você. Nós só ficamos juntos, porque eu tinha uma responsabilidade com meu filho e quis tentar dar uma família completa para ele, mas não deu certo e você precisa aceitar essa merda e seguir com a sua vida. E não foi nada rápido, já se passaram quase três anos.

— Seguir com a minha vida? Você quer que eu siga com a minha vida, Matteo? — Sua voz começa a se alterar e eu sinto o início de uma dor de cabeça, mas mesmo assim assinto para ela. — Como você vai reagir, quando eu trouxer outro homem para dentro da nossa casa?

— Nossa casa? A minha casa é essa e a sua é dois andares acima. E, sim, eu quero que você siga sua vida, arrume alguém para te foder e quero acima de tudo, que você me deixe em paz.

Ela se encolhe pela forma que eu falo, mas logo se recompõe, empina o nariz e ergue a cabeça para olhar nos meus olhos. Os seus queimam de raiva e suas mãos fechadas em punho, como se a qualquer momento ela fosse voar para cima de mim. Viro as costas para ela e vou na direção do meu guarda-roupa, mas sinto o impacto quando algo é atirado em minhas costas e logo o barulho de vidro no chão.

— Você é um idiota! Um idiota, Matteo! — ela berra — Eu estou tentando voltar ao que éramos antes, mas você nem se esforça!

Aproximo-me dela tão rápido, que ela se assusta e dá um passo para trás, minhas mãos estão fechadas em punho com força. Eu nunca, em hipótese alguma, faria algo para machucá-la, mas ela tem o dom de me tirar do sério, de uma forma que eu acho até surpreendente.

— Eu não estou tentando, porque não éramos nada antes, Valerie. Entenda essa merda, que se eu tentei por um tempo, foi só pelo meu filho, apenas por ele, assim como tudo que eu faço. Se nós tínhamos algo, foi por pura conveniência, foi só para tentar dar uma família para Asher, mas não existe família. Não existe família, porque não existe amor, aqui. Existe meu amor pelo meu filho, mas só isso! — digo firme. Talvez assim, ela perceba que isso tem de parar. — Nunca existiu um nós! Você precisa entender e parar com isso de entrar no meu apartamento e invadir minha privacidade. Você precisa parar de me ligar o tempo todo para saber onde estou e com quem. Eu não te devo satisfações e não estou alimentando nenhuma esperança para você continuar com essa sua obsessão maluca.

— Você já está com outra? — questiona de repente e eu respiro fundo.

Todas as vezes que discutimos, é sempre a mesma coisa. Seus olhos de repente estão cheios de lágrimas, enquanto me encaram.

— Você sabe que eu não me envolvi com mais ninguém e mesmo que estivesse, isso não seria algo que diria respeito a você.

Ela se joga no chão, caindo de joelhos e começa a chorar descontroladamente. Tão diferente da loira confiante que ela mostra ser para as outras pessoas. Ela sempre usou do seu drama, ou de Asher, para me manipular de alguma forma e sempre funcionou, porque apesar de tudo, ela é mãe do meu menino e eu sinto que preciso cuidar dela. Por ele. Ele precisa da mãe por perto e é por isso que demorei a sair de casa, porque sempre que tocava no assunto, ela me dizia que sumiria com ele e eu nunca mais o veria e eu também não tenho coragem de tirá-lo de perto dela. Até que um dia, ela me irritou ao ponto de eu pegar minhas coisas e as dele e sair de lá.

Decidi por um apartamento perto do dela, porque não quero afastá-los. Meu medo era ele estranhar a mudança, mas foi como se sempre tivéssemos morado apenas nós dois.

Passo a mão no meu cabelo, nervoso com toda essa merda.

— Eu sei... Eu sei que você tem... — Sua voz sai abafada pelos soluços do choro e ela continua repetindo que eu tenho outra mulher.

Vou para o meu guarda-roupa, pego minha cueca, uma calça jeans e me visto rapidamente, enquanto ainda ouço o choro de Valerie. Pego uma camiseta e saio do quarto, mas ela vem atrás.

— Aonde você vai, Matteo? — Ouço sua voz antes de sair do quarto e caminho na direção de onde meu herói dorme.

Asher foi meu herói desde que soube de sua existência. Ele me salvou de mim mesmo, e ainda que ele ainda não entenda a grandeza do que esse apelido tem para mim, sempre o chamei assim. Quando eu fiquei sabendo que seria pai, estava em um momento da minha vida onde só queria saber de beber, festejar e ir atrás de mulher. Claro que eu já trabalhava, mas o meu dinheiro era sempre para o mesmo fim.

Entro no quarto e a pouca luz que entra pela janela ilumina o cabelo loiro grande e um sorriso se instala em meu rosto. Sinto-me relaxar só de olhar para ele.

— Herói... — Sento em sua cama e beijo sua cabeça, ele se remexe. — Herói, vamos ver o tio Theo?

Seu corpinho pequeno se espreguiça na cama, enrolando-se ainda mais no lençol que o cobre. Antes de abrir os olhos, ele passa sua mão no mesmo, coçando e vai abrindo aos poucos.

— Papai, você vai sair?

— Pensei que você ia gostar de ver o tio Theo.

Ele sorri para mim, confirma que quer ir à livraria e eu o mando tomar banho. Visto minha camiseta antes de escolher uma roupa para ele.

— Pronto, papai! — Ele retorna do banheiro, olha a roupa que escolhi para ele e faz uma careta. — Posso escolher outra roupa, papai?

— Desde quando você não gosta das roupas que eu escolho para você? — questiono com as sobrancelhas erguida e ele dá de ombros, fazendo-me ir até ele.

Quando começo uma sessão de cócegas nele, a gargalhada é alta e tão gostosa, que eu não sinto a mínima vontade de parar.

— Você não pode levá-lo para sair, minha mãe quer vê-lo. — A voz de Valerie se faz mais alta que as risadas e eu fecho os olhos, respirando fundo.

O corpo de Asher se tenciona em minhas mãos e ele corre para o guarda-roupa para pegar outra roupa.

— Hoje, meu filho vai sair comigo. Se sua mãe quiser, pode vê-lo amanhã.

Aproximo-me da porta do quarto, onde ela está.

— Você não vai levar meu filho para ver a vagabunda com quem você está saindo.

— Você está se escutando, Valerie? Para com essa merda — respondo, irritado por ela voltar no assunto. — Estou levando Asher à livraria do Theo, e mesmo se estivesse levando para conhecer alguém, seria porque tenho total certeza de que meu filho estaria bem e em completo acordo em conhecê-la.

— Então existe outra? — Os olhos azuis escuros se enchem de lágrimas novamente.

Passo a mão em meu cabelo, puxando-o com força. Irritado por ter deixado essa merda toda chegar a esse ponto. Irritado com Valerie, que nem mesmo separados me deixa respirar. Irritado com tudo!

— Mas que porra! — resmungo. — Eu estou saindo agora e não sei que horas eu volto.

Vou até Asher, que está tentando vestir a calça de moletom que ele escolheu e o ajudo, boto sua camiseta branca e um tênis. Passo no meu quarto, pego meu celular e minha carteira, coloco meus coturnos e saímos do apartamento quase correndo.

Se ela conseguiu entrar, pode sair sozinha, também.

— Papai, você e a mamãe estavam brigando de novo?

Olho pelo retrovisor e o vejo sentado em sua cadeirinha, olhando para fora e mexendo as mãos nervosamente.

— Não, herói. A gente estava conversando, só isso.

— Porque você grita com a mamãe, quando conversa? A culpa é minha?

Meu coração quase para ao ouvir seu questionamento.

Assim que paro o carro na frente da livraria, desço e vou para a porta traseira tirá-lo.

— Claro que a culpa não é sua, Asher. De onde tirou isso?

Ele dá de ombros, sem me olhar nos olhos e eu estranho isso. Porque meu filho sempre gostou de conversar com as pessoas, olhando em seus olhos. Principalmente comigo.

— Filho, isso é coisa de adulto, ok? Não tem nada a ver com você, e o papai vai tentar não gritar mais com a mamãe, tudo bem?

— Tudo bem, papai.

Entramos na livraria e cumprimento Tina, que está arrumando alguns livros e depois de ela me dizer que Theo está com Rebeca no escritório, faço o caminho para lá, segurando a mão do meu filho.

Bato à porta e a abro assim que ele pede que entre. Os dois estão com cara de culpados e Rebeca olha para Asher com os olhos arregalados, enquanto arruma seu cabelo que estão bagunçados e eu rio deles.

— Vocês não têm uma casa?

— Temos o escritório, também. — A diaba pisca com um sorriso malicioso nos lábios e Theo acena, concordando com a mulher enquanto ri.

Balanço a cabeça para eles e me sento na cadeira em frente à mesa. Asher vai até eles e dá um soquinho na mão de Theo e um beijo no rosto de Rebeca, que retribui, fazendo-o dar um sorriso caloroso para a mulher do meu amigo.

— O moleque nem tem tamanho e já está dando esses sorrisinhos em direção a minha mulher. Eu mereço, mesmo! — Theo reclama, escondendo um sorriso e eu reviro os olhos para ele.

— Fazer o quê, se meu filho desde cedo, sabe ser conquistador. — Estendo a mão para Asher e ele retribui, batendo na minha mão e ri disso.

Ele pega umas folhas e lápis que Theo entrega e senta no chão para desenhar, entretendo-se.

Theo e Beca formam um casal muito bonito, e quem não sabe pelo que passaram, provavelmente imaginam que deve ter sido muito fácil ficarem juntos, por causa de toda a leveza com que levam suas vidas hoje em dia. Mas quem viu de perto e viveu com eles, tem toda certeza de que o amor deles é forte, capaz de superar tudo, e realmente superou.

Na minha adolescência, mesmo em meus momentos de rebeldia, sempre pensei que um dia encontraria um amor lindo, que fosse tirar o vazio que sinto. Quando Valerie apareceu grávida, tive esperanças de que viveria esse amor com ela. Mas não foi assim. E agora, já não me vejo amando ninguém, além do meu menino. Não estou totalmente fechado para o sentimento, mas também não tenho a mesma esperança que queimava em meu peito.

— Então... — Theo me encara com seus olhos azuis, quase tão claros quanto os meus.

— Só vim trazer Asher para passear um pouco. — Sorrio para eles e Theo me olha com uma sobrancelha arqueada, com aquela cara de quem sabe que não estou sendo muito sincero.

— Ah! Se tivesse nos avisado que viria, eu teria pedido para Ayla esperar, ela acabou de sair daqui. Ela ia amar poder ver Asher.

Ajeito a postura assim que Beca fala e olho para a porta, como se Ayla pudesse voltar a entrar por ela, e quando volto meu olhar para os dois, eles estão me olhando desconfiados, com um sorriso estranho.

Sempre que me encontro com Ayla, seu corpo pequeno e seu cabelo escuro são como imãs para os meus olhos, que acompanham todos os seus passos, e a cada vez que ela abre aquela boca carnuda e rosada, uma vontade de tomá-la para mim me assola de uma forma devastadora.

No dia em que Juliana nasceu, eu não resisti quando vi Ayla e acabei a beijando, e isso tem me tirado a sanidade, por eu só querer poder beijá-la novamente. No restante do tempo, o destino parece não querer que nossos caminhos se cruzem, e mesmo que por dentro eu queira perguntar mais sobre ela, conhecê-la melhor, nunca fiz. Apenas por falta de oportunidade, já que na primeira que tive, aproveitei de outra forma.

— Decidi em cima da hora que íamos vir para cá. — Tiro meu celular do bolso quando ouço o toque e vejo que é Valerie. Desligo o aparelho, irritado. — Se quiser avisar a ela que estamos aqui... Posso esperar.

Meu coração salta só com a ideia de poder vê-la um pouco.

— Gabe ligou para ela, não sei se conseguirá voltar.

Bufo, só pelo nome dele ser mencionado e Theo dá uma risada, disfarçando com uma mordida no ombro da mulher em seu colo.

— Qual o problema de vocês com ele?

— Eu não tenho problema nenhum — Theo dispara rapidamente, erguendo suas mãos em rendição e eu o fuzilo. O traíra apenas dá de ombros.

— Eu vi muito dele. Principalmente a parte que ele não mostra para outras pessoas.

Rebeca me olha com uma cara de entediada, como se dissesse que isso não é informação o suficiente, mas isso é tudo que ela vai tirar de mim.

Minha história com Valerie "começou" por Gabe, mas depois de tudo, até para mim é difícil, aceitar que um dia fiz parte da vida que leva. Ou levava, pelo menos. E espero, realmente, que ele tenha parado com as merdas.

Pensar nele fazendo com Ayla, o que o vi fazendo tantas vezes com outras mulheres, me faz querer socá-lo. Mais uma vez.

— Tudo bem se não quer falar. — Rebeca dá de ombros. — Posso perguntar para ele.

— Duvido que ele lhe diga algo, Diaba. — O sarcasmo em minha voz a faz revirar os olhos e eu solto uma risada.

Já falei que a mulher do meu amigo, faz jus ao apelido que ele lhe deu? Diaba. Combina perfeitamente.

Pensar nisso me faz perceber que enquanto ela é uma diabinha, Ayla, com certeza, seria uma Anjinha. Uma anjinha, que eu amaria ter na minha cama, gritando meu nome. Assim como faz em meus sonhos, algumas vezes.

Remexo-me, incomodado com meus pensamentos.

Não entendo porque sempre tenho reações só com a menção de seu nome, ou de qualquer coisa que a envolva.

— Podemos marcar um almoço lá em casa, aí você leva Asher, o que acha? Eu chamo as meninas e o *Maria Fifi* do Mike.

Theo e eu caímos na risada com o apelido que ela deu ao Mike.

— É só marcar e me avisar. Ele vai adorar ver Ayla. Desde que ela o atendeu algumas vezes em que foi no hospital, o menino fala muito dela. Asher é um pouco carente de atenção e acho que por isso ele acabou se apegando.

— Ela também se apegou a ele — ela murmura baixinho, como se estivesse pensando, enquanto olha o cabelo loiro do meu filho caindo em seus olhos. Ele se incomoda em alguns momentos, passando a mão para jogá-los para trás. Ela volta a me olhar. — Então, sábado faremos o almoço lá em casa.

Como se estivesse prestando atenção na conversa, Asher levanta e vai para perto de Rebeca, mexendo as mãos, nervoso.

— Aninha também vai?

Rebeca e eu sorrimos para ele e quando olho Theo, uma carranca transforma seu rosto e eu gargalho dele com ciúmes do meu menino e sua sobrinha.

— Vai, sim, Leãozinho — ela responde sua pergunta e, mesmo de onde estou, vejo seus olhinhos azuis brilharem e seu sorriso se expandir.

— Mantenha seu filho longe da minha sobrinha. — Theo aponta o dedo para mim e eu volto a gargalhar dele.

Meu filho volta para seus desenhos, enquanto Rebeca e eu ainda estamos rindo de Theo, que está resmungando.

Uma ansiedade por esse almoço toma conta de mim. Ansiedade por vê-la, para tê-la um pouco mais próxima de mim.

Será que dessa vez vou conseguir um pouco da atenção da morena?

Mordo meu lábio ao pensar nisso.

Desde já, sei que vou tentar tomar o mínimo dela que seja.

CAPÍTULO 5

Ayla

Ceci, Beca e eu decidimos vir à praia, para poder aproveitar meu dia de folga e da Ceci, já que Beca ainda está de licença maternidade e decidiu que hoje Theo ficaria cuidando da Juju enquanto ela descansa. As duas loucas estão correndo pela praia, como se fazer exercício físico fosse melhor do que tomar um pouco de sol.

Abro um sorriso discreto e termino de passar protetor solar nas minhas pernas, deito-me na canga que estendi e cubro meu rosto com meu chapéu.

Estou quase pegando no sono, quando sinto o impacto de algo batendo em minha barriga com tanta força que me falta o ar. Tiro o chapéu do rosto e coloco a mão onde fui atingida e é quando abro os olhos que o vejo...

Puta que pariu!

Eu pareço nunca estar pronta para o impacto que ele causa em mim todas as vezes.

Matteo está vestindo uma bermuda de banho preta, sem camisa, mostrando seu peitoral forte, com alguns pelos. Olhar os gominhos de sua barriga, faz meus dedos comicharem com a vontade de tocá-los.

Seus olhos azuis, tão claros quanto o céu, estão me encarando fixamente, como se não acreditasse no que vê e seu lábio está repuxado em um sorriso torto, deixando-o ainda mais sexy. A barba rala contorna perfeitamente o rosto quadrado. Seus ombros largos e braços enormes... Tudo nesse homem parece chamar para o pecado.

Ele se aproxima de mim e eu olho para cima, colocando a mão na minha testa como proteção do sol, tentando enxergá-lo melhor. E olhando ele tão perto, o ar me falta mais uma vez.

— Você está bem? — Ele ajoelha ao meu lado, fazendo com que seu cheiro amadeirado, misturado ao suor se torne ainda mais forte. — Estamos jogando vôlei e eu acho que botei um pouco de força demais.

— Tudo bem. Estou bem.

— Está vermelho...

Sinto um choque percorrer todo o meu corpo e eu puxo o ar com um pouco de força, quando sinto sua mão grande tocar minha barriga. Mordo o lado de dentro da minha bochecha.

— Estou bem, de verdade. Só não vi para onde a bola foi.

Olho ao redor procurando a bola, tentando fugir um pouco da intensidade do seu olhar e das sensações que seu toque causou.

— Pode ficar tranquila, Ayla. — Sua voz é rouca e profunda, fazendo com que um choque percorra todo meu corpo. Fecho os olhos brevemente, volto a abrir e viro o rosto para ele de novo. — Benício já foi...

— Ayla. — Olho em direção a voz e sorrio para meu amigo, que tem um sorriso cheio de dentes para mim — Veio sozinha?

— Vim com as meninas. Elas foram correr um pouco.

— Então vem jogar com a gente.

— Não, Beni, vou ficar esperando por elas, aí talvez depois eu vá.

— Ah não, baby! Vamos logo. Estamos aqui do lado, você vai conseguir ficar de olho nas suas coisas.

Olho para Matteo, procurando algo em suas feições que mostre descontentamento, mas o homem não demonstra nenhuma emoção, só me encara com aqueles olhos azuis.

— Tudo bem, só uma partida. — digo.

Benício estende a mão em minha direção e quando vou segurá-la, Matteo toma a minha mão, ajudando-me a levantar com força suficiente para me fazer ter de segurar em seu peito para me equilibrar. Afasto-me rapidamente, desviando o olhar dele para o de seu irmão, que está com uma cara engraçada, segurando a risada.

Abaixo-me e pego uma camiseta para poder usar por cima do biquíni verde militar que estou usando. Por ser um modelo pequeno, acaba chamando mais atenção do que eu consigo suportar receber, então sempre que fico muito incomodada, acabo vestindo alguma coisa por cima.

Viro-me para os dois sorrindo e Benício está olhando para uma mulher, que está deitada tomando sol mais a frente de onde estamos e Matteo me encara como se pudesse me devorar.

E ele pode.

Mas o estranho é que não me incomodo com esse olhar, pelo contrário, eu gosto! E a prova disso, são as borboletas voando em meu estômago e o calor úmido entre minhas pernas.

Seguimos para onde eles estão jogando e quando chegamos, vejo Antony em pé, com as mãos na cintura esperando os irmãos, e Valerie deitada, tomando sol.

Ela me olha com tanta raiva, que eu tenho certeza de que se pudesse me matar agora mesmo, não hesitaria em fazer.

Vou para o lado de Benício, praticamente me escondendo atrás de seu corpo.

Os três entram em uma briga sobre os times e eu fico de espectadora, vendo os três homens grandes se tornar quase crianças. Observando bem os três, consigo ver perfeitamente que as diferenças entre eles são poucas.

Os dois irmãos de Matteo têm cabelo loiro-escuro, seus rostos quadrados e bem marcados. Os dois têm feições mais suaves, enquanto Matteo tem o cabelo preto e seu rosto está sempre fechado, trazendo uma beleza violenta a ele.

Só consigo pensar, que se um King já é demais, os três reunidos deveria ser considerado um crime.

— Eu sou o mais velho, então eu escolho. Ayla vai jogar no meu time. — A voz grave de Matteo chama a minha atenção, tirando-me dos devaneios.

— Eu sou amigo dela, irmão. Ela vai jogar comigo. — Benício estufa o peito ao dizer isso e eu mordo meu lábio para segurar a risada.

— Eu sou o novinho e mais gostoso. Aylinha, comigo vai ter uma bela visão enquanto joga, só não podemos perder para os dois panacas — Antony fala todo convencido e leva um tapa na nuca, de Benício.

— Que coisa ridícula... — Ouço uma voz feminina falar baixo e os três homens giram a cabeça em direção a Valerie, fuzilando-a.

— Valerie, você não joga, você não palpita — Benício fala, sarcástico, e vejo Antony balançar a cabeça para cima para baixo, concordando com o irmão e segurando a risada.

Odeio qualquer tipo de briga, odeio discutir. Odeio ainda mais competições femininas, principalmente por causa de homem.

Rebeca fica louca comigo desde a escola, porque sempre que alguém implicava comigo, quem comprava a briga era ela, enquanto eu tentava convencê-la a deixar para lá.

Porém, às vezes, algum espírito ruim toma conta do meu corpo me fazendo querer levar a outra pessoa ao limite. E esse espírito, parece ter acabado de me possuir, porque digo em voz alta:

— Fico no seu time, Matteo. Vamos ver se os dois jogam tão bem quanto dizem.

O sorriso que ele abre, me deixa embasbacada com o quanto esse homem pode ficar ainda mais lindo sorrindo. As covinhas em suas bochechas, mesmo por trás da barba, se fazem evidente e eu quase derreto aqui mesmo. Ouço meu amigo bufar e belisco seu braço, enquanto sigo para o lado do seu irmão.

Começamos a jogar e eu quase não consigo, de tanto que fico rindo da competição dos três.

Eu não saquei nenhuma vez, pois disse a Matteo que não conseguiria. Ele, por fim, me chama para tentar uma vez, posicionando-se atrás de mim, em uma distância que não chama muita atenção dos outros, mas que eu ainda consigo sentir seu perfume bem forte tomando conta do ar.

Jogo a bola, mas por um erro de cálculo graças ao homem atrás de mim, que me distraiu, acabo acertando na cabeça de Valerie, que está sentada.

— Está ficando louca, sua idiota? — ela grita e eu cubro minha boca com as duas mãos.

— Perdão, por favor, perdão. Juro que não foi intencional.

Ouço risadas e olho para frente, vendo Benício e Antony sentados, rindo da cara de ódio que Valerie está. Atrás de mim, ouço uma risada rouca e baixa.

— É nisso que dá, quando vocês trazem uma sonsa para jogar isso. — Ela continua destilando o veneno.

— Valerie, bem menos, por favor! Ayla já disse que não foi proposital e já pediu desculpas. Nem é para tanto — Matteo fala para ela.

A mulher faz uma careta, mas não fala mais nada.

As duas crianças adultas ainda estão rindo e eu pego a bola da mão de Matteo, que foi buscá-la ao lado da mulher, e jogo na direção dos dois, acertando Benício, fazendo-o reclamar e Antony gargalhar ainda mais.

— Já é cedo para dizer que eu amo essa mulher? — ele fala quando consegue parar de rir e recupera o ar.

Sinto meu rosto esquentar e sei que devo estar mais vermelha que pimentão nesse momento. Solto uma risada sem graça e sinto os braços do caçula me abraçar pelos ombros e ele encosta a boca no meu ouvido para sussurrar:

— Na próxima, pode colocar mais força e talvez acertar o rosto, em vez da cabeça?

Começo a rir e logo cubro a boca, dou um tapa leve em seu abdômen, fazendo-o se afastar para voltarmos ao jogo.

Quando vou rebater uma bola que um dos meninos jogou para o nosso lado, vejo Asher se aproximar de onde estamos, com a avó segurando sua mão. Quando ele me vê, abre um sorriso lindo, idêntico ao do pai. Posso jurar que vi seus olhos brilharem, mesmo de longe.

Ele solta a mão da avó e vem correndo em minha direção, eu ajoelho para pegá-lo no colo quando ele se joga em cima de mim. Sua risada infantil me faz sorrir abertamente.

— Oi, Leãozinho. Como você está?

— Oi, Estrelinha. Eu estou bem, *tava* tomando sorvete com a vovó.

— Estava, herói. — Ele olha confuso para seu pai, quando o escuta corrigi-lo. — A palavra certa é "estava", filho.

Ele balança a cabeça concordando e passa a mãozinha pequena no meu rosto.

— Você veio brincar comigo, Estrelinha?

Olho para Benício e Antony, que estão olhando para nossa interação e desvio o olhar, voltando para o pequeno.

— Estava brincando com seus tios e seu papai, mas já estou muito cansada. O que acha de eu e você irmos fazer um castelo de areia ou juntarmos conchinhas?

Ele olha de mim para o pai e eu me lembro de pedir permissão. Viro a cabeça para trás, para olhar o homem que está parado atrás de mim, com os braços cruzados.

— Claro, se seu pai deixar.

— Pode...

— Não, ele não vai. Asher vai ficar quietinho aqui, perto de mim — a mãe bruxa dele diz, antes do pai terminar de falar e noto os olhos do pequeno encherem de lágrimas.

— Valerie, ele vai brincar, sim. O menino só saiu para tomar sorvete, você não o deixou aproveitar nem um pouco a praia — Matteo diz com indignação. — Pode brincar com Ayla, herói. Só não saia de perto dela, ok?

Asher assente para o pai e nos afastamos um pouco de onde os meninos voltam a brincar com a bola.

Montamos vários castelos de areia e brincamos de pega-pega. Corro atrás dele enquanto o pequeno gargalha, e quando já estamos os dois ofegantes, pego-o pela cintura e ele reclama, sem parar de rir.

Procuramos algumas conchinhas e a cada nova que achamos, ele grita como se fosse a coisa mais maravilhosa do mundo.

O menino parece estar começando a cansar e eu já me sinto exausta.

Ele pede para o pai deixá-lo nadar um pouco e depois da autorização, seguimos rumo ao mar. Ficamos na beiradinha, onde o mar chega à metade de suas pernas e ele joga água em mim, fazendo-me rir.

— Ah, seu sapeca!

Corro atrás dele e ele está gargalhando, chamando a atenção das pessoas. Seu cabelo longo está voando devido ao vento e eu não consigo parar de rir com ele.

— Você não me pega, Estrelinha. — Ele dá voltas ao meu redor e o pego pela cintura, fazendo cócegas, tirando risadas ainda mais altas dele.

Quando paro, fico sentada e ele começa a brincar com outro menininho que está por perto. De relance, vejo quando Benício se senta ao meu lado, sem tirar os olhos de seu sobrinho e sem parar de sorrir também.

— Parece que faz anos que não o vejo gargalhar assim — ele diz e sua voz parece um pouco triste, o que chama a minha atenção.

— Como estão as coisas com ele e a mãe?

— Do mesmo jeito de sempre. Ela parece querer manter o menino em uma coleira e Matteo parece se fazer de cego para essas merdas. Acredita, que essa semana fui buscá-lo e ele me disse, sem querer, que a mãe trancou todos os brinquedos em um quarto, só porque o menino quebrou um copo enquanto almoçava? Nem morando em outra casa ele tem paz.

Quando olho para ele, seu olhar está perdido e ele está com uma carranca que dificilmente vejo em seu rosto.

— Seu irmão sabe disso?

— Se ele sabe, finge que não vê. Eu não consigo entender o porquê de ele ser tão idiota ao ponto de deixar Asher passar por essas coisas, só por pensar que não pode afastá-lo da mãe. Olha o que ela faz com o menino. Para mim, é inaceitável uma criança de cinco anos não poder brincar, não poder correr.

Deixo que ele continue falando, porque percebo que precisa conversar sobre isso com alguém.

— Quando Matteo decidiu sair do apartamento que morava com ela, passou dias para conseguir levá-lo com ele. A mulher nem gosta do filho, porque simplesmente não se afasta? Ela não ama nem meu irmão, como tanto diz. Só é doente, mesmo. Ele voltou a sorrir e brincar, fez amiguinhos na escola, mas ainda não é como as outras crianças. É visível o seu medo de tudo.

Seguro sua mão, tentando passar algum tipo de conforto e ele me olha, abrindo um sorriso de lado.

— Você tem de ter paciência com ele. Tentar conversar, para ver o que há de errado, e talvez, tentar conversar com Matteo, para tentar mostrar o que ele pode não estar vendo. Se quiser, posso falar com Cecília e marcar uma sessão para os dois.

— Vou falar com meu irmão, mas do jeito que ele é, duvido um pouco.

Vou responder, mas sou atingida pela água que o pequeno arteiro chuta em nossa direção.

— Tio Beni, porque está segurando a mão da minha Estrelinha? Vocês tão namorando?

A pergunta me faz engasgar e Benício gargalhar. Asher tem suas mãos na cintura, enquanto olha para a gente.

— Não, Anjinho. Sua estrelinha não é minha namorada. — Benício joga água de volta no menino, que ri da arte.

Os dois entram em uma guerrinha de água, que acaba sobrando até para mim. Estamos rindo, quando Matteo surge e os chama para ir embora.

Despeço-me de Asher com um abraço forte.

— Vou sentir muitão de saudades de você, Estrelinha — ele fala baixinho e eu quase choro.

— Também vou sentir saudades. Mas podemos chamar o tio Beni para tomar um sorvete outro dia, o que acha?

— Um sorvete de chocolate, com muita calda de chocolate?

Seus olhinhos brilham e eu solto uma risada.

— Com muito chocolate.

Despeço-me de Benício com um beijo no rosto e combinamos de nos falarmos por mensagem. Ele pega na mão do sobrinho e sai andando na frente do irmão, que se mantém parado na minha frente.

— Obrigado por distrair Asher um pouco! — agradece e eu assinto para ele.

Sem que eu espere, ele se aproxima de mim e coloca uma das mãos no meu pescoço e abaixa o rosto em direção ao meu ouvido. Todos os pelos do meu corpo se arrepiam quando ele passa seus dentes no lóbulo da minha orelha e em seguida, passa a língua no local.

Fecho os olhos, totalmente inebriada pelo seu cheiro e presa na bolha que ele parece ter nos colocado. Meu coração bate descompassado, enquanto sinto a respiração dele no meu pescoço.

— Porra, muito cheirosa! — Gemo baixinho quando ele passa a língua no meu pescoço. — Quero te beijar de novo.

Aperto minhas unhas em seu braço e ele se afasta, depois de deixar um beijo no canto da minha boca, um sorriso convencido em seu rosto e pisca um olho para mim.

— Tchau, Matteo!

Afasto-me dele quase correndo e ainda o ouço dizer um "até logo".

Quando alcanço o local onde deixei minhas coisas, minhas duas amigas estão me olhando, com cara de quem viu o que aconteceu.

— Tirando uma casquinha do detetive, dona Ayla? — Rebeca fala bem-humorada e sinto meu rosto esquentar ainda mais pela vergonha.

— Ele quem estava tirando uma casquinha de mim — resmungo

— Mas bem que você gostou, não é? — Cecília retruca com ironia e eu faço careta para as duas.

— Podemos ir embora?

— Claro, depois de a querida ter passado o dia babando no detetive e lembrar só agora das suas amigas... Podemos, sim — Rebeca reclama, enquanto me ajuda a juntar nossas coisas.

— Estava com Benício, não com Matteo.

— Bem que vimos mesmo. Benício parece ter crescido ainda mais, do dia para a noite, e seu cabelo preto combinou bastante.

As duas continuam com piadinhas e suas ironias, mas eu começo a ignorá-las.

Mesmo depois de chegar a casa, tomar meu banho e deitar para dormir, não consigo parar de pensar no dia de hoje.

Queria conseguir entender o que pai e filho têm que me desestrutura e mexe com tudo dentro de mim.

Um faz meu instinto protetor gritar e querer protegê-lo de todo o mal, enquanto o outro faz meu corpo arder em chamas e meus pensamentos irem para um caminho que eu nem mesmo sabia que poderia seguir.

Vou para a cozinha fazer um leite quente para mim e encontro Cecília assistindo TV, com um pote de pipoca enorme nas mãos.

— Ayla, vem assistir esse filme comigo.

Quando olho para a televisão e vejo que é um de terror, nego com a cabeça e ela começa a rir.

— Deixa de ser cagona.

— Você sabe que eu tenho medo. — Faço careta para ela e corro para a cozinha.

Desde criança, sempre tive medo de filmes de terror, já Cecília adora e sempre pega no meu pé para assistir com ela, e às vezes até acabo assistindo, mas fico sempre meio paranoica com tudo.

Rio de mim mesma e balanço a cabeça.

Ouço uma cadeira sendo arrastada no chão e um suspiro.

— Então... — Cecília começa e respiro fundo, preparando-me para as perguntas que eu sei que ela vai fazer. — Vimos você conversando com Matteo, hoje.

— Ele foi chamar Beni e Asher, que estavam lá comigo.

— Eu vi mesmo você brincando com o menino quase o dia todo, e vi também que a mãe dele estava lá. Ela não se importa?

Coloco as duas xícaras na mesa, uma para mim e uma para ela. Ela assopra a dela, sem tirar os olhos de mim e dou de ombros.

— Quando Asher pediu, ela disse que não era para ele brincar, mas Matteo deixou e ela não se opôs. — Tomo um gole do meu leite e olho para minha amiga. — Hoje, vi de perto o quanto a relação dos dois é estranha. Quer dizer, já achávamos estranha, não é? E hoje, os dois mal se falaram, mal se olharam.

— Não sei o que a louca estava fazendo lá, se nem morando junto os dois estão mais — diz, pensativa. — Deve estar apenas querendo marcar um território, que não é mais dela.

— Eu não entendo, amiga. Ele a mantém por perto, mesmo que todos vejam o quanto Asher, o próprio filho, não gosta dela. Benício disse que ele só não quer afastá-lo dela, mas não entra na minha cabeça.

— Vai saber o que realmente se passa na cabeça dele. Às vezes, ele vê as coisas de uma forma mais complexa que a gente.

— Pode ser. — Olho para a caneca quase intocada e dou de ombros para ela. Não entendo, mas pensar nele com ela retorce meu estômago e um sentimento ruim me toma. — Eu nem sei por que estou pensando nisso, para falar a verdade.

Mesmo sem a olhar, sinto seu olhar me queimando e ela ri baixinho.

— Sabemos bem que o detetive mexe com você desde quando se esbarraram lá no hospital. — Ergo a cabeça para olhá-la e ela está com aquela cara sonhadora. — Quem sabe um dia...

— Nada de um dia, amiga. Pare com isso! — Rio dela, que começa a rir junto.

CAPÍTULO 6

Matteo

Uma mãozinha, fazendo um carinho nada delicado na minha barba me desperta e eu abro um sorriso preguiçoso antes mesmo de abrir os olhos e quando faço, sou contemplado com olhos tão azuis quanto os meus, parecendo ainda mais claros por conta dos raios de sol que invadem o quarto. O cabelo comprido e loiro quase os cobre e Asher tem um sorriso no rosto, enquanto me olha.

— Achei que o senhor não ia acordar hoje, papai preguiçoso. — Sua voz ainda está um pouco rouca.

— Bom dia, herói! — respondo e afasto os fios de seu rosto. — Por que o mocinho ainda está na minha cama? Devia estar se arrumando para ir para a escola.

Um biquinho se forma em sua boca e eu quase rio disso, porque já sei que ele usa essa carinha fofa dele para sempre enrolar, tanto eu, quanto seus tios e sua avó. Ele fecha seus olhos com força e finge um ronco. Mordo meu lábio, segurando a risada.

— Já que você voltou a dormir, vou almoçar sozinho com a vovó. Ela disse que ia fazer um bolo de chocolate muito gostoso, posso comer tudo sozinho — digo enquanto me levanto da cama e caminho para o banheiro.

Rapidamente ouço passinhos correndo atrás de mim e ele abraça minha perna.

— Estou acordado, papai. — Ele abre um sorriso mostrando todos os seus dentinhos pequenos e seus olhos se encolhem, quase fechando totalmente.

Meu menino é a coisa mais linda desse mundo e eu daria tudo para vê-lo sorrir assim sempre.

— Então, vai se trocar para ir para a escolinha e depois da aula, nós dois vamos para a casa da vovó.

Ele corre para fora do quarto.

Entro no banheiro e ligo o chuveiro. Tiro meu short e cueca, entro embaixo do jato de água, sentindo as gotas quentes caírem em minhas costas, ajudando-me a relaxar.

Já faz duas semanas desde o dia em que fomos à praia. O almoço na casa do Theo seria naquele fim de semana, mas Ash adoeceu e isso me fez ficar só em função dele enquanto não estava trabalhando. Foi tão repentino, que eu fiquei completamente perdido. No dia da praia ele estava feliz, brincando e sorrindo para Ayla. No outro dia, recebi uma ligação de um Benício extremamente puto, porque Valerie não o deixou pegar Asher para ir tomar sorvete com ele e a pediatra. Quando cheguei da delegacia naquela noite, ele estava com quase 40° graus de febre, enrolado em sua coberta do Rei Leão e reclamando de muita dor na barriga.

Acabei levando-o para o hospital, porém, mais uma vez, os médicos não souberam me dizer do que se tratava, passaram mais remédios e ele levou alguns dias para se recuperar. Algumas vezes durante o dia, ele me pede para levá-lo para ver sua Estrelinha e que ela ia curar sua dorzinha, segundo ele. Todos esses dias ele tem dormido comigo na minha cama, enroscado em mim. O dia que tentei deixá-lo dormindo em seu quarto, a febre voltou tão alta quanto antes e ele não dormiu nem um segundo daquela noite, consequentemente, deixando-me acordado junto.

Quando conversei com Theo, combinamos de remarcar o almoço para quando ele melhorasse. Decido ligar para ele mais tarde, para marcar. Não só porque eu quero ver aquela pediatra com carinha de Anjo, que tem tomado conta dos meus pensamentos, ainda mais depois daquele encontro na praia, mas porque meu filho também quer vê-la e ver a pequena Ana.

Termino meu banho e escovo meus dentes. Vou para o quarto pegar uma roupa com a toalha enrolada na cintura, mas me assusto quando vejo Valerie parada em frente à minha cama, com meu celular na mão.

— Perdeu alguma coisa aí, Valerie? — questiono um pouco alto e a loira dá um pulo, soltando o celular na cama.

Como essa louca entra aqui, para mim é um mistério ainda. Já a questionei e ela se faz de desentendida. A entrada dela no apartamento não é proibida, deixei claro que ela pode vir sempre que quiser ver Asher. Só que ela parece não ter entendido isso e eu quase a vejo mais do que via quando morávamos juntos.

Preciso descobrir o que ela faz para entrar.

— Eu... Estava... — gagueja — Estava tentando desbloquear para ligar para minha mãe.

— Eu quero saber como você consegue entrar aqui, como se a casa fosse sua. Eu não lhe dei uma chave e sei que Lotte não abre a porta para você.

Ergo uma sobrancelha e cruzo os braços, mas a loira nem faz menção de me responder. O olhar dela desce pelo meu corpo e para onde meu pau está marcado na toalha. Sinto-me incomodado com seu olhar, por isso dou as costas para ela e vou para o guarda-roupa.

— Saia do meu quarto, por favor! Preciso me trocar para levar Asher para a escola e resolver algumas coisas.

Um arrepio me faz estremecer ao sentir suas unhas em minhas costas. Fecho a mão em punhos, porque me irrita o fato de ela ainda pensar que pode me tocar, de qualquer forma que seja.

— Você podia passar o dia comigo hoje, não é?

— Não me faça ser grosso com você, Valerie. — Olho-a por cima do ombro e seus olhos estão brilhando com lágrimas. Outra coisa que me irrita nela, é que sempre tenta me manipular com essa porra de choro falso. — Por favor, sai da minha casa! Tenho muita coisa para fazer hoje.

Ela gira e sai bufando, quase se esquecendo de que estava prestes a chorar.

Depois de me vestir, vou atrás do meu menino. Encontro-o sentado em sua cama, tentando calçar o tênis. Seu cabelo insiste em cair em seus olhos, mesmo que ele os jogue para trás sempre que isso acontece.

— O que acha de cortarmos esse cabelo? — pergunto ao me aproximar dele para ajudar com o tênis e ele se levanta, balança o cabelo e me olha sorrindo.

— Eu gosto dele assim, papai. — De repente, ele baixa os olhos para o chão. — Mas se o senhor quiser cortar...

— Ei, se você gosta, não cortamos, ok? O papai também gosta muito dele, grandão assim.

Ergo seu rosto para mim e beijo sua testa. Trocamos sorrisos cúmplices e saímos do quarto depois de ele pegar sua mochila.

O cheiro de panquecas chega até nós dois antes mesmo de chegarmos à cozinha. Charlotte está terminando de colocar as coisas para o café da manhã na mesa. Ela trabalha aqui desde o dia em que me mudei para cá, a senhorinha é muito simpática e zelosa com tudo nessa casa. Muitas vezes, ela me faz sentir como se ainda morasse com a minha mãe, porque as broncas que ela me dá são quase as mesmas que Sra. King me dava quando entrava no meu quarto e via a bagunça em que ele ficava.

— Bom dia, meninos! — cumprimenta alegremente e abaixa para beijar a cabeça de Ash. — Acordou melhor, meu anjo?

— Acordei, Lotte. — Ele sorri e se senta.

Beijo o rosto da baixinha e me sento depois de devolver o bom dia. Asher e eu nos acabamos de comer as panquecas deliciosas enquanto conversamos com Lotte.

Nós nos despedimos da baixinha e vamos para o carro, para seguir o caminho da escola.

Deixo-o com o aviso de que podem me ligar a qualquer momento se ele sentir dor ou se a febre voltar.

Entro no *Dignity Health* enquanto deixo uma mensagem para Benício.

Matteo: *Asher está melhor, então hoje vamos almoçar na casa de Sra. King.*

Benício: *Ok.*

Pela sua resposta, já imagino que ainda está bravo. Mas eu não podia ter feito nada naquele dia. Apesar de tudo, Valerie é mãe de Asher, e eu não posso tirar o direito dela de ficar com ele quando quiser.

Decidido a conversar com meu irmão na hora do almoço, guardo o celular no bolso e paro na recepção.

— Bom dia! Vim visitar Lauren Evans.

— Bom dia! — A recepcionista abre um sorriso malicioso para mim e seus olhos descem pelos meus braços marcados na camiseta.

Tiro o braço de cima do balcão e coloco as mãos no bolso. Desvio o olhar do seu, para o outro lado do corredor.

— Qual o seu nome?

Eu reconheceria aquele corpo pequeno, cheio de curvas deliciosas, há quilômetros de distância. Minha boca chega a salivar quando percebo a curva que sua bunda faz na calça jeans, agarrada em suas pernas. A mulher veste uma blusinha preta que deixa um pequeno pedaço da sua barriga à mostra, uma bota alta parece deixar ela ainda mais gostosa.

Meu coração acelera tanto, que tenho a sensação de que a qualquer momento ele vai simplesmente rasgar meu peito. Os sons de conversas que estava escutando antes, agora, focado nela, não ouço nem isso mais. É como se uma luz pairasse sobre ela, tomando toda a minha atenção.

Seu jaleco está em suas mãos, que ela mantém na frente do corpo. Ela torce o pano, parecendo nervosa e é então que eu noto com quem ela conversa. Uma vontade súbita de ir lá e acertar um soco na cara daquele desgraçado toma conta de mim.

Os dois parecem estar em uma conversa acalorada.

A recepcionista chama a minha atenção pedindo um documento, desvio os olhos do casal e logo sou liberado para ir ver a menina.

Passo pelos dois e nem me atrevo a olhá-los, mas o cheiro de morango dela toma conta dos meus sentidos, antes que eu tenha chance de me afastar mais. Respiro fundo.

O que essa mulher tem que me deixa sempre assim?

Dou duas batidas à porta do quarto para avisar minha chegada e ao entrar, encontro Mike sentado na cama brincando com Lauren de montar Lego e ela está rindo de alguma coisa que ele deve ter falado.

— Bom dia! — digo enquanto Aproximo-me da cama.

— Bom dia, tio Matteo! — Lauren sorri para mim e ver seu rosto mais corado me traz um alívio instantâneo. — Tio Mike está fazendo um castelo de princesa para mim.

— Ah, é?

Rio da careta que meu amigo faz. Em momento algum ele para de fazer seu trabalho.

— Claro! Tio Mike quer deixar todos os plebeus, príncipes, dragões e qualquer coisa que possa machucar a princesa, bem longe dela. — Ele pisca para ela, que o olha sem entender, mas ri dele mesmo assim.

— Mas, tio, um dia a princesa vai querer se casar com o príncipe e ser feliz para sempre.

— Ai, meu Deus! — Ele coloca a mão no peito, dramatizando, e eu seguro a risada. — Princesa, escuta o titio quando eu digo que você deve fugir dos príncipes. Nenhum presta.

Bato na cabeça dele e ele reclama, esfregando onde acertei.

— Para com essa mer... Com isso. — Aproximo-me dela. — Quando a princesa quiser se casar com o príncipe, o príncipe tem de ser muito bom para ela, e se os dois se amarem, nem o tio Mike vai impedir.

Ela ri baixinho e volta a montar o castelo.

— Eu não tinha brinquedos assim na minha casa...

Troco olhares com Mike e vejo um brilho raivoso passar por seus olhos, mas ele logo suaviza quando olha para ela.

— Pensa que agora você vai ter muitos brinquedos e o tio Mike pode ser seu príncipe até você crescer. — Ele alisa o terno e mexe as sobrancelhas para ela.

— Você é muito velho para ser meu príncipe.

Gargalho assim que ela fala e a boca de Mike se abre, em choque.

— Matteo, ela me chamou de velho? — Aponta para ela com os olhos semicerrados. — Eu não sou velho, não, viu sua pirralhinha.

Ela começa a ficar vermelha de tanto rir dele e o ar me falta, enquanto a acompanho. Machucar o ego dele é tão fácil, que uma menina de seis anos consegue.

— Para de rir, Matteo. Seu... Seu... Idiota. Eu sou novinho ainda. Credo!

— Novinho você não é mais não, Mike — lembro-o, que ergue a mão, provavelmente para me mostrar o dedo, mas para o movimento.

Quando nos acalmamos, ajudo-os a terminar de montar o castelo e depois de contarmos uma história sem pé e nem cabeça tirada das nossas cabeças, Lauren acaba dormindo. Sento na poltrona e Mike continua na cama.

— Já acharam a desgraçada da mãe dela? — Balanço a cabeça em negativa. — Ela ainda vai ficar quanto tempo internada?

— Não sei. O caso dela estava muito crítico quando chegou aqui, e já se passou mais de um mês. Preciso conversar com a assistente social. Mas até onde eu sei, logo ela sai, e provavelmente vai para a casa de alguma família acolhedora.

— Dei uma olhada no processo. Noah passou para que eu trabalhasse nele. Cara... Ela só tem seis anos. Olha a carga que essa menina já carrega.

Mike passa as mãos no cabelo, nervoso, e olha para o corpo pequeno encolhido na cama.

O escritório que ele trabalha é o responsável por cuidar desse processo e eu sabia que se Mike acabasse pegando esse caso, ele se envolveria demais. Apesar de ser todo desapegado de tudo, ele tem um coração gigante e mesmo tentando não misturar o pessoal com o profissional, nesses casos é muito complicado.

Eu, mais do que ninguém, sei disso.

— Eu sei. Mas nós vamos fazer essa maldita pagar por tudo o que fez e Lauren vai ter uma vida tão boa, que essa merda não vai afetá-la. Ela já se mostrou ser forte para caralho, só em ter aguentado por tanto tempo. —

Ele assente e eu mudo de assunto para aliviar um pouco o clima — Tem falado com Theo? Estou pensando em ligar para ele hoje, para marcarmos aquele almoço.

— Doido para ver a doutora Anjinho, não é, safado? — Seus lábios curvam em um sorriso malicioso e eu reviro os olhos. O Mike engraçadinho volta tão rápido, quanto se vai. — Eu sei que é difícil manter os olhos longe dela. Aquela carinha, quase pedindo para ser corrompida...

— Pare de falar merda, Mike! Nós tínhamos combinado esse almoço antes do Ash ficar doente. Era exatamente para ele ver Ayla nesse almoço, por isso esperei que melhorasse.

— Matteo, nem você acredita que é só para que ele a veja. Você nem disfarça que a come com os olhos, toda vez que a vê. — Dou de ombros para ele, sorrindo de lado. Nem vou tentar me defender sobre isso, porque é a mais pura verdade. — E eu que sou o canalha, não é?

— Não sou canalha. Mas a mulher é linda, não vou negar isso.

Ele ergue uma sobrancelha para mim, solto uma risada e encosto meu corpo na cadeira. Mordo meu lábio e fico passando o polegar, sentindo o lugar onde meus dentes marcaram.

— Seu pervertido, para de pensar nela. Você está em um quarto de hospital, com uma criança e um advogado decente.

— Você e decente na mesma frase, definitivamente, não combinam. — Ele estira o dedo e minha gargalhada ecoa no quarto. — Bem, vou buscar Ash. Sra. King está nos esperando para o almoço.

— Opa, almoço na tia Amber? Estou dentro.

Ergo uma sobrancelha para ele, questionando quem o chamou, mas ele nem me dá atenção, beija a testa de Lauren e já vai saindo do quarto. Após fazer um carinho no cabelo da menina, sigo atrás dele.

Pego meu celular no bolso da calça e digito uma mensagem para Theo.

Matteo: *Podemos marcar aquele almoço para amanhã?*

Sinto o impacto e meu celular vai ao chão, só tenho tempo de segurar os braços do corpo pequeno que bateu em mim, antes que ela vá junto.

— Opa!

— O-oi! — Os olhos castanhos se arregalam ao encontrarem os meus e meu sorriso se amplia ao notar aquele tom rosado tomar toda sua bochecha. — Desculpa, não o vi.

— Tudo bem, parece que você gosta de esbarrar em mim toda vez que me vê por aqui.

Sua boca carnuda se abre e ela olha para os lados, como se procurasse uma forma de fugir, sua respiração acelerada só me confirma como fica nervosa na minha presença. Coloco as mãos no bolso, sem desviar meus olhos dela. Uma corrente elétrica percorre todo meu corpo, totalmente consciente pela sua presença.

A frase de Mike me vem à mente e, porra, eu tenho de concordar com ele. Essa carinha de anjo dela parece me implorar para corrompê-la e eu ia amar cada segundo.

— Foi sem querer, Matteo. Eu estava olhando para o tablet e não o vi.

— Tudo bem, Ayla, estou só brincando. — Pisco.

Ela coloca uma mecha de cabelo atrás da orelha e quando olho por cima de seu ombro, vejo Mike encostado na parede, olhando em nossa direção com um sorriso sarcástico e uma sobrancelha arqueada. Seus olhos descem pelo corpo dela e eu semicerro os olhos para ele, que dá de ombros e sai rindo.

— Nós nos vemos no almoço na casa do Theo.

Ela me olha, confusa, sua cabeça inclina levemente para o lado. Ela faz uma careta fofa, como se procurasse em sua memória algo, enquanto morde o lábio. Dou um passo, acabando com a distância e sem me conter, puxo seu lábio levemente, fazendo-a soltar. Acaricio o local mordido, da mesma forma que fiz com o meu e não consigo deixar de sorrir ao sentir seu lábio carnudo.

— Mandei mensagem para ele, agora, para marcarmos — respondo a pergunta que ela nem mesmo fez. Aproximo minha boca do seu ouvido para sussurrar: — Eu te vejo lá.

Ao deixar um beijo em sua bochecha, afasto-me dela e sigo para meu carro, onde Mike já me espera.

— Não perde tempo, não é, safado?

— Vai à merda, Mike!

Entramos no carro e vamos buscar meu filho. Passo o dia com a minha família e Mike, por quem, infelizmente, minha mãe tem uma adoração.

Quando chego a casa, vejo a mensagem.

Theo: *Combinado para amanhã, então. Rebeca e Ayla quase me mataram por ser em cima da hora, mas tudo certo. KKKKK*

CAPÍTULO 7

Ayla

Eu amo minhas amigas, tanto, que me dói. Mas hoje, eu sinto que estou pronta para matá-las a qualquer momento.

Rebeca está me deixando maluca com esse almoço e Cecília sofrendo por antecedência, por ter de ver Mike hoje.

— Cecília, você está surtando à toa. — Ela bufa em resposta e eu mordo o lábio para me impedir de sorrir. — Ele nem chegou ainda e olha como você já está.

— É claro, ele é insuportável. Meu Deus, a cada vez que eu o encontro, minha vontade é de... — Ela mexe as mãos como se estivesse torcendo o próprio pescoço do homem. — Argh! Eu o odeio! Que rançoooooo!

— Isso se chama tesão incubado. Já ouviu falar, Ayla? — Rebeca continua com suas provocações, enquanto estamos sentadas nas espreguiçadeiras ao redor da piscina.

— Passei a entender melhor sobre isso, quando começamos a conviver com Cecília e Mike. — Dou de ombros e Cecília me olha, boquiaberta. Rebeca se contorce na cadeira de tanto rir e eu a acompanho.

Cecília e Mike são mistérios a serem estudados. Porque eu nunca vi brigarem tanto quanto eles e, na maioria das vezes, por coisas extremamente bobas. Mas é sempre uma aventura passar o dia com eles, temos de estar sempre prontas, seja para tirar Ceci de cima dele, caso ela tenha um de seus ataques de fúria. Ou caso tenhamos de mandá-lo calar a boca, já que é uma coisa que ele não faz com muita frequência, principalmente perto dela. Costumo pensar que Mike gosta de brincar com o perigo.

— Faça-me o favor, vocês duas. — Ela continua — Sou mil vezes Miguel, do que aquele advogadozinho.

Cessamos o riso na mesma hora e a olhamos, incrédulas.

Ela só pode estar de brincadeira.

— Cecília, nem você acredita nisso. — Dou de ombros — Mike é muito mais gato que Miguel. Não dá nem para começar a brincar de comparar.

Minha amiga, que está sentada de frente para a cadeira onde estou com Rebeca, olha para cima com os olhos arregalados e antes que eu tenha tempo de me virar para ver o que houve, a voz grave chega até nós.

— Obrigado, doutora Anjinho! Eu sou realmente muito melhor do que aquele doutorzinho com cara de cu com câimbra. — Sinto meu rosto todo esquentar e quase me sufocar. Estou pronta para cavar um buraco e me enfiar lá dentro eternamente. Meu corpo paralisou e só noto que estou segurando a respiração, quando meus pulmões queimam a procura de ar. — Você também é gata, viu?

Ele se inclina sobre meu ombro e beija meu rosto, eu forço um sorriso para ele e ouço Rebeca soltar o riso, que provavelmente estava segurando.

— Mike... Oi! — Finalmente consigo me virar para ele, que tem um sorriso brilhoso em seus lábios. A palavra cafajeste tinha que brilhar na testa desse homem.

— Olá para vocês, que já estavam falando de mim sem a minha ilustre presença. Isso tudo era saudade?

— Ah! Era só o que me faltava! — Cecília resmunga. — Ele achar que alguém sente saudades dele.

— Confesse, princesinha, fica muito mais bonito viu? — Pisca para ela e olha para Juliana que está no carrinho ao nosso lado. — Minha diaba preferida, agora vou roubar sua filha.

Ele pega a bebê e vai casa adentro. Chega a ser engraçado como Juliana tem Theo, Mike, Matteo e até Felipe, enrolados em seus dedinhos pequenos.

Viro-me para Cecília e acerto um tapa em seu braço.

— Aí, Ayla. Por que fez isso?

— Por que não me avisou que ele estava aqui?

Dá de ombros e ri.

Reviro os olhos para ela e vou à cozinha conferir o arroz carreteiro. Depois de Mike e Theo me implorarem para fazer outra comida típica brasileira, optei esse prato, já que além de ser uma das minhas especialidades, sei que não terá erro. Confirmo que já está pronto.

Saio da cozinha e vou em direção a mesa dos fundos próxima a churrasqueira, mas um corpinho pequeno se agarra nas minhas pernas e quando olho para baixo, vejo olhinhos azuis me encarando.

— Tia La, Aninha chegou — a pequena diz com sua voz fina e eu sorrio.

Ela teve dificuldade com meu nome quando começou a falar, então diminuí-lo foi mais fácil e desde então, ela me chama apenas assim.

Fofa demais.

— Olá, pequena. Aninha chegou animada pelo jeito. — Ela ri, sapeca, e balança a cabeça. — Cadê sua mamãe?

— Ela está com a Juju. — Ela segue o caminho ao meu lado, pulando. — Você sabia que Asher vem hoje também, tia?

— Eu sei, meu amor, ele já deve estar para chegar. — Pisco para ela.

Acho lindo que os dois se vejam poucas vezes, mas em todas elas não se desgrudam.

Para a tristeza do Theo, que morre de ciúmes da sobrinha.

Coloco a travessa na mesa e vejo o momento em que Theo se abaixa para pegar a sobrinha, que salta diretamente em seu colo. Mike se aproxima por trás de mim e o ouço inalar profundamente o cheiro gostoso do arroz.

— Meu Deus, isso está com uma cara deliciosa — ele murmura, quase gemendo e eu rio para ele.

Nunca olhei para Mike de uma forma diferente, não consigo nem pensar nele sem ser como um bom amigo.

— É arroz carreteiro. Vai carne seca, bacon, calabresa, tomate, cebola e alguns temperos. — Vou citando os ingredientes e ele geme. Rio da cara extasiada que ele faz. O homem estica sua mão para alcançar a travessa, pronto para roubar um pedaço de bacon, mas eu bato em sua mão. — Tenha modos, Mike, pelo amor.

Ele gargalha.

— Boa tarde! — A voz grave se faz presente, fazendo cada pelo do meu corpo se arrepiar. Meu cérebro entra em curto, e eu só sei que virei o rosto para frente, porque estou me afogando em olhos brutalmente azulados. Matteo. — Chegamos tarde?

— Chegaram na hora, cara. Olha esse arroz, estou salivando. Por favor, Aylinha, só um pedacinho de bacon. — Mike pede.

Demoro a processar que ele está falando comigo, já que estou completamente presa no olhar de Matteo, que não desviou do meu nem por um segundo.

Sinto-me esquentar por completo. Mesmo com um body de renda e um short curto, é como se estivesse vestindo blusas e calças quentes o suficiente para me fazer suar.

O olhar cai pelo meu corpo lentamente e eu esfrego uma coxa na outra, torcendo para ser discreta, enquanto tento aplacar esse fogo repentino. Quando ele volta o olhar para o meu rosto, noto um brilho diferente em seus olhos, fazendo-me lamber os lábios ao lembrar de como é ter sua boca na minha com força e suas mãos em meu corpo, enquanto me apertam contra o dele.

— Boa tarde, Matteo! — respondo baixo e ele sorri de lado.

— Ayla...

— Estrelinhaaaaaaa! — Um grito e um corpinho correndo tira minha atenção dele.

É impossível conter o sorriso ao ver o cabelo loiro de Asher balançando, enquanto ele corre para mim. Abaixo-me e ele me abraça com força, fazendo-me cair de bunda no chão. Começamos a rir e ele enche meu rosto de beijos.

— Será que você cresceu desde a última vez que eu te vi? Você parece estar um Leãozinho bem mais forte.

Ele gargalha e o som infla meu coração. Meu sorriso continua estampado no rosto, enquanto acaricio seu rosto.

— Eu estou muito fortão, olha! — Levanta-se e ergue o braço, como se me mostrasse seu músculo. — Estou mais forte que meu papai.

Sua cabeça sobe e desce confirmando o que diz e eu mordo o lábio, tentando conter a risada.

— Aposto que está mesmo, olha isso, quanto músculo. Estou realmente impressionada.

— Eu vou ficar bem forte, para quando a Aninha for para escola, ninguém mexer com ela.

Sua carranca de bravo é adorável e eu não consigo mais me segurar e acabo rindo.

— Você vai protegê-la, não é?

Ele assente e quando olho para cima, Matteo está ao lado de Theo, que tem Juliana deitada em seu ombro. Theodoro não parece muito feliz com a informação de que Asher pretende manter Ana protegida, e isso me faz rir ainda mais.

— Já falei para você manter seu filho longe das minhas meninas, não é? — Olha para Matteo, que apenas dá de ombros com um sorriso nos lábios.

— Não posso prometer nada. Como você ouviu, ele já tomou como sua responsabilidade a segurança da pequena.

Ele recebe um rosnado em resposta.

Levanto-me quando todos se aproximam da mesa para podermos comer. Miguel chegou há pouco e quando se senta ao lado de Cecília, Mike se senta ao lado dele, fingindo não o ver e se servindo antes de todos.

— Gabe não vem hoje?

Ergo os olhos para Miguel quando ele pergunta e quase reviro os olhos. Não sei como Cecília consegue olhar para a cara desse homem sem sentir nojo.

O tanto de vezes que já o vi tocando despretensiosamente partes do corpo das enfermeiras enquanto conversa com elas, achando que ninguém vê, é surreal. Mas o que me irrita mais, é Cecília se fazer de cega e surda para essas coisas.

— Não, ele está de plantão.

— Graças a Deus! Um de vocês, indesejados, já é o suficiente para nós — Mike murmura de boca cheia.

— Indesejado, apenas por você, então cala a boca — Cecília retruca rápido, como se já estivesse com a resposta pronta antes mesmo que ele terminasse de falar.

— E por mim... — Ouço Beca murmurar e engasgo com a Coca-Cola que acabei de tomar um gole.

Tossindo descontroladamente, meus olhos enchem de lágrimas e quando a tosse cessa, gargalho com Rebeca e Cecília olha de cara feia para nós duas.

Asher se senta ao meu lado e eu coloco comida em um prato, entregando a ele. Matteo me agradece em um murmúrio e eu sorrio em resposta.

O almoço transcorre entre conversas amenas, provocações e muitas risadas. No final, todos elogiam e Rebeca manda os meninos irem lavar a louça. Matteo, Theo e Mike saem em direção à cozinha, enquanto Miguel sai de fininho com Cecília, para se sentar nas espreguiçadeiras.

Ana e Asher correm pelo quintal brincando e eu fico conversando com Talissa e Rebeca. As risadas das crianças chamam nossa atenção e eles gargalham com tanta vontade, que não tem quem não esteja sorrindo para eles agora.

A menina vem pulando para o nosso lado.

— Vamos brincar de esconde, mamãe e titias — ela chama, eufórica e ofegante.

— Tia Rebeca não pode, amor.

— Então vem você e a tia La, mamãe. Por favorzinho! — Junta as mãos em súplica e arregala os olhinhos, igual ao Gato de Botas.

Pronto.

— Um... Dois... — Começo a contar em voz alta, enquanto eles se escondem. — Três... Quatro...

— Prontoooooo! — O gritinho fino me faz parar.

Olho ao redor, procurando por eles. Olho para Rebeca e ela está olhando para o céu, enquanto assovia, disfarçando e eu rio dela. Dou passos curtos em direção a ela, enquanto continuo olhando à procura dos outros dois.

— Tia Beca, você viu Aninha?

— Oh, eu não vi, não. Ela se escondeu muito bem.

Estamos nos encarando, segurando a risada. Inclino o corpo sobre a mesa para olhar atrás da cadeira e vejo Ana encolhida ali, com a mão na boca, tapando o riso.

— Achei a senhorita!

Ela pula assustada e começamos a correr para onde contei.

As gargalhadas que ela dá, contagia a todos e deixo que ela alcance a parede onde contei e eu saio procurando os outros dois. Encontro Talissa escondida na cozinha, e os meninos riem de nós duas, quando corremos para bater na parede. Ela chega primeiro e eu sinto que a qualquer momento vou desmaiar.

Preciso de exercícios, urgentemente.

Vejo uma cabeleira loira escondida atrás da cadeira que Miguel está sentado e vou até ele, chego devagarinho e quando me vê, seus olhos se arregalam e Asher dispara, correndo e rindo, comigo em seu encalço. Quando passo por ele, o menino agarra meu short, tentando me segurar e eu me estico para bater na parede.

— Um, dois, três do Asher. — Ele ri e começa a pular, gritando que eu roubei. — Menino, foi você quem me segurou — respondo e coloco as mãos na cintura, olhando para ele, que dá de ombros e pisca aqueles cílios grandes e curvados para mim.

Esse menino é a coisa mais linda do mundo.

— Vai se esconder, Estrelinha. Eu vou contar, hein?

Ele encosta à parede e nós nos dividimos para nos esconder.

Eu entro na casa e passo pela cozinha, onde Matteo está encostado na bancada da pia, conversando com Mike. Mesmo de costas, sinto seus olhos em mim e ofego baixinho. Não acho nenhum lugar, então saio pela porta da frente e vou pelo corredor lateral, paro encostada na parede bem perto da piscina, de onde consigo ver certinho Asher e Ana, que está escondida atrás de Cecília.

Mordo meu lábio, tentando acalmar a respiração. Vejo o momento em Asher para de contar e se vira com as mãozinhas na cintura, olhando ao redor com os olhos semicerrados, procurando. Ele reclama algo com Rebeca e ela ri dele.

Ele é uma criança tão adorável e estar perto dele me traz uma felicidade tão grande, que tenho certeza de que poderia estar brilhando nesse momento.

— Achei você! — Uma boca encosta no meu ouvido, sussurrando e de repente estou completamente consciente do corpo grande atrás de mim e da mão pesada em meu estômago, apertando-me ainda mais contra ele. Arfo com a aproximação repentina e fecho os olhos com força. — Estava me perguntando se hoje conseguiria pegar você sozinha.

— Matteo, o quê... — Engulo em seco e volto a falar com firmeza. — Afaste-se, por favor! O que você pensa que está fazendo?

— Estou facilitando o serviço do meu filho de encontrar você. — Ele continua sussurrando ao meu ouvido, a respiração morna levantando todos os meus pelos.

Forço meus pés no chão, rezando para que minhas pernas não me abandonem agora.

Ao invés de se afastar, como eu pedi, ele me vira e me encosta à parede.

Quando meus olhos encontram os seus, eles brilham com malícia e divertimento. Ele coloca uma mecha de cabelo atrás da minha orelha e passa o polegar na minha bochecha em uma carícia suave.

— Você está linda hoje.

— Obrigada — respondo com dificuldade.

— Vi você perto do Mike, hoje. Você e ele... — Nem termina sua pergunta e eu faço uma careta para ele.

— Não! Meu Deus, não mesmo. — Balanço a cabeça enfatizando e ele abre um sorriso de lado.

— Era só para ter certeza de que eu poderia te beijar de novo, sem arrumar uma briga com meu amigo.

— Você não vai...

Antes que eu termine de falar, sua boca toma a minha com uma urgência deliciosa. É como se ele quisesse me consumir por completo e eu deixo. Afasto meus lábios e sugo sua língua, fazendo-o rosnar na minha boca. Sua mão, que estava no meu rosto, vai para o meu pescoço e o aperta com firmeza, mantendo-me ali, cativa em seu beijo, na bolha que ele está criando ao nosso redor.

O beijo é faminto, apesar de sua boca e sua língua macia.

Ele pressiona seu corpo ainda mais no meu e posso sentir o volume cutucar minha barriga, fazendo minhas pernas perderem a força. Seus braços se apertam ao meu redor, mantendo-me em pé.

Minha calcinha está tão encharcada, de uma forma que nunca esteve antes e isso é tão assustador, quanto delicioso.

Sua língua acaricia a minha e o homem distribui mordidas leves em meu lábio, enquanto procuramos por ar. Sua boca escorrega da minha bochecha até meu pescoço, dando beijos molhados e mais mordidas. Solto um gemido baixo e aperto minhas unhas em seus braços.

— Estrelinha, achei você... — Ouço Asher gritar, mas só tenho a real noção de que ele está por perto, quando Matteo se afasta de mim e meu cérebro volta a funcionar normalmente. — Papai, porque você tava beijando minha Estrelinha?

— O papai não estava beijando ela, não, Herói. Eu estava ajudando, ela quase caiu e o papai a segurou — ele responde com um sorriso nos lábios e sem tirar os olhos de mim.

Olho para Asher e abro um sorriso contido para ele, recebendo um olhar desconfiado em troca.

Uma gritaria chama nossa atenção e eu me afasto quase correndo de Matteo, mas ouço seus passos logo atrás de mim e Asher que vem ao meu lado. Vejo o exato momento em que Cecília empurra Mike na piscina. Seguro a risada, olhando a cena engraçada. Ela está na frente de Miguel como se o protegesse de Mike, que volta a emergir na piscina, olhando-os com raiva.

— Você só abre a boca para falar merda, então a mantenha fechada enquanto eu estiver por perto.

Um sorriso sacana se abre no rosto de Mike e ele não vai deixar passar batido.

Lá vem merda.

— Nunca vi nenhuma mulher reclamar sobre a minha boca até hoje, Princesinha. — Ele pisca para ela e apoia os braços na beirada da piscina, forçando para subir. Ele passa as mãos no cabelo, tirando o excesso da água e não desvia os olhos da loira à sua frente. Ela está tão vermelha, que eu posso apostar que vai explodir a qualquer momento. — Se você quiser provar, estou à disposição.

Com isso, ele se vai e quando olho ao redor, estão todos segurando a risada, menos Cecília e Miguel.

— Banana! — Rebeca fala, olhando diretamente para o homem que a olha com raiva e ela é praticamente cercada pelos dois brutamontes que ficaram por perto.

Eu já não sei do que estou rindo.

Logo ele puxa a mão dela e sai, arrastando-a para fora da casa.

Matteo me encara enquanto sorri abertamente, seus olhos descem no meu corpo e ele lambe os lábios lentamente. Meu rosto esquenta, conforme vai ficando ainda mais vermelho.

Puxo a mão de Asher e volto a brincar de esconde-esconde com eles.

Preciso ficar longe dele.

Eu não devia ter deixado que ele me beijasse. De novo.

CAPÍTULO 8

Matteo

O beijo não sai da minha cabeça.

Porra, só Deus sabe o quanto eu quis fazer isso aquele dia na praia, e hoje eu não consegui me segurar. Vê-la brincando com meu filho foi adorável. Eles se divertindo, correndo para lá e para cá, foi uma cena que mexeu muito comigo e se ela já tomava minha mente desde o beijo no hospital, depois de hoje vai ser muito mais difícil esquecê-la.

Quando cheguei, a primeira coisa que meus olhos enxergaram foi Mike atrás dela, próximo demais para o meu gosto e ela sorrindo lindamente para ele. Eu sempre fui muito ciumento com tudo o que é meu, mas meu sangue ferveu de uma forma inexplicavelmente nova diante da cena. Mesmo sabendo que Mike alimenta um desejo estranho por Cecília, não por Ayla, foi inevitável o pensamento de acertar um soco em sua cara só para afastá-lo dela e eu sei que nem devia ter me incomodado tanto, já que não temos nada, mas não pude evitar, então quando a vi escondida atrás de corredor da piscina tive de me aproximar e eu só conseguia pensar no sabor delicioso que ela tem.

Ela não teve nem tempo para reagir, pois eu sabia que se tivesse, não deixaria que eu me aproximasse tanto. Tomei sua boca com tanta veemência e uma saudade, que nem eu sabia sentir.

— Papai, você não me respondeu por que tava beijando a Estrelinha. — Asher chama a minha atenção.

Estou sentado no banheiro, enquanto ele toma banho.

O menino chegou tão sujo, como nunca o vi antes, mas valeu cada segundo ao vê-lo sorrir abertamente e gargalhar, divertindo-se como deveria ser todos os dias.

— Já falei, Ash, o papai só a ajudou. Ela é muito atrapalhada e quase caiu de cara no chão, aí eu a segurei para não se machucar.

Ele me olha com os olhos semicerrados, provavelmente pensando se acredita ou não, na minha mentira. No fim, ele opta por acreditar e dá uma risada.

— Ela caiu de bunda no chão quando foi correr atrás da Aninha. — Nós dois rimos ao lembrar a cena dela caindo e ele termina seu banho, ajudo-o a se secar e vamos para o seu quarto.

Depois de vestir um pijama, coloco-o para dormir em sua cama, apago a luz e caminho para o meu quarto.

Tiro minha camiseta, vou para o banheiro e a jogo no cesto de roupa suja. Tiro o resto das roupas e entro debaixo dos jatos quentes, sentindo meus músculos relaxarem cada vez mais.

Passar o dia com meus amigos foi muito bom, era algo que eu precisava. O trabalho tem me deixado esgotado ao extremo e quando chego, só quero dar atenção a Asher. Por isso, estou sempre cansado.

Os pensamentos viajam rapidamente para a morena com a pele mais macia em que já pus as mãos. Os olhos dela sempre estão brilhando de alegria, o sorriso estampado nos lábios grossos e saborosos e ela tem uma energia, que eu realmente não sei de onde vem.

Aquela porra de blusinha toda de renda e aquele short curto deixaram pouco para a imaginação, mas com uma vontade imensa de tirar, para saber o que restava escondido, até que eu senti, enquanto ela se esfregava quase imperceptivelmente em mim.

Caralho, ela tem piercings nos seios.

Solto um gemido e aperto meu pau com a mão, bombeando para frente e para trás, com um aperto de quase morte.

Eu nunca a vi ajoelhada, mas posso imaginar perfeitamente ela assim aqui na minha frente, tomando-me em sua boca até a garganta. Seus lábios ao redor do meu pau e sua língua lambendo cada centímetro.

Meu pau lateja na minha mão com a imagem formada, minha respiração fica ofegante e eu encosto a testa no boxe, movimentando as mãos com mais rapidez.

Imaginar como seria gozar naquele rostinho de anjo dela me leva ao limite, tê-la marcada com a minha porra é algo que mexeria comigo ao extremo. E eu gozo na minha mão, o líquido branco e grosso é limpo rapidamente pela água do chuveiro.

— Merda! — resmungo.

Desde Valerie não estive com nenhuma mulher e bati punhetas inúmeras vezes. Mas apenas por precisar me aliviar, nunca com uma mulher especifica em mente.

Esse Anjinho está me fodendo e nem sabe!

Termino meu banho e depois de me secar, enrolo a toalha na cintura e vou para a pia escovar os dentes. Assim que acabo, vou para a cama e me jogo na mesma.

A mente, que antes do banho estava fervilhando, agora está relaxada.

Adormeço com um sorriso brilhante e olhos castanhos esverdeados tomando conta de tudo.

Acordei hoje com meu celular tocando com uma ligação do capitão de polícia, que queria tirar algumas dúvidas sobre o caso da pequena Lauren, e depois de quase uma hora pendurado no telefone, pude enfim fazer minha higiene matinal.

Depois de vestir uma bermuda e uma camiseta, saio em direção à cozinha. Antes de chegar, já ouço a voz de Asher, conversando com Lotte provavelmente.

— Brinquei de esconde-esconde com a tia Tali, Aninha e Estrelinha e na piscina com o tio Mike. Ele me afundou bem rapidinho na piscina, eu nem me assustei, foi muito legal.

Quando entro no cômodo, espanto-me com Valerie comendo uma salada de frutas e ouvindo atentamente o que o pequeno diz. Ela nunca deu essa atenção para ele, então deve ser por isso que os olhinhos dele estão brilhando para ela.

— Bom dia, papai.

— Bom dia, filho. — Beijo seus cabelos e me sento ao seu lado. — Valerie.

— Bom dia, Matteo. Asher estava me contando sobre o almoço de vocês ontem.

— Sim, ele se divertiu bastante.

— Mamãe, foi muito legal mesmo. — O pequeno me olha e arregala os olhos, com se lembrasse de algo e volta a olhar sua mãe. — Papai salvou a Estrelinha de cair, sabia? Quando eu vi, achei que ele tivesse *beijando ela*, mas não era não... — Ele continua como se não tivesse dito nada demais e realmente não é, não pela situação, mas conhecendo Valerie, ela vai querer criar caso com isso.

Nem me dou o trabalho de olhar para ela. Sirvo café na minha xícara e tomo um gole do líquido quente.

Hoje mesmo vou dar um jeito de trocar a fechadura da porta.

— Se beijando, é? — Sinto o olhar dela em mim. — Essa é a pediatra? Não é ela quem está namorando o Gabe, Matteo?

— Eles não namoram.

— Não importa o rótulo, os dois estão juntos.

— É mesmo? Não pareceu, ontem. — Dou de ombros para ela e quando finalmente olho para o seu rosto, ele está torcido em uma raiva contida. — Não comece logo cedo e não na frente de Asher! Ayla sabe o que faz e nenhum de nós dois é comprometido, então me poupe dos seus surtos.

Ela se levanta com raiva e coloca as mãos na mesa, aproximando seu rosto do meu, seus olhos brilhando de raiva. Continuo impassível, tomando meu café.

— Quero ver como vai ser quando Gabe ficar sabendo. Se ele te acertar um soco, será mais que merecido.

Remexo-se na cadeira, pego meu celular no bolso, coloco na mesa e empurro em sua direção.

— Sinta-se a vontade para ligar e contar. Eu. Não. Me. Importo — digo pausadamente para ver se ela entende.

Se ele souber, é bom que assim ele sai de perto dela e deixa o caminho livre para que eu possa me aproximar mais da Anjinho. É tudo que eu quero.

A decisão foi tomada ontem, depois do banho. Aquela mulher será minha e eu não me importo de quem eu vou ter que passar por cima. Seja Gabe ou seja Valerie, nenhum dos dois vai me impedir.

— E só para avisar, vou trocar a fechadura e estou indo atrás de um advogado para que possamos entrar em acordo sobre a guarda de Asher — aviso-a sobre outra decisão que tomei.

— Isso, entre. Quero ver o juiz me dar a guarda total do moleque. Juiz nenhum vai tirar o filho de uma mãe.

— Não mesmo. Mas de uma mãe de verdade, não uma como você. Vamos poupar esforços, Valerie, e ser bem realistas, sim? — digo com firmeza, olhando-a nos olhos. — Juiz nenhum deixa a guarda de um filho com uma mãe que nem ao menos sabe ao que ele é alérgico. Você sabe?

Ela fica me encarando e bufa, saindo da cozinha. Um sorriso se abre em meu rosto e eu olho para Asher, que agora está com uma carinha triste. Odeio ter discussões com ela na frente dele, mas tem hora que eu não aguento segurar.

— O que acha de irmos à casa da Estrelinha? — pergunto e ele assente. — Então vai colocar um chinelo e vamos lá, chamá-la para tomar um sorvete conosco.

Ele se levanta e vai para seu quarto. Termino de tomar meu café e fico sentado, esperando Ash.

Mando uma mensagem para Mike.

Mike, preciso de um advogado da vara da família que possa entrar no processo de guarda do Asher.

Logo sua resposta chega.

Vou ver com Noah se ele tem disponibilidade, ele é o melhor.
Brigou com a cobra, de novo?

Sim, quero a guarda total dele e que ela tenha horários de visitas. Mike, quero o melhor nisso.

Confia em mim quando digo que Noah é o melhor.
Ele que trabalhou comigo no caso da Talissa.

Ok, converse com ele e passe meu contato. Vou aguardar.

Asher aparece na cozinha ainda tristonho e eu me levanto, acompanho-o até o carro e o coloco na cadeirinha, bagunço seus cabelos e ele reclama, tirando minha mão. Fecho a porta depois de verificar se está bem preso e vou para o lugar do motorista. Dirijo em direção à casa de Ayla e Cecília, rezando para que ela esteja lá, já que não avisei que estamos indo. Não quis pedir o número dela para Theo, ou Mike, para não ter que me explicar.

Ao estacionar e desligar o carro, tiro Asher da cadeirinha e seguimos para a porta, toco a campainha e aguardo alguém abrir. Uma Cecília descabelada e sonolenta aparece e ela sorri pequeno para nós.

— Bom dia! Caíram da cama? — pergunta rindo e de repente, como se percebesse quem é, suas sobrancelhas se franzem e ela olha por cima dos meus ombros e volta para mim, confusa. — Aconteceu alguma coisa?

— Bom dia, Cecília. Não aconteceu nada. Só vim ver se Ayla quer sair para tomar um sorvete com a gente.

— Sorvete? A essa hora?

— Sim, já é quase meio-dia. — Sorrio para a cara espantada que ela faz.

— Meu Deus, sério? Perdemos total a noção da hora. — Ela abre espaço para entrarmos e fecha a porta atrás de si assim que o fazemos. — Ayla ainda está dormindo, eu posso acordá-la...

— Se não for pedir demais, será que eu posso ir? — Corto-a rapidamente.

Seus olhos se estreitam para mim e ela suspira, estica as mãos para Asher que segura e vai o puxando para a cozinha.

— Segunda porta, à direita.

Sorrio agradecido e corro para seu quarto, quando encontro, bato de leve à porta para o caso de ela estar acordada e Cecília não saber, mas como não obtenho resposta, empurro-a devagar.

Seu corpo pequeno está esparramado no meio da cama, com seus cabelos escuros numa bagunça linda em um travesseiro e seus braços segurando firmemente outro. Aproximo-me lentamente e sento na beirada da cama, passo meu dedo suavemente em seu rosto e um pequeno curvar de seu lábio indica que ela sentiu a carícia.

— Hummmm... — geme e meu pau logo sacode com o som.

Porra.

— Bom dia, Bela Adormecida — digo perto de seu ouvido e ela pula assustada, quase caindo da cama quando se levanta.

Seu pijama de seda vermelho contrastando com a pele dourada, deixe-me ainda mais duro.

— O quê... Como... O quê você está fazendo aqui, Matteo? — pergunta, confusa, e eu acho que ainda não se deu conta da sua roupa e dos seus cabelos bagunçados.

— Vim acordar você para irmos tomar um sorvete.

— Você não pode entrar no meu quarto, pelo amor. Cadê Cecília?

— Está lá na cozinha com o Asher.

— Por que ela não veio me acordar?

— Eu pedi para vir.

Ela semicerra os olhos, e porra, a mulher é uma visão do caralho assim.

— Ok, calma, eu... Eu preciso acordar.

Rio dela e me levanto, dando passos longos até ela.

— Precisa mesmo, hoje você é minha — sussurro.

Sua boca deliciosa abre e fecha e eu não resisto, dou um selinho rápido antes dela dar um passo para trás.

— Você precisa parar de me beijar, Matteo. Eu estou com Gabe e você tem Valerie, isso não pode ficar acontecendo.

— Não tenho Valerie, e Gabe é só um detalhe. Um detalhe que você logo vai se livrar — digo convencido e ela semicerra os olhos. Passo o polegar pelo seu lábio inferior, acariciando suavemente. — Vamos lá, diga que não gosta quando eu a beijo.

— Eu não posso, Matteo. — Sua voz é baixa, quase incerta.

— Não pode dizer que gosta ou não pode me beijar?

— Pare com isso. — Dá mais um passo para trás, dando de costas com a parede e eu dou um passo para frente, prendendo-a com meu corpo.

— Se você disser que não gosta eu juro que paro. — Aproximo minha boca da sua para sussurrar. — Diga.

— Matteo... — Meu nome sai como uma súplica e eu gemo com isso.

Seguro seus cabelos em minhas mãos, forçando seu rosto para cima, salpico vários beijos em sua bochecha, ela arfa com o contato. Sorrio malicioso.

— Entendi, Anjo. Você não pode dizer. — Afasto-me e coloco as mãos no bolso da bermuda. — Tudo bem, temos tempo. Mas eu estou te informando que vou atropelar quem se colocar entre mim e você, Ayla.

— Matteo, você não pode falar essas coisas. Nós mal nos conhecemos. Não é só porque você me beijou duas vezes e me viu outras cinco, que pode achar que vamos ter algo. Nós não vamos.

— Sim, eu posso dizer tudo isso depois de beijar você duas vezes e ver outras cinco. Tudo o que vi até agora e o que senti foi o suficiente para você fazer morada em meus sonhos e pensamentos e eu gosto disso. Gosto muito da sensação de te ter em meus braços e gosto muito de te ver com meu filho e eu não importo com o quanto vou ter de fazer para te ter, eu vou fazer o dobro se for preciso.

Ela não desvia seus olhos dos meus e seu rosto tem aquele tom rosado que eu adoro ver todas as vezes que encontro meu olhar nela. Inclino meu corpo para frente, sorrindo para ela e beijo seu queixo.

— Agora se arrume, Anjo. Asher está louco para ir tomar um sorvete com a gente.

Saio do seu quarto, deixando para trás uma Ayla completamente atordoada, digerindo tudo o que eu disse. Não exagerei em momento algum no que falei para ela. Eu tenho a total noção de que é muito para ela logo após acordar e que mal nos conhecemos. Mas a mulher mexe com a porra da minha mente, coração e até com o meu pau desde que esbarrou em mim no hospital e eu estou pouco me fodendo para tempo ou para Gabe e Valerie. Eu a quero e não sei se será algo duradouro ou passageiro.

Mas eu a terei.

CAPÍTULO 9

Ayla

Eu acabei de ser atropelado por um trem desgovernado, só isso explica.

Que porra aconteceu aqui?

As palavras de Matteo ainda ecoam na minha cabeça, como se ele estivesse repetindo várias e várias vezes.

"Gosto muito da sensação de te ter em meus braços e gosto muito de te ver com meu filho e eu não importo com o quanto vou ter de fazer para te ter, eu vou fazer o dobro se for preciso."

Depois de ele me beijar ontem, eu o evitei com afinco o restante do dia e da noite. Mas quando estava sozinha na minha cama, não consegui fingir que nada aconteceu.

Peguei no sono, pensando no quão forte seus braços me seguraram contra ele. Mas também decidi que isso seriam apenas pensamentos, que nunca mais me aproximaria dele ao ponto de ele sentir que eu estou dando algum tipo de abertura para se aproximar dessa forma. Então, acordar com ele em meu quarto, jogando tudo isso em cima de mim, foi atordoante.

Ele não pode fazer isso, merda.

Respiro fundo e decido descer para mandá-lo ir embora. Saio do quarto e olho para o quarto de Cecília, que está com a porta aberta. A hora que eu pegar essa loira aguada, eu vou dar na cara dela também, quem mandou deixar que ele subisse para o meu quarto, assim?

Bufo alto e desço as escadas, sigo o som das risadas e quando entro na cozinha, um sorriso se abre em meu rosto quando vejo a cabeleira loira sentada em uma das cadeiras em volta da mesa, lambendo os dedinhos cheios de cobertura do bolo de chocolate que eu fiz ontem.

— Levantou a princesa — Ceci diz em um tom irônico e eu a fuzilo com o olhar.

A abusada logo esconde um sorriso atrás da fatia de bolo que segura.

— Bom dia, Leãozinho. — Aproximo-me de Asher, inclino meu corpo em direção a ele e deixo um beijo em seu rosto.

Levanto o olhar e encontro Matteo me olhando com um sorrisinho sacana de lado e eu logo fico ereta, meu rosto já fervendo de vergonha.

— Bom dia, Estrelinha. Meu papai e eu viemos te busca para ir *toma* um sorvete — Ash diz alegremente e meu coração aperta por ter que dizer não a ele, lanço um sorriso nervoso para o mesmo. Agacho em sua frente e ele vira o corpinho para ficar de frente para mim.

— Hoje eu não vou poder...

— Você vai trabalhar? — Ele me corta antes que eu termine de falar.

Olho para Matteo, que me olha com a sobrancelha arqueada, como se me desafiasse a mentir para seu filho. Volto a olhar para o pequeno.

— Não, eu não vou trabalhar hoje. Mas eu estou muito, muito cansada e com um pouco de dor de cabeça. Preciso descansar hoje, para ir trabalhar amanhã. — Ele parece murchar bem na minha frente e passo a mão em seus cabelos. — Mas olha, podemos ir outro dia. O que acha?

Ele assente e olha para o chão, evitando meu olhar.

Merda.

Eu odeio chatear as pessoas, ainda mais quando essa pessoa é ele. Meu coração está tão apertado agora, com essa carinha triste dele, que não consigo nem achar bonitinho o beicinho que ele faz.

Rapidamente seu rosto se ilumina e ele sorri novamente, olhando para mim.

— Nós podemos ficar aqui e cuidar de você — diz me deixando em choque, olhando-o enquanto processo sua ideia. Ele se vira para o pai e coloca as mãos como se fizesse uma prece. — Por favorzinho, papai. Nós colocamos O Rei Leão para ela assistir e fazemos carinho até o dodói ir embora.

Meus olhos encontram o de Matteo, quase implorando silenciosamente para que ele diga não, mas seu sorriso me diz que ele fará o contrário.

— Claro que podemos, Herói — o homem diz e, meu Deus, eu nunca tive tantos pensamentos sanguinários com a mesma pessoa, em um espaço de tempo tão curto.

— Viu, Estrelinha? Nós vamos cuidar de você.

— Crianças, vou subir. Preciso ligar para Rebeca — Cecília diz enquanto sai da cozinha e eu respiro fundo, contando até dez para não ceder a vontade de xingá-la.

— Tudo bem, Ash. Vamos sair para almoçar e tomar um sorvete, estou faminta, você não está, não? Depois podemos ver se dá tempo de assistir o filme.

Ele ri sapeca e acena para mim. Os dois me acompanham quando saio da cozinha e peço para me esperarem na sala.

Subo para o meu quarto e vou para o banheiro, tomo um banho rápido, corro para o meu closet e uma ansiedade toma conta de mim. Sinto novamente as borboletas voando no meu estômago e meu coração batendo tão rápido e forte, que é como se ele fosse pular para fora.

Visto uma camiseta que vai até minhas coxas e um short jeans largo, calço meu tênis e depois de jogar meu celular e carteira na bolsa, eu vou ao encontro dos dois. Quando entro na sala, Matteo está sentado enquanto Asher está parado na frente dele, contando alguma coisa que o mantém mais que interessado. Os braços pequenos sobem e descem em movimentos e seu rosto está sério, como se ele estivesse bravo com a história.

Forço uma tosse para chamar a atenção deles, que rapidamente me olham e sorriem juntos. Asher, apesar de ser loiro, é a cara do pai dele e sorrindo então, é uma cópia perfeita.

— Podemos ir? — Matteo pergunta ao se levantar e eu aceno.

Seguimos para o carro e Matteo abre a porta para que eu entre, ajeito-me no banco, enquanto ele coloca o pequeno na cadeirinha de trás. O cheiro dele está impregnado em todo o carro, tão forte quanto fica em sua pele. De repente, sinto-me tonta por estar em sua presença, quase posso sentir o sangue correndo fortemente em minhas veias, aquecendo completamente todo o meu corpo.

Remexo-me no banco, ansiosa, e seu cheiro fica ainda mais forte quando ele entra no carro e se posiciona atrás do volante.

— Quer colocar alguma música?

— Pode colocar a que você quiser. — Dou de ombros e ele assente.

Use Somebody, do Kings of *Leon* começa a tocar e ele coloca o carro em movimento. Suas mãos grandes saem do volante apenas para trocar de marcha e eu não consigo desviar os olhos delas por nada. Nunca imaginei quão hipnotizante pode ser alguém dirigindo, mas até isso nele parece ser malicioso, mesmo que sem pretensão. Eu arfo com o pensamento de como é ter suas mãos em mim.

Ele me olha de soslaio e enfim desvio os olhos dele. Quando paramos no semáforo, vira seu corpo para poder olhar para Asher, que até então está em silêncio.

— O que você quer comer, Herói?

Sempre que o ouço chamar o pequeno assim, eu sinto que vou derreter. Acho a coisa mais linda do mundo.

Um sorriso involuntário se abre no meu rosto e eu viro para a janela, a fim de disfarçá-lo.

— Podemos comer hambúrguer hoje, papai? — o menino questiona.

— Se estiver tudo bem para Ayla, podemos sim. — Vira-se para mim e eu o olho. Ele sorri e meu coração erra uma batida, como sempre acontece. — Tudo bem por você?

— Eu adoro hambúrguer.

Ele assente sem tirar o sorriso do rosto e volta o corpo para frente, arrancando com o carro assim que o sinal abre.

Paramos em um restaurante e eu desço antes que ele abra a porta para mim, vou para a porta de trás e tiro Asher da cadeirinha, colocando-o no chão e segurando sua mão. Olho para Matteo, que parou na nossa frente e está com a sobrancelha arqueada.

— Desculpa, achei que podia tirá-lo — digo, sem jeito pela forma que ele me olha.

— Você pode, Anjo — diz e segura a outra mão do Ash, que estava esticada para o pai. — Eu só não estou acostumado em ver alguém fazendo isso, a não ser eu ou meus irmãos.

Dou de ombros e entramos no restaurante. O ambiente é acolhedor. Todo em cores claras, com paredes de vidro e mesas espalhadas ao redor do salão enorme. Uma área infantil em um canto tem alguns brinquedos.

— Posso ir brincar? — Ash pede, eufórico, olhando para o pai

— Vamos ver se tem alguma mesa lá perto, aí você pode ir. Só não pode sair de onde o papai possa ver você, sim?

— Sim, senhor.

Vejo uma mesa próxima aos brinquedos e seguimos para lá. Percebo algumas pessoas nos olhando e olho para minhas mãos segurando Asher. Para quem vê de fora, deve pensar que somos uma família e por alguma razão isso me traz conforto, e um sentimento de felicidade infla meu coração.

Nós nos sentamos e logo o menino some em direção aos brinquedos.

— Então... — Ele me olha e eu abro um sorriso fraco para ele, mexendo meus dedos em cima do meu colo. — Avisou ao Gabe que você saiu comigo e com Asher?

— Não avisei. Não deu tempo para mandar uma mensagem e eu não preciso contar cada passo que vou dar a ele.

Um garçom se aproxima e fazemos nossos pedidos. Assim que ele se afasta, Matteo volta a me fitar com aquela intensidade que eu já me acostumei a ver em seus olhos.

— Ou você não quer contar, porque sabe que ele não vai gostar de você estar comigo? — Sua sobrancelha arqueia e eu desvio os olhos para minhas mãos. — Ele ia ficar puto, não é?

— Você sabe que ele não gosta quando estou com você. Mesmo que tenhamos ficado poucas vezes perto um do outro, ele se sente ameaçado de alguma forma — respondo e o sorriso que ele dá me faz ficar ereta na cadeira, conforme sinto um arrepio que me faz estremecer levemente.

— Ele se sente ameaçado, porque homem sabe quando tem outro homem interessado na sua mulher, mesmo você não sendo dele. — Dá de ombros e eu inclino minha cabeça, fitando seus olhos e seu olhar me queima com tanta intensidade, que eu sinto minha calcinha umedecer ao ponto de me incomodar e eu ter que me remexer na cadeira. — Se ele não sabia, no nascimento da Juliana ele soube, com certeza.

Seu sorriso lascivo, se possível, o deixa ainda mais bonito. A barba por fazer contorna seu maxilar quadrado e eu, que nunca gostei de homem com barba, sinto-me completamente atraída pela dele, querendo saber de como é a sensação de tê-la roçando entre minhas pernas.

Pronto, meu rosto deve estar dando a impressão de que vou explodir, de tão vermelho que deve estar. Abaixo a cabeça e respiro fundo antes de voltar a olhá-lo.

— Você não devia ter me beijado aquele dia nem no almoço de ontem. Muito menos devia ter ido me acordar hoje — afirmo o mais firme que consigo. — Eu tenho Gabe. Você tem Valerie. Isso não poderia ter acontecido e não vai voltar a acontecer.

— Se for pela Valerie, ela não foi problema nos dois beijos anteriores e não será nos próximos. Eu realmente não tenho mais nada com ela. Nada que me ligue a ela, a não ser meu filho.

— Ela sabe disso? Porque lembro a primeira vez que a vi e ela se apresentou com o seu sobrenome.

Ele não parece surpreso com isso, mas estica a coluna na cadeira, encostando as costas e me olha profundamente.

— Minha história com Valerie é um pouco complexa. Ela é uma mulher decidida e intensa demais, tem coisas que ela se faz de cega ou de desentendida para poder viver conforme aquilo que ela quer, ou acredita que quer.

— Ela o ama. — Um gosto amargo me vem à boca assim que digo isso.

Nossos pedidos chegam antes que ele possa me responder. Ele chama Asher, que vem correndo e se senta ao meu lado.

O ajudo a comer, enquanto como meu lanche. A conversa mudou para assuntos mais amenos sobre Asher, a escola do menino e sobre Benício. O pequeno fala com tanto ânimo do tio, que é impossível não sentir todo o amor.

Nesse momento, eu não sei quem fez mais sujeira comendo o hambúrguer, eu ou a criança de cinco anos.

— Sua boca está toda suja, Estrelinha. — Ele gargalha, jogando a cabeça para trás e somos contagiados com a sua risada e o acompanhamos.

— É que estava muito gostoso, como comer e não fazer bagunça? — pergunto para ele, que dá de ombros e continua rindo, faço uma careta. — A sua também não está das mais limpinhas, viu mocinho?

— Eu sou criança, eu posso bagunçar — argumenta, esperto, e Matteo ri.

Aproximo-me dele e dou um beijo em seu rosto, deixando marcas de maionese e ketchup em sua bochecha, ele faz cara de nojo para mim e passa o dedo onde beijei, estica-se e passa no meu nariz. Eu o olho, chocada com a ousadia da pequena criaturinha e seu corpinho chacoalha com a gargalhada gostosa que ele dá.

Quando ele para eu o limpo com o guardanapo e antes que eu possa fazer o mesmo no meu rosto, sinto alguém o fazendo por mim.

Olho para Matteo, que está concentrado limpando meu rosto, ele está tão perto, que sua respiração aquece minha bochecha.

— Obrigada! — agradeço-o e ele se inclina ainda mais para perto, seus lábios encostam ao meu ouvido e eu olho Asher, que está concentrado em brincar com alguns guardanapos que ele pegou.

— Pode me agradecer com um beijo, depois. — Afasta-se rapidamente e se levanta olhando para o filho. — Herói, vamos? Passamos na sorveteria e vamos assistir a um filme lá na Estrelinha, o que acha?

O menino pula de sua cadeira e eu levanto, acompanhando-os. Matteo passa pelo caixa e paga a conta, enquanto eu vou para o carro com o pequeno.

Depois de colocá-lo na cadeirinha, seguimos rumo à sorveteria que tem perto de casa e lá temos uma discussão sobre o sabor do sorvete. Claro que não tivemos nem chance com o argumento do menino de "eu sou a criança, por isso o sorvete é para mim", então acabamos comprando um pote de sorvete de chocolate e cobertura de chocolate.

Quando chegamos a casa, vamos direto para a cozinha nos servir. Os dois me ajudam e depois de cada um estar com seu sorvete, vamos para a sala e colocamos o filme do Rei Leão para assistir.

Abro o sofá, formando uma cama e eu deito com Asher com a cabeça na minha barriga e Matteo se ajeita do outro lado do filho.

Em vários momentos durante o filme, sinto o olhar me queimar, mas não me atrevo a olhá-lo em momento algum.

O homem mexe com tudo dentro de mim. Deixe-me nervosa só de estar por perto e faz meu corpo ter reações que não estou acostumada.

Em algum momento do filme, o pequeno acaba dormindo e eu acho que peguei no sono também, pois me assusto quando dedos afastam meu cabelo do rosto. Abro meus olhos lentamente e encontro olhos azuis brilhando lindamente.

— Ela não me ama, ela é obcecada. São coisas diferentes — diz e eu demoro a entender que ele está falando sobre o que eu disse mais cedo. — Mas eu não me importo com isso. Eu não a quero, nunca a quis. Na verdade, em algum momento até tentei querer, mas não aconteceu. Nunca senti por ela o que sinto quando estou perto de você e eu sei que é realmente cedo, como você disse antes, mas eu também não me importo com isso. Eu me importo com o que eu sinto e com o que você sente e, mesmo que tenha me aproximado de você poucas vezes, em todas elas, eu amei ver como você reage a mim. E eu sei que você também me quer por isso. Suas bochechas coradas, seus olhos brilhando, seus dedos nervosos e suas coxas roçando uma na outra quando você acha que eu não percebo, tudo isso me faz pensar que você quer, tanto quanto eu te quero. Então se o problema é Valerie, estou resolvendo essa merda e se for Gabe, você pode resolver também.

Abro a boca várias vezes para responder, mas nada sai. Minhas bochechas quentes me dão a certeza que eu estou como ele disse, corada.

— Eu não vou te beijar mais, já que você disse que não quer. Mas não vou me afastar e vou me fazer tão presente, que você vai querer novamente e vai querer ir além. Está preparada, Anjo?

Sua língua vai para seu lábio inferior e o umedece lentamente, meus olhos acompanham todo o movimento e um gemido baixo escapa dos meus lábios. Logo seu polegar está na minha boca, separando os lábios e acariciando o inferior. Minha língua toca suavemente o dedo e ele fecha os olhos com força e respira fundo.

Estou pronta para dizer que quero. Quero os beijos, as lambidas, mordidas e o que mais ele estiver disposto a me oferecer. Minha respiração está ofegante e a calcinha já pode ir para o lixo.

Ele se inclina e seu lábio se aproxima do meu quando ele sussurra:

— É só pedir, Anjo.

Ele se afasta sorrindo safado e eu me levanto rapidamente do sofá depois de tirar a cabeça de Asher do meu colo. Corro para a cozinha e pego um copo de água, bebendo lentamente.

Ele quer me enlouquecer.

Só isso explica esse surto que ele está tendo hoje e eu preciso aprender a me controlar perto dele.

Tem muita coisa entre nós dois, que me faz pensar muito, antes de tentar um provável envolvimento.

Quando volto, ele está com Asher no colo e se despede de mim.

E mais uma noite vou dormir com ele na cabeça.

CAPÍTULO 10

Ayla

A água quente caindo diretamente em meu corpo, relaxa os meus músculos. Depois de um plantão de 48 horas seguidas, sinto-me exausta ao extremo. Meu corpo está pedindo socorro, mas por ter compromisso, agora não vou poder descansar como queria.

Lavo meu cabelo e meu corpo, depois de mais um tempo debaixo do chuveiro, saio do boxe enrolada na toalha, vou para o closet e escolho uma saia curta xadrez, preta e branca, que tem uma pequena fenda, um cropped faixa preto e depois de me vestir, calço uma sandália nude com salto altíssimo.

Paro na frente da penteadeira e seco meu cabelo, fazendo um rabo de cavalo alto e uma maquiagem leve. Feliz com o resultado, coloco meu celular na bolsa e desço para a sala, encontrando minha amiga esparramada no sofá com Miguel deitado ao seu lado. Respiro fundo e reviro os olhos sem que eles vejam.

— Ceci, estou saindo com Gabe.

Os olhos azuis me olham de cima a baixo e ela abre um sorriso de lado.

— Você está uma gata, hein? — elogia, fazendo meu rosto tomar o tom rosado instantaneamente. — Se divirta.

— Obrigada. Qualquer coisa me mande uma mensagem.

Caminho para a porta e quando abro, dou de cara com Gabe, que tem sua mão no ar como se estivesse pronto para bater, forço um sorriso para ele, que me olha de cima a baixo com os olhos atentos a cada pedaço de pele exposto.

Troco o peso da perna, incomodada com seu olhar e bufo internamente. Até dias atrás, ele não me incomodava dessa forma, mas depois que Matteo apareceu jogando mil palavras bonitinhas para mim, ele me fez ficar incomodada com muitas coisas em Gabe.

— Oi, amor.

— Oi, Gabe.

Ele se aproxima para beijar minha boca, mas eu viro o rosto, fazendo com que seus lábios encostem em minha bochecha. Quando viro novamente para ele, seu olhar está confuso, mas não fala nada.

Vamos para o seu carro com ele falando sobre o restaurante em que fez uma reserva para jantarmos essa noite, só que eu não consigo prestar muita atenção.

Desde a minha conversa com Rebeca, estou tentando achar uma forma de conversar com ele e dizer que não podemos mais sair. Eu sei que não estamos em um relacionamento sério, nunca colocamos nenhum rótulo e nem prometemos fidelidade, mas eu sinto que preciso dar algum tipo de explicação para ele e não uma simples mensagem. A ideia se fortaleceu depois de mais um surto de ciúmes dele, quando ele me ligou e eu não atendi, pois estava em consulta.

Depois dos dois dias quase inteiros que passei ao lado de Matteo e Asher, parei para rever algumas atitudes do Gabe e percebi o quanto muitas delas são problemáticas. Ciúmes sem fundamentos, sua agressividade verbal, a forma como ele sempre me faz parecer uma pessoa ruim quando não quero vê-lo ou não quero transar. Matteo me falar que não me beijaria sem que eu pedisse, me fez pensar nas vezes em que Gabe não ouviu o meu "não" e insistiu no sexo até que eu cedesse.

Não estou me iludindo com um possível relacionamento entre mim e o detetive, eu sei que tem muita coisa além de nós dois e nem mesmo as palavras bonitas que ele jogou em cima de mim me fez esquecer tudo isso. E além do mais, mal nos conhecemos.

— Chegamos, amor — Gabe anuncia, tirando-me dos devaneios.

Respiro fundo e desço do carro. Ele para ao meu lado quando entramos no restaurante e seguimos a *hostess* até a nossa mesa, sua mão em minhas costas aquece o local e eu coloco minhas mãos em frente ao corpo, segurando minha bolsa. O hálito quente alcança minha orelha quando ele sussurra:

— Você está estranha, o que houve?

— Nada. — Olho ao redor e vejo vários olhares na gente. Ele parece notar o mesmo, porque sua mão aperta minha cintura com força o suficiente para machucar. Solto um gemido baixo e tento sair do seu aperto, mas ele não me solta. — Você está me machucando, Gabe.

— Você não poderia ter vindo com uma roupa menos chamativa? Olha para esse bando de desgraçado quase babando em você.

Antes que eu possa responder, a *hostess* para na mesa, então nos acomodamos e o garçom nos entrega o cardápio. Escolho um filé mignon ao molho malbec com funghi e ele acaba pedindo o mesmo.

As palavras dele rondam minha mente e eu me sinto sufocada. Odeio me sentir diminuída e odeio quando ele fala como se a culpa fosse minha, os homens não conseguirem respeitar ninguém. Ele não é ninguém para me dizer o que eu posso ou não, vestir. Nem mesmo o meu pai, que tinha medo até mesmo de me deixar ir à esquina sozinha, tentava me dizer o que vestir.

— Eu... — Respiro fundo e o encaro firmemente para que ele entenda. — Eu não tenho culpa se os homens não sabem o significado da palavra respeito e acham que uma mulher vestindo uma saia é algum tipo de convite para seus olhares ou sua aproximação. Você não pode querer me dizer o que vestir. Se quiser reclamar, você tem que ir reclamar com eles, que me olharam e não comigo, que entrei aqui ao seu lado.

Ele nem pisca enquanto me olha, mas enquanto seu rosto não demonstra nada, seus olhos têm um brilho de raiva que me assusta.

— Se essa sua saia não é um convite para os olhares, eu não sei mais o que seria. Vir só de calcinha e sutiã ia ser menos chamativo.

Sua fala me deixa boquiaberta. Minha vontade de gritar com ele é imensa, mas me sinto tão atordoada, que nem mesmo sei se ainda respiro. Isso é um absurdo.

— Não estou falando por mal, amor. Estou dizendo que essas roupas, você tem de usar só para mim. Na minha casa e quando formos sair, você poderia vestir roupas decentes, de uma mulher de respeito.

— Você quer dizer que só porque eu estou com essa saia eu não mereço respeito? — questiono, ainda assustada com o rumo da conversa.

— Estou dizendo que é difícil olhar para você vestida assim e não ficar de pau duro. — Inclina-se sobre mesa e sua voz é baixa, para que apenas eu ouça. Meus olhos estão tão arregalados, que ardem. — Você não parece uma médica, sim, uma acompanhante bem paga.

— Acom... Você... — gaguejo, meus olhos nublados pelas lágrimas.

Sinto a raiva correr quente dentro de mim, humilhada demais para raciocinar direito.

Empurro a cadeira para trás e quando vou me levantar, ele segura meu braço com força e me puxa para baixo, fazendo com que eu caia de bunda na cadeira novamente. Olha em volta e seus dentes brancos e alinhados aparecem com o sorriso que ele dá. Seus olhos voltam para mim e um calafrio me faz estremecer. Eu já ouvi algumas coisas dele que me incomodaram, mas nada tinha me machucado como hoje.

Seus dedos gelados acariciam meu rosto e eu o afasto minimamente, apenas para que ele pare com o toque. Sinto-me enjoada.

— Me perdoa, amor. Eu não queria te comparar com uma acompanhante, ok? Falei sem pensar. Você sabe que quando fico com ciúmes, eu fico cego, não penso direito e eu pareço sempre estar sentindo isso com você perto.

Sua fala é angustiada, como se realmente tivesse arrependido e eu aceno levemente com a cabeça.

Nossos pratos chegam e reviro o meu sem a mínima vontade de comer.

— Não está com fome, amor?

— Não.

— Coma, Ayla. Você passou o dia no hospital, não deve ter comido direito, então coma.

Ele está calmo, como se nada tivesse acontecido.

Em todo esse tempo que estamos juntos, eu já tinha notado o quanto Gabe é instável. Ele bate com uma das mãos e com a outra me dá carinho, e eu acho que estava tão carente, que isso nunca tinha realmente feito diferença para mim. Os momentos que ele me tratava bem eram muito maiores do que os que ele estourava.

O olhando agora, é como se eu o tivesse vendo de fora. Um homem instável, completamente diferente do que ele se mostra na frente dos outros.

Isso nunca foi o que eu quis para mim. Sempre sonhei em encontrar um homem que me fizesse tirar os pés do chão, que me fizesse sentir tudo que nunca outro me fez sentir, e Gabe não é esse homem.

— Eu não quero mais — digo firme, pegando de surpresa-o já que seus olhos se arregalam e ele para o garfo no ar.

— Não quer mais? — Seu olhar é confuso, mas eu sei que ele entendeu. Balanço a cabeça para ele e continuo o olhando firme. — Você não me quer mais?

— Não quero isso, Gabe. Nós dois não funcionamos e eu espero de coração que você possa me entender. — Ele respira fundo e eu aproveito que comecei a falar e continuo: — Eu... Você sabe que eu não gosto de você o quanto deveria gostar, para estar em um relacionamento.

— Não gosta? Porra, você geme em baixo de mim, goza como se não houvesse amanhã todas as vezes que transamos.

Isso é uma mentira que não tenho coragem de desmentir. Não tenho coragem de dizer que em todas as vezes foi fingimento, porque eu realmente nunca gozei. Nem com ele e nem com outro carinha que tenha saído até hoje. Meu rosto queima de vergonha e eu abaixo a cabeça para não encará-lo.

— Você não pode simplesmente me dizer que não quer mais, está me ouvindo? As coisas não funcionam assim. Se eu prometer melhorar, você vai me dar outra chance? Eu vou, amor, eu melhoro por você.

E lá vem mais uma vez.

— Gabe, estamos alimentando uma relação que não terá futuro. Você pode até gostar de mim, mas não me ama e eu também não. — Aperto meus dedos e levanto os olhos para ele, que me encara. Seus olhos estão mais claros que o normal devido às lágrimas. Eu me sinto pronta para ceder, mas não quero. Não posso. — Nós podemos ser amigos.

— Eu não quero ser seu amigo, Ayla. — Sua voz se eleva e olho ao redor, notando algumas pessoas ao nosso redor nos encarando. — Eu quero ser seu homem. Seu dono, como venho sendo.

— Você não é meu dono, Gabe. Pelo amor de Deus, não somos nem namorados...

— Porque você não quer — corta-me.

— Porque eu não quero um relacionamento, onde tenho de fazer suas vontades por ter medo de você explodir a qualquer momento.

— Eu faço terapia. Eu faço, por você, amor.

— Você não pode querer mudar por mim. Tem de fazer por você. — Dou de ombros. — A relação, que nem ao menos é uma, já está fadada ao fracasso.

— Eu farei por mim, ok? Vou marcar uma consulta amanhã mesmo e vou te reconquistar. Você só não pode desistir agora.

Fico sem saber o que falar agora, porque eu estou me sentindo em um círculo vicioso, onde eu falo, ele diz que vai mudar e eu aceito isso. Agora mesmo, é como se eu estivesse falando, mas ele não está me entendendo.

Levanto-me da mesa e ele fica sentado, olhando-me firmemente, mas parece fazer uma força comunal para não se levantar atrás de mim.

Saio do restaurante um pouco desnorteada, não enxergo muito bem devido as lágrimas, que eu nem sei o motivo de estar assim, eu deveria me sentir aliviada, mas estou me sentindo tonta, com o estômago embrulhado e um pressentimento ruim. Esfrego o peito como se pudesse aliviar o peso que estou sentindo no coração.

De repente, sou puxada para trás contra o corpo alto e magro, fecho os olhos respirando fundo.

Deveria saber que não seria tão fácil. Nunca é.

— Vou levar você para casa.

— Não precisa, Gabe.

— Já tem alguém para vir te buscar?

— Não tenho, mas também não quero incomodar.

— Você é minha mulher, não é incômodo.

Dessa vez sou eu quem o olha confusa. Que merda é essa? Ele não entendeu mesmo ou está se fazendo de louco? Porque eu estou começando a ficar assustada. De tudo que já vi dele, hoje foi o pior.

—Eu não sou sua mulher.

— Você é sim! — ele grita com o rosto muito perto do meu e seu aperto em meu braço se intensifica me fazendo arquejar. — Você é a porra da minha mulher e esse seu surto vai passar amanhã, e você vai voltar para mim com o rabinho entre as pernas, então vamos facilitar e fingir que nada aconteceu.

— Você está me machucando, Gabe... — digo com a voz embargada, tentando me soltar do seu aperto.

Seus dedos afrouxam, mas não me soltam.

— Você não pode me deixar. Não pode... — Suas lágrimas descem abundantemente pelo rosto e eu me sinto perdida.

Nunca fui boa em me colocar acima das outras pessoas, e vê-lo assim, mesmo sabendo que isso não vai durar, mexe comigo ao ponto de fazer eu me questionar se realmente não sou eu que o deixo frustrado ao ponto de estourar sempre. Seus braços contornam meus ombros em um abraço forte, seu corpo estremecendo com seus soluços.

— Por favor, amor... Por favor.

Encosto minha testa em seu peito, respirando fundo e seu cheiro amadeirado me invade, dificultando ainda mais meu raciocínio. Seu choro sentido faz meu coração ficar apertado.

Puxo em minha mente todas as vezes em que ele me magoou e com cenas vívidas de tudo, eu me afasto dele.

— Me perdoa, mas não posso... Não posso mais fazer isso comigo.

Saio andando, sem dar chance de ele responder. Quando viro a esquina do restaurante, finalmente consigo respirar aliviada, mas a sensação de algo ruim ainda esmaga meu peito. Sinto as lágrimas descendo e me encosto na parede de um prédio, respirando fundo várias vezes fazendo o ar voltar gradativamente aos meus pulmões.

Sempre odiei conversas sérias, nunca consegui levar uma até o final sem chorar ou sem me deixar levar pela outra pessoa. Acabava cedendo, só para fugir do nervosismo que eu sinto.

Escorrego na parede, ficando de cócoras, deito minha cabeça em meu joelho com os olhos fechados, chorando aliviada.

Quando vi que a minha relação com o médico estava ficando séria demais, eu já me senti acuada, com medo de onde me levaria aquilo, mas eu quis tentar. Eu queria gostar dele e talvez, eu até gostaria. Mas desde que botei meus olhos em outro homem e senti tudo o que não sinto com ele, eu soube que ele não teria chances.

E pensando bem, talvez nem eu tenha.

— Ayla?

Uma voz infantil me chama e eu ergo a cabeça, limpando as lágrimas e olhando para a criança saindo de dentro do prédio em que parei.

Ele segura a mão de sua mãe, que me olha com desdém. Quando ela vê meu estado, um sorriso se abre em seus lábios, mas não dou atenção para ela, apenas para o pequeno.

— Olá, Leãozinho, como vai?

Levanto-me e me aproximo, fazendo sua mãe puxá-lo para trás com certa brusquidão, ele olha para ela e seus olhos logo se inundam em lágrimas por causa do movimento.

— Asher. O nome dele é Asher. Você não é ninguém na vida do moleque para chamá-lo por um apelido horrível, como esse. — Seus olhos descem pelo meu corpo e eu coro. — Gabe me disse que ia jantar com você hoje, pelo jeito algo saiu muito errado, não é?

Ela nem espera uma resposta e se aproxima de mim, erguendo o queixo em puro desafio.

— Contei para ele que você gosta de beijar homens casados quando ele não está por perto, espero que ele tenha te mostrado qual é o seu lugar e te dado meu aviso, mas por garantia eu mesma darei. Fica longe de Matteo. Não importa o que ele diga ou se ele for atrás de você. Ele é lindo, gostoso e um homem maravilhoso, porém ele é meu. E quando ele te olha com essa carinha de sonsa, com certeza vê alguém fácil de brincar e é isso que ele vai fazer, mas no fim da noite, é para a minha cama que ele vai voltar. Não importa o quanto você faça, ele sempre vai voltar para mim. Então se afasta dele, porque eu não vou ter o mínimo de dó se eu tiver que passar por cima de você, ou de qualquer outra vagabunda que se colocar entre nós dois.

Estou boquiaberta, completamente sem reação, com o coração pulsando fortemente e bombeando sangue quente em minhas veias. Cerro os punhos, vendo a loira se afastar e Ash olhando para trás com um biquinho que me faz querer arrancá-lo de perto dela.

Valerie só pode ser louca.

Ver-me como ameaça não faz sentido. Nenhuma das vezes que Matteo se aproximou de mim, foi eu quem o procurou. Eu nunca fui qualquer tipo de ameaça para o seu relacionamento doentio com ele.

O dia de hoje só me fez ter mais certeza de tudo que eu já tinha decidido.

Terminar com Gabe.

Manter-me longe de Matteo.

Pego meu telefone e sem querer preocupar minhas amigas, ligo para aquele que eu sei que largaria qualquer coisa para vir ao meu socorro.

— Baby, tudo bem?

— Beni... — Sem conseguir controlar, um soluço escapa e agora eu sei que choro de raiva.

— O que aconteceu? — Ouço o barulho de cadeira se arrastando e sua voz completamente em alerta.

— Você pode vir me buscar?

— Claro, diz onde você está.

Depois de passar o endereço, espero dez minutos e logo o carro preto estaciona e ele desce correndo para mim, seu abraço me traz um conforto surreal. Seu cheiro familiar acalma meu coração.

— Pode me levar para casa?

Ele assente e me leva até o carro. Quando ele senta no banco do motorista e coloca o carro em movimento, o cansaço do dia me abate e eu simplesmente apago, pensando no quanto eu odeio ser uma pessoa fraca, sentimental e medrosa.

CAPÍTULO 11

Matteo

Foi difícil convencer Benício a vir até o bar com a gente, por ele ainda estar bravo comigo. Meu irmão tem o coração mais puro que já vi, seu espírito de menino vive nele até hoje e isso o faz uma das melhores pessoas que tenho comigo. Mas quando o assunto é meu filho, ele pode ser um pouco possessivo, consequentemente, o fazendo ter raiva de qualquer pessoa que possa se colocar entre eles.

Isso inclui a mim.

Estamos na segunda rodada de cerveja e Mike está tagarelando sem parar.

— Cara, eu tive de praticamente correr da mulher. Nunca imaginei que um dia correria de mulher — enfatiza o final da frase, indignado com o fato. — Ela realmente achou que eu dormiria de conchinha com ela.

Estremece o corpo como se um calafrio o percorresse e gargalhamos alto do exagero.

— Mike, não era só dizer que não dormiria com ela?

— Você acha que eu não disse, caralho?

— Vindo de você... — Ele me olha com a sobrancelha erguida quando eu não termino a frase.

— Porra, mais sincero do que eu fui com ela, só se eu desenhasse. Ela é louca. Deve ter algum tipo de parentesco com a louca da sua ex. — Faço careta com o comentário e Benício ri. — Loucura pode ser algo genético, não é? Então, eu não duvidaria. Ela me perseguiu com aquelas saias moldando aquela bunda grande e deliciosa, até que eu cedesse. E eu tentei meus amigos, tentei não ceder — dramatiza e eu volto a rir da sua cara de desesperado.

— É tão horrível dormir com uma mulher depois de transar? — Benício o questiona, enquanto toma mais um gole da sua cerveja.

— Horrível é ter que lidar com os sentimentos que elas criam depois que acordam.

Joga a cabeça para trás e suspira.

— Eu quero assistir de camarote quando você encontrar uma mulher, que vai te fazer correr atrás dela.

— Somos dois. — Beni ergue sua caneca de cerveja e brindamos a isso, rindo sem parar.

— Eu não vou nem responder vocês dois, vai que essa loucura contagia. Vou atrás de uma boceta que eu ganho mais. — Levanta-se e vai para dentro do bar, onde tem uma pista de dança e se enfia no meio da multidão.

Um silêncio estranho se instala e eu fico olhando meu irmão, que em momento algum levanta o olhar para mim.

Já brigamos incontáveis vezes, muitas delas, partimos até mesmo para a agressão física, mesmo depois de adultos. Mas sempre fizemos as pazes tão rápido quanto brigamos, como se nada tivesse acontecido. Por isso é estranho estar brigado há tantos dias com ele.

Sempre tivemos total liberdade para conversar um com o outro sobre qualquer coisa, nunca escondemos nada, mesmo as coisas constrangedoras, ou tristes. Tony, ele e eu somos tão unidos, ao ponto de sabermos que um precisa do outro, mesmo que não seja dito.

— Deixa de ser babaca e de me ignorar como se me odiasse.

— Eu não o odeio, só o considero idiota. — Dá de ombros e abre um sorriso torto, que me faz revirar os olhos.

— Idiota por não tirar a autoridade da mãe do meu filho?

— Não. Idiota por achar que aquela louca realmente queria ficar com Asher apenas para tê-lo por perto e não para me irritar, ou sei lá o quê.

— Irmão, eu nunca a proibiria de ficar com ele. Não podia simplesmente entrar em uma briga com ela, para que ele saísse com você. Ela queria passar um tempo a sós com Asher, depois que nos mudamos os dois quase não passam um tempo só eles... — Ele bufa e eu paro de falar, respirando fundo. Quando ele quer ser pirracento, consegue ser pior que meu filho.

— Ela não queria ficar com o menino nem quando vocês moravam juntos, imagina agora. O que ela queria, era que ele não saísse comigo, apenas isso. — Revira os olhos e toma o resto da sua cerveja. — Já percebeu que sempre que os dois ficam sozinhos, a saúde dele piora?

— Você está insinuando que ela faz algo com ele? — Ajeito-me na cadeira completamente atento. Achei que isso era coisa da minha cabeça, que somente eu achava isso e que poderia ser implicância minha com a mulher.

— Não estou insinuando, Matteo. Estou afirmando um fato, que parece que você é cego demais para perceber. — Ele se inclina sobre a mesa para me olhar nos olhos. — Eu não sei o que a louca faz com ele, mas todas as vezes que eles ficam a sós, as crises que ele anda tendo pioram, e se você não percebeu isso, precisa rever se está realmente preparado para cuidar direito do seu filho.

— Não me diga como ser pai, caralho. Eu sei muito bem cuidar do meu filho.

— Não parece. — Dá de ombros e volta a relaxar na cadeira. — Não estou dizendo que você é um pai ruim, você é ótimo. É visível o quanto você o ama. Estou dizendo que ou você é realmente um idiota ou é cego por não ver o que acontece.

— E o que acontece, Benício? Por favor, esclareça isso, porque pelo jeito, sou o único a não ver o que vocês tanto veem.

— Quer que eu seja sincero?

Balanço a cabeça para que ele continue e ele respira fundo.

— Quando eu digo que ela é louca, é a mais pura verdade. Ela não consegue demonstrar o mínimo de sentimento pelo próprio filho, ela não se importa se ele está bem ou mal. O importante para ela, é que você esteja por perto. Eu vi mais amor por ele vindo da Ayla, que é uma pessoa "estranha" na vida dele, do que da própria mãe. Ela parece sugar toda a alegria dele, ele murcha na presença dela e com tudo isso, acaba sugando as suas também. Você acaba se culpando por uma coisa que não é culpa sua.

Ele para, pensa um pouco e volta a falar. Meu coração está batendo descompassado nesse momento, com informações que eu realmente não tinha. Dentro da minha própria casa aconteciam coisas que eu não via.

— Na verdade, você tem culpa, sim. Quando deixa que ela fique com ele, você está deixando que tudo isso continue.

Estou paralisado, preso em looping nas suas palavras. Não consigo nem pensar em uma resposta para ele.

De repente, seu telefone começa a tocar e ele o atende.

— Baby, tudo bem? — Fica em silêncio por um segundo e logo se levanta com rapidez, assustando-me. — Claro, diz onde está.

Depois de desligar o telefone, ele para ao meu lado e aperta o meu ombro.

— Irmão, eu te amo para caralho e amo Asher com tudo de mim. Nada do que eu disse foi para te deixar mal consigo mesmo ou chatear. Eu só quero que você enxergue algo que esteve tanto tempo na sua frente, mas você ignorou, achando que estava fazendo bem para o seu filho. Não fique se remoendo por coisas que já passaram, isso não dá mais para mudar, só pense no futuro dele. Eu não ia querer ter uma mãe que não me ama, perto de mim. Ele tem você, Tony, mamãe e eu para suprir qualquer tipo de necessidade que ele venha a ter, seja emocional ou material.

Olho seus olhos, tão azuis quanto os meus e assinto para ele.

— Eu sei.

Simplesmente não consigo dizer nada além disso, mas sei que ele pode ver em meus olhos que eu entendi a sua intenção e que só preciso digerir tudo e pensar no que fazer daqui para frente.

— Estou indo. Ayla precisa de mim. — Ele começa a se afastar, porém seguro sua mão quando ele diz o nome dela.

— O que houve com ela? — Um frio estranho se instala no meu estômago.

— Não sei, estou indo buscá-la para descobrir.

Ele se vai e eu vou para o caixa pagar a conta. Aproveito e procuro Mike, mas não o encontro em lugar algum. Mando uma mensagem avisando que fui embora e sigo para o nosso prédio. Em momento algum minha mente consegue parar de criar teorias sobre o que pode ter acontecido com Ayla, para ela ter ligar para Benício e não para uma de suas amigas.

Hoje, Valerie me pediu para deixar levar Asher na casa de sua mãe e por não ver problema nisso, acabei deixando e aproveitando para espairecer um pouco.

Quando chego, vou direto ao apartamento de Valerie e toco a campainha. Ela demora a abrir a porta, mas quando o faz, está com um vestido tão justo em seu corpo, que poderia ser considerado uma segunda pele. Seus seios quase saltam para fora do decote exagerado.

— Oi, amore.

— Valerie, cadê Asher?

— Não quer entrar e beber um vinho? — questiona manhosa

— Não, só vim buscar meu filho.

Ela se vira de costa e rebola exageradamente até a sala. Sigo atrás dela, para o caso de Ash estar dormindo e eu ter de pegá-lo no colo.

— Sabe quem eu encontrei hoje?

— Não, não sei e não quero saber. Estou cansado, Valerie, só chame Asher, por favor! — resmungo sério.

— Ah, você não quer saber como foi meu encontro com a pediatra sonsinha? — O sarcasmo quando fala sobre Ayla me irrita profundamente. — Ela estava vindo de um jantar com Gabe, os dois estavam radiantes de felicidade. São tão lindinhos juntos, mesmo que eu não vá com a cara dela e ache que meu irmão merece alguém melhor, admito que são um casal muito bonito.

A irritação só aumenta dentro de mim quando ela termina de falar.

Não sei o que eu esperava. Talvez que ela percebesse que ele é um idiota. Mas, se depois de um ano ela não viu isso, não será em apenas dois dias que ela verá, não é mesmo?

Ela se vira e vai para o quarto de Asher e logo volta segurando a mão dele. Os olhinhos brilham para mim e eu forço um sorriso para ele.

Estou feliz por ver meu menino. Ficar o dia todo sem ele já me deixou com uma imensa saudade, mas a informação de que Ayla e Gabe estavam juntos me irritou, ao ponto de nem mesmo meu filho conseguir me tranquilizar.

Porra de mulher do caralho, que mexe comigo.

Pego Ash no colo e vou para o meu apartamento, dou um banho nele e o coloco para dormir. Jogo-me no sofá assim que ele pega no sono.

Com o celular na mão, fico pensando se mando ou não, uma mensagem para ela. Depois que peguei seu número no telefone de Benício, estou sempre nessa dúvida, se mando uma mensagem, ou não.

Acabo decidindo mandar, só para saber como está.

Oi, é o Matteo. Tudo bem?
Estava com Benício quando ligou para ele e eu fiquei preocupado.

Mais de dez minutos se passam e como não chega uma resposta, deixo meu celular de lado e vou para o banheiro tomar um banho.

Depois de um banho quente, enrolo uma toalha na cintura e deito na cama com a cabeça a mil, dividindo os pensamentos entre Ayla e Asher, mas com as palavras de Benício sobre Valerie se sobressaindo de qualquer outro pensamento.

Já notei, sim, algumas coisas vindas de Valerie. Como gritos desnecessários com ele, ela proibi-lo de brincar com outras crianças e as crises de dor que ele tem quase sempre que eles ficam sozinhos por tempo demais. Mas nada tão alarmante, que me fizesse realmente parar para pensar nisso.

Algumas vezes até mesmo já vi marcas roxas no corpinho dele, mas ele sempre me falava que tinha caído ou batido em algum móvel enquanto brincava e por ele ser criança, sei que isso é possível, mas e se não for só isso?

Merda!

Se esse tipo de coisa acontece embaixo do meu nariz e eu não percebo, que merda de policial eu sou?

Irritado, levanto-me, coloco um short e vou para o quarto de Asher, deitando-me junto dele.

O corpo pequeno se ajeita perto de mim e seu cheiro infantil vai acalmando as batidas do meu coração e minha mente, fazendo-me cair em um sono profundo.

Um barulho alto me faz pular da cama assustado. Olho pela janela, notando que ainda está escuro e vejo Asher ressonando baixinho.

Saio do quarto, fecho a porta e vou rumo a sala, em direção às batidas à porta. Pelo olho mágico vejo que é Benício e abro rapidamente, preocupado.

— O que aconteceu, Beni?

— Se eu matar duas pessoas, você vai me ajudar a esconder o corpo?

— Você sabe que eu sou policial, não é? Não posso me envolver em assassinatos, assim.

Dou espaço para ele, que entra. Seu rosto está vermelho de raiva e seus olhos estão da mesma cor. Não consigo decifrar se de raiva, ou de bebida.

— Aquele Gabe é um escroto e Valerie é uma cadela. Se ele chegar perto da Ayla mais uma vez, eu juro que vou matá-lo.

— O que ele fez, Benício? Acalma-se, porra.

— Eles foram jantar e depois de ele surtar com a roupa que ela estava usando e humilhá-la, ela disse que ia terminar e ele não aceitou muito bem. Ficou nervoso, apertou o braço dela, gritou e ela saiu correndo dele.

A ficha finalmente cai.

Valerie me disse que os dois estavam felizes apenas para ver minha reação. Ela sabe o quanto Ayla mexe comigo, já há um tempo.

— Onde ela está?

— Na casa dela. Deixei-a lá, fiquei até ela pegar no sono. Como Cecília não estava lá, não quis que ela ficasse sozinha no estado que estava.

Sua fala me traz um desconforto, um nó se instala na minha garganta e eu abaixo o tronco para ficar perto do seu rosto, segurando sua cabeça para que seus olhos não desviem dos meus.

— Você sente algo por ela?

— O quê? — Seu olhar confuso quase me faz respirar aliviado — Claro que não. Eu a tenho como uma irmã. Por quê? Tem interesse, irmão? — Sua pergunta sai em tom de provocação e sua sobrancelha erguida me irrita.

— Sim, tenho. — Sou direto e ele me olha em choque. Acho que por mais que ele já tenha percebido, não achou que eu fosse dizer abertamente tão rápido. Sendo sincero, nem eu achei. — Então se tiver interesse nela, me diga agora, porque eu não vou desistir até tê-la. E pode deixar que com Gabe eu me resolvo.

Sua expressão de choque passa para zombeteiro e eu nem espero sua resposta espertinha, pego meu celular e saio em direção à porta.

— Fica com Asher até eu voltar.

— Não vou nem perguntar para onde vai. Só saiba que mesmo você sendo meu irmão, se a magoar, corto seu pau fora sem pensar duas vezes. — Avisa.

Saio e vou para meu carro, dirigindo até a casa da morena que está me tirando a porra do juízo.

Quando paro na frente de sua casa e percebo tudo escuro, decido ligar para ela, que atende depois de três toques.

— Alô. — A voz manhosa envia um choque diretamente para o meio das minhas pernas.

— Você não respondeu minha mensagem — reclamo.

— Hum, quem é?

— Estou aqui na porta da sua casa, o que acha de vir abrir para mim?

Ela fica alguns segundos em silêncio, que mais parecem horas me fazendo pensar se foi uma boa ideia ter vindo.

— Matteo... — murmura e quando olho para a janela, ela está lá parada, olhando diretamente para mim.

Saio do carro sem tirar os olhos da figura iluminada pelas luzes da rua.

— Vem abrir a porta para mim, Anjo. — Continua parada me fazendo suspirar e sussurrar quase implorando. — Por favor!

De repente, ela some sem dizer nada e caminho para a porta, que logo é aberta.

Seu rosto está amassado com marcas do travesseiro, vestindo apenas um baby doll vermelho, que deixa muito pouco para a minha imaginação pervertida.

O bichinho do ciúme me come por dentro ao pensar que meu irmão a viu assim, fazendo-me fechar as mãos em punho.

Ayla força um sorriso e inclina a cabeça para o lado de um jeito fofo.

— O que faz aqui? São duas horas da manhã.

— Vim ver você. — Dou de ombros, percebendo seu rosto corar aos poucos. — Posso entrar?

CAPÍTULO 12

Ayla

Eu devo estar com uma cara de pateta, porque escaneio cada mínimo traço de seu rosto, só para ter certeza se ele é real mesmo ou se estou começando a criar coisas na minha cabeça.

— Matteo, são...

— Anjo, eu vi o horário antes de vir até aqui, acredite. Mas eu precisava ver você. Benício chegou falando algo sobre assassinar Gabe e eu vim conferir se você está bem.

Benício é um fofoqueiro.

Só me dou conta que ele se aproximou de mim, quando sua mão esquenta meu pescoço com uma carícia suave. Mordo o lábio, sentindo uma corrente elétrica percorrer minha coluna.

Afasto-me do seu toque e aproveitando o espaço, o homem passa para dentro, deixando um rastro do seu perfume gostoso. Respiro fundo, tentando acalmar as batidas do meu coração. Ele me torna uma bagunça.

— Eu estou bem. Benício é exagerado e dramático.

Decido não entrar em todos os detalhes da noite. Ele assente enquanto me fita.

Um silêncio ensurdecedor se faz presente na sala, porém ele logo é quebrado pela porta sendo aberta abruptamente por Cecília.

— Ops! Cheguei na hora errada? — Ela para com a mão ainda no trinco da porta, dividindo o olhar entre nós dois.

— Não está acontecendo nada. Matteo acabou de chegar.

Ela olha para ele confusa, talvez pelo horário, mas não fala nada sobre isso. Passa por mim, dá-me um beijo no rosto e segue para o quarto dela.

Matteo senta no sofá com toda aquela pose altiva, as pernas abertas, sentindo-se confortável demais. Passo meus olhos por todo seu corpo e sem conseguir me conter, quase gemo ao ver o volume grande em sua calça.

— É...

— Esse vermelho no seu braço foi ele?

Olho para o local que está marcado com os dedos de Gabe e coloco a mão por cima, tentando esconder.

— Foi sem querer, ele não queria me machucar.

Ele franze o cenho me encarando e desvio o olhar dele, incomodada com o modo como ele parece tentar me ver além do que eu mostro.

— Estou aqui como seu amigo, Ayla. Não precisa ficar afastada, com medo de que eu vá te atacar.

Dou de ombros, mas antes que eu possa responder, consigo ouvir meu celular tocando lá no meu quarto, graças ao silêncio que a casa está.

— Já volto, preciso ir ver, pode ser do hospital.

Vou para o meu quarto antes que ele possa responder e quando alcanço meu celular em cima da minha cama, vejo que é Gabe, rejeito a ligação e vejo que ele mandou algumas mensagens pedindo para conversamos, mas não me dou o trabalho de responder. Precisamos estar calmos para voltar a conversar, e isso não vai acontecer agora.

Ao virar, percebo Matteo olhando minha foto com as meninas.

— Acho muito bonita sua amizade com elas. Vocês estão sempre uma pela outra e hoje em dia é difícil ver uma amizade durar tanto tempo e ser tão forte, assim.

— Sempre fomos assim. Crescer juntas nos tornou isso tudo que somos hoje.

Ele encosta na bancada da maquiagem onde está a foto e cruza os braços. As batidas do meu coração estão descompassadas.

É impossível estar na presença dele e não me sentir intimidada.

— Gabe sempre foi problemático — ele diz, chamando minha atenção novamente. — Valerie e ele, nunca souberam ouvir um não. Eu o conheci primeiro e ela veio de brinde quando nos tornamos amigos. Valerie desde o princípio se mostrou interessada em mim, mas ela era irmã do meu amigo, eu não poderia simplesmente ficar com ela, como fazia com outras mulheres.

Falar dela faz meu estômago se retorcer e um desconforto incomum me tomar.

— Mas como eu disse, nenhum dos dois sabe ouvir um não e isso me fez ver coisas que Gabe fazia e eu não poderia fechar os olhos para aquilo, então me afastei. Foi quando ela se tornou mais frequente na minha vida, claro que eu continuei afastando-a, ainda mais quando percebi que ela estava ficando fora de controle.

O homem respira fundo, parecendo cansado e eu me sento na cama, olhando atentamente enquanto ele se aproxima e senta do meu lado. O cheiro dele me deixa tonta.

— O que ela fazia? — pergunto, curiosa para saber como chegaram onde estão hoje.

— Ela me ligava quase 24 horas por dia. Quando eu estava com uma menina, ela transformava a vida dela em um inferno. Enfim, um dia fui para uma festa e de alguma forma ela descobriu que eu estava lá, a chance de ela ir era quase nula, mas quando me dei conta, lá estava ela. — Ri, nervoso, — Só me lembro de acordar no outro dia no quarto dela, nós dois estávamos nus e ela toda sorridente. Fiquei puto na hora, porque eu nunca bebi tanto ao ponto de me esquecer de algo daquele jeito.

— E dessa noite veio Asher...

— Sim. Uma noite, foi o suficiente para trazer meu melhor presente. — Seu rosto ilumina ao falar do filho. — Mas não me lembrar me angustiava demais, só que no momento em que vi o positivo, eu soube que queria dar uma família decente ao meu filho. Eu não tive meu pai comigo a minha infância toda e Valerie sabia, por isso ela me ameaçou, dizendo que não me deixaria vê-lo, caso não ficasse com ela.

— Meu Deus, Matt, isso é horrível — murmuro.

— Sim, é. E eu tentei ficar com ela, durante três anos, eu tentei que fôssemos um casal normal, mas não tinha sentimento, não dá minha parte. E a cada dia ela ficava mais doente, queria controlar mais ainda a minha vida e me manter por perto era fácil, ela usava Asher a cada briga.

— Sinto muito por tudo isso.

— Não sinta, Anjo. Não me arrependo. Ver Asher crescer, dar seus primeiros passos, ouvi-lo falar papai pela primeira vez... Tudo isso fez valer a pena.

Assinto, sorrindo para ele. Imaginar um Asher pequenininho correndo para os braços do pai faz meus olhos se encherem de lágrimas.

— Gabe também não é fácil — digo e ele coloca os braços para trás no colchão, para se apoiar e me fita atentamente. — Desde que começamos a ficar, ele teve momentos bons e ruins. Algumas vezes até tentei terminar, mas ele me convencia a ficar.

Ele assente, mas não esboça nenhuma outra reação quanto ao que eu falei.

— Sempre fui uma pessoa muito coração, de agir na emoção e colocar outras pessoas acima de mim e acho que era isso que eu fazia com ele. Em todas as questões, ele vinha primeiro. Quando íamos sair e eu queria ir para um lugar e ele para outro, acabávamos indo para onde ele queria. Quando eu queria comer algo, ele me convencia a comer outra coisa. Quando eu não queria sexo, ele me fazia querer e até nisso ele vinha primeiro...

Só me dou conta do que falei, quando ele respira fundo e aproxima o tronco de mim.

— Você sabe que transar contra sua vontade é abuso sexual, certo?

Meus olhos se arregalam para ele e eu nego com a cabeça.

— Não era abuso. Ele não me abusava... — atropelo as palavras tentando me explicar. — Eu só nunca senti tanta necessidade de sexo, nunca o vi como uma coisa extraordinária e eu sabia que ele tinha essa necessidade, então não podia evitar...

Ele bufa e resmunga algo sobre ser a mesma coisa.

— É estupro isso, Ayla, caralho! — ele fala nervoso e eu continuo negando com a cabeça. — Tudo bem, tudo bem. Não quer ver isso, então tudo bem, mas isso não muda o fato de que o desgraçado abusava de você.

— Ele era quase meu namorado, Matteo. Eu não podia deixá-lo com vontade...

— Se você não tinha vontade, poderia, sim! Ele que se fodesse.

— É complicado, você não entenderia mesmo se eu ficasse explicando pelas próximas horas.

Porque ele realmente não entenderia.

Eu sei que não era legal o que acontecia, mas todas às vezes eu tinha esperança de sentir algo, que eu nunca senti. De alcançar o tão falado ápice e talvez me sentisse mais confortável para transarmos.

— Você pode tentar me explicar, tenho tempo para ouvir. — Sua voz é suave, apesar de rouca, mas seu semblante está carregado de raiva contida.

— Eu... Eu não falo sobre sexo nem com as minhas amigas, Matteo. Não vou falar com você.

— Falar sobre sexo é algo muito normal, Anjo. Não precisa ter vergonha.

Meu rosto esquenta e eu quero fugir do meu próprio quarto, porque eu sinto vontade de falar coisas para ele, que nunca falei para ninguém. Torço os dedos, nervosa.

— Eu nunca... Nunca cheguei lá. — Ele vira sua cabeça para mim tão rápido, que eu quase rio dele. — Acho que por isso eu nunca vi sexo como essa coisa toda maravilhosa que todo mundo fala.

Meus olhos estão presos nos meus dedos, não consigo olhar para ele agora. A vergonha mais forte que nunca agora.

— Você nunca... — Parece chocado. — Nunca gozou?

Nego com a cabeça e ele ri nervoso.

Sua cara de espanto é cômica e eu chego a rir disso, mas meu rosto está em chamas. Não só o rosto... Todo o meu corpo, mas perto dele, isso já tem se tornado comum.

— Não vou falar sobre isso...

Se é difícil falar sobre sexo com minhas amigas, com ele é pior ainda. Desvio os olhos dos seus, que não escondem o seu choque com a notícia.

— Puta que pariu! Mas sozinha você já chegou lá, não é?

— Matteo... Por favor — choramingo e cubro meu rosto com as duas mãos, jogando-me para trás na cama.

Sinto-o se mexer e logo o peso do seu corpo está sobre mim, ele me prende entre suas pernas e tira minhas mãos do rosto. Seus olhos estão em chamas e o sorriso em seu rosto é safado, esse conjunto parece me prometer o céu e o inferno.

— Eu me recuso a falar sobre isso com você.

— Quando eu estava casado com Valerie, não transei com ninguém. Uma punheta era o máximo de alívio que eu conseguia e me permitia ter. — Ele morde o lábio e a imagem desse homem se tocando se forma em minha mente e eu só percebo que gemi alto, quando ele volta a falar. — Caralho, Anjo. — Respira fundo e curva seu corpo sobre o meu, alcançando meu pescoço e dando beijos. — Eu contei uma coisa íntima minha, agora você me conta uma sua.

Fecho os olhos e respiro fundo, tentando ordenar os pensamentos e me concentrar no que posso falar para ele.

— Nunca me toquei! Não sei fazer... Isso.

A respiração dele está quente em minha orelha, mas para por alguns segundos e logo ele solta de uma vez, fazendo-me arrepiar inteira e estremecer embaixo dele.

— Vamos resolver isso, minha linda.

Meu cérebro entrou em curto, não consigo nem raciocinar sobre mais nada. É como se o assunto pesado anterior, não tivesse existido.

Ele se levanta e vai para a porta, trancando-a e fico só olhando, babando no corpo grande e delicioso. Quando se vira para mim, seus olhos me fitam inteira e eu me sento, encolhendo o corpo.

— Não faça isso. — Ele se aproxima e coloca um joelho na cama, esticando-se para sua mão alcançar meus cabelos, sua mão acaricia o mesmo e desce para o meu pescoço, segurando firme e erguendo minha cabeça para olhar em seus olhos intensos. — Tira a roupa para mim, amor.

— O quê? Você...

— Não vou te beijar, Ayla. Eu disse que não beijaria — ele frisa a última palavra como aviso.

Sua voz baixa e grave parece invadir meu corpo, fazendo meu coração parar e logo voltar a bater loucamente no peito. Ele me chamando de amor quase me faz derreter nessa cama.

— Tira a roupa para mim, amor — fala calmamente. — Agora!

A mão que estava no meu pescoço, desce para a blusinha do meu baby doll e ele começa a puxar para cima, lentamente. O olhar hipnotizante me mantém presa, a ponto de não conseguir contestar o que está fazendo.

O sorriso de lado enfeita seu rosto bonito e masculino.

Meu corpo, que já estava quente, agora parece em chamas. Mas uma parte específica entre minhas pernas está completamente encharcada. Respiro fundo e o ajudo a terminar de tirar a blusinha. Seus olhos acendem quando fixam nos piercings.

— Esses piercings... Vão ser minha perdição.

Aperta o bico enrijecido, eu solto um gemido alto e fecho os olhos com a sensação gostosa da sua mão em mim. Deixa um beijo na minha clavícula e vai descendo pelo meu colo, até alcançar os meus seios. Ele passa a língua, deixando um rastro molhado e pega minha mão, colocando onde sua língua passou.

— Brinque com ele.

Quando começo a massagear, ele se afasta e fica me olhando. Meu corpo vai respondendo e a excitação que já é grande, parece estar crescendo dentro de mim. Ardendo como fogo puro.

O tesão vem tão rápido que me assusto, mas não tenho tempo para pensar sobre isso. Nem quero.

Fecho os olhos, apertando os bicos dos meus dois seios com os dedos, rodando-os e brincando com o metal neles.

Mordo meu lábio com força, tentando conter os gemidos que quero soltar.

— Desce essa mão, linda. Desce para seu short, tire ele e a calcinha e toque sua boceta.

— Matteo... Eu... — Abro os olhos antes de terminar e ele está parado em pé, de frente para mim, massageando seu pau sob a calça jeans.

— Tira para mim... — Sua voz está mansa, diferindo dos seus olhos, que estão queimando, brilhando em luxúria e seu maxilar está trincado, como se estivesse se contendo.

Deito na cama, levantando um pouco minha bunda para conseguir tirar o short e a calcinha, e jogo para um canto qualquer. Minhas pernas estão flexionadas, mas fechadas, e minhas mãos voltam a trabalhar em meus seios.

Vejo quando ele dá a volta na cama, subindo e me fazendo sentar, para se encaixar atrás de mim.

Minhas bochechas estão tão quentes e vermelhas, que não me surpreenderia se começassem a pegar fogo. É uma situação completamente constrangedora para mim, porém muito excitante.

Matteo ajeita nossos corpos para ficar de frente para o espelho de corpo inteiro que tem na parede. Olho rapidamente a cena, meu corpo pequeno, completo e perfeitamente encaixado em seu corpo grande. O sorriso de Lobo Mau enfeitando seu rosto e seus olhos não perdem nenhum movimento meu. Desvio o olhar.

— Olha para o espelho, linda. — Reluto um pouco, mas com beijos suaves em meu pescoço, ele me convence a voltar a olhar. — Agora chupe seu dedo indicador e o dedo médio e desça-os para sua boceta.

Sem conseguir desviar o olhar do dele, faço o que mandou e quando meus dedos tocam meu nervo pulsante, um gemido involuntário escapa dos meus lábios e meu corpo se aconchega melhor no dele.

Começo com movimentos circulares lentos, descendo e subindo meus dedos até minha entrada. Eu estou tão molhada, que pelo espelho consigo perceber o brilho úmido.

Deito minha cabeça em seu ombro, completamente deslumbrada com a sensação que meu corpo está alcançando.

Minha respiração está acelerada e meus gemidos altos. Só percebo que estou com meus dois dedos dentro de mim, quando toco em um ponto que traz estrelas aos meus olhos. Sinto uma das mãos dele entrar entre meu corpo e do homem que está povoando minha imaginação nesse momento e ele começa a movimentá-la em minhas costas, mas estou tão colada a ele, que os movimentos estão mais para apertos firmes.

— Caralho, acho que vou gozar só vendo você assim. — Sua voz é um sussurro ao meu ouvido e eu solto um gemido em resposta.

De repente, um pensamento toma conta de mim e eu decido agir antes que a minha coragem vá embora e a vergonha tome seu lugar de costume. Levanto da cama e ele me olha confuso, mordo meu lábio e minha mão segue diretamente para o botão e zíper de sua calça jeans, tiro-a juntamente com sua cueca.

— Ayla, nós não...

Empurro seus ombros para que deite na cama antes que termine de falar, minha boca chega a salivar olhando seu pau extremamente duro, todo grande e grosso, rosado e cheio de veias. Subo nele e seguro seu pau com minha mão, que nem mesmo se fecha ao redor dele.

Senhor, o homem é grande em todos os lugares.

— Não vamos fazer nada, Matt. Você queria que eu aprendesse a gozar sozinha e eu vou. Como não tenho um vibrador, isso vai me ajudar.

Dou de ombros e o homem está com os olhos arregalados, parecendo não acreditar que aquilo saiu da minha boca e pensando bem, agora, nem eu acredito.

Mordo meu lábio e sento em cima do seu pau, o contato úmido nos fazendo gemer em uníssono e eu começo a fazer movimentos de vai e vem com seu pau roçando entre os lábios da minha boceta. Sentindo a cabeça de seu membro tocar em meu clitóris, intensifico os movimentos.

Minhas mãos apoiadas em seu peito e quando sinto que estou perto de chegar onde tanto queremos, meu corpo parece travar e os movimentos vão diminuindo. Provavelmente ele percebe algo diferente, pois coloca suas mãos em minha cintura e passa a comandar a ação.

— Puta que pariu, você é ainda mais linda com tesão. — Sua respiração está tão acelerada quanto a minha, meu coração parece que vai rasgar meu peito a qualquer momento.

Os gemidos de ambos tomam conta do meu quarto e o gemido desse homem é a coisa mais sensual que já ouvi na vida. Isso, com a junção do pau acariciando meu clitóris latejante e durinho traz a sensação nova rápido demais. Sou jogada em direção a um orgasmo delicioso, meu corpo todo treme sobre o dele. Mas Matteo não para, não me deixa descansar e continua apertando minha cintura e forçando o atrito, fazendo o orgasmo se intensificar e durar mais.

Ouço quando urra e seu corpo se inclina, pressionando ainda mais nossa conexão. Quando abro os olhos, a cena que vejo diante de mim é simplesmente perfeita.

Matteo tem seus olhos fechados com força, seu lábio inferior preso entre os dentes e sua cabeça pendendo para trás, apoiada ao colchão. Seu corpo brilha com o suor. O corpo dele está curvado e seu pau despejando sêmen por toda sua barriga dura e deliciosa.

Seria estranho eu querer lamber ele todinho, agora?

Minhas pernas e braços estão completamente fracos e meu corpo parece esgotado pela nova experiência. Deito minha cabeça em seu peito, sujando-me também com seu gozo, mas não me importo, meu corpo está mole demais para isso.

Ele faz carinho no meu cabelo, mas como um estalo, eu pulo do seu colo ao me dar conta do que acabou de acontecer.

— Vou tomar um banho, Matteo. — Corro para o banheiro e me tranco lá. Encosto na porta de olhos fechados — Merda.

Estar com ele por perto, sempre me faz perder a noção de tudo. Sempre ajo de um modo, que não agiria normalmente e ainda não decidi quão ruim isso é.

Tomo um banho demorado e lento, rezando mentalmente para que quando eu sair, ele já tenha ido embora. Termino, enrolo-me na toalha, saio do banheiro e dou de cara com um Matteo sentado tranquilamente na minha cama, as pernas cruzadas uma sobre a outra e as mãos atrás da cabeça. Ele está tão à vontade, que nem a camisa colocou novamente.

— Fui me limpar no banheiro lá do corredor — diz calmamente.

Ainda sem reação, vou para o meu closet e visto um macacãozinho de cetim preto que adoro usar para dormir e volto para o quarto.

— Porra, Ayla. Você quer me matar, é? — Matteo pergunta, olhando-me de cima a baixo e eu cubro meus seios com meus braços.

— Você deveria ir para a casa, Matteo.

— Está me expulsando depois de me usar como seu vibrador particular? — Coloca a mão no peito em um gesto dramático e o olho, chocada com o que falou.

— Eu não...

— Usou. Usou, sim, Aylinha — corta-me, usando um tom provocador e se ajeita na cama, fechando os olhos. — Ainda posso sentir a quentura da sua...

— Ok. Ok, Matteo.

Não o deixo terminar, porque ele não freia suas palavras. O homem é tão fechado, que parece sempre estar de mau humor, mas quando ele quer me constranger, ele fala perversidades como se estivéssemos conversando sobre o que ele comeu no café da manhã.

— Desculpe-me, ok? Eu não sei por que fiz isso. Acho que me empolguei e não me dei conta.

Seu semblante se fecha e ele levanta, vindo até mim. Sentindo-me acuada com a reação repentina dele, dou alguns passos para trás e me encosto a uma parede.

Mãos grandes alcançam meu rosto dos dois lados, acariciando suavemente e sua respiração quente bate em meu rosto, de tão próximo que ele está.

— Nunca mais me peça desculpas por termos feito qualquer coisa que agrade a nós dois. — Sua voz é mansa e então sinto seus lábios se encaixarem no meu lábio inferior. Nossos olhos não quebram a conexão em nenhum segundo. — Eu gozei tão gostoso quanto você, e te ter tão intimamente, mesmo que ainda não seja como eu realmente quero, foi o céu para mim.

Dito isso, ele passa os dentes em meu lábio, afasta-se para sair, mas detém os passos na porta.

— E só para avisar, vamos voltar no assunto sobre seu ex.

Então se vai, deixando-me atordoada.

Fico parada na parede, os dedos acariciando meus lábios inchados dos beijos, pensando em tudo o que aconteceu, até que um grito me faz correr para o quarto da minha amiga.

CAPÍTULO 13

Ayla

Entro no quarto de Cecília e ela está gritando agitada enquanto dorme, aproximo-me e toco em seu ombro com suavidade.

— Cecília... — Ela pula quando a chamo e senta imediatamente, parecendo assustada. — Amiga, você estava se debatendo, está tudo bem?

Ela engole em seco, focando os olhos que estão lacrimejando em mim.

— Está. Eu devo ter tido um pesadelo.

Somos amigas há tempo o suficiente para que eu saiba quando ela está escondendo algo de mim. Rebeca e ela têm o hábito de querer me proteger do mundo, até das aflições delas e isso ao mesmo tempo em que me deixa feliz, deixa-me triste, porque eu sei ser forte por elas.

— Você está estranha desde que... — Ela me olha com desespero em seus olhos azuis e eu respiro fundo, sento ao seu lado e seguro sua mão. — Aquilo não foi sua culpa, Ceci. Você sabe disso, não sabe?

— Não tem nada a ver com aquilo... — Ela se levanta e eu noto seu baby doll marcado com suor. — Vou tomar um banho.

Cecília quase corre para o banheiro.

Desde o que houve com Karen, minha amiga está estranha, mais afastada e calada. Às vezes, quando estamos conversando, seus pensamentos parecem a levar para outro lugar, deixando-a aérea. Muitas vezes acordei com ela gritando durante a noite e sempre que tento conversar, ela dá um jeito de fugir, enchendo Rebeca e eu de preocupação. Não sabemos o quanto aquilo a afetou, posso imaginar, mas ela simplesmente decidiu fingir estar bem na nossa presença.

Ajeito-me em sua cama, decidida a ficar com ela essa noite e quando ela sai do banheiro, não questiona, só se ajeita ao meu lado e fica me encarando.

— Eu vou sempre estar aqui por você. Você sempre pode dividir suas dores e seus tormentos comigo, não importa quais sejam, eu vou carregar tudo isso com você, vou fazer o que eu puder para que isso não te afete, tanto quanto parece estar afetando. Mas você está me afastando, afastando Rebeca e qualquer um que tente estar com você. Isso está nos machucando, também. Eu prefiro sentir com você todo esse tormento, do que sentir que estou perdendo minha melhor amiga...

Minha voz embarga.

— Não me afaste. Eu não vou quebrar e não quero que você quebre. Só... Só divida comigo, divida com Rebeca, até com Miguel. Não me importo com quem seja, mas não carregue um fardo que não é seu, sozinha. Eu sei o quanto te afetou tudo aquilo, eu vejo nos seus olhos mesmo que você não me diga e isso me desespera, porque você está tão fechada e não me deixa entrar para te ajudar e... Eu só quero te ajudar.

Seu choro angustiado me faz chorar ainda mais com ela, que aperta minha mão e ficamos assim até que ela dorme. Eu fico zelando seu sono até dormir também, um tempo depois.

Passei o dia todo no hospital, entre um atendimento e outro. A hora passou tão rápido, que nem me dei conta.

Depois do meu momento com Cecília, ela acordou parecendo um pouco melhor, mesmo que tenhamos dormido menos de duas horas. Até estava brincando, no entanto, quando tentei falar sobre o assunto, ela correu para o hospital também.

Bato à porta e assim que a voz baixa me manda entrar, eu abro e coloco apenas a cabeça para dentro.

— Estou indo embora, o que acha de sairmos para comer alguma coisa?

— Já combinei de sair com Miguel hoje, amiga, não vai dar. Mas amanhã tem uma festa a fantasia, o que acha?

Faço careta e ela ri de mim.

— Não sei, não...

— Ah, vamos, por favor! — Junta as mãos em frente ao peito e eu quase rio da cara de gato de botas que ela faz. — Beca e Theo vão também.

— Posso pensar?

— Tudo bem, amanhã cedo vamos comprar as fantasias.

— Eu disse que vou pensar.

Semicerro os olhos e ela dá de ombros sorrindo.

— Amanhã você não vai conseguir fugir, então nós vamos.

Dou a língua e mando beijo antes de sair do seu consultório.

Meu celular toca com uma chamada e quando pego, vejo que se trata de Matteo. Só de ver seu nome, meu coração dá um salto e eletricidade corre pela minha coluna. Não tenho coragem nem mesmo de atender ele depois de ontem.

Ele liga mais três vezes e na quarta, meu telefone é tirado da minha mão. Não notei nem que tinha parado e muito menos a presença de Rebeca perto de mim.

— Está ignorando o detetive por quê? Aliás, como ele tem seu número? — questiona risonha e eu coro, no entanto, não consigo nem responder, já que ela atende. — Olá, Matteo!

Fica em silêncio me encarando e logo uma das suas sobrancelhas se ergue e ela me olha de cima a baixo, segurando uma risada.

— Eu notei mesmo que ela estava te ignorando. — Ela ri e eu tento pegar meu celular, mas ela se afasta me dando um tapa na mão. — Tudo bem, pode esperar aí que ela já está de saída.

Rebeca desliga o telefone e me entrega. Bufo e ela sorri largamente.

— Se eu não atendi, é porque não queria falar com ele, Rebeca.

— Você teria que falar de qualquer jeito, *Anjo* — pronuncia o apelido numa voz melosa e mordo o lábio, fazendo careta para ela. — O detetive está te esperando lá fora.

Puta que pariu.

Fito seus olhos verdes, negando com a cabeça.

— Não...

— Sim, ele já está aí. Acho bom você ir logo, senão ele vai entrar e te pegar que nem aqueles homens das cavernas e te levar no ombro. Palavras dele. — Ela pisca mais uma vez. De repente, seus olhos focam em algo atrás de mim, ela abre a boca e me olha — O que aconteceu com ele?

Olho por cima do ombro e meu queixo quase vai ao chão ao ver Gabe conversando com uma enfermeira. Seu olho esquerdo está com um hematoma roxo e o lábio cortado. Estremeço só de pensar em quem pode ter feito isso com ele.

Ele não faria isso... Merda.

— Não sei, Beca. — Consigo responder depois de alguns segundos.

— A pessoa deveria estar com muita raiva dele. — Suspira. — Bem, eu vou indo e você vai lá, antes que o Matteo venha.

Depois de me dar um beijo no rosto, afasta-se e eu contenho a vontade de ir até Gabe para saber o que houve e vou para o lado de fora, encontrando logo o corpo largo encostado no carro, com as mãos dentro do bolso.

Mordo o lábio, contendo um suspiro. Minhas mãos começam a suar frio e o coração para por um instante, para voltar a bater loucamente em seguida.

Antes que eu consiga pensar se consigo fingir que não o vi, ele se aproxima com aquele sorriso de lado, com uma cara tão safada, que eu sinto a vergonha correndo minhas veias, junto com a vontade de beijar ele.

— Vim buscar você para jantar comigo hoje. — Ergo uma sobrancelha para ele, que dá de ombros. — Se eu ligasse para convidar, você daria um jeito de se esquivar do convite. Comigo aqui, fica um pouco mais difícil para você.

Ele pisca para mim e eu quase me derreto aos seus pés.

Matteo

Mesmo depois de ter gozado como um louco na minha própria barriga, não me sinto mais calmo. Uma raiva líquida corre dentro de mim, fazendo-me ter a sensação de que a qualquer momento posso desmaiar, porque meu coração está batendo forte.

Foi fácil demais me abrir com Ayla. Difícil foi ouvi-la dizer que o desgraçado abusava dela e ainda defendê-lo.

Porra, será que é difícil de entender que se ela disse não e mesmo assim ele insistiu até ela "ceder", é estupro?

Só consigo pensar que não posso encontrá-lo agora, sou capaz de matá-lo de tanta porrada.

Afastei-me dele exatamente por isso, porque na época em que íamos juntos para festas, ele fazia exatamente isso com as meninas, isso quando não pegava às que estavam tão bêbadas e fora tão de si, que não conseguiam nem ao menos dizer o não. Mesmo sendo amigos, acertei um soco nele por isso umas duas vezes, meu arrependimento é não ter feito mais. Agora, sabendo que ele fez isso com ela...

Soco o volante com força, fazendo uma pontada de dor surgir no pulso, mas não ameniza em nada a raiva.

Saio e vou direto para o meu apartamento, encontrando tudo em silêncio. Vou para o quarto de Asher e vejo Benício e ele dormindo tranquilamente.

Vou para o banheiro e tomo um banho demorado, escovo os dentes e vou para o quarto, vestindo-me para ir para a delegacia. Estou agitado demais para conseguir dormir.

Enquanto faço um café, ouço passos se aproximando e imagino que seja Benício, por isso nem me dou o trabalho de virar para olhar. Porém, pulo no lugar quando um par de mãos pequenas toca meu peito ao me abraçar por trás. Fecho os olhos e conto até dez.

Péssimo dia, Valerie.

— Bom dia, amore.

Tiro suas mãos de mim com raiva e me viro, olhando diretamente em seus olhos. Aproximo-me do seu rosto, que tem um sorriso preguiçoso.

— Eu não sei que porra você faz para entrar aqui, mas acaba hoje!

— Matteo, meu filho mora aqui, foi você quem o tirou de perto de mim. — Seus olhos se enchem de lágrimas tão rápido que eu quase acredito.

— Seu filho está dormindo e você vem aqui para me atormentar, não para vê-lo. Você mal fala com o menino. A partir de hoje, quando quiser vê-lo, vai ter que me ligar e eu o levo para você. Eu não quero mais você na minha casa, está ouvindo?

Ela dá passos para trás e é quando noto outra presença na cozinha, ergo os olhos e pronto, era o que faltava para eu explodir.

Ela só pode estar de brincadeira trazendo esse filho da puta à minha casa.

Passo por ela rápido e o agarro pela gola da camiseta, jogando-o em cima da mesa. Ele foi pego de surpresa e não tem nem chance de revidar, acerto um soco e logo outro e outro, e mais um.

— Que porra, Matt... — Gabe se mexe tentando me acertar, mas estou tão cego de ódio, que se ele acertou nem mesmo senti.

Valerie grita desesperada, sinto suas mãos tentando me afastar do irmão, mas não paro. Puxo seu corpo e jogo na parede e o corpo cai no chão, fazendo-me chutar suas bolas com força.

Abaixo para olhar em seus olhos, que estão com lágrimas. Seu lábio sangrando e a cara de dor que ele faz me traz uma satisfação indescritível, por isso eu sorrio para ele.

— Isso é para ver se você aprende a respeitar mulher, seu doente do caralho. — Sinto algo quente escorrer do meu lábio e quando passo a mão, vejo que é sangue. — Se chegar perto dela mais uma vez, mesmo ela dizendo não, isso vai ser fichinha para o que eu vou fazer com a sua cara. E eu não quero você perto do meu filho, então saia da minha casa, agora.

Levanto e olho para Valerie, que está parada, encarando-me em choque.

— Saiam os dois. E você, agora nós vamos conversar através de advogados e somente sobre o Asher, então para de entrar na minha casa como se fosse a sua.

Nem eu reconheço minha voz, de tão carregada que está.

A adrenalina está em alta dentro de mim, quase consigo ouvir meus batimentos cardíacos. Saio antes deles da cozinha e encontro Benício saindo do quarto, ele me olha e sorri.

— Espero que ele tenha ficado pior. — Suspiro e limpo mais uma vez o sangue. Dou de ombros, olho para o quarto e vejo Asher se trocando, fito meu irmão que ainda está parado. — Ele ouviu os gritos, mas eu o segurei no quarto e o acalmei. Quando você voltar, conversa com ele, está acabado demais para isso agora.

— Você pode levar ele para a escola?

— Claro, eu o pego depois também, mamãe quer vê-lo.

— Obrigado, Beni.

Quando vou sair, passo na cozinha e vejo a bagunça que fiz, as xícaras no chão e fruta espalhada por todo lugar. Pelo menos não vejo mais nenhum dos dois por aqui, por isso saio e vou para o carro.

Lotte vai me matar.

Quando chego à delegacia, a agitação é bem-vinda, pois não me deixa parar para pensar em tudo o que aconteceu de ontem para hoje. Só paro para mandar mensagem para um chaveiro passar lá em casa e trocar os trincos da porta e para Benício ficar por lá, esperando o serviço.

Ainda estou trabalhando no caso de Lauren, por isso quando recebo uma ligação de alguém que pode ter uma informação sobre a mãe da menina, convenço-a a vir até a delegacia conversar comigo, marcando para amanhã.

Chego a casa e mando uma mensagem para Benício, confirmando que Asher está na casa da minha mãe e outra para Ayla, mas essa não obtenho resposta.

Se ela acha que vai fugir depois do que fez comigo durante a madrugada, está muito enganada. Se o beijo dela me viciou, ter sua boceta quente em contato com meu pau me deixou insano por ela.

É louco pensar no quão rápido ela tomou meus pensamentos, mas não me importo, não me assusta. Enquanto ela me quiser, porque eu sei que quer, estarei com ela. Se ela quiser a porra de um relacionamento, é isso que darei. Se ela quiser apenas sexo, eu também darei... Eu vou dar tudo o que ela quiser de mim.

De banho tomado, visto uma calça jeans, uma camiseta listrada e uma blusa por cima dobrando as mangas até o cotovelo, calço o coturno e passo meu perfume. Pego minhas chaves e corro para o carro, dirigindo o mais rápido possível para o hospital.

Ao estacionar, pego o telefone e ligo para ela.

Três vezes.

Eu ligo três vezes para ela e a tentação não me atende.

Ligo mais uma vez e depois de alguns toques, sou atendido.

— Não ia me atender, Anjo?

— Olá, Matteo. — Não é a voz dela e eu bufo com isso.

Merda, ela não ia mesmo me atender.

— Ela está me ignorando.

— Eu notei mesmo que ela está te ignorando. — Rebeca ri e eu quase rio com ela.

— Diz para ela que se ela não sair para me encontrar aqui, vou entrar e ela vai sair comigo, nem que eu tenha que carregar ela no ombro — digo rouco.

— Tudo bem, pode esperar que ela já está de saída.

— Obrigado, Diaba.

Desligo e saio do carro, esperando a fujona. Ela demora, mas quando sai, o mundo parece parar apenas para ela.

Ela veste uma calça preta colada em seu corpo e uma blusinha branca, com um decote que deixa seus seios muito apetitosos. Minha boca chega a salivar com a visão dela.

Seus cabelos ondulados voam com o vento e suas bochechas estão coradas.

Vou para perto dela com passos rápidos e logo seu cheiro se faz presente, deixando-me atordoado. Os lábios entreabertos me fazem ter vontade de beijá-los.

— Vim buscar você para jantar comigo, hoje. — Dou de ombros quando ela arqueia a sobrancelha. — Se eu ligasse para convidar, você daria um jeito de se esquivar do convite. Comigo aqui, fica um pouco mais difícil para você.

— Hoje eu não posso.

— Tem algum compromisso? — questiono, de repente me sentindo um idiota por ter vindo.

— Tenho que... — Ela para de falar e parece pensar, observo os traços de seu rosto de perto e fico ainda mais fascinado com o quanto ela é linda. — Eu só não posso.

— Não fuja de mim, Anjo — digo baixo quebrando o resto de distância que ainda tem entre nós. — Vou embora, não precisamos sair hoje, eu não quero que você se sinta acuada perto de mim, não quero que tenha nenhum receio quando deixar eu me aproximar mais de você. Então não fuja de mim. Prometo que vou fazer tudo no seu tempo, se quiser ir com calma, vamos com calma, mesmo que eu queira tudo rápido demais com você.

— Você... — gagueja e fecha os olhos. Aproveito para tocar seu rosto em um carinho suave. — Você é intenso demais, Matteo. Isso me assusta.

— Eu só estou indo atrás do que eu quero e desde que eu a vi, senti algo diferente. Mas quando nos beijamos a primeira vez, porra, sinto-me como um viciado em abstinência sem poder fazer isso de novo. Perdoe-me por querer apressar, não quero pressioná-la a nada, jamais. Quero que se sinta à vontade e que queira isso, tanto quanto eu. — Dou um beijo demorado no canto da sua boca. — Tudo no seu tempo, Anjo.

Espero ela falar algo, mas ela continua com os olhos fechados, parecendo estar em uma luta interna, por isso saio de perto.

Realmente não quero pressioná-la, quero que venha até mim porque se sente tão perdida nesse mar de sensações que causamos um no outro, quanto eu. Eu sei que ela estava envolvida com outro homem até ontem, mas isso não me importa nem um pouco, só quero ter dela, o quanto ela estiver disposta a me dar.

Ligo o carro, mas antes de sair pego o celular para ligar para minha mãe, para avisar que estou indo jantar com eles, mas antes que eu aperte para chamar, a porta do passageiro é aberta e Ayla entra, batendo a porta em seguida.

A fito tentando conter o sorriso, só que não consigo quando a vejo abrir um sorriso lindo para mim, os olhos brilhando e as bochechas com aquele tom rosado lindo que ela sempre fica perto de mim.

Merda, eu adoro esse tom nela.

— No meu tempo?

— Tudo no seu tempo, Anjo.

— Então... — Os dentes fisgam seu lábio inferior e meus olhos caem para o movimento, sinto meu pau inchar instantaneamente. — Você pode fazer algo por mim, agora?

— O que você quiser — respondo tão rápido que ela dá uma risadinha.

Seu corpo se aproxima de mim, fazendo-me questionar o que ela quer, já que eu imagino que ela queira ir com calma e eu prometi acompanhá-la.

— Pode me beijar? — pede em um sussurro e volta a castigar o lábio com os dentes.

Caralho.

Antes que ela tenha tempo de mudar de ideia, eu a beijo.

Um beijo tão forte, que ela precisa se mexer para chegar mais perto. Nossas línguas brincando uma com a outra. Com as duas mãos no seu pescoço, subo-as para os seus cabelos e seguro eles com firmeza, fazendo com que Ayla solte um gemido baixo entre o beijo.

Meus pulmões pedem por ar, por isso eu paro o beijo, mas vou dando selinhos e sorrio para ela, que esconde o rosto no vão do meu pescoço. Sua respiração acelerada me faz arrepiar.

— Hoje quero ir para casa, você se importa de sairmos outro dia?

Faço um carinho nos cabelos escuros.

— Eu me contento em jantar com a minha mãe, hoje. — Seu peito vibra com a risada que ela solta. — Se eu levar você até em casa, ganho outro beijo?

Meu pequeno anjo se afasta de mim e minhas mãos coçam com a vontade de puxá-la de volta.

— Só vai saber quando chegar lá.

Dirijo com calma dessa vez, sem a mínima vontade de chegar rápido na casa dela. No caminho, ela pergunta por Asher e Benício, e conversamos sobre algumas amenidades.

O assunto com ela flui tão natural que, infelizmente, chegamos ao destino antes que um de nós perceba.

— Posso fazer uma pergunta? — Solta o cinto e se vira para mim, assinto para ela. — Foi você quem bateu em Gabe? — Olho para ela e sem perceber, passo a língua no lábio em cima do corte que o maldito deixou. Logo suas mãos tocam o local e ela abre a boca em choque. — Meu Deus, Matteo, por quê?

— Para ele aprender a respeitar uma mulher. — Dou de ombros e tento mudar de assunto. — E aquele beijo?

— Não mude de assunto, você não deveria ter comprado essa briga.

— Não quero discutir isso, Anjo, prefiro gastar meu tempo beijando sua boca. Vem cá.

Puxo seu corpo pequeno para o meu colo e ela vem meio desajeitada, mordo seu queixo e ela resmunga, fazendo-me sorrir. Vou dando beijos em seu pescoço, sentindo seu corpo estremecer em cima de mim. Ela se ajeita e se encaixando no meu pau, fazendo-me respirar fundo. Deito minha cabeça no seu peito.

— Assim, você não está facilitando para eu ir com calma, amor — murmuro.

— Eu não disse que ia, *amor* — diz petulante eu rio.

— Ok, eu aguento... — A safada rebola devagar, fazendo-me fechar os olhos. — Ayla...

— Matt... — geme meu nome e meu pau pulsa dentro da calça, pronto para entrar em ação. Sinto sua respiração na minha boca quando ela sussurra: — Você pode me beijar de novo?

Eu a beijo de novo ao seu pedido.

Porra, eu a beijo tanto que quando vou embora, meus lábios estão inchados e se meu pau pudesse chorar, ele com certeza estaria.

CAPÍTULO 14

Ayla

Acordo assustada com Cecília me chacoalhando pelos ombros, levanto minha cabeça com tudo e acabo batendo na cabeça da maluca da minha amiga.

— Aí! — resmungo, colocando a mão no local da batida. — A casa está pegando fogo por acaso, Cecília?

Jogo-me de volta na cama, cobrindo meu rosto com o travesseiro, já que ela abriu as cortinas e a claridade estava incomodando meus olhos.

— Não está, mas precisamos ir atrás de uma fantasia, e logo, Ayla. Vamos...

Ela tira o travesseiro de cima de mim e eu a fuzilo com o olhar.

— Não estou a fim de ir para essa festa, amiga — falo e me viro, afundando meu rosto no outro travesseiro, que a mesma faz questão de puxar e começa a me empurrar para fora da cama.

— Eu não perguntei se está a fim ou não. Eu disse que nós vamos. Beca já deve estar chegando para irmos escolher as fantasias.

Ela finalmente consegue me derrubar da cama, fazendo com que eu caia no chão e quase choro com o impacto.

— Aí, Cecília. — Levanto-me e ameaço ir para cima dela, que sai correndo e rindo.

— Quinze minutos, Ayla. — A doida sai gritando.

Passo a mão no rosto, frustrada, e sigo para o banheiro. Tomo um banho rápido, enrolo-me na toalha e escovo meus dentes.

Sigo para meu closet, pego uma calça jeans larga, um body preto de manga e gola alta e calço um tênis branco. Coloco um conjunto de colar, se misturando com o que ganhei dos meus pais e amarro meu cabelo em um coque bagunçado.

Enquanto me arrumo, é impossível deixar de pensar na noite de ontem. Quando Matteo disse que faria as coisas no meu tempo, eu entrei em uma briga interna sobre o que fazer. Metade de mim queria ir e mergulhar no turbilhão de sensações sem pensar nas consequências, mas a outra metade gritava que além de nós dois, tem Asher, que já deve estar com a cabecinha bagunçada o suficiente com a situação entre a mãe e o pai. Tem Valerie, Gabe... Tanto na minha vida, quanto na dele, tem coisas que deveriam ser resolvidas antes de pensarmos em tentar algo.

No entanto, ele mexe comigo de uma forma assustadoramente nova. Meu corpo responde a ele fácil demais, como se o reconhecesse de algum jeito. O coração quase rasga o peito toda vez que encontro aquele mar límpido em seus olhos.

Eu tenho a total ciência de que tudo isso pode ser algo passageiro, e a chance é alta. Um homem como ele dificilmente estaria pensando em algo duradouro, até porque, mal nos conhecemos. Todos esses sentimentos estão nos acertando tão forte e rápido, quanto um tsunami. Não tivemos tempo para realmente nos conhecer, mas naquele momento, eu quis. Quis conhecer todas as facetas do homem que está me oferecendo momentos incríveis e me proporcionando sentimentos e sensações novas.

Naquele momento, eu quis que ele me desmanchasse como fez na minha cama, como nunca quis nada antes.

O homem me deixa uma bagunça deliciosa.

Meu celular toca e eu vejo que é Gabe ligando. Mais uma vez. Desde a nossa última conversa, não o atendi. Sei que tenho de conversar com ele, mas não me sinto pronta, só de pensar em encará-lo, um arrepio estranho me faz chacoalhar o corpo.

Estou passando um pouco de rímel quando Rebeca aparece na porta do meu quarto, toda sorridente.

Minha amiga, depois que se casou com Theo e se tornou mãe, parece mais radiante. Está constantemente feliz e sorrindo para todos. Só nós que vimos tudo o que os dois enfrentaram para ficarem juntos, sabemos o quanto merecem estar felizes assim.

— Cecília te acordou, também?

— Eu jurava que a casa estava pegando fogo, pela forma delicada como me acordou. — Reviro os olhos e ela cai na risada da minha cara.

— Disso eu não sinto saudades, não. — Ela consegue dizer entre as risadas.

— Não quer levar ela para sua casa um tempo? Quem sabe assim eu consiga dormir direito, pelo menos nas minhas folgas.

— Tentando me expulsar de casa, dona Ayla? — Cecília surge com as mãos na cintura. Dou de ombros e Beca e eu começamos a rir da cara dela. — Vamos logo, suas engraçadinhas.

Pego minha bolsa e quando vou pedir um Uber, vejo que tem uma mensagem de Gabe.

Bom dia, amor! Podemos conversar hoje?

Ignoro mais uma vez.

Guardo meu celular na bolsa e sigo as meninas, entramos no carro que já nos esperava e vamos atrás de fantasias.

Quando chegamos à loja, já estamos com fantasias em mente para usarmos, por isso fica bem fácil de achar.

Provo a que escolhi e quando me olho no espelho, tenho total certeza de que fiz uma boa escolha. Saio do provador para mostrar para as meninas.

— Meu Deus, Aylinha. Assim você vai matar Gabe do coração — Cecília diz enquanto pula e bate Palmas.

Não contei para nenhuma delas que não estou mais com ele.

— Não só Gabe... — Ouço Beca resmungar e ergo uma sobrancelha para ela.

— Que foi, Beca?

— O detetive vai ficar babando em você, também.

— Ele vai? — questiono e de repente me sinto eufórica e nervosa por ir a essa festa.

— Theo e Mike também vão. Você sabe, né, os três mosqueteiros... — ela está com um sorriso no rosto de quem vai aprontar, deito minha cabeça de lado a olhando e semicerro os olhos.

— O que vocês estão aprontando?

— Nada, Ayla. Só estou comentando que Matteo vai estar lá. — Ela se defende, mas o sorriso travesso permanece.

— Como se a gente não conhecesse essa sua mente maligna. Conseguiu corromper até Theo — retruco enquanto volto para o provador.

— E ainda tem aquele advogadozinho... — Ouço Cecília resmungar

— Esse seu tesão reprimido pelo Mike não passa, não? — Rebeca responde e eu seguro a risada, porque imagino como deve estar a cara de Cecília agora.

Desde a primeira vez que ela viu Mike no hospital, os dois parecem viver em guerra. Não podem se encontrar.

Termino de me vestir e vou sentar no *puff* em frente ao provador, para esperar as duas provarem as suas. Cecília aparece vestida em uma fantasia de Mulher Gato, o macacão com um tecido que imita o couro molda perfeitamente todas as curvas do corpo da loira, a máscara negra destaca lindamente seus olhos azuis.

— Uau! — exclamo.

— Está maravilhosa, amiga — Rebeca diz toda empolgada.

— Eu amei, gente. — Cecília está se admirando no espelho, mas logo volta para dentro do provador.

— Então, como anda as coisas com Gabe? — Beca senta do meu lado e me olha de relance.

— Não estamos mais juntos. — Solto de uma vez e ela me olha forçando um cara de choque e Cecília coloca a cabeça para fora do provador. — Acho que ainda temos que conversar sobre algumas coisas, mas já deixei claro para ele que não quero mais.

— Eu o vi ligando para você agora há pouco, está tendo problemas com ele? — pergunta, preocupada.

— Ele não aceitou muito bem, discutimos e eu fugi, por isso falei que precisamos conversar, mas estou esperando ele se acalmar.

— Sabe que se ele der trabalho, é só me chamar, né? Sou pequena, mas assusto tanto quanto a nossa furacão — Cecília diz e eu rio dela.

— Essa festa vai ser maravilhosa. — Rebeca muda de assunto.

A morena se levanta e vai para o provador quando Cecília sai.

Quando ela volta, eu quase consigo ver Theo desesperado.

Bem que ela faz jus ao apelido que o marido deu: Diaba!

Ela está vestida em um body vermelho cheio de lantejoulas, com uma fita preta fazendo uns detalhes no meio do body e também no decote, desenhando um X acima dos seios. Ela vira de costas para mostrar que tem um rabo na parte de trás. De acessório, vem um tridente e uma tiara de chifres.

— Theo vai te matar!

— Com certeza, vai — concordo com Cecília e a diabinha a nossa frente ri e sai dançando.

— Se não for para matar meu marido do coração, eu nem saio de casa — diz antes de entrar no provador.

Cecília e eu caímos na risada.

Theo é muito sortudo em ter uma mulher como Beca ao seu lado, mas também tenho muita dó de tudo que essa mulher apronta com o coitado. Deve ser um teste para cardíaco, ser casado com Rebeca.

Pagamos nossas fantasias e vamos para casa. Rebeca vai passar o dia se arrumando conosco, por isso passamos em sua casa para pegar Juliana, que estava com Theo até então.

Chegamos a casa e eu roubo a filha da minha amiga, enquanto ela conversa com Cecília e sigo para o meu quarto para podermos dormir um pouco. Deito com ela na cama e vou fazendo carinho nela e cantando até nós duas pegarmos no sono.

Acordo com uma mãozinha gorda apertando meu nariz e abro um sorriso para ela. Seu cheirinho de bebê é tão gostoso, que me dá vontade de ficar agarrada a ela o dia todo.

— Oi, meu amor. Qual será o milagre que sua mãe ainda não veio te tirar daqui, hein? — Faço carinho em seu rostinho e ela fica balbuciando algumas coisas e eu rio das caretas que ela faz. — Você deve estar com fome, né?

Pego a pequena no colo e vou à procura de Rebeca. Ela está no quarto de Cecília, as duas estão hidratando o cabelo e eu faço careta para elas.

— Nem me acordaram, suas traíras — acuso as duas.

— Você estava dormindo com a minha filha, se eu a acordasse, ela acordaria junto e ela precisava descansar — Rebeca diz na maior cara de pau e pega Juliana do meu colo.

Faço careta para elas e sigo para o meu quarto para me arrumar.

Tomo um banho, hidrato meu cabelo, enrolo-me na toalha quando termino e vou me maquiar. Passo uma sombra branca com bastante brilho, um delineado preto, bastante rímel e deixo a pele bem iluminada. Finalizo com um batom vermelho.

Pego minha fantasia e visto.

O vestido de tecido fino, brilhoso e branco, justo na cintura, com um decote em forma de coração e sem alças, realçam os seios. O comprimento dele vai quase até a metade da minha coxa e tem uma fenda no meio.

Duas luvas do mesmo tecido que o vestido, que chegam até o cotovelo e uma asa branca com alguns brilhos também.

Coloco uma gargantilha prateada cheia de *strass* e brincos delicados. Faço um penteado simples. Escolho uma sandália branca também, com saltos altos e finos e uma tira que prende no tornozelo.

— Eita! Que esse anjo não vai para o céu, não!

Assusto-me com a voz de Rebeca e quase caio da cama.

— Puta que pariu, furacão! — Coloco a mão no coração, tentando acalmar as batidas frenéticas. Levanto-me e confiro no espelho, aprovando o resultado. Viro para ela. — Ficou bom mesmo?

— Eu quero só ver quem vai lamber primeiro o chão para você pisar. Gabe ou Matteo.

Reviro os olhos para ela e vou pegar minha *clutch*, guardo o necessário que cabe e saio resmungando.

— Matteo só lambe o chão que Valerie pisa.

— É o quê, Ayla? — Rebeca grita quase na minha orelha. — Está com ciúme do detetive?

— Me poupe, Rebeca. — Só de pensar nessa mulher perto do Matteo, um gosto amargo sobe na minha boca, mas não estou pronta para assumir que é puro ciúme. — E Gabe não vai.

— Ele está lá fora esperando por você, então acho que ele vai, sim.

Saio em direção à sala e meu telefone toca, não atendo quando vejo que é Gabe. Ignoro, porque já vou ter de falar com ele lá fora.

Desço as escadas devagar, prestando atenção no celular, quando ouço um murmúrio.

— Caralho.

Ergo a cabeça no exato momento em que Matteo está virando o rosto em minha direção. Ele me olha de cima a baixo várias vezes, fazendo com que meu rosto queime de vergonha e eu queira me encolher e me esconder.

— Porra... — ele diz, mas sua voz não sai e eu só sei disso, porque estou concentrada em sua boca. Essa boca dele é a minha perdição.

— Quer um balde para não babar no chão das meninas, Matteo? — Theo tira sarro e eu mordo a parte interna da minha bochecha, só pedindo para desaparecer.

— Vai se foder! — ele resmunga para o amigo e se vira totalmente para mim e só então eu noto que ele veste uma camisa preta, que marca os músculos, uma calça camuflada e coturnos. Nas duas bochechas, tem duas listras pretas que parece evidenciar ainda mais seus olhos claros. — Você está linda, Ayla.

— É... Obrigada... — Forço minha voz a voltar ao normal. — Você também está lindo.

Theo se aproxima de mim e então vejo que ele está de príncipe, abro um sorriso para ele, que me dá um beijo no rosto e pergunta por Rebeca. Aponto o quarto para ele e então volto para os dois na minha frente e, de repente, eu começo a rir sozinha. Mike está vestindo um colete preto aberto e calça jeans *destroyer,* o cabelo loiro em uma bagunça bonita. Mais a cara dele, impossível. Uma fantasia de *gogo boy*.

Passo do lado do Matteo e seu perfume se intensifica me fazendo arfar só com o cheiro delicioso desse homem. Ele vira o rosto para mim e me olha de cima a baixo mais uma vez. Vejo sua língua deslizar pelo seu lábio inferior quase em câmera lenta e eu mordo meu lábio, abaixando o olhar para o chão.

Seus dedos seguram meu queixo, fazendo-me erguer o olhar para seus olhos.

— Você está deliciosa, Ayla.

— Matteo... — Quase mio seu nome e fecho os olhos, arfando.

— O quê foi? Estou falando a verdade. — Mesmo de olhos fechados, sinto seu rosto ainda mais próximo de mim, a respiração quente chegando ao meu pescoço quando ele inclina e morde o local. Sua mão grande sai do meu queixo, para ir para a minha nuca, ele aperta colocando um pouco de pressão. — Já estava com saudades do seu cheiro. Eu sei que prometi desacelerar, mas caralho, você não facilita para mim, Anjo.

Eu arfo, sentindo todo meu corpo estremecer e seguro seu braço, que está esticado me tocando.

— Para Matteo. Por favor! — Abro os olhos e vejo que Mike está distraído no celular.

É sempre assim. Ele tem o dom de me desestruturar. Ele mexe de um jeito comigo, que eu fico completamente perdida e rendida a ele.

O movimento na escada chama nossa atenção e olho para Cecília. Seu rosto está todo vermelho de raiva, encarando Mike, que tem um sorriso largo no rosto e seu olhar queima de cobiça no corpo da minha amiga. Rebeca e Theo passam por ela e param ao nosso lado.

— Mantenham esse advogadozinho longe de mim. Caso contrário, vou esganá-lo.

Ela sai porta a fora e, com uma cara de quem não vai deixá-la em paz, Mike a segue. Beca e Theo vão indo também. Sigo logo atrás, mas de repente, sou puxada contra o corpo grande e forte, ergo meu rosto para conseguir olhar para ele, já que mesmo com salto, ele ainda é mais alto que eu. Seus olhos passeiam entre os meus olhos e minha boca.

Passo a língua na mesma, sentindo-a seca.

— Vamos comigo de carro? — ele sussurra e coloca uma de suas mãos em meu rosto, acariciando com o polegar.

— Ayla, tudo certo por aqui? — A voz de Gabe me alcança e eu me afasto em um pulo de Matteo, que está olhando para ele como se pudesse matá-lo. Ele chega a dar um passo para frente, mas o impeço.

— Deixe-me conversar com ele, ok? Nós nos encontramos na festa.

— Ayla, se ele tentar alguma coisa...

— Ele não vai tentar nada, Matt. — Sorrio tentando tranquilizá-lo, mas ele não parece satisfeito e passa o polegar no lábio, nervoso.

— Vou esperar lá fora.

Beija minha testa e sai porta afora.

Quando olho para Gabe, seu rosto está transformado de raiva, assustando-me um pouco e me fazendo dar um passo para trás.

— O que você faz aqui, Gabe?

— Vim ver você, para conversar. Senti sua falta esses dias que você está me ignorando. Mas pelo jeito, você não sentiu, não é? Foi correndo dar para esse otário.

— Eu não... — Respiro fundo, tentando controlar as batidas do meu coração. — Eu deixei claro que não quero mais. Você precisa entender isso. Se quiser que tenhamos uma boa convivência, precisa seguir em frente.

Ele se aproxima tão rápido de mim, deixando-me completamente sem ação e segura meu rosto com um pouco de força, causando uma pontada de dor.

— Eu não vou seguir em frente e você também não. Nós vamos ficar juntos, não importa o que você diga. — Aproxima seu rosto do meu, apertando ainda mais seus dedos, trazendo lágrimas aos meus olhos. — Você pode se divertir um pouco com ele, mas vai voltar para mim, como uma boa cadelinha volta para o dono.

Sinto uma vontade súbita de vomitar enquanto ele fala, mas me mantenho firme, encarando-o sem desviar. Ele pressiona seus lábios nos meus e me beija. Com tanta força, que sinto o gosto de sangue em minha boca, empurro-o com toda a minha força, mas ele não se mexe, só se afasta porque não retribuo o beijo.

— Não ache que as coisas acabam quando você quer, amor. Elas acabam, quando eu quiser.

Gabe sai de casa e finalmente derramo as lágrimas acumuladas. Tapo a boca para silenciar os soluços que escapam. Meu corpo treme de medo.

Corro para o banheiro e depois de ajeitar a maquiagem para cobrir as marcas dos dedos que Gabe deixou, saio e encontro Matteo parado no meio da sala.

— Tudo bem? — Ele se aproxima de mim, passando o olhar por todo meu rosto.

Fico com medo de ele notar as marcas, mas a maquiagem cobriu bem. Concordo com um movimento de cabeça.

— Podemos ir?

Ele assente e me dá um selinho antes de sairmos e vamos direto para a boate. O caminho é feito em um silêncio que eu agradeço.

Quando chegamos e entramos, encontramos Rebeca e Cecília bebendo tequila. Mike e Theo conversam enquanto tomam algo que não consigo identificar.

Eu me aproximo, pego o copo de Ceci e viro de uma vez, as duas sorriem para mim, então começamos a beber e dançar.

Em alguns momentos, eu danço olhando diretamente para Matteo, que não tira os olhos de mim, deixando-me quente e com um frio de antecipação na barriga.

Não quero ir devagar. Quero senti-lo em mim. O quanto antes.

A batida quente de *Earned It* começa a tocar e eu travo meu olhar no dele, descendo minhas mãos pelo meu corpo lentamente, enquanto rebolo. Pode ser o álcool falando mais alto agora, mas o mundo parece ter parado para nós dois, enquanto ele me come com os olhos e eu nem ao menos sinto a costumeira vergonha, só rebolo mais.

You make it look like it's magic (oh, yeah)
'Cause I see nobody, nobody but you, you, you
I'm Never Confused, hey, hey

Jogo a cabeça para trás e os braços para cima, mexendo o quadril no ritmo lento da música. De olhos fechados, sinto apenas duas mãos grandes me segurarem, mas o que me trava é o perfume que sinto.

— Está gostado de se exibir para ele, não é? — Gabe sussurra, fazendo-me pular.

Não o tinha visto em momento algum pela boate, mas eu também não saí de perto das meninas e dos meninos, então não me espanta.

Seu aperto em minha cintura se torna mais forte e ele cola nossos corpos ainda mais, segurando-me para que eu fique quieta, porém eu aperto minhas unhas com força em sua mão e ele me solta. Afasto-me sem nem olhar em sua direção, só vou para o caminho do banheiro.

De repente, sou puxada para trás e trombo em um peitoral forte e muito cheiroso. Esse cheiro... Eu reconheceria esse cheiro a milhas de distância.

— O que você quer? — pergunto e suspiro.

Ele ergue meu rosto e desce o seu para se aproximar.

— Querer, eu quero muitas coisas de você essa noite. Mas que tal começarmos com você indo embora comigo?

— Para correr o risco de encontrar Valerie na sua casa? Não, obrigada! — retruco e ergo uma sobrancelha.

E mais uma vez, sinto um gosto amargo ao pensar que ela pode estar lá quando ele chegar.

Ele abre aquele sorriso de lado que me derrete e uma de suas mãos sobe pelo meu braço lentamente, fazendo com que todos os pelos do meu corpo se arrepie. Sua respiração está quente quando alcança minha orelha e fala.

— Cuidado, minha linda. Posso começar a pensar que você está com ciúme. — Faço uma careta para ele. — Ela não vai estar na minha casa, mas se a deixar mais confortável, podemos ir para outro lugar.

Seu polegar começa a brincar com meu lábio inferior e eu já não consigo mais raciocinar direito. Estou quase me liquefazendo em frente a ele. Sua aproximação é sempre arrebatadora. Sentir seu membro duro na minha barriga me faz perder o resto de sanidade.

— Minha irmã sabe que você está aqui atrás de mulher dos outros? — A voz de Gabe nos alcança.

Matteo encara Gabe prestes a pular em seu pescoço, que não está muito diferente.

— Não devo satisfação para sua irmã e, até onde eu sei, você não tem mulher nenhuma aqui. — A voz grave de Matteo está mais alta.

Mais uma vez, fico parada entre os dois, que estão se encarando com ódio.

— Fique longe da Ayla, porque não tenho medo de nenhum detetive de merda, está ouvindo? — ele grita em direção a Matteo, apontando o dedo para o mesmo.

— Quando ela me mandar ficar longe, eu fico. Enquanto isso, você vai ter de aceitar que ela não o quer mais. — Matteo se aproximou dele e eu nem notei. Sinto-me pequena no meio desses dois homens enormes. — Mas se não estiver feliz com isso, podemos resolver só nós dois.

Olho para Matteo, suplicando com o olhar para que ele fique quieto e quando ele me olha, seus olhos suavizam, porém ele não se afasta.

Meu braço é apertado e puxado com um pouco de força, afastando-me de Matteo que parece estar ainda mais próximo de explodir. Gabe me arrasta e encosta na parede, em um canto escuro perto do banheiro e segura meu rosto com as duas mãos para que eu o encare.

— Ele estava quase beijando você, caralho! — ele grita em meu rosto e eu me encolho, respirando fundo. Sinto sua mão acariciar meu rosto, logo em seguida ele segura com força meu queixo. — Eu morro de ciúme de você, Princesa. E Matteo já deixou claro que quer roubá-la de mim.

— Você está machucando... — falo meio abafado. — Está doendo. Por favor, Gabe...

Quero dizer que ele não tem de sentir ciúme de alguém que não está mais com ele, mas só consigo focar na dor que está me causando.

Seu corpo é puxado e jogado contra a parede do outro lado. Matteo está indo para cima dele quando eu seguro sua mão, tentando puxá-lo.

— Matteo, escuta... — Vou para sua frente e ele não tira os olhos de Gabe, que está encostado na parede.

— Gosta de bater em mulher, covarde do caralho.

— Ele não me bateu, Matteo. Olha para mim...

Ouço Gabe falar algo, mas não dou atenção. Estou tentando acalmar Matteo, que tem os olhos raivosos como eu nunca tinha visto e a respiração acelerada. Seguro seu rosto com minhas duas mãos e puxo para baixo, fazendo com que me olhe nos olhos.

— Vamos sair daqui? Tire-me daqui. Tire-me daqui, por favor, Matt.

Antes que ele fale ou faça algo, vejo um furacão vermelho indo diretamente para Gabe. Ela o empurra, mas ele se mexe minimamente devido a diferença de tamanho, mas Rebeca não se afeta por isso, ergue o queixo em desafio e o encara firme.

— Você está ficando louco, caralho? — ela berra na cara dele, que está torcida de raiva. — Eu juro que quebro sua mão se encostar na minha amiga, de novo.

Gabe abre um sorriso de lado me fazendo encolher perto de Matteo, que entrou na minha frente como se me protegesse.

— Você deveria estar se preocupando em cuidar do seu marido, e não com o que eu faço com a sua amiga.

Ela acerta um soco no rosto da Gabe, fazendo-me arfar espantada, porque ela nem mesmo parece ter sentido dor com o soco, mas ele cambaleia para trás e quando percebe que tem sangue escorrendo do seu nariz, dá um passo em direção a ela, fazendo com que Theo entre na frente dela, e Mike e Matteo dessem um passo à frente, prontos para atacar a qualquer mínimo movimento.

Rebeca sorri para ele por cima do ombro do marido.

— Você não vai querer entrar nessa briga, também. — A voz estrondosa do Theo é mais alta que a música, Gabe olha para todos.

— Vocês sabem que eu trabalho no mesmo hospital que as três, não é? Nós nos encontraremos rápido demais para conversar.

Antes que alguém diga algo, Cecília entra na frente de Theo e chuta Gabe entre as pernas, que cai de joelhos, só percebo que Beca também se mexeu, quando ela segura o cabelo dele olhando nos olhos azuis que queimam de ódio puro.

— Não nos ameace. Tenho meu marido para me proteger, mas sei me proteger e proteger Ayla e Cecília muito bem. Você não está me assustando, está só me deixando irritada por não ter percebido o quão escroto você é.

Ela o solta e vem para perto de mim, beija meu rosto e pede para Matteo me levar embora. Porém, acho que ele não escuta, porque não se mexe, fica encarando Gabe com raiva cintilando em suas íris. Novamente puxo seu rosto para mim e encosto minha testa na sua.

— Tire-me daqui, por favor, lindo — sussurro.

Matteo ainda está respirando irregular, mas eu não solto seu rosto, fazendo com que fiquemos nos encarando.

Seus olhos passeiam por todo meu rosto, percebendo que estou prestes a chorar, ele segura minha mão e me puxa para a saída, deixando um Gabe xingando aos berros para trás.

CAPÍTULO 15

Matteo

Quando cheguei com Mike e Theo na casa das meninas, não estava minimamente preparado para ver Ayla gostosa como estava, em uma fantasia de anjo. Seu vestido não chegava nem na metade das coxas, deixando-as totalmente livres para olhar e babar. Suas pernas pareciam ainda mais torneadas em cima daqueles saltos e quando Theo me ofereceu um balde para não babar no chão, até pensei em aceitar, porque se eu continuasse a olhando, com certeza ia babar mesmo.

Queria muito agarrá-la ali no meio daquela sala, mas além de ficar receoso com qual seria a reação dela, também fomos interrompidos por Gabe. Eu não sei o que ele foi fazer lá, mas ver seu olho arroxeado por causa dos socos que acertei nele me deixou um pouco satisfeito. Só espero realmente que depois de hoje, ele se afaste dela.

Quando vi ele apertando o rosto dela e a encurralando na parede, eu vi vermelho e só consegui pensar em bater nele até que desmaiasse, mas aí ela quase me implorou para tirá-la de lá, com os olhos cheios de lágrimas e meus pensamentos sanguinários, passaram a ser em apenas tirar ela de perto dele.

Agora estamos em meu carro, cada um perdido em seus pensamentos. Seu cheiro está tomando conta de tudo e tendo efeito calmante em mim. Mas meu sangue ainda parece estar bombeando forte em minhas veias, o coração está acelerado e eu sei que isso é devido a adrenalina.

Não posso chegar a casa e ir dormir com meu filho, desse jeito.

— Para onde estamos indo?

Sua voz é baixa quando ela me pergunta e a olho de canto, notando que tirou as asas da fantasia e mexe os dedos em um gesto nervoso. Não lembrando em nada a mulher que dançou quase a noite inteira para mim.

— Não posso ir para a casa, nervoso assim, Asher está lá. Vou dar uma volta e logo a levo para casa, tudo bem?

— Estou com saudades do leão... Asher — corrige o apelido

— Pode chamá-lo de leãozinho. — Dá uma risadinha baixa e assente. — Podemos marcar de fazer alguma coisa amanhã, o que acha?

— Pode ser.

Ela vira seu rosto para a janela e volta a ficar calada.

— Ele já tinha sido agressivo alguma vez?

Balança a cabeça negando e respira fundo. O fato de ela não olhar nos meus olhos, não me convence. Meu instinto protetor está gritando louco dentro de mim, querendo aninhá-la em meus braços e mantê-la aqui para sempre, longe de tudo que possa a deixar com os olhos tristes como estão agora.

Estaciono o carro em uma rua vazia próxima da praia, tiro meu cinto depois de desligar o carro e apoio a cabeça no volante, respirando fundo várias vezes, ainda tentando me controlar e tirar da mente a cena dela com o rosto torcido de medo e os olhos cheios de lágrimas.

— Matteo, estamos perto da praia?

— Sim.

— Podemos ir até lá um pouco?

Balanço a cabeça positivamente para ela, que tira o cinto e sai do carro sem me esperar. Desço quando vejo sua silhueta andando já na calçada e corro até alcançá-la.

A praia está quase vazia a essa hora da noite e ela escolhe um local onde bate pouca claridade e próximo da água para se sentar. Sento-me ao seu lado com as pernas esticadas e apoiando meus braços para trás. Não consigo parar de olhar para ela, a pouca iluminação faz reflexos em seu vestido todo brilhoso e o cabelo está voando em seu rosto, devido ao vento.

— Está dolorido? — pergunto quando percebo que ela vai ficar quieta.

Com uma das mãos, que estão um pouco sujas de areia, puxo seu rosto com delicadeza para se virar para mim de forma que eu consiga ver se tem alguma marca.

Seus olhos encontram os meus, e porra... Esses olhos castanhos, que me olham com tanta admiração, só fazem com que eu queira ainda mais protegê-la.

— Estou bem, Matt.

— Eu adoro quando me chama de Matt. — Abro um sorriso de lado e aproveito o contato da minha mão em seu rosto, para acariciá-la. Ela abaixa o olhar, evitando o meu, mas eu não perco a mordida que dá em seu lábio. — Não vai mais voltar a vê-lo, não é?

Não consigo evitar a pergunta e ela me olha novamente, dando de ombros.

— Vou conversar com ele amanhã, quando estiver mais calmo.

Solto seu rosto e me levanto de uma vez, revoltado com essa informação.

— Puta que pariu, Ayla. O cara apertou seu rosto, ele a encurralou na parede e só falta mijar em você para marcar território sempre que estou por perto.

— Ele nunca tinha feito nada parecido e precisamos conversar desde o dia do jantar. Eu sei que já deixei claro que não quero mais, mas sinto que precisamos finalizar de um jeito certo. E isso que ele fez hoje, foi só porque se sente inseguro quando você está por perto, você mesmo faz questão de ficar falando para ele que... Que... — Sua voz, que começou um pouco alterada se perde no final.

— Que eu quero você, Ayla. — Quase grito e quando ela se encolhe me arrependo e ajoelho em sua frente. — Sinceramente, eu não sei o que eu sinto ao certo quando se trata de você, mas sei que eu a quero com tudo que há em mim. Eu não consigo evitar, não consigo não querer você e se fosse preciso passar por cima dele para isso, eu o atropelaria sem dó.

— Matteo... — ela sussurra sem desviar os olhos dos meus.

— Não, olha... Desde quando eu comecei a tentar me aproximar, você me repele por causa dele e eu respeitei sua decisão, mesmo deixando claro que eu estaria sempre por perto e depois de hoje, você não deveria nem ao menos pensar em conversar com esse cara.

— Você sabe bem que não era só por ele. Tem sua esposa, também.

— Ela não é minha esposa, Ayla. Nunca foi e já conversamos sobre isso — falo revoltado e passo a mão em meus cabelos, tentando organizar meus pensamentos.

— Não é sua esposa, mas vive atrás de você como um cachorrinho... Ou uma cadela — ela sussurra a parte final e eu inclino a cabeça a olhando e abro um sorriso largo.

Levo uma de minhas mãos para o seu pescoço, colocando um pouco de pressão, fazendo com que ela feche os olhos e eu aproveito que seu corpo está mole, para fazer com que deite na areia e fico de joelhos no meio de suas pernas. Inclino-me para ficar por cima dela, apoiando o braço na areia para manter o peso, então aproximo minha boca de sua orelha.

— Ciúmes, minha linda? — sussurro e sinto seu corpo estremecer embaixo de mim.

— Já disse que não... — Sua voz sai mais baixa que o normal e eu intensifico um pouco o aperto da minha mão em seu pescoço, levando-a a arfar.

— Não minta para mim. — Desço a boca para o topo dos seios, que estão subindo e descendo pesadamente por causa da sua respiração. Meu pau nesse momento está doendo, apertado dentro da calça jeans. — Você ficou deliciosa dentro dessa fantasia. Quando a vi, podia jurar que estava sem calcinha, de tão colado que está no seu corpo.

Ergo o olhar para o seu rosto e consigo ver como está vermelha e mordendo o lábio, deixando-a ainda mais deliciosa e atiçando minha curiosidade. Meu corpo está queimando pela ansiedade. Desço minha mão do seu pescoço, para o seu seio, segurando o mesmo por cima do vestido e ela geme, arqueando o corpo para cima, oferecendo-se para mim e isso me deixa insano.

Passo meus lábios suavemente nos seus, fecho meus olhos, sentindo sua respiração quente em meu rosto e sua boca macia se encaixando na minha. Ela passa a língua em seu lábio, encostando no meu também. Seguro a mesma com os dentes e chupo. Seu gosto misturado com tequila é delicioso.

Ataco sua boca com a minha, beijando-a duramente. Minha língua pede passagem para dentro da sua boca e ela me dá, deixando-me explorar e brincar com a sua língua. O beijo é intenso e carnal. Puxo seu lábio inferior com meus dentes, enquanto minha mão massageia seu seio. Ayla solta gemidos baixinhos dentro da minha boca quando volto a beijá-la.

Deito sobre seu corpo, pressionando minha ereção em sua boceta, que mesmo com os tecidos que nos separam, sinto como está molhada e quente. Solto um gemido com isso.

— Porra, Ayla... — Subo minha mão novamente para o seu pescoço, apertando um pouco, fazendo com que ela o estique ao limite e abra os olhos, olhando diretamente nos meus. — Peça-me para parar, agora. — Mordo seu queixo e lambo o local. — Peça-me para parar se não quiser, porque se você não me parar... Eu não tenho forças. Não vou parar até ter você gozando no meu pau e gritando meu nome.

Ela arfa e morde o lábio com força. Seus olhos não desviam dos meus. Suas pupilas estão dilatadas, vidradas em mim, suas bochechas coradas e a respiração acelerada.

Porra de mulher gostosa do caralho!

— Vai me pedir para parar, Ayla? — ela nega com a cabeça e mexe o quadril, esfregando sua boceta no meu pau e eu rosno. Apertando um pouco mais seu pescoço.

Levanto e tento arrumar meu pau para disfarçar o volume e ela fica deitada, olhando para mim. Suas pernas estão dobradas e abertas, deixando à mostra sua minúscula calcinha branca de renda. Engulo em seco, apertando com força meu pau sob a calça. Estico a mão para ajudá-la a se levantar.

— Achei que...

— Só vamos sair daqui, onde ainda tem gente que possa ver você. — Quando ela se levanta e seu corpo quase se cola ao meu, coloco uma mecha do seu cabelo atrás da orelha e lhe dou um selinho. — Diferente de você, eu assumo que sou ciumento.

Pisco para ela e a puxo em direção ao carro.

Olho em sua direção enquanto caminhamos de mãos dadas e o rubor em seu rosto me faz pensar em como Ayla fica ainda mais tentadora assim. Acho que ela percebe que estou a olhando, porque ergue o rosto para mim e sorri timidamente. Solta minha mão e chuta um pouco de areia em mim, rindo.

— Para de me olhar com essa cara... — Continua andando na minha frente e mordo meu lábio, contendo a risada.

— Que cara, minha linda? — Faço minha melhor expressão de inocente e ela joga a cabeça para trás rindo.

Sua risada é tão contagiante, que eu não consigo não sorrir com ela.

— Essa cara de quem... — Ela olha para os lados, acho que para ver se tem alguém por perto que possa ouvir e meu sorriso se alarga.

Corro para me aproximar dela e deixo nossos rostos bem próximos.

— De Lobo Mau, que está louco para comer você?

Ela abre a boca em choque e seu rosto fica ainda mais vermelho. Ela desvia o olhar do meu e eu rio alto dela.

— Idiota! — xinga e chuta mais areia em mim, saindo correndo na minha frente.

Conforme ela corre, seu vestido vai subindo um pouco mais, fazendo-me salivar pela visão da sua bunda. Corro atrás dela, entrando na rua onde deixamos o carro. eu a alcanço, puxando-a pela cintura e a jogando em meu ombro.

Sua risada é nervosa e ela se remexe tentando descer, então acerto um tapa em sua bunda.

— Shhh, quietinha aí. — Viro meu rosto para o lado onde seu corpo está e mordo sua cintura, rindo dela.

— Matteo, coloque-me no chão — choraminga.

Chegamos ao carro e eu a coloco sentada no capô. Ela se ajeita com as pernas um pouco abertas e eu preciso me controlar para não comer ela aqui mesmo.

A mulher me tenta mesmo sem querer.

Meu pau está latejando dentro da calça, implorando para se libertar.

Olho ao redor, notando que a rua tem muitas casas, mas estão todas apagadas e silenciosas. A rua é sem saída e estamos no final, onde mesmo com a iluminação da rua, é um canto mais escuro.

Preciso pensar em um jeito de sair daqui, sem que ela desista no meio do caminho. Fazer alguma coisa aqui seria muito arriscado e eu não quero expô-la assim.

— Você está com aquela cara de novo, lindo — fala baixo e coloca uma mecha do cabelo atrás da orelha, mas o vento não dá trégua, fazendo-o voar e ficar em seu rosto novamente.

Aproximo-me dela, encaixando meu corpo no meio das suas pernas, que se abrem mais para me acomodar. Puxo-a pela cintura e com as mãos, seguro seu cabelo para trás, fazendo sua cabeça inclinar.

— Não consigo olhá-la de outro jeito. — Passo minha boca na sua, sentindo a maciez, e isso me deixa ainda mais louco. Sua respiração passa direto para minha boca e ela solta um gemido baixo quando forço minha ereção de encontro à sua boceta. — Não consigo não ficar duro perto você. — Seus olhos se fecham e o aperto em seu cabelo fica mais forte. — Porra, você é minha tentação.

Sua língua sai de dentro da boca, alcançando meu lábio e eu mando o controle para a casa do caralho. Eu a beijo como se minha vida dependesse desse beijo. Nossas línguas se encontram e ela chupa a minha lentamente, um gemido sai de minha boca direto para a dela. Suas mãos estão segurando minha camiseta, como se assim fossem me manter por perto, ou talvez tentando me puxar ainda mais para ela.

Solto seus cabelos, desço minhas mãos para o vestido e enfio a mão por dentro, puxando um peito para fora e acariciando o outro sob o vestido.

Prendo seu lábio inferior em meus dentes, puxando-o. Passo minha língua lentamente e a ouço arfar.

Abaixo a cabeça para alcançar o seio livre. Abro um sorriso quando vejo o bico durinho e seu piercing brilhando discretamente.

Ela se remexe e uma das minhas mãos vai para sua cintura, mantendo-a parada.

Coloco minha língua para fora e passo em todo seu seio, dou uma mordida devagar no bico, esticando-o um pouco.

Mamo em seu seio, sentindo seu corpo arquear e sorrio, sem tirar minha boca.

Ergo o olhar para ela, que tem a cabeça jogada para trás, a boca entreaberta, os olhos fechados e os cabelos voando. Suas bochechas com o tom de rosa que me remete a inocência dela.

A porra da visão do paraíso.

Dou um chupão no topo do seu seio, deixando vermelho e subo minha boca para o seu pescoço. Beijando, mordendo, lambendo. Querendo deixá-la marcada por mim, para que se lembre quem a fez se sentir assim.

Continuo apertando o bico do seu seio com meus dedos, e minha mão que estava na sua cintura, desce para sua boceta, acariciando-a por cima da calcinha. Sentindo como está molhada.

— Caralho, Ayla — rosno e ataco sua boca mais uma vez.

O beijo se torna selvagem quando sua mão vai para o meu cabelo, puxando e me mantendo cativo ali.

Puxo sua calcinha de lado e enfio dois dedos nela, que solta um gemido alto. Rodo meus dedos até acertar um ponto onde a tenho tremendo e gemendo sem parar. Dou um selinho em seu lábio e a olho nos olhos.

— Não pode gritar, minha linda. Consegue gemer baixinho?

Ela me olha parecendo transtornada, sem entender direito, mas assente e eu abaixo em sua frente, passando minha língua em toda sua boceta. O gemido que ela solta é alto e eu a repreendo com o olhar, tentando não sorrir.

— Baixinho, Ayla.

Sua mão que não está no meu cabelo, vai para sua boca e ela a morde. Puxo seu clitóris com meus dentes e chupo. Seu corpo não para de tremer, os gemidos abafados me fazem querer fazer com que ela perca o controle, mesmo mandando que gema baixo por saber onde estamos.

Minha língua sobe e desce, sentindo seu sabor delicioso. Aperto meu pau por cima da calça, tentando trazer um pouco de alivio para mim também.

— Matteo... Por favor... — choraminga.

— Quer gozar, baby?

Ela assente e eu volto dois dedos para dentro dela, sem tirar minha boca.

Meus dedos trabalham incansavelmente dentro dela e quando sugo com pressão seu feixe, sinto sua boceta contrair e seu corpo estremecer enquanto ela goza.

— Matteo... — ela geme meu nome e eu não paro de prová-la, lambuzando meu rosto e dedos com seu gozo.

Quando me levanto, ela me olha com seus olhos brilhantes, o rosto vermelho...

— Você é mais deliciosa do que imaginei, Anjo. — Nem reconheço minha voz, de tão rouca que está.

Ela abre um sorriso tímido e seu olhar cai para o volume em minha calça. Sua mão alcança meu membro e faz uma massagem deliciosa. Fecho meus olhos e gemo por seu toque. Meu corpo está fervendo, ansiando pelo momento em que vou entrar nela.

Abro os olhos no momento em que ela está abrindo minha calça. Seguro sua mão antes que ela entre em minha cueca.

— Se você não quiser agora, podemos parar, amor. Tudo no seu tempo.

Olho em seus olhos para que ela veja que não estou mentindo.

Mesmo morrendo de vontade de fodê-la, aqui e agora, sei que não devo. E sei principalmente que ela não merece uma foda qualquer no meio da rua, com pressa e com medo de sermos pegos.

— Matt, eu quero! — Ela se estica, alcançando minha boca e passa a língua, contornando ali. — Eu quero aqui e agora. Pode fazer isso por mim?

Rosno para ela e solto sua mão, colocando a mesma no capô do carro, deixando seu corpo apoiado em suas duas mãos e a puxo um pouco mais para frente, pela cintura.

Tiro meu pau da calça e a penetro de uma vez, fazendo nós dois gemer alto. Sua boceta quente me engole com facilidade, por estar muito molhada. Ela é tão apertada, que eu preciso respirar fundo.

— Porra... Ayla... — Fico parado para que ela se acostume ao meu tamanho e eu me acostume ao seu aperto em torno de mim. — Apertada para porra.

Deito minha cabeça em seu ombro, respirando pesado. Ela rebola lentamente, gemendo e me fazendo sentir ainda mais seu aperto. Mordo seu ombro e subo minha língua do seu pescoço até sua orelha e mordo a mesma.

Nesse momento, eu sei que se alguém nos visse de uma das casas, teria a impressão de que é só um casal se beijando. Nem mesmo ergui o seu vestido.

Passo a estocar devagar e ela vai rebolando, gemendo baixinho. Quando sua boceta contrai em meu pau, perco o resto do controle que tenho e começo a foder rápido e com força, como queria fazer há muito tempo.

Seus gemidos vão se tornando mais altos e ela deita o corpo todo no capô do carro, dando-me a visão dos seus peitos empinados, um tapado pelo vestido e o outro pela sua mão, que o aperta com força, brincando com o bico.

O barulho dos nossos corpos se chocando e nossos gemidos baixos me deixam ainda mais insano.

A mulher está mordendo o lábio e é o meu fim.

— Puta que pariu! — xingo e aperto sua cintura com força. Seu corpo estremece e ela se contrai em torno do pau. — Goza no meu pau, vai... Porra!

E como se seu corpo entendesse meu comando, ela goza, estremecendo e sussurrando meu nome e coisas incoerentes.

Tiro meu pau e o bombeio rapidamente, gozando em sua coxa exposta. Urrando como um animal, fecho os olhos e jogo minha cabeça para trás.

Espero uns segundos, tentando controlar a respiração e quando abro os olhos, a mulher deitada no capô do meu carro nunca esteve tão linda. Respirando pesado, seu rosto todo corado, o suor entre seus seios, mordendo o lábio, tentando sem sucesso conter um sorriso e as mãos em seus seios. Olho para sua coxa, onde eu esporrei e passo meu dedo ali, espalhando mais e ela solta uma risadinha baixa.

Sem me conter, abaixo meu corpo para alcançar sua boca, dando vários selinhos nela, que retribui.

Tiro minha camiseta e limpo a bagunça que fiz. Aproveito que ela ainda está mole e tiro sua calcinha, guardando-a no meu bolso.

Ela se senta e me olha com as sobrancelhas unidas.

— O que você...

— Lembrança — corto-a e rio da careta que ela faz. Acaricio seu rosto. — Eu queria que tivéssemos feito isso em um quarto, sossegados e com calma.

Arrumo seu vestido e ela segura meu rosto com as duas mãos, mantendo meu olhar no seu.

— Eu amei cada momento. — Beija o canto da minha boca e acaricia minha nuca.

Ayla se remexe e geme baixo, fazendo uma careta. Aperto suas coxas, deixando-a parada comigo entre suas pernas.

— Quer ir para a minha casa, tomar um banho comigo? — questiono e desço o olhar para seu peito, que sobe e desce com a respiração pesada.

Minha boca chega a salivar com vontade de lamber.

Seu cheiro suave, misturado com nossos suores, é inebriante.

— Falei a verdade quando disse que não quero me encontrar com Valerie, lindo. Acho melhor eu ir para a minha casa. — Sua fala é mansa, quase arrastada, provavelmente cansada devido aos orgasmos.

— Ela não vai estar lá e se ela aparecer, será apenas para pegar Asher. Vocês não vão se encontrar. — Coloco uma mecha do seu cabelo atrás da orelha e murmuro. — Não estou pronto para me despedir de você, anjo.

Seus olhos quase fechados tentam focar em mim e eu sorrio da cara de quem está completamente saciada.

— Promete que não vou vê-la? — Os dentes fisgam o canto do lábio inferior, passo o polegar puxando-o e fazendo uma carícia.

— Prometo, amor.

Ela sorri preguiçosamente e a ajudo descer do capô e entrar no carro. Logo se aconchega no banco e apaga antes que saiamos da rua em que estamos.

Dirijo até o apartamento, torcendo para que Valerie realmente não apareça. Pelo menos, não enquanto Ayla estiver lá. Eu já mandei trocar a fechadura da porta por uma eletrônica digital, mas eu não sei até hoje como conseguiu a chave. Espero que essa nova dificulte para ela.

Estaciono na minha vaga e saio, indo para o outro lado para pegar Ayla, que acorda quando a puxo para mim. Seu sorriso ainda é mole e os olhos parecem pesar.

— Chegamos, Anjo.

Ela desce e logo subimos para o apartamento. Assim que fecho a porta do meu quarto, puxo o corpo pequeno para mim e a beijo como se não tivesse estado dentro dela há menos de quinze minutos.

Seguro sua coxa, impulsionando-a para abraçar minha cintura com as pernas e vou para o banheiro. No caminho, pego uma camisinha ao lado da minha cama e sigo direto para de baixo da ducha.

Ela solta um gritinho assustado quando ligo a água e dou risada dela. Coloco-a no chão e tiramos nossas roupas, depois de encapar meu pau, não espero mais nenhum segundo para puxá-la de volta para o meu colo e estar dentro dela de novo.

CAPÍTULO 16

Cecília

Eu sabia que essa festa seria um desastre, quando fiquei sabendo que o advogadozinho de porta de cadeia viria. Mike me tira do sério com suas piadas e seus sorrisinhos fáceis.

Mas ele é lindo, preciso admitir.

Estou dançando com Ayla na pista de dança, sentindo o suor escorrer pelo meu corpo dentro da roupa de couro da minha fantasia. Olho na direção de onde Rebeca está aos beijos com seu príncipe e sorrio. Pela minha visão periférica, vejo Mike me olhando e me viro totalmente para retribuir seu olhar. Ele me olha sério, enquanto leva um copo com cerveja à boca e eu sem perceber, pego-me mordendo os lábios. Ele está tão sexy com sua fantasia de *gogo boy*, mas nunca vou admitir isso em voz alta. Deixo Ayla solta na pista e vou atrás de algo para beber.

— Uma tequila, por favor! — peço ao barman, que acena e vai em busca do meu pedido.

— Achei que gatas bebessem leite.

Suspiro e olho para o lado. Mike e seu sorrisinho de merda estão me encarando.

— Estava até demorando, sabe!

Ele ergue as sobrancelhas em confusão, não entendendo minha fala.

— O quê, Princesinha?

— Você vir até mim e se oferecer como um puto.

— Sabia que quem desdenha quer comprar? — ele fala enquanto pego a bebida que o barman coloca na minha frente, solto um riso anasalado e viro de uma vez o líquido, que desce esquentando meu corpo, mais ainda.

— E você sabia que quem muito fala, no fundo não faz nada?

— Talvez eu devesse mostrar o que eu faço, amor. Quem sabe você tenha, enfim, a noite dos sonhos que merece.

— Você deveria deixar de ser um filho da puta de vez em quando. Eu estou com Miguel, não preciso de você. — Termino minha fala, vendo o sorriso no seu rosto morrer rapidamente.

— Você transou com ele, Cecília? — Sua voz tem o tom duro e percebo a raiva cintilar em seus olhos, que me encaram sem piscar.

— Isso não é da sua conta. — Tento sair de perto, mas ele segura meu braço suavemente, fazendo com que olhe em seus olhos.

— Você não pode. Está me ouvindo? Não pode ter nada com Miguel.

Arqueio minhas sobrancelhas pela sua fala, mas antes que eu tenha tempo de retrucar e perguntar o porquê, uma movimentação na direção dos banheiros nos chama a atenção e viramos para ver Gabe. E ele parece estar encurralando alguém na parede, meus olhos se arregalam e eu vejo vermelho enquanto marcho em sua direção, ao ver que quem ele está encurralando, é Ayla. Chego perto a tempo de ver Matteo tirá-lo de cima da minha amiga, que tem a respiração entrecortada. Ayla pede a Matteo para deixar Gabe, mas antes disso, a diaba que nós chamamos de Rebeca, acerta um soco em cheio na cara do imbecil.

Quando percebe que está sangrando, ele dá um passo em direção a Rebeca, fazendo Theo colocá-la para trás de si e Mike e Matteo darem um passo à frente.

— Você não vai querer entrar nessa briga, também. — A voz de Theo está alta e Gabe encara os três homens em sua frente.

— Vocês sabem que eu trabalho no mesmo hospital que elas, não é? Nós nos encontraremos rápido para conversar. — Sua fala me deixa com uma fúria, que saio do lado de Beca atrás de Theo e o pegando de surpresa, acerto em cheio no meio das suas pernas.

Após toda a confusão e de Matteo sair puxando Ayla para fora, Rebeca e Theo somem e nem preciso ser adivinha para saber que devem estar transando por aí. Nem parece que são casados e podem fazer isso em casa. Eles simplesmente fodem como coelhos.

— Você quer ir embora? — Mike pergunta ao meu lado.

— Não. Vou beber, isso sim.

Saio rumo ao bar, deixando-o falando sozinho. Sento-me no balcão e o mesmo barman que me atendeu antes, coloca sem eu pedir mais uma dose de tequila em minha frente, ele me lança um sorriso, que eu retribuo.

— Se continuar sorrindo assim para ela, vai ficar sem os dentes.

Eu me assusto com o rugido que meu cão de guarda solta, fazendo o cara se afastar imediatamente e eu suspiro, derrotada. Essa, quem sabe, poderia ser minha chance de beijar hoje à noite, já que Miguel... Bem, digamos que está complicado.

— Qual é o seu problema, filhote de cruz credo? — grito com ele.

— Esse filho da puta sorrindo como um palhaço para você é o meu problema.

— Deixe-me, Mike. Eu só quero beber.

Ele pragueja, sentando-se ao meu lado. Quando peço uma cerveja, ele pede outra para si e entre um gole e outro, sinto seu olhar em mim.

Depois da sexta cerveja, eu acho, sinto-me completamente bêbada. Olho para a garrafa meio cheia nas mãos e sorrio de lado.

— Está na hora de ir, Princesinha.

Não retruco e deixo Mike me pegar no colo, faço uma anotação mental de reclamar disso quando estiver sóbria. Ele me leva embora e passo o caminho calada e meio sonolenta. Calmamente me ajuda a achar as chaves da porta e a abri-la. Para a minha surpresa, quando entramos, ele volta a me pegar no colo e sobe até meu quarto.

— Como você sabe onde é...

— Eu nunca esqueci, desde a primeira vez que entrei nele. — Fico tensa com sua fala.

— Eu não vou beijar você — digo rápido, enquanto ele me coloca deitada na cama.

— Talvez outro dia.

Seu sorriso quando responde é lindo. Lindo? Eu quis dizer horrível. Deve ser o efeito do álcool, merda.

Antes que ele saia do quarto, eu o chamo e ele olha para trás, encarando-me.

— Você pode ficar até eu dormir?

Seu olhar de surpresa me faz engolir em seco. Eu juro que nunca mais vou beber na vida.

— Amanhã você me paga, Princesinha — ele diz com um sorriso de predador, enquanto se senta ao meu lado na cama.

— Amanhã eu vou negar isso até a morte — digo fechando os olhos e me rendendo ao sono.

CAPÍTULO 17

Ayla

Meu corpo dói em lugares que eu não achava ser possível sentir dor, até mesmo meu couro cabeludo está dolorido. Mas apesar das dores, nunca me senti tão relaxada.

A noite de ontem foi um turbilhão de sentimentos, fomos de 0 a 100 rápido demais. Primeiro o estresse com Gabe, o medo que eu senti não por mim, mas pela besteira que Rebeca ou Cecília poderiam fazer, até mesmo Matteo, que estava preparado para comprar a minha briga. E depois transar em cima do capô do carro...

Meu Deus! Meu corpo explodiu com todas as sensações que Matteo me fez sentir, foi realmente uma novidade muito bem-vinda. Ele já tinha me feito gozar, mas não chegou nem perto de ser daquele jeito. Sentir o corpo dele colado ao meu, suado e o cheiro delicioso que só ele tem, levou-me a um limite extremo de tesão, onde eu senti que poderia desmaiar a qualquer momento.

O homem é insaciável, não parou enquanto não me deixou exausta ao ponto de nem perceber quando peguei no sono. Transamos no chuveiro e na sua cama. Ele me levou na cozinha para comermos alguma coisa e o lanche dele foi me fazer gozar em cima do balcão e depois na cama, mais uma vez. Foi tudo tão diferente, tapas, puxões de cabelo, os palavrões que ele fala com tanta facilidade, coisas que eu nunca tinha tido com ninguém antes dele. Acho que quando Rebeca disse que eu precisava sair da minha zona de conforto, era isso que ela queria dizer.

O braço grande dele intensifica o aperto na minha cintura e me puxa para mais perto do seu corpo. Seu membro duro encaixado na minha bunda me faz morder o lábio para conter um gemido, rebolo lentamente e ele geme baixo. Estamos os dois completamente nus, o que me faz sentir todos os músculos do corpo grande.

— Se fizer isso mais uma vez, serei obrigado a comer sua bunda de café da manhã. — A voz rouca de sono arrepia todos os meus pelos, mas o que ele diz me trava, fazendo-o rir baixinho.

Matteo me vira rapidamente e sobe em mim, dando beijos molhados no meu pescoço que me fazem encolher, arrepiada. Solto uma risadinha nervosa.

— Você não vai comer minha... — Não consigo terminar de falar, meu rosto cora e ele me encara rindo.

— Hoje eu me contento só com sua boceta, mas um dia... — diz em tom de promessa e sua mão agarra minha coxa, deixando um aperto forte que segue para a minha bunda e a aperta também. Mas quando seu dedo segue para o pontinho onde me faz arquejar e tentar sair de debaixo dele, ele ri rouco. — Não vai ser hoje, Anjo, pode relaxar.

— Não me peça para relaxar com esse dedo intrometido aí — murmuro fechando os olhos, sentindo que ele continua acariciando o local. — Matteo...

— Quando você estiver pronta, porque não se engane, você vai estar, vou deixá-la tão louca de tesão que você vai pedir por isso e eu prometo que serei muito cuidadoso.

Matteo faz o caminho para minha intimidade com o dedo, esfregando-a, sentindo o quanto já estou molhada e sorri abertamente, um sorriso tão safado, que me faz ter vontade de desfazer ele com... Com...

Puxando os cabelos de sua nuca, trago sua boca direto para a minha, beijando-o com vontade. Sua língua explora toda minha boca, parecendo faminta por sentir meu sabor e eu não me sinto diferente, quero cada vez mais desse homem, por isso enlaço sua cintura com as pernas, deixando seu membro na entrada da minha boceta e nós gememos em uníssono.

Esticando-se, ele alcança uma camisinha na cômoda ao lado da cama, rasga a embalagem com o dente e, ou eu estou ficando completamente louca, ou isso foi muito sexy. Pego a camisinha da sua mão antes que ele envolva o pau, ele me fita com a sobrancelha erguida, mas dou um empurrão de leve em seu ombro, indicando que ele saia de cima de mim e se deite, e é o que faz.

Ajoelho-me entre suas pernas e perco alguns segundos observando a obra de arte que é seu membro completamente ereto, cheio de veias, rosado, tão grande e grosso que me faz entender perfeitamente o incomodo entre as pernas.

Lambo os lábios, sentindo-os secos de repente.

— Ele não morde, Anjo — diz safado, com um sorriso torto e eu faço careta para ele. — Se continuar olhando assim, vai fazer meu ego masculino crescer mais do que o normal.

Ele envolve seu membro com a mão e começa a manuseá-lo com calma. Minha cabeça inclina para o lado e eu estou hipnotizada demais na cena, para responder. Com a mão livre puxa a minha, trocando para que eu pegue, mas minha mão nem mesmo fecha ao redor dele. Quando dou um leve aperto, sinto o mesmo pulsar na minha mão e uma gota de pré-sêmen escorrer da cabeça e sem pensar muito, levo minha língua lambendo e provando o sabor. Ele geme e joga a cabeça para trás.

Passo minha língua por todo o seu eixo e ele rosna. Sua mão agarra um punhado de cabelos, segurando com firmeza e deixando meu rosto de frente para a cabeça, que brilha com a minha saliva. Ergo meus olhos para ele, que está sorrindo e sorrio de volta, colocando a língua para fora e babando ainda mais enquanto rodeio o local.

— Puta que...

Engulo seu pau até onde consigo e quando o tiro da boca, ele resmunga. Seus olhos queimam de tesão e o levo de novo até o limite, segurando a base com um pouco de força, sem deixar de movimentar minha mão. O aperto em meus cabelos se intensifica a cada vez que o levo mais fundo.

— Filha da puta, isso é muito bom... Caralho...

Não consigo desviar os olhos de seu rosto torcido de tesão, e em algum momento ele fechou. Sua respiração está pesada e os gemidos disputam espaço com o barulho da minha boca e minha mão no seu pau. De repente, sua outra mão também está em meus cabelos e ele começa a foder minha boca com força, eu relaxo a garganta e deixo. Sinto-me tão necessitada dele, que nem mesmo o reflexo de vômito me incomoda. Minha boceta está completamente encharcada, querendo atenção também, então levo minha mão livre até ela e começo a acariciar meu clitóris, gemendo abafado.

Minha língua força uma lambida em seu membro e quando o sinto pulsar dentro da minha boca, vozes do lado de fora são ouvidas, eu travo meu corpo instantaneamente, porém o homem não parece disposto a parar. Ele me puxa com facilidade e, depois de vestir a camisinha, me faz sentar em seu colo, descendo meu corpo com urgência, entrando tão fundo em mim, que eu grito.

Sua mão cobre minha boca e ele começa a estocar fundo.

— Shhh, Anjo. Não quer que meu irmão e meu filho saibam que eu estou comendo você, não é?

Arregalo os olhos, mas logo os fecho quando ele bate naquele ponto dentro de mim novamente. Matteo senta na cama, colando nossos corpos enquanto eu subo e desço em seu pau. Sinto o suor escorrendo nas minhas costas. Ele lambe minha garganta, os barulhos dos nossos gemidos são baixos, mas me deixam desnorteadas o suficiente.

— Agora vai ser rápido, Ayla. Mas eu prometo compensar, ok?

Assinto e pulo quando sua mão dá um tapa certeiro no meu clitóris, jogo minha cabeça para trás e me sinto caindo mais uma vez. Meu corpo parece estar girando e girando, indo cada vez mais fundo na onda de orgasmo que me atinge e Matteo não para os movimentos nem por um segundo e goza comigo.

Meu corpo amolece em cima do seu, ouço sua risada e ele deixa um beijo na minha cabeça. Ele me deita delicadamente na cama e levanta, parando ao lado da cama enquanto tira a camisinha.

— Vou tomar um banho e ir dar café da manhã para Asher. Se você quiser, pode ficar aqui e descansar um pouco.

Meus olhos estão quase se fechando, mas me forço a levantar.

— Posso tomar um banho e ir para casa, para você ficar com ele hoje.

Sorrio e deixo um selinho em seu lábio.

— Ou, você pode tomar um banho e passar o dia com a gente.

— Matteo, eu não acho que seja uma boa ideia. É tudo muito recente. Recente demais, até. Como vamos explicar para ele porque estou aqui?

— Podemos dizer que você não estava se sentindo bem ontem e eu lhe dei um trato até estar maravilhosamente bem e como retribuição, você decidiu fazer um almoço delicioso e servir de sobremesa para mim.

O descarado abre aquele sorriso safado de lado e eu dou um tapa em seu braço.

— Estou falando sério, Matteo.

Grito surpresa quando ele me joga sobre o ombro e me leva para o banheiro, joga a camisinha no lixo e me coloca no chão, já debaixo da ducha. Enquanto a água cai quente na gente, ele faz um carinho no meu rosto, o que torna quase impossível não sorrir.

— Eu também, Ayla. Podemos falar apenas que você dormiu aqui e que vai passar o dia com a gente. Não precisamos dar explicações para todas as perguntas que ele vai fazer. Pelo menos, não por enquanto.

Assinto e o assisto pegar o sabonete e começar a ensaboar meu corpo, demorando-se nos meus seios tempo o suficiente para que eu sinta meu centro palpitar. Mordo meu lábio sem desviar meus olhos das suas mãos grandes, enquanto seu polegar brinca com o piercing do lado direito, um gemido escapa da minha boca e ele abre aquele sorrio de lado que me deixa ainda mais zonza.

— Já falei que eu adoro esses piercings? — murmura e passa a língua no bico, fazendo-me arfar. — Quem olha essa sua carinha de anjo, não sabe de nada.

Ele ri baixinho, mas estou perdida nas sensações que suas mãos me fazem ter, que eu nem mesmo consigo rir junto.

Uma batida à porta me faz pular no lugar e ele encostar a testa no meu ombro rindo.

— Está ocupado, irmãozinho? — Benício grita com a voz risonha.

— Benício, sai fora. Eu já vou — Matteo grita de volta.

— Antes eu do que seu filho, não é, seu ingrato do caralho.

Arregalo os olhos e Matteo ri mais ainda da minha cara, acerto um tapa em seu braço e ele reclama.

— Você não ia querer que ele visse esse vestidinho de anjo e essa... Meu Deus!

Ele fica em silêncio e eu estou encarando um Matteo tomando seu banho como se nada estivesse acontecendo, tão tranquilo que eu quase quero bater nele, já que eu estou quase surtando.

— Ayla estava de anjo ontem. É ela, não é? Porra, é ela.

Benício começa a rir.

— Benício, caralho, sai daqui. Nós já vamos — Matteo grita enquanto entra debaixo da ducha e tira o sabonete do corpo. Logo o homem me dá um selinho rindo, provavelmente da minha cara. — Anjo, ele ia estar lá fora de qualquer forma e a veria. Por que esse medo?

— Não é... Não é medo. Eu só não esperava que ele soubesse que eu estava tomando banho com você.

— Claro, porque ele ia achar que nós dois ficamos jogando carta durante a noite. — O tom de ironia me faz semicerrar os olhos em sua direção, ele ri mais e coloca uma mecha do meu cabelo atrás da orelha. — Anjo, ninguém tem de pensar nada sobre a gente. Você está bem em estar aqui comigo?

Seus olhos tão azuis brilham para mim e seu sorriso largo faz meu coração saltar dentro do peito. Não ver a tristeza que ele sempre tem nos olhos me faz sorrir e acariciar seu rosto.

— Claro. Desculpa, não sei por que eu surtei.

Ele ri baixinho e deixa um selinho na minha boca, saindo do boxe em seguida e enrolando a toalha na cintura, vai para a pia escovar os dentes e quando acaba sai do banheiro. Finalmente entro debaixo da ducha e lavo meu cabelo com seu shampoo mesmo. Enquanto termino meu banho, não consigo deixar de sorrir, pensando que vou matar a saudade que eu estou sentindo do meu Leãozinho.

De banho tomado, enrolo-me na toalha que ele deixou para mim em cima da pia e vou para seu quarto, olhando a bagunça que está o quarto com nossas roupas espalhadas. Só então reparo no cômodo decorado em tons de cinza, preto e branco. A cama com lençóis e edredom preto, o closet embutido com todas as portas de vidro, mostra suas roupas completamente organizadas e quase sinto inveja, porque o meu sempre fica uma bagunça. A televisão de alguma forma pendurada na parede cinza escuro e um *puff* redondo imenso embaixo dela.

Vou para o closet e ao abrir as portas, o cheiro delicioso de Matteo invade minhas narinas, fazendo-me suspirar e sorrir como uma boba. Procuro uma cueca e uma camiseta que ao vestir, fica maior que meu próprio vestido. Volto para o banheiro para pentear meu cabelo e escovar os dentes. Depois de pronta, saio do quarto e vejo mais duas portas no corredor branco, deduzo que uma seja o quarto de Asher e outro seja o banheiro. Uma janela imensa no final do mesmo deixa tudo mais claro, contrastando muito com o quarto do homem.

Ao chegar à sala, reparo que ela também é toda decorada em branco, cinza e preto. O sofá preto tem almofadas brancas e a televisão é pendurada na parede com um painel e algumas fotos estão dispostas ao lado. Mas antes que eu possa me aproximar mais, percebo Matteo à porta conversando com alguém, baixo o suficiente para que eu não consiga ouvir. Porém, logo uma cabeça loira olha por cima do seu ombro e a voz enjoada de Valerie chega aos meus ouvidos.

— O que essa sonsa está fazendo aqui, Matteo?

É então que ele olha para trás e me encara. Ela tenta forçar a entrada, mas ele fecha a porta com os dois para o lado de fora. Eu fico parada, olhando para a porta, completamente sem ação, com medo de me mexer. Meu coração está apertado de um jeito muito ruim e isso traz lágrimas para os meus olhos.

Não queria ter de encontrar com ela, mesmo sabendo que corria esse risco, não estava pronta para isso. Sei que me envolver com Matteo ela vem no pacote, já que é a mãe do filho dele, mas o quanto eu puder evitar, eu vou. Por isso fiz ele me prometer que eu não encontraria com ela. Respiro fundo tentando acalmar meu coração, passo a mão nos olhos e sigo em direção a cozinha, encontrando Benício conversando com Asher enquanto comem.

O pequeno tem o semblante triste, os olhos baixos em momento algum me encontram, até que seu tio me vê.

— Olha, pequeno, quem veio ver você — Benício diz e sorri para o sobrinho, que ergue os olhos e quando me vê corre para mim.

Eu agacho e o abraço com força, o cheiro infantil consegue me acalmar. Encho seu rostinho de beijos e ele funga.

— Ei, Leãozinho. Não está feliz em me ver? — questiono

— Sim, Estrelinha. Prometo de dedinho que sim... — A voz chorosa me faz afastá-lo e olhar em seus olhos, tão azuis que são quase cinza.

— Então por que está chorando?

— Não quero ir para minha mamãe... Ela...

Antes que ele termine de falar, Matteo entra na cozinha sozinho e nos encara, seu lábio repuxa um sorriso discreto, mas ele suspira, parecendo frustrado. Olho para ele e percebo que está nervoso, então ele abaixa na nossa altura e puxa o filho.

— Herói, a mamãe veio buscar você para ir ver sua vovó. Vamos arrumar suas coisas?

— Não quero, papai. — O menino começa a chorar baixinho e volta para o meu abraço, segurando-me forte, como se eu pudesse protegê-lo de algo. — Quero ficar com você e a Estrelinha, por favor...

— Asher, é sua mãe. Ela está com saudades e disse que não vai demorar a trazer você, ok?

Balançando a cabeça negativamente, o pequeno me aperta mais ainda, Matteo me olha procurando ajuda.

— Ei, Leãozinho, o que você acha de ir com a mamãe e quando voltar, você e eu vamos assistir O Rei Leão e fazer uma festa do pijama. Só você e eu — sussurro para ele, que se afasta e me olha com os olhos brilhando de lágrimas.

— O papai pode participar com a gente?

Olho para Matteo e quase posso jurar que os olhos dele brilham com a mesma esperança que os do filho.

— Claro que pode. Mas você tem de ir logo, para voltar logo, ok?

Mesmo que ele ainda não esboce um sorriso, ele assente e vai para o pai, que some com o pequeno pelo corredor.

Levanto-me e olho para Benício, que está tomando café, mas não parece estar presente realmente. Aproximo-me dele e faço um carinho em seu cabelo, ele ergue os olhos para mim e força um sorriso.

— Sabe que ele logo vai entender tudo, não é? Ele só precisa se acostumar aos pais morando separados — digo tentando acalmá-lo, mas ele não parece convencido, porém assente para mim.

— Senta, baby. — Puxa a cadeira ao lado para que eu sente. Eu me ajeito, sirvo um pouco de café e bebo. — Então está entrando para a família, hein? — Muda de assunto, sorrindo para mim.

— Nada de família, Beni. Estamos nos conhecendo, só isso.

— Droga, eu já estava me imaginando em um terno lindo de padrinho e os filhos de vocês com o cabelo escuro igual aos seus e os olhos dos King... — Ele pisca os cílios compridos que destacam os olhos azuis. — Sabe como é, não é, esses olhos lindos que a mulherada não resiste.

Não aguento e dou risada do que ele diz, quase me engasgando com o café.

— Deixa de ser doido, Benício — resmungo, mas continuo rindo com ele. Só que ele fica sério de repente, me encarando com tanta intensidade, que eu sinto meu rosto queimar e ficar vermelho.

— Matteo é intenso para caralho. Do tipo que se ama, ama para caralho. Quando odeia, senhor, ele odeia mesmo. Sempre foi assim, com ele é 8 ou 80, ele nunca soube ser meio termo. Meu irmão teve sua fase mulherengo, pegava quem quisesse e não tinha vergonha alguma disso. Mas quando estava com alguém sério, levava em casa, para passear, ele fazia de tudo pela pessoa, mas isso era só com quem realmente o fazia sentir algo. — Dá de ombros. — Por isso eu sei que se ele se envolveu com você, é por que você mexeu com alguma coisa dentro daquele coração dele, que parece estar tendo espaço só para o filho por tempo demais.

Um nó se forma na minha garganta, impossibilitando que o ar passe para os meus pulmões.

— Eu a conheço o suficiente para saber que você nunca o magoaria, mas você sabe que ele vem com bagagem, não sabe?

— Benício...

— Não, espera. — Ele segura minha mão e sorri grande para mim. — Asher é a melhor criança que você vai conhecer na sua vida. Ele trouxe vida para o meu irmão, trouxe cor para mim e a infância para Tony. Ele trouxe tanta felicidade para minha mãe, que a mulher parece que vai explodir toda vez que o vê. Mas ele também já carrega muita coisa com ele, mesmo novinho, ele tem uma mãe louca que até agora não descobrimos por que, mas o faz chorar toda vez que ela vem buscá-lo ou quando fica sozinho com ela. Parece coisa de criança, coisa boba, mas olhar nos olhinhos dele quando ele chega, cheios de tristeza, é de cortar o coração. Só que é essa bagagem que vem com Matteo, filho que sente tudo com intensidade igual ele e a mãe louca, infelizmente, os acompanha. Por isso eu digo para você, Aylinha, se você se sente pronta para enfrentar tudo isso junto dele, ótimo, eu vou ser o maior torcedor de vocês dois. Mas se você acha que não vai aguentar, não entra nessa, ok?

Respiro fundo quando uma lágrima desce pelo meu rosto e ele a limpa.

— Não quero afastá-la dele, jamais. Pelo contrário, se eu pudesse, teria feito vocês se envolverem antes. Mas quero que você pense em tudo que vem junto.

— Eu entendo, Beni, e prometo para você que enquanto estiver com ele, eu estarei segurando as mãos dos dois, vivendo tudo com eles, seja bom ou ruim. Eu sei de tudo que o acompanha, por isso tentei fugir no começo, mas eu não consegui.

Ele dá uma risada e eu coro violentamente.

— Eu gosto do seu irmão, gosto de estar com ele. Mas o Asher... — Respiro fundo e sorrio. — Parece exagero, porque mal o conheço, mas me apaixonei pelo pequeno desde quando você o levou no hospital.

Ele assente sorrindo e parece satisfeito, por isso se levanta e me dá um beijo no rosto.

— Vou dizer para Tony que temos uma cunhada maravilhosa.

Sai rindo depois de eu o acertar com um tapa. Matteo e ele se encontram na saída da cozinha e se cumprimentam. Matteo se aproxima e me dá um beijo na testa, sentando-se na cadeira onde o irmão estava.

O cheiro dele se sobressai ao cheiro do café e de qualquer outro que tenha na cozinha, é delicioso. Às borboletas batem asas no meu estômago me fazendo ficar vermelha enquanto ele me fita.

— Obrigado pela ajuda! — A voz grave manda um arrepio pela minha coluna e eu mordo o lábio.

— Acho que preciso ir para minha casa, pegar uma roupa minha... — murmuro.

— Eu gosto de você com a minha camiseta. — Seus olhos escaneiam meu corpo todo me fazendo ter vontade de correr.

Caralho, eu estava em cima dele hoje, porque estou com vergonha dele me olhar assim?

— Eu gosto de usar ela também, mas preciso de roupas minhas e ver Cecília.

— Tudo bem. — Ele faz uma cara de triste e eu rio dele, que parece mais criança que o filho agora. — Vamos à sua casa, você se troca e depois vamos pensar em algo para fazermos, porque se eu ficar trancado o dia todo com você aqui em casa, eu vou querer estar dentro de você a cada segundo.

Eu arfo desviando os olhos dos dele, tentando esconder o quanto suas palavras mexem comigo. Meu centro palpita com a ideia de tê-lo novamente e aperto minha coxa, causando uma fricção para tentar me acalmar.

Esse homem me bagunça de uma forma deliciosa.

CAPÍTULO 18

Valerie

O que aquela sonsa do caralho está fazendo na casa do Matteo? *Porra!*

Desde o dia da praia eu vi a forma que ele olha para ela, quase babando naquela sem graça. Eu soube que em algum momento ele se aproximaria dela e tentaria algo, mas não achei que seria tão rápido e também não contava com a incompetência do Gabe em segurar uma boceta.

Hoje levantei disposta a perdoá-lo por ter trocado a tranca do apartamento, conversar com ele e quem sabe não acabar em sua cama. Faz tanto tempo que Matteo não me toca que meu coração sangra de saudade. Mas quem sabe agora que ele teve a sonsinha, perceba que eu sou a única mulher capaz de aguentar todo aquele fogo que ele tem e de satisfazê-lo plenamente?

— Mamãe, nós vamos ver a vovó? — A voz do menino me faz lembrar de que o trouxe para meu apartamento.

Olhando para ele, vejo o quanto parece com o pai. Quando apareci com o teste de gravidez, jurava que ele pediria um teste de paternidade, e ele até falou de fazer, mas conforme o moleque ia crescendo se parecia cada vez mais com ele, que acabou optando por não fazer.

Engravidei porque queria segurar Matteo, sabia que ele não fugiria da responsabilidade com a criança e não fugiu mesmo. Mas me irrita ver toda a atenção que deveria ser para mim, indo para Asher. Irrita-me a forma que Matteo me culpa por brigar com a criança, mas o que eu posso fazer se ele não faz nada certo? Era para deixar o pai perto de mim, mas só o afastou.

— O que aquela mulher estava fazendo no apartamento do seu pai? — Com as duas mãos na cintura, abaixo meu tronco para conseguir olhar em seus olhos e ele parece confuso.

— A Estrelinha? — Faço cara de nojo para o apelido idiota, mas aceno com a cabeça. — Ela foi me ver, mamãe. — Ele sorri e me irrita mais ainda.

— Deixa de ser idiota. Se nem o seu pai gosta de você, acha mesmo que uma mulher que mal o conhece vai gostar? — questiono e seus olhos se enchem de lágrimas. Seguro seus braços aplicando um pouco de força e o forçando a me olhar. — Não quero ouvir você chorar, então é bom ficar bem quietinho, se não quiser passar o dia no seu quarto sem seus preciosos brinquedos.

Asher não se move, não emite nem um som, mas uma lágrima desce por seu rosto, por isso acabo o soltando de volta no sofá, fazendo com que seu corpo bata no encosto e ele passa a mão na cabeça, fazendo uma bagunça em seus cabelos. Não sei por que ele e o pai gostam tanto desse cabelo grande dele, parece uma menina.

Sigo para o meu quarto e ao entrar, a primeira coisa que meus olhos focam é a minha foto com Matteo. Eu estou sorrindo enquanto olho para o seu rosto lindo e ele está com a carranca de sempre, sem demonstrar nenhum tipo de sentimento. Sempre amei isso nele, o fato de conseguir esconder seus sentimentos tão facilmente atrás de sua cara impassível.

Lembro de como ele gritou comigo no corredor, quando perguntei o que a idiota fazia lá e a fúria volta com tudo borbulhando dentro de mim e acabo jogando um vaso de enfeite na parede.

Ele vai me pagar por ter me humilhado dessa forma e depois disso, posso perdoá-lo. Ele só não pode pensar que o que fizer para mim, não vai ter retaliação. Preciso o acertar onde dói, algo que ele vai ficar desestabilizado. Por isso pego uma tesoura e volto para a sala, onde a estátua continua no sofá, sem ter se mexido um milímetro.

Pelo menos ele tem medo de mim, sabe que quando eu falo que vou fazer algo, eu faço.

Puxo seu braço, fazendo com que ele reclame, mas quando o olho, o menino se cala. Coloco-o sentado na cadeira da cozinha e abaixo para olhar em seus olhos para que ele entenda o recado.

— Seu papai humilhou a mamãe hoje, sabia? Por causa daquela sonsa que estava na sua casa. Mas a mamãe vai ensinar para ele e para você, que isso não pode voltar a acontecer. — Sorrio para ele, que está derramando lágrimas antes mesmo de saber o que farei. — Sabe o quanto você fica ridículo com esse cabelo? Parece uma menininha.

— Não, mamãe, não parece. O papai disse que menino também tem cabelo grande... — diz com a voz infantil chorosa. — Eu gosto...

Corto a primeira mecha de cabelo antes que termine de falar e seu corpo pequeno se retesa na cadeira.

"Você não tem nada a ver com a minha vida."

Outra mecha.

"Você não é nada para mim, Valerie."

Outra mecha.

"Eu nunca a amei, porra."

Outra mecha.

Matteo

Depois de sair do meu apartamento com Ayla, vamos direto para sua casa. Quando paro, ela abre aquele sorriso angelical para mim e meu estômago se retorce.

— Vou lá me trocar, quer entrar?

— Claro.

Ela coloca a mão na porta para abrir, mas eu a puxo para mim, fazendo com que um gritinho escape e cubro sua boca com a minha em um beijo sedento. Seu sabor não se iguala a nada que eu tenha provado até hoje. Tira-me totalmente do eixo, fazendo-me ter uma vontade insana de beijá-la para sempre.

Ela se afasta e desce correndo do carro, rindo para mim. Desço logo atrás e vou para a porta. Ao entrar, vemos Cecília limpando a casa.

— Ceci... — A morena na minha frente chama a atenção da amiga, que sorri cúmplice quando me vê atrás dela. — Limpando de novo?

Cecília dá de ombros e ri.

— Estava sem nada para fazer, já que minha amiga me trocou hoje — diz em tom de brincadeira e mesmo nas costas de Ayla, posso imaginar seu rosto sendo tomado pelo tom vermelho.

— Ha-ha-ha-ha, engraçadinha.

Meu anjo sobe para o seu quarto depois de me pedir para esperar. Com as mãos no bolso, fico observando a sala que ainda está sendo limpa.

É tudo tão a cara das três amigas, quase parece que ainda moram juntas. Em tudo se vê o toque de cada uma. Nos livros de Ayla e Ceci espalhados em alguns pontos do cômodo e nas cores vibrantes que lembram Rebeca.

— Quer beber algo, Matteo? — Cecília oferece, olhando para mim de modo estranho.

— Não, obrigado. Acabamos de tomar café e Ayla só veio se trocar.

— Ok — diz e sai quase correndo da sala.

Depois de um tempo, ouço o barulho de passos vindo da escada e quando olho na direção, meu coração para e o mundo parece parar junto, vendo-a descer. Não me lembro nem de como respirar enquanto olho a morena em um short justo branco com duas aberturas pequenas, uma blusinha toda de renda, com um decote que destaca os seios que me deixam louco, os cabelos escuros se destacam no blazer branco que ela usa por cima da roupa e nos pés suas costumeiras botinhas com salto.

Puta que pariu, será que ela vai me matar se eu a levar para o seu quarto para comê-la só com esse blazer e de salto?

Quando Ayla para na minha frente, seu rosto está vermelho e noto que ela passou alguma coisa na boca que a faz brilhar, deixando-me com mais vontade ainda de beijá-la.

Seguro seus cabelos macios com minhas duas mãos, puxando levemente para trás. Sorrio para ela, que retribui com um sorriso pequeno e tímido.

— É egoísmo eu não querer mais sair, para não ver mais nenhum marmanjo babando em você?

Ela abaixa o olhar com vergonha e então eu perco toda razão quando ela morde o lábio. Puxo seu corpo pequeno para o meu e a beijo. Marcando como minha e só minha.

Seus dentes puxam meu lábio, fazendo-me rosnar e ela se afasta. Quando seus olhos se abrem e encontram os meus, enxergo neles a mesma fome que tenho.

— Ninguém vai babar em ninguém, senhor detetive — diz e me dá um selinho, com a mão apoiada no meu peito, provavelmente consegue sentir nos dedos meu coração batendo enfurecido. — Podemos ir à Third Street Promenade? Além de querer passear, quero comprar algo para Asher, sei que o aniversário dele está chegando.

Merda! Até o aniversário do meu filho a mulher sabe e isso me deixa ainda mais maluco por ela. Se ela já estava ganhando um pedaço do meu coração, ver o quanto ela se importa com Asher, faz todo ele querer ser dela.

Abro um sorriso de lado e aproveito minhas mãos ainda em seu cabelo e faço um carinho.

— Você não está facilitando em nada as coisas para mim, Anjo. — Seu olhar é confuso. Beijo seu queixo empinado e pego sua mão, a puxando para fora. — Vamos, porque se antes eu já queria te arrastar para o quarto, agora quero foder você aqui nessa sala mesmo.

Viro a cabeça apenas para vê-la corar enquanto mastiga o lábio, mas não me olha. Eu adoro deixar essa mulher sem jeito.

Depois de dirigir por quase trinta minutos, paro próximo da Third Street Promenade, que é um conjunto de três ruas com muitas lojas e restaurantes. Já vim aqui algumas vezes, mas por ser movimentado e eu não ter paciência para compras em lugares cheios, não é meu lugar favorito.

A conversa com Ayla flui tão naturalmente, que nem percebo que já estamos na multidão. Conversamos sobre nossas famílias, ela me fala sobre algumas vezes que Benício a levou para sair e eu fico aliviado por nenhum dos dois ter maldade com o outro. É errado isso? Foda-se!

— Um dia ele me levou em um barzinho e simplesmente sumiu em menos de vinte minutos que estávamos lá. — Ela continua falando e meus olhos não desgrudam dos seus lábios, prestando atenção no que fala e no movimento da boca carnuda. — Quando voltou com uma loira junto, do nada outra mulher apareceu, louca da vida, jogando bebida na cara dele e tudo, gritando o quanto ele é canalha.

Ela gargalha e merda, até quando ela faz um barulho engraçado no meio da risada, é bonitinho.

— Você tinha de ver a cara da loira sem reação com a louca e Beni simplesmente ficou estático e do nada começou a rir. Eu estava desesperada na hora, não sabia o que fazer. Mas depois de tudo, não consegui parar de rir, sério, aquilo foi demais. Nem Felipe, que é tão mulherengo quanto Beni, deve ter passado por algo assim.

— Você e seu irmão são muito próximos, não são? — pergunto e o sorriso que ela abre me faz perceber o amor que sente pelo irmão.

— Somos. Ele é muito, muito protetor. Sempre foi. Tanto comigo, quanto com as meninas. — Vai falando enquanto olha as vitrines das lojas. — Quando ele ficou sabendo que eu beijei a primeira vez, achei que ele fosse ter um infarto.

Passo meus braços por seus ombros, puxando-a para mim e sussurro ao seu ouvido:

— Imagina se ele souber o que fizemos a noite toda?

A mulher acerta um tapa na minha barriga e eu desato a rir da cara que ela faz.

— Como você pode falar essas coisas com tanta naturalidade? Isso não é normal.

— Ei, claro que é! É sexo, Anjo, não é nenhum crime. — Paro para pensar. — Melhor dizendo, o que fizemos ontem no carro, com certeza foi crime. Atentado ao pudor. Mas tudo bem, quem pode me julgar por não resistir àquele anjo delicioso, esparramado no capô do meu carro e gemendo meu nome?

— Matteo... Merda!

Ela se afasta e eu corro até ela rindo, abraço-a por trás, encaixando meu queixo no vão do seu pescoço, inalando seu cheiro doce, arrepiando-a.

— Você não conversa sobre sexo com as meninas, Anjo? — pergunto e sem resistir, planto um beijo no seu pescoço.

— Claro que não... Quer dizer, Rebeca fala as coisas, você a conhece, não é? Mas eu não me sinto à vontade para falar sobre isso com ninguém. Tanto que para mim, sempre foi bem normal não ter chegado lá com ninguém. — Dá de ombros.

— Seu corpo só estava esperando por alguém que lhe desse orgasmos épicos. Ainda bem que eu cheguei à sua vida, em! — digo, convencido, e ela ri baixinho.

— E o seu pai? — Ela muda de assunto.

Continuamos andando comigo colado em suas costas e apoiado no seu ombro.

— O que tem ele?

Não que eu não goste de falar do meu pai, mas preferia continuar falando sobre sexo. Quem sabe assim eu não consigo convencê-la a voltar para o meu apartamento.

— Você não fala dele. Nem Beni.

— Não tem o que falar, amor. Ele foi ausente toda a nossa infância, enfiado sempre em trabalho e antes da minha mãe descobrir que estava grávida do Tony, ele sumiu, deixou tudo para trás, a família, o trabalho, os amigos...

— Vocês nunca procuraram por ele?

— Não! — respondo rápido e suspiro. Paramos em uma loja de brinquedos e ela fica olhando entre a vitrine e eu, mostrando que está me ouvindo. — Minha mãe sempre batalhou muito para não deixar que nada faltasse para nenhum de nós três. Ela nos criou da melhor forma que pôde e os meninos e eu sempre fomos muito unidos, isso sempre foi o suficiente.

Ela vira seu rosto para mim e abre um sorriso largo, sua mão pequena faz um carinho no meu rosto.

— E agora vocês têm Asher para completar ainda mais — diz com a voz suave, fazendo-me sorrir ainda mais para ela.

— Sim, temos. — Beijo a ponta do seu nariz. — Bem, vamos escolher o presente do meu menino e depois almoçar? A sobremesa eu quero comer no meu apartamento.

Abro um sorriso safado e quando ela entende o que quis dizer, cora violentamente.

Entramos na loja e logo uma atendente vem até nós e Ayla diz que quer ver brinquedos para uma criança que vai fazer seis anos. A mulher nos guia até um corredor imenso com muitas opções de brinquedos e a morena fica olhando tudo atentamente, seus olhos brilham a cada opção que a vendedora mostra.

Ela está mordendo a unha, olhando em dúvida para algumas opções e eu a puxo para mim, olho em seus olhos, que estão mais verdes do que castanhos agora, por causa da claridade.

— Você sabe que ele vai ficar feliz só de você passar com ele, não sabe? Não precisa gastar nada, Anjo, deixa isso comigo.

Ela nega com a cabeça e fecha a cara para mim, a vontade de rir que eu tenho ao ver sua cara de brava, é imensa.

— Eu quero dar um presente e se eu quiser dar dois presentes, darei — diz batendo o pé no chão fazendo birra e não me aguento e acabo rindo, fazendo-a bufar e sair de perto.

Quando paro de rir, ela já está no caixa pagando e pegando duas caixas de presentes, passando por mim como se não me visse. Mordo o lábio para não rir de novo e corro até ela.

Pego as caixas de sua mão contra a vontade e roubo um selinho dela, sem tirar o sorriso do rosto.

— Você está mesmo gostando de me fazer correr atrás de você, hum? — Ergo uma sobrancelha e ela mostra a língua. — Não me dê ideias do que fazer com essa língua, Anjo.

Ela morde o lábio para conter o sorriso.

— Matteo, para com isso. — Esconde o rosto no meu braço e eu rio da sua reação.

A mulher gozou a noite toda comigo e ainda assim fica tímida com coisas que eu falo.

Depois de encontrar um restaurante, comemos entre mais conversas e risadas. Ayla me convence a andar mais por aqui e assim passamos o dia todo, entre conversas, risadas e beijos roubados. Sinto-me um adolescente começando um namorinho.

Quando entramos no carro, coloco *Use Somebody,* da Kings Of Leon para tocar e prestando atenção na letra, meu coração dá um solavanco no peito.

Eu tenho andado por aí
Sempre menosprezando tudo que vejo
Rostos pintados preenchem lugares que não consigo alcançar
Você sabe que eu preciso muito de alguém

Sempre gostei de ouvir essa música, mas ouvi-la agora, com Ayla do meu lado, parece trazer a porra de um significado para ela.

Merda, estou fodido!

Ela cantarola a música, desafinada, mas nem isso acalma meus pensamentos e sentimentos que parecem ter se descontrolado.

Desde que fui atrás dela, sabia que a queria. Gosto das sensações que ela me faz sentir, mas tudo parece estar indo de 0 a 100 rápido demais. Preciso me frear, porque não quero magoá-la e nem me machucar de alguma forma, e merda, com certeza, não quero que ela se afaste de Asher se algo der errado.

Sei o quanto eles são apegados um no outro. Meu filho é tão intenso, quanto eu, então sei que ele tem um amor grande por ela e não posso ser o responsável por afastar os dois.

Nem percebo quando chegamos ao meu prédio, só quando estaciono e ouço a porta do carro bater. Desço atrás dela e seguimos para o elevador em um silêncio confortável, mas minha mente parece estar gritando tanta coisa, que não foco em nenhuma.

Quando entramos no elevador, respiro fundo e abraço o corpo dela por trás. Gosto da sensação de tê-la tão colada em mim, sentir o cheiro dos seus cabelos e de poder afundar meu rosto no seu pescoço macio.

— Vou buscar Asher. Você pode me esperar no elevador ou ir direto para meu apartamento.

— Vou esperar no elevador — diz meio incerta e eu a entendo.

Também não queria ter de me encontrar com Valerie, principalmente depois do show que ela deu hoje cedo.

— Pode ir para meu apartamento, Anjo. Espera por nós lá, que já chegamos. — Beijo seu pescoço e depois de passar a senha e deixar ela no meu andar, sigo para buscar Asher.

Dentro da caixa de alumínio, de repente, sou tomado por uma angústia e uma saudade do meu filho, será que é culpa por não ter passado o dia com ele? Valerie disse que a mãe queria levá-lo para passear e eu não consegui negar. De novo.

Saio do elevador e paro em frente à porta de Valerie, batendo algumas vezes sem resposta. Ligo para ela, que não atende, mas ouço o toque vindo de dentro, por isso bato mais algumas vezes, até que ela abre a porta enrolada em uma toalha de banho, os cabelos loiros molhados.

— Achei que não viria mais hoje.

— Não enche, deixe-me pegar Asher e ir embora, estou cansado.

Ela abre um sorri estranho e a angústia parece aumentar.

— Ele está dormindo, você sabe onde é o quarto dele. Por favor, feche a porta quando sair.

A loira sai rebolando na minha frente e eu corro em direção ao quarto. Nem acendo a luz, apenas chamo meu menino e quando ele se senta na cama, eu perco completamente o chão.

Seus cabelos loiros e lisos estão em um corte totalmente desigual, umas partes mais curtas que outras, em uma bagunça horrível. Mas o que me mata são seus olhos vermelhos e inchados, parece ter chorado por muito tempo.

Asher coça os olhos e quando foca em mim, ele começa a chorar. Logo tomo seu corpinho no meu colo, apertando firme contra mim.

Estou com tanto medo de saber o que aconteceu, porque eu sou capaz de jogar Valerie pela sacada agora, de tão transtornado que me sinto.

Saio do apartamento batendo a porta. Amanhã eu volto para conversar com ela, agora só quero poder acalmar meu menino e descobrir o que aconteceu.

— Filho, fala com o papai, amor — peço, quase chorando com ele. Completamente apavorado com seus soluços. — O que aconteceu?

— Eu... Eu... Achei que você... — Ele soluça. — Você não ia *vim* me buscar mais.

— Herói, o papai sempre virá buscar você. Sempre. — Tento fazer com que me olhe, mas ele afunda seu rosto no meu pescoço. — Não importa onde você esteja, o papai sempre vai até você, Ash.

O menino chora sentido no meu colo enquanto acaricio suas costas. Saio do elevador e entro em casa, encontrando Ayla sentada no sofá, mas quando ouve o choro, a morena pula do sofá e vem em nossa direção.

— O quê... — Balanço a cabeça negativamente e ela dá um passo para trás, dando-me espaço.

Chego ao quarto de Asher e mesmo que a cama seja pequena, deito-me com ele, que em momento algum me soltou. Seu choro não diminui e eu continuo sussurrando para ele o quanto o amo e que preciso saber o que aconteceu.

Ele está tão desolado, que eu simplesmente não consigo pensar em nada, só consigo segurar as lágrimas que queimam meus olhos e tentar acalmá-lo. Olho para a beirada da cama quando sinto um movimento e vejo Ayla sentada no chão, colocando a mão na cabeça do meu filho, sua boca se abre e seus olhos arregalam junto, provavelmente sentindo a bagunça de cabelo, porém ela se recupera rápido e deita a cabeça no colchão, fazendo carinho no meu menino.

Quando ele pega no sono me levanto e saio do quarto, com Ayla logo atrás.

— Matteo, o que aconteceu?

— E você acha que eu sei? — digo, ríspido, mas me arrependo logo assim que vejo seus olhos assustados. — Olha, eu não sei o que aconteceu, eu preciso me acalmar agora, para conversar com Valerie amanhã. Asher não conseguiu me falar nada, só chorar.

— Tudo bem, só vou me despedir dele e vou para casa.

Sai da sala e volta para o quarto antes que eu peça para ficar. No entanto, na bagunça dos últimos quarenta minutos, nem sei se quero que ela fique. Se eu já estava me sentindo confuso sobre meus sentimentos com ela, agora não consigo nem pensar nisso, só no quanto eu quero subir agora no apartamento da loira e descobrir que merda ela fez com meu filho.

Antes de fazer algo, vou para o banheiro, tiro minha roupa e tomo um banho demorado, contando cada minuto que passo debaixo da água, dividindo o tempo em tentar me acalmar para falar com Asher e Valerie amanhã e me arrepender de como fui estúpido com Ayla.

CAPÍTULO 19

Ayla

Saio da cozinha, deixando Matteo para trás. Meu coração está pesado batendo descontrolado e algumas lágrimas descem teimosas pelo meu rosto, mesmo que eu as limpe, elas não param.

Eu até entendo que ele esteja nervoso com seja lá o que tenha acontecido, no entanto, isso não o da o direito de ser grosseiro comigo, quando eu só queria entender o que aconteceu para poder ajudar.

Quando ele passou com Asher pela porta com o rosto torcido de raiva, os olhos demonstrando tristeza e o pequeno chorando sentido no seu colo, eu soube que algo tinha acontecido. Tentei dar espaço para eles, mas não me aguentei muito. Ver os dois tão abalados estava me trazendo uma dor quase física, por isso acabei invadindo a privacidade dos dois para ficar perto do meu Leãozinho. Sentir seus cabelos em um corte desigual me deixou chocada, não pelo cabelo, mas por saber o quanto o menino gostava dele grande e o quanto a mãe foi maldosa por ter feito isso. Mesmo que Asher tenha feito algo para tirá-la do sério, foi um castigo radical demais.

Quando estou perto do quarto, ouço o choro baixo e abro lentamente a porta, encontrando o corpinho em posição fetal. Seus ombros se movem enquanto funga e continua chorando quase silencioso. Meu coração aperta dentro do peito e uma raiva que eu nunca senti antes toma conta de mim, fazendo com que apertasse a maçaneta com tanta força, que os nós dos meus dedos ficam brancos.

Depois de respirar fundo, aproximo-me da cama, sento e coloco minha mão nos cabelos loiros, fazendo um carinho leve. Ash se assusta e me olha com os olhos arregalados, mas quando vê que sou eu, levanta-se e vem para o meu colo. Eu o aperto em mim, sentindo o cheiro dele acalmar as batidas do meu coração. Quando ele se acalma um pouco, levanta aquela imensidão azul para mim. A pontinha do seu nariz está vermelha, assim como seus olhos.

Eu consideraria adorável, se não fossem às circunstâncias.

— Por que a minha mamãe não me ama, Estrelinha?

Fico quieta por um momento, sendo pega totalmente de surpresa com sua pergunta.

— Claro que ela ama você, Leãozinho. Ela só... Só... — Não posso dizer para a criança que a mãe dele é uma cadela sem sentimentos. — Ela só não sabe demonstrar do jeito certo.

— Não ama, não. — Funga baixinho e afunda o rosto no meu pescoço. — Ela disse que nem meu papai e nem você me *ama* também.

Uma cadela, porra!

— Ei, seu papai o ama muito, amor. Ele o ama daqui até as estrelas, ida e volta duas vezes. — Forço um sorriso para tentar acalmá-lo. — E eu o amo também. Lembra a primeira vez que você foi lá ao hospital para eu cuidar do seu dodói? — Ele assente e continua chorando, molhando minha blusa, já que eu tirei o blazer e o deixei na sala. — Aquele dia que eu o vi, meu coração bateu bem forte aqui dentro e ali eu soube que tinha ganhado um amiguinho, que eu ia amar demais. Não tem como não amar você, meu amor.

Sorrio verdadeiramente para ele, pensando que foi realmente desde a primeira vez que o vi que senti uma coisa diferente, uma conexão que nunca tinha sentido antes. Eu senti o amor por ele enraizar no meu coração tão rápido que foi inevitável e eu não saberia o que seria de mim se eu não tivesse mais nenhum contato com ele. Graças a Deus por Beni ser seu tio e Theo ser amigo de Matteo, dando-me a chance de ficar próxima dele e sentir o amor pelo pequeno crescer cada vez mais.

Chega a ser estranho, pensar no quanto foi rápido sentir que ele nascia no meu coração.

— Tem sim. A minha mamãe não ama...

— Ama, meu amor. Ela ama, sim. — Continuo com o carinho no seu cabelo, abaixo meu rosto deixando meu nariz no seu cabelo, sentindo a maciez e o cheiro gostoso de criança. — Você quer me contar o que o deixou triste, assim?

Nega com a cabeça e eu murmuro um ok. Ficamos quietos por um tempo, enquanto tento acalmar seu choro, que para e volta algumas vezes com ele perdido nas lembranças. Ajeito-me na cama com ele grudado em mim ainda e encosto na cabeceira.

Começo a cantar baixinho para ele quando ouço sua respiração se acalmando.

— *Não tenha medo, pare de chorar, me dê a mão, venha cá. Vou proteger-te de todo mal, não há razão pra chorar. No seu olhar eu posso ver a força pra lutar e pra vencer, o amor nos une para sempre, não há razão pra chorar. Pois no meu coração você vai sempre estar, o meu amor contigo vai seguir. E no meu coração, aonde quer que eu vá, você vai sempre estar...*

Dessa vez quem está chorando sou eu, enquanto o aperto mais ainda, sentindo meu coração bater descontrolado de amor por esse menino.

— *Por que não podem ver o nosso amor? Por que o medo, por que a dor? Se as diferenças não nos separam, ninguém vai nos separar...*

Ele ressona totalmente alheio ao sentimento expandindo meu peito nesse momento. As lágrimas descem descontroladas, porque eu sei... Eu sei que o amor que sinto por ele não é nada passageiro, não tem nada que eu possa comparar, porque eu sinto em cada terminação nervosa que ele é meu e isso me faz chorar ainda mais, porque eu sei que vai doer demais quando seu pai nos afastar.

Acabo pegando no sono em meio ao choro e desperto assustada, sentindo o peso em cima de mim. Faço mais um carinho em seu rosto e deixo um beijo no pequeno nariz avermelhado, deito-o na sua cama e o cubro, verificando sua temperatura antes de sair do quarto. Noto a luz do quarto do Matteo acesa e fico em dúvida se vou lá, ou não. Estou abalada demais com tudo e ainda mais depois de me dar conta do quão grandioso é o que sinto pelo pequeno, não vou aguentar que ele seja grosso mais uma vez.

Decidida a ir apenas para avisar que estou indo, aproximo-me da porta e bato, mesmo que esteja entreaberta. Sou recebida por silêncio, mas empurro levemente, fazendo com que a porta se abra e eu veja Matteo saindo do banheiro com uma toalha enrolada na cintura, ele me olha, mas parece perdido demais.

— Estou indo. Asher dormiu e eu acabei cochilando também, por isso demorei, mas já vou embora.

Inevitavelmente meus olhos descem por seu peito forte, onde tem marcas das minhas unhas ainda e está com algumas gotas de água me fazendo salivar de vontade de lambê-las, mas logo subo os olhos e encontro seu rosto impassível, sem o costumeiro sorriso torto que ele sempre dá quando me pega o olhando.

— Obrigado por ter ficado com ele.

— Tudo bem, não tem de agradecer.

— Tenho, sim, e tenho de me descu...

— Não! Estou indo embora para que possa se acalmar e resolver seus problemas.

Viro-me de costas, mas antes que me afaste, sou puxada para trás e a porta é fechada rapidamente. Matteo segura firme minha cintura, como se tivesse medo que eu pudesse fugir daqui. Seu nariz faz o caminho da minha clavícula até minha orelha, onde ele respira forte e morde o lóbulo.

— Desculpe-me por ter sido estúpido com você, Anjo. — Sua voz grave faz todos os meus pelos se eriçar e meu cérebro entrar em curto, totalmente perdido nas sensações das suas mãos fortes, sua respiração e voz. — Estou nervoso... Não, estou bem puto na realidade, e acabei descontando em você que não tem nada haver. Perdoe-me.

— Eu também fiquei abalada, mesmo sem saber o que aconteceu, eu me senti perdida e só queria poder ajudar vocês dois. Por isso eu preferiria que você tivesse conversado comigo, ou que descontasse sua raiva de outra forma... — Arfo quando ele morde e chupa meu pescoço, fazendo-me pender para trás, encostada no seu corpo.

— De outra forma, é? Eu consigo pensar em formas muito interessantes agora para descontar minha raiva e juro por Deus, amanhã você simplesmente não conseguirá andar se me disser que sim.

Um latejar no meio das minhas pernas deveria ser o sim que ele tanto quer, se pudesse ver. Minha lubrificação vazando pela minha calcinha também.

Esfrego uma coxa na outra, tentando acalmar o fogo que começa a me queimar de baixo para cima, consequentemente, minha bunda roça no seu membro, que está completamente duro. Ele geme abafado no meu pescoço e suas mãos me apertam ainda mais. Com certeza ficarão marcadas amanhã e eu, com certeza vou adorá-las.

Pego uma de suas mãos e levo para o botão do meu short.

— Eu preciso ouvir, Ayla... — Abro a boca algumas vezes, mas o homem está esfregando seus dedos em minha intimidade por cima do short, deixando-me perdida. — Diga, Anjo. Diz que quer me dar bem gostoso essa boceta. Que vai me deixar te comer tão forte, que vai me sentir por dias. Eu preciso disso, amor. Preciso que diga e preciso comer você... Porra, preciso para caralho, Ayla.

— Por favor, Matteo... — Seguro seu braço que parou os movimentos e me esfrego descaradamente em seus dedos. — Sim! Sim, por favor...

Ele não precisa de mais nada, tira meu short e minha calcinha rapidamente e me faz esticar os braços para apoiar na porta e puxa minha bunda para deixar mais empinada para ele. Sinto-me tão exposta, mas diferente de outras vezes, não me incomoda, pelo contrário, isso me deixa ainda mais ansiosa para tê-lo me fodendo forte, como me prometeu.

Sinto suas mãos descerem até meu tornozelo e quando olho por cima do ombro, o homem está ajoelhado, olhando para minha bunda, totalmente fascinado, fazendo com que eu me sinta a mulher mais poderosa do mundo com um homem desse porte aos meus pés e me olhando assim.

Afasto minhas pernas e me empino ainda mais, dando uma visão completa para ele e um gemido gutural sai dos seus lábios segundos antes de me atacar com uma fome que eu nunca tinha visto antes.

Sua língua abre espaço nos grandes lábios e toca suavemente meu clitóris, fazendo-me arquejar. Alguns sons graves saem abafados dele, que está ora me lambendo com calma, ora mordendo e chupando esfomeado. O homem parece ter ganhado um manual exclusivo do meu corpo, porque ele sabe exatamente como e o que fazer para que eu grite. Sinto a sensação agora tão conhecida e amada por mim, fazendo-me gemer alto. Então dois dedos são introduzidos na minha boceta, que contrai os apertando e ele começa a me foder tão forte que ouço o barulho da minha lubrificação.

— Goza na minha boca, sua gostosa.

Minha bunda arde com o tapa desferido, mas ele logo acaricia o local. Enquanto seus dedos trabalham dentro de mim, ele lambe, morde e chupa minha bunda. Sua mão livre faz uma carícia suave, subindo e descendo no meu tornozelo, deixando-me tonta com tantas sensações de uma vez só. Meu corpo todo treme, ansioso pelo orgasmo.

Tira os dedos para alcançar meu pontinho duro com a boca e o suga com força, fazendo-me desmanchar na sua boca, minhas pernas ficam moles e ele me segura pela cintura para me manter em pé, enquanto termina de tomar tudo de mim. O cheiro de sexo, suor e do seu perfume estão impregnados em mim.

É surreal o que ele faz comigo. É assustador ver o quanto meu corpo responde a ele tão naturalmente, como se eu tivesse nascido simplesmente para estar aqui, nos seus braços e com sua boca em mim. E a forma como tudo me deixa extasiada, assusta-me ainda mais.

Matteo deixa algumas mordidas e beijos em minha bunda e sobe traçando a linha da minha coluna com a língua. Seu corpo grande praticamente cobre o meu quando ele me endireita e nos encaixando. Os dedos ágeis correm pelos meus seios, tomando-os por inteiro, brincando com os piercings. Jogo a cabeça para trás, encontrando seu peito duro e suado.

Surreal, como até o cheiro do suor dele mexe comigo.

— Sério, eu passaria dias chupando sua boceta, só para sentir esse seu gosto delicioso — sussurra com a voz grave no meu ouvido, fazendo-me estremecer.

Me solto dos seus braços e me viro para olhar em seus olhos, que estão completamente nublados de tesão, a pupila tão dilatada, que quase não se vê o azul. Fico na ponta dos pés para alcançar sua boca, puxando sua cabeça para baixo de encontro a minha, para facilitar o beijo que vem cheio de fome, como sempre. Ele parece querer sugar tudo de mim nos beijos e eu me sinto disposta a deixar que sugue.

Puxo seu lábio inferior com meus dentes e abro um sorriso quando ouço um gemido sair dele. Percorro toda sua mandíbula com beijos e mordidas até chegar ao seu pescoço, onde continuo mordendo e chupando, minhas unhas descendo e subindo do seu peito até sua barriga, deixando marcas.

— Amanhã vou estar todo marcado.

— Tem alguém que não pode ver essas marcas? — pergunto, petulante.

Ele ri, puxando-me para seu colo e eu aproveito o momento para abraçá-lo com minhas pernas e me esfregar em seu pau.

— Isso não foi uma reclamação, anjo, pelo contrário, estou adorando ver você me marcando.

Matteo me solta na cama e se estica para pegar a camisinha na mesa de cabeceira. Não consigo não gemer com a visão do homem abrindo a embalagem e desenrolando o látex em seu pau, é a visão mais erótica que já vi na vida.

Minha boceta lateja quando ele levanta o olhar para mim. É tudo tão intenso com ele. Penetra-me de uma vez, fazendo-me gritar, uma de suas mãos segura meus pulsos acima da minha cabeça e a outra está apoiada na cama, cuidando para que o seu peso não fique todo em cima de mim.

Ele estoca com tanta força que eu não consigo ficar parada embaixo dele, gemendo tão alto que tenho medo que alguém possa nos ouvir.

Eu o sinto em cada parte do meu corpo. É como se com essa conexão, ele passasse um pouco de si para mim e eu adoro a sensação. Meu corpo escorrega no lençol a cada vez que ele me penetra.

— Meu Deus...

— Meu nome, Anjo... Quero você gritando meu nome. — Sua voz me traz uma onda de eletricidade que me faz tremer e quando ele solta meus pulsos, agarro suas costas, forçando minhas unhas nela.

— Matt...

Ele tira todo seu pau, fazendo-me choramingar e me remexer, tentando encaixá-lo novamente. Depois de se ajoelhar na cama, ele me vira de costas como se não pesasse nada, bota um travesseiro na minha barriga, fazendo com que a minha bunda fique empinada. Mordo meu lábio com força quando ele me invade tão rápido que quase grito, contraio minha boceta, apertando seu pau, fazendo com que ele gema e aperte os dedos na minha cintura.

Sua mão se enrosca nos meus cabelos suados e ele puxa com uma força deliciosa, fazendo com que eu vire o rosto para ver seus olhos.

— Porra, se fizer isso de novo... — Antes que ele termine de falar, faço o movimento novamente e rebolo em seu pau. Se ele vai me tirar do chão, eu vou me esforçar para fazer o mesmo com ele. — Caralho, Ayla... Você ainda vai me deixar louco.

O movimento de sua pélvis batendo na minha bunda faz meu clitóris roçar no lençol e logo estou gozando e gritando seu nome. O aperto no meu cabelo se intensifica e sinto quando seu pau pulsa dentro de mim e o homem goza em seguida.

Nossas respirações estão aceleradas e eu posso jurar que sinto seu coração bater acelerado nas minhas costas, igual ao meu.

— Essa é a intenção... — sussurro e abro um sorriso preguiçoso quando deito minha cabeça na cama.

Ele me olha, confuso, e começa a rir quando entende. Deixa um beijo na minha boca e sai de dentro de mim, fazendo-me reclamar baixinho.

Vejo quando ele se afasta e entra no banheiro, ouço o barulho da banheira enchendo e quando ele volta sorrindo, meu coração salta dentro do peito. É sempre assim quando ele sorri para mim.

— Vamos tomar um banho, Anjo?

— Não posso ficar aqui, deitadinha e quietinha? Prometo que não fujo — digo manhosa e ele ri, estralando um tapa na minha bunda.

— Não, não pode... Quero ficar na banheira um pouco com você e se você ainda não estiver dolorida o suficiente, quero te foder lá também.

Eu engasgo com a saliva, tossindo descontroladamente, sendo obrigada a sentar na cama. Quando me acalmo, levanto o olhar para ele, que está rindo de mim. Ele passa seu braço por baixo das minhas pernas e o outro apoia minhas costas, carregando-me no colo para o banheiro.

— Eu disse que foderia você até que me sentisse por dias, não disse? — Cubro sua boca com a mão e sinto meu rosto corar. Ele morde minha mão e volta a falar abafado. — Acho lindo como você deixa que eu a foda de várias formas, mas quando falo a palavra "foder", fica toda vermelha.

Faço uma careta para ele, que continua rindo. Chacoalho as pernas tentando descer do seu colo e ele me desce.

— Você fala com uma naturalidade essas coisas, que eu não estou acostumada.

Sinto quando seu corpo se aproxima por trás e suas mãos descem pela minha barriga até cobrir minha boceta, um gemido baixo escapa dos meus lábios e logo me sinto queimar e ansiar para tê-lo dentro de mim novamente.

— É bem natural falar sobre sexo, ainda mais que na maior parte do tempo, eu só penso nisso com você.

Um peso parece afundar meu coração dentro de mim e eu não entendo o porquê, já que deveria ser normal. Estamos apenas nos conhecendo, não existe nada além de sexo entre nós, mas ouvi-lo falar que só pensa em sexo comigo, traz lágrimas aos meus olhos e me faz ter vontade de correr para bem longe.

Tiro suas mãos e vou para a ducha, deixo a água cair no meu corpo e logo sinto seus braços fortes tentando me tirar dali, provavelmente querendo me levar para a banheira, mas forço os pés e ele entende que não quero sair.

— Anjo, o que houve? Vamos para a banheira comigo.

— Não estou a fim, Matteo. — Surpreendo-me com o quão firme minha voz sai.

Eu entendo que ele pode não nutrir tantos sentimentos conflitante por mim, como eu sinto por ele. Entendo que para ele parece ser bem mais fácil separar uma coisa da outra, mas merda, para mim sempre foi difícil. Ele é o homem que se enraizou nos meus pensamentos desde a primeira vez que botei meus olhos nele e parece que entrava cada vez mais fundo dentro de mim, mesmo que não o conhecesse, e agora conhecendo...

Merda... Merda... Mil vezes merda.

Saio do banheiro molhada mesmo, deixando o homem confuso. Visto minha roupa quase correndo, ele aparece no quarto se enrolando na toalha e me olhando, parecendo meio desesperado.

— Porra, Ayla, aonde você vai?

Continuo em silêncio, terminando de me vestir e ele aproveita minha distração para se aproximar, segura meu rosto com as duas mãos, fazendo-me ver seus olhos cristalinos.

— Desculpe-me, ok? Eu não quis dizer que só penso em sexo com você, eu penso em muitas coisas com você, coisas demais até que chegam a me confundir às vezes e sexo está incluso nisso.

— Tudo... Tudo bem, Matteo, pode ficar tranquilo. Eu só preciso ir para minha casa, ok? Preciso descansar para trabalhar amanhã e você precisa resolver suas coisas amanhã também.

— Dorme aqui comigo, por favor... — pede enquanto roça os lábios nos meus, levando-me fechar os olhos e respirar fundo.

— Amanhã venho ver como Asher está.

Deixo um beijo em sua boca e saio do quarto, passo no de Asher, dou um beijo no pequeno e sigo para a sala. Peço um Uber e saio do apartamento no momento em que Matteo estava entrando no cômodo. Meu coração está batendo descompassado, mas minha mente não para de me alertar que estou fazendo tudo isso sem necessidade. Poderia simplesmente fingir que não me afetou e dormir com ele, mas não consigo. Não consigo fingir que ele nos resumir a sexo não me afetou.

Quando chego à portaria, espero uns minutos e logo o carro chega e me leva para casa. Assim que entro, não tenho forças nem para ir ver Ceci, ou para tomar um banho decente, só caio na cama e espero o sono me consumir.

Chateada com Matteo e comigo mesma. Ele, por ter nos resumido a tão pouco e comigo, por ter ficado tão chateada com isso.

CAPÍTULO 20

Matteo

Bato à porta mais uma vez, mas ainda não sou atendido.

— Valerie, uma hora ou outra você vai ter que conversar comigo! — grito irritado e deixo mais um soco na porta antes de sair.

Já é o terceiro dia que venho até o seu apartamento e ela não me atende, nem as ligações e nem responde minhas mensagens. Ela sabia que me entregar meu filho da forma como fez outro dia ia me irritar ao extremo, por isso está me evitando, no entanto, ao contrário do que ela deve pensar, com o passar dos dias minha irritação não está diminuindo, sim, aumentando.

A adrenalina corre quente dentro de mim quando desço do carro já sacando minha arma. Noto outros policiais andando silenciosamente ao redor da casa velha. Eu me aproximo a passos lentos da porta, empurro o trinco e a mesma se abre facilmente. Três policiais entram atrás de mim com suas armas em mãos também, seguimos para a cozinha e a mulher salta na cadeira que estava sentada, olhando para nós, assustada.

— O quê...?

— Levanta... — falo tentando manter a calma, mas a mulher continua estática. — Levanta, porra.

Ela se levanta rapidamente e tenta correr para a porta dos fundos da casa, mas é surpreendida por Smith, minha parceira, que logo segura seu corpo, joga-a contra a parede e coloca as algemas em seus pulsos.

— Você está sendo presa, não preciso dizer o porquê, não é mesmo? — A ruiva está com o rosto próximo ao dela, olhando-a com raiva. — Você tem o direito de permanecer calada. Tem direito a um telefonema para avisar a família e a um advogado.

A mulher corpulenta me olha com ódio e olha para todos ao redor, mas em momento algum abre a boca para falar algo, porque logo é arrastada para um dos carros. Os outros policiais revistam a casa toda e eu saio em direção onde Smith seguiu, encontrando-a falando no telefone. Assim que desliga, ela me olha e sorri, aliviada, dividindo comigo o mesmo sentimento.

— Conseguimos, King.

— Conseguimos! — respiro aliviado e passo meu polegar no meu lábio, olhando Evans se debater dentro do carro, algemada. — Agora a pequena Lauren vai ter paz.

— Sim, e você também. — Olho para ela me fazendo de desentendido. — Não faz essa cara, todo mundo viu o quanto você estava envolvido nesse caso.

Aceno em silêncio, deixando que o alívio acalme meu coração e minha mente. Ainda não resolvi o que aconteceu com meu menino, mas só de prender essa mulher e saber que fiz o meu melhor, sinto meu humor melhorar um pouco.

A testemunha que me ligou dias atrás, voltou a ligar desistindo de me encontrar, provavelmente querendo se manter anônima, mas deixou o endereço da casa onde estou agora, localizada em um bairro simples e afastado. Assim que conseguimos o mandado de prisão, eu e Smith corremos direto para cá com ajuda, já que não sabíamos o que encontraríamos.

Depois de um tempo vamos para a delegacia novamente, onde o capitão McGregory e Smith ficam responsáveis por tomar o depoimento da mulher, porque segundo eles, estou envolvido e nervoso demais com tudo desse caso.

— Capitão, acha que eu vou fazer o que com ela, lá dentro? É injusto eu ter feito tudo o que fiz, e quando é para tomar o depoimento, eu não vou estar presente.

— Não quero saber se é injusto ou não, King. Conheço você o suficiente para saber que vai perder a linha lá dentro, tão rápido quanto ela termina a primeira frase. Você não vai e pronto.

Ele me dá as costas e eu chuto a primeira coisa que aparece na minha frente, espalhando lixo para todos os lados.

— Porra!

Recolho o lixo que espalhei e saio da delegacia sem enxergar ninguém na minha frente, preciso urgentemente de uma dose de uísque. Não uma, três.

Mando mensagem para Mike e Theo, chamando os dois para me encontrar no bar próximo a livraria, mas antes de sair dirigindo, mando uma mensagem para a morena que está fodendo mais ainda com o meu humor.

Podemos nos ver hoje? Estou precisando um pouco de você.

Já perdi as contas de quantas mensagens enviei para Ayla, mas ela está me ignorando completamente. Sem falar nas ligações que eu falo apenas com a moça da caixa de mensagem. Estou tentando ir ao hospital já faz três dias, mas como sempre, o destino não joga do meu lado e sempre aparece um imprevisto.

Sem uma resposta de Ayla, mas com uma afirmativa dos babacas, dirijo rumo ao bar. Quando estaciono e desço, percebo que já está enchendo de gente, por isso pego uma mesa do lado de fora, chamo um garçom e peço uma cerveja.

Dois copos depois, os idiotas chegam juntos. Mike senta esparramado na cadeira, enquanto desfaz o nó da gravata e Theo já pede sua água.

— Porra, estou morto — Mike reclama assim que o garçom coloca a cerveja dele e a água de Theo na mesa.

— Dá para ver pela sua cara mesmo, está péssima — Theo brinca, arrancando uma careta do nosso amigo e uma risada de mim.

— A cara dele é sempre péssima — digo quando paro de rir.

— Isso tudo é inveja? — Ajeita-se na cadeira com aquela cara de convencido dele. — Vocês acham que esse bando de mulher olhando para a nossa mesa é por causa de vocês? Claro que é por causa dessa carinha linda e esse corpinho tatuado.

Olho ao redor, notando algumas mulheres olhando para a nossa mesa sem nem disfarçar, algumas sorriem, tímidas. Uma morena muito bonita sorri para mim e pisca um olho, mas logo desvio, voltando minha atenção para os dois. Não sinto a mínima vontade de conversar com uma mulher que não seja a minha.

— Ainda bem, Deus me livre se estivessem me olhando e minha diaba sonhasse com isso.

— Ela arrancaria seu pau.

Mike e eu gargalhamos quando ele se remexe na cadeira e faz uma careta de dor. Conhecendo a mulher que tem, ele sabe que isso é bem possível mesmo.

— Então, garotas, quais as novidades? — o advogado pergunta e toma mais um gole da sua cerveja.

— Diz aí, Matteo, você que chamou a gente. — Dou de ombros para Theo, termino o líquido do meu copo e peço mais um. — Era só saudade mesmo?

— Que saudade o quê. — Mostro o dedo para ele. — Estou tendo dias de merda e precisava espairecer.

— Aquela louca ainda o inferniza?

— Você já viu um dia em que Valerie me deu paz?

— Eu não sei que merda você tem na cabeça de ainda morar perto dela — Mike retruca rápido. — Vamos combinar, você pode alugar uma casa longe e isso não afastaria Asher dela. Essa sua desculpa já está ultrapassada.

— Falei para ela que vamos resolver sobre a guarda de Asher na justiça agora e preciso ir atrás disso. Estou pensando seriamente em me mudar, mas meu medo de como isso vai afetar Asher é algo que martela demais na minha cabeça.

— A relação dos dois melhorou depois que você saiu do apartamento que morava com ela? — Theo questiona.

— Não. Droga, esses dias ela o pegou e quando fui buscá-lo, tinha picotado o cabelo dele. — os dois me olham em choque. — Ele estava chorando demais e eu tive que levar para acertar o corte. Agora ele já está bem mais tranquilo.

— E o que você fez sobre isso? — Mike entra em modo advogado rapidamente, ajeitando a postura.

— Não conversei com ela, ainda. Fui até o apartamento dela, mas não tinha ninguém. Ela não atende e não responde às mensagens, a mulher simplesmente sumiu.

— Você sabe que isso é abuso psicológico e físico. Porra, Matteo, você é a merda de um detetive e se faz de cego para as coisas que essa louca faz.

Mike continua nervoso e Theo fica só observando.

— As agressões físicas você pode até conseguir ver, os hematomas que ficarão, cortes, seja lá o que acontecer. Mas e o psicológico do seu filho? O quanto ela já não o fodeu por dentro? Cortar o cabelo é um estágio avançado de agressão. É visível o medo que ele sente dela e só você ainda continua com essa porra de ideia de que o menino vai ser feliz com essa maldita perto dele. Ele. Não. Vai. Ser.

Algo no meu estômago afunda e meu coração despenca junto quando ele conclui pontuando cada palavra, pausadamente.

Caralho!

Minha cabeça gira com tantas lembranças que pipocam de uma vez, desorientando-me completamente. Passo a mão nos cabelos, bagunçando-os, como se assim os pensamentos fossem se acalmar, mas meu coração está tão acelerando quanto eles e eu não consigo focar os olhos em ninguém.

— Matteo... — Theo me chama cautelosamente e eu olho para ele, que me encara de volta com pesar. — Você pode conseguir aturar as coisas que Valerie faz com você, os surtos dela, os gritos e tudo o mais. Só que Asher só tem cinco anos. Ele não sabe identificar a gravidade de tudo o que acontece com ele e é por isso que você tem due fazer e tudo o que acontece é muito pior do que seria se ele vivesse longe dela.

— Eu... — Tento falar alguma coisa, mas não consigo.

Estou inquieto, sentindo-me uma merda de pai.

— Volta a conversar com Noah, entra na justiça para pegar a guarda integral dele e se for preciso, consiga uma medida protetiva para você dois. — Mike aperta meu ombro. — Só tira seu filho de perto dela o quanto antes.

Assinto para ele.

Vendo o quanto estou atordoado, os dois logo mudam de assunto e pedimos mais uma rodada de cerveja e água. Mas em momento algum consigo me tranquilizar.

Ou eu sou muito cego ou muito burro por não ter percebido o que acontece bem na minha cara. Como é possível, droga? Eu sou a porra de um detetive, um dos bons, ou pelo menos era o que eu achava, porque pensando agora, que porra de detetive bom eu sou, se não vi tudo o que meu filho estava passando com a mãe? Eu só preciso tirá-lo de perto dela. Preciso me acalmar agora e dar um jeito de arrumar tudo isso, antes que meu filho acabe sofrendo mais ainda nas mãos da mulher que deveria amá-lo incondicionalmente.

Um telefone tocando na mesa me tira dos devaneios e vejo Theo atender todo sorridente.

— Oi, Diaba. — Silêncio. — Ok, passo aí para buscar você quando sair daqui. — Ele dá uma risada baixa. — Sim, estou com os dois...

Depois de se despedir da Rebeca, ele desliga e Mike está fazendo uma careta engraçada para ele.

— Está apertando a coleira, já? — Theo estira o dedo para ele, fazendo-nos gargalhar. — Só falta latir e rolar para ela, hein? Ainda bem que meu amigo Matteo não pretende virar cachorrinho de ninguém. — Ele me olha sorrindo, mas quando vê meu sorriso torto escondido atrás do copo de cerveja, joga a cabeça para trás. — Isso é castigo, porra, está de brincadeira?

— Não virei cachorrinho de ninguém, mas... — É o meu celular que vibra agora me fazendo pegá-lo rápido na expectativa de que seja meu anjo, mas é Benício me pedindo para ir buscar Asher. — Estou saindo com alguém.

— Com quem? — o curioso pergunta me fazendo arquear a sobrancelha em sua direção. — Ah, agora vai ficar de segredinho? — questiona, irônico.

Olho dele para Theo e percebo o olhar avaliador que meu amigo me dá, fazendo-me desviar o olhar rapidamente, ouço sua risada e mordo o lábio, segurando o sorriso. Mike olha de um para o outro com os olhos semicerrados.

— Então o segredinho é entre vocês?

— Não é segredo, seu idiota, é só você pensar um pouquinho, que vai saber — Theo fala ainda rindo e Mike me olha pensativo.

— Merda, é a doutora Anjinho, não é? Porra, essas médicas doidas vieram enforcar meus amigos mesmo — resmunga e vira o restante da sua cerveja.

— Só falta você parar de arrumar confusão com Cecília e se acertar com ela — respondo sorrindo e ele faz outra careta.

— Nem fodendo!

— Isso, fica longe mesmo. Miguel parece estar fazendo bem para ela.

Mike lança um olhar indignado para Theo e ri sarcástico.

— Fazendo bem é o meu pau!

Levanta-se e sai em direção ao seu carro, Theo e eu trocamos olhares e logo estamos rindo.

— Quer fazer uma aposta que ele vai cair logo, logo?

— Eu aposto que ele já caiu, só não se deu conta ainda.

Rimos e termino de tomar minha cerveja. Despeço-me de Theo depois de ele dizer que tem de ir buscar Rebeca, pago a conta e sigo para o meu apartamento.

Entro, deixando carteira e a chave na mesa de centro e sigo direto para meu quarto, tomo um banho rápido e visto apenas uma calça de moletom preta.

A cena que encontro ao entrar no quarto de Asher me faz sorrir largamente. Ele está gargalhando com Benício, enquanto brincam de bater os carrinhos um no outro e Benício reclama sempre que o dele tomba.

— Benício, para de ser resmungão.

Meu filho corre assim que ouve minha voz e pula no meu colo, dando-me um beijo no rosto.

— Papai, tio Beni não gosta de perder.

— Ah, eu sei bem disso, filho. Seu tio é um péssimo perdedor.

— Porque eu nasci para vencer na vida. — Benício estufa o peito e eu rio dele. — Bem, apesar de gostar de ser motivo de risada de vocês dois, preciso ir embora.

Os dois se despedem e nós dois levamos meu irmão até a porta e me despeço dele também, prometendo que vamos sair só nós dois para conversarmos.

Depois de fechar a porta, olho meu filho no meio da sala com as mãos na cintura e me olhando firme, eu quase rio da carinha dele, mas seguro.

— Estou com fome, papai.

— Estava pensando em fazer uma pizza, o que acha?

Ash faz uma cara estranha e suspira.

— Você não sabe fazer pizza, papai — diz indignado.

Ele tem razão, nunca fui bom em nada na cozinha, mas queria passar um tempo com meu menino. Sinto que preciso disso para acalmar meu coração, depois das informações que foram jogadas em mim hoje. Pensar nisso me faz ter uma ideia de talvez conseguir duas coisas que quero, de uma vez só. Por isso corro para o quarto e pego meu celular, abro o aplicativo de mensagem e a conversa com Ayla, que mais uma vez visualizou, mas não respondeu minha mensagem. Volto para a sala e encontro Asher no mesmo lugar, parecendo pensativo.

— E se a gente tentasse falar com a sua Estrelinha, para ver se ela ensina o papai?

Ele pula no lugar batendo palmas e seu sorriso parece iluminar a sala, como sempre. Meu coração erra uma batida e se aperta de tanto amor que sinto por ele.

Tudo bem, você não quer falar comigo, mas você pode falar com Asher?

Não demora a chegar sua resposta.

Aconteceu alguma coisa com ele? Asher está bem?

Nem respondo, apenas ligo em uma chamada de vídeo para ela, que rapidamente atende e quando seu rosto aparece na tela, não consigo evitar o sorriso. A saudade bate tão forte quanto antes, como se apenas vê-la, fizesse todos os sentimentos se intensificar.

— Oi.

— Matteo, aconteceu alguma coisa? — Parece aflita, mas seus olhos me encaram, mostrando que também está com saudades.

— Estrelinha, estrelinha. — Ash coloca o rosto no meu ombro e pela primeira vez em dias, vejo o sorriso lindo dela, que é direcionado apenas ao meu menino.

— Oi, leãozinho. O corte de cabelo ficou lindo — diz com carinho.

— Eu gostava mais dele grande, mas a vovó Amber disse que fiquei *lindão* assim e que logo vai crescer de novo.

— Vai sim, meu amor, você vai ver como vai crescer rapidinho.

— O papai quer fazer pizza, mas ele não sabe — conta, parecendo contrariado. Meus olhos não desviam da tela em nenhum momento, querendo aproveitar o pouco dela. — Você podia vim fazer, *né*? Você sabe, não sabe?

Ela ri baixinho e o som atinge diretamente o meu coração, fazendo-o pulsar forte e meu pau sente o efeito, dando sinal de vida. Remexo-me desconfortável, ficar de pau duro na frente do meu filho não é muito legal.

— Eu sei, só que agora não posso ir. — Pela tela consigo ver o bico se formar no rosto de Ash, a decepção toma conta de mim também. — O que acha de eu mandar a receita para seu pai, aí vocês dois fazem e depois me conta se conseguiram?

— Queria que você viesse me ver. — A voz embargada me faz puxar seu corpo para o meu colo e abraçá-lo.

O sorriso no rosto bonito dela se desfaz e ela morde o lábio, respirando fundo. Logo ela se recupera e força um sorriso.

— Ei, eu tenho uma surpresa para você e assim que der, eu levo aí e vocês me contam se conseguiram fazer a pizza, o que acha?

— Surpresa?

Tão rápido quanto ficou triste, seu semblante se alegra, mas eu não consigo disfarçar a decepção de ela estar me evitando. Seus olhos não se mantiveram nos meus por mais de alguns segundos.

— Sim, acho que você vai gostar.

— Tudo bem, então.

Os dois se despedem e mando Asher ir lavar a mão, alegando que ele vai me ajudar na cozinha. Assim que ele sai, volto a atenção para o telefone.

— Ayla...

— Olha, vou mandar a receita explicando certinho. Preciso desligar, assim que der vou aí levar a surpresa que comprei para ele, e se você puder guardar os presentes também, aquele dia acabei deixando tudo aí.

— Estou com saudades, você não está?

— Matteo...

— Eu sei que falei merda aquele dia, ok? E mesmo tendo tido poucos dias com você, estou sentindo sua falta. Estou sentindo tanto a sua falta, que meu peito dói e para mim é muito estranho esse sentimento, nunca tive nada parecido. Estou sentindo como se estivesse caindo e caindo, e a única que eu quero que me segure, está distante de mim.

Sinto que estou sufocando e preciso falar tudo que estou sentindo para que perceba que eu não posso ficar sem ela. Não quero mais ficar sem ela.

— Lembra quando falei que seria no seu tempo? — Ela assente e seus olhos estão banhados em lágrimas. — Vamos seguir esse plano ainda, se você quiser ir com calma, nós vamos com calma. Se você quiser correr, eu vou correr junto com você. Só... Só para de me evitar, para de fugir de mim. Porque eu sei... Eu sei que você sente, tanto quanto eu toda essa loucura de sentimento.

— Preciso desligar.

Antes que eu possa voltar a falar ela desliga e às lágrimas descendo por seu rosto é a última coisa que vejo.

Respiro fundo e jogo o celular na parede, nervoso ao pensar que foi a merda de uma ilusão esses dias.

Asher volta e me puxa para a cozinha, depois de pegar meu celular no chão. Não parece perceber a tristeza que está me tomando agora e eu não deixo transparecer. Sorrindo com ele e começamos a preparar a massa depois de passar um bom tempo procurando a receita.

Quando percebo, tem farinha espalhada por toda a cozinha, nos cabelos de Ash e eu não devo estar diferente. Ele gargalha quando jogo mais farinha nele.

— Papai... Não... — grita e revida, jogando em mim também. Ele sai correndo em volta da mesa, curvando-se para rir.

— Seu pestinha, vem aqui.

Corro atrás dele e o pego, fazendo cócegas nele, que ri sem parar, contagiando-me com sua alegria e tirando um pouco de todo o peso do que estou sentindo.

De repente, a campainha toca e nós paramos, sérios, trocando olhares.

— Quem será que é essa hora, Herói?

— A gente só vai saber depois que for lá ver, papai.

Semicerro os olhos para ele, que ri e aproveita o momento para fugir de mim e correr para a porta. Assim que chego à sala, meu filho já abriu a porta e está sorrindo para a mulher parada.

A visão dela vestida em uma calça jeans e uma regata simples me faz pensar se não estou delirando. Porém seus olhos vermelhos demonstrando que chorou, faz com que eu dê dois passos em sua direção. Meus pensamentos desordenados não me deixam assimilar nada além da sua figura, mas é o sorriso que ela me dá, olhando-me com aqueles olhos marrons, que apesar da carga de energia me traz tranquilidade também.

— Estrelinha, esse cachorrinho é para mim?

Seus olhos caem para o pequeno e seu sorriso alarga ainda mais e só então percebo o filhote peludo em seus braços.

— É sim, Leãozinho. — Ela mostra o filhote e os dois acariciam a cabeça do animal. — Ele e eu queríamos saber se tem espaço para mais dois na noite da pizza.

Levanta o olhar para mim novamente, com os olhos brilhando. Mas dessa vez é com algo que eu não sei bem identificar, mas me aquece por dentro.

CAPÍTULO 21

Ayla

Olho com expectativa para Matteo, esperando uma resposta. Sua barba está um pouco maior, as olheiras ao redor dos olhos mostram que ele não está dormindo direito e tem farinha espalhada pelos seus cabelos, pelo peito desnudo e até mesmo em sua calça. O sorriso que ele me dá tira a estabilidade das minhas pernas e me faz arquejar, mesmo diante do pequeno. Simplesmente não consigo frear a onda de sentimentos que ele me provoca.

— A pizza não está pronta, eu falei que o papai não sabe fazer — Asher diz sem tirar os olhos do filhotinho de Lulu da Pomerânia que comprei mais cedo para ele.

— Mas pelo jeito vocês estavam se divertindo com a bagunça, hein? — Rio dele quando me dá um sorriso travesso. Beijo sua cabeça e me levanto, colocando as mãos nos bolsos traseiros da minha calça, encarando Matteo, que continua parado no meio da sala, parecendo em transe. — Então... Se quiserem uma mãozinha extra para ajudar na pizza...

O homem pisca e morde o lábio, assentindo. Seus passos até a porta são longos e quando alcança onde estou, estende a mão como se fosse me tocar, mas para no meio do caminho e respira fundo.

Compreendo que ter sumido esses dias, evitando-o deliberadamente e praticamente desligando na cara dele depois de tudo o que me falou, deve tê-lo deixado com um pé atrás comigo, mas ele precisa entender que eu precisava disso. Eu precisava colocar meus pensamentos e sentimentos em ordem. Não que tenha adiantado, porque eu só conseguia sentir sua falta, mas me fez entender o quão extenso são meus sentimentos por ele e por Asher.

— Estávamos mesmo precisando de alguém para botar ordem na cozinha. — Sorri de lado. — Herói, deixa Ayla entrar.

O menino pega o filhote no colo e corre para o meio da sala, onde ele sai cheirando tudo e correndo ao redor do cômodo, seguindo para o corredor, fazendo com que seu dono saia atrás.

Ao dar um passo para dentro, paro na frente de Matteo, sentindo seu cheiro invadir minhas narinas, fazendo-me respirar fundo e fechar os olhos por alguns segundos. Assim que os abro, encontro os olhos cristalinos brilhando em minha direção, mordo o lábio tentando ordenar meus pensamentos e acalmar meu coração e corpo.

— Oi.

— Oi — responde com a voz grave.

— Eu sei que não te pedi permissão para comprar o cachorrinho, mas se não quiser ficar...

— Não, que isso. Asher adorou. Obrigado.

Sigo olhando para sua boca, deixando a vontade que me assola de beijá-lo falar mais alto. Encosto minhas mãos em seu peito nu e deixo um beijo casto em sua boca, fazendo com que ele me fite confuso, então sorrio e vou para o sofá, onde deixo minha bolsa. Assim que ele fecha a porta, vamos para a cozinha e fico boquiaberta com a bagunça que os dois fizeram. Ergo uma sobrancelha em sua direção, mas ele apenas dá de ombros.

— O importante é que estava quase conseguindo.

— Eu imagino. — Aproximo-me da bancada, onde tem uma meleca de farinha com algo molhado e não consigo disfarçar a careta. — Eu acho que seria melhor pedirmos uma pizza, senão vai ficar muito tarde para Asher, e como ele tem escola...

Paro de falar ao notar a forma com que ele me olha, com toda aquela intensidade que revira meu estômago.

— Mas se quiserem, posso fazer também, não tem problema.

Para fugir do seu olhar, prendo meus cabelos em um coque bagunçado e viro para lavar as mãos na pia. Rapidamente seu cheiro gostoso fica mais forte e sua presença atrás de mim é sentida em cada terminação nervosa do meu corpo. Ele deixa um beijo na minha nuca e suas mãos apertam com força a minha cintura, prendendo-me contra ele.

— Podemos fazer — sussurra próximo do meu ouvido, meus pelos se arrepiam e meu corpo estremece em suas mãos. — Asher está empolgado com isso e assim eu tenho uma desculpa para te manter mais tempo perto de mim.

Um sorriso involuntário se abre em meus lábios. Estar perto dele sempre me deixa com os sentidos completamente aflorados, pronta para qualquer coisa que ele queira de mim.

— Eu não vou fugir. — Viro-me para ele e passo a mão no seu rosto em uma carícia suave, seus olhos se fecham com o toque. — Estou aqui e não vou embora. Aliás, até vou, mas vou voltar. Eu só fiquei com os sentimentos que já estavam confusos, ainda piores dentro de mim. Por isso fiquei longe.

— E como está agora?

— Ainda confusa e me sentindo toda bagunçada, sem entender direito o que sinto. Mas entendi perfeitamente a saudade que judiou de mim esses dias.

Ele segura meu rosto com as duas mãos e me enche de beijos, deixando meu coração completamente enlouquecido os pensamentos que eu não conseguia desligar, simplesmente se calam, como se fosse ele o que eu precisava para isso.

Sei que é loucura pensar em quão rápido tudo está acontecendo, só que sempre tive em mente que tudo acontece no tempo que Deus dá para a gente e se foi Ele quem me mandou esses dois para me preencher de alguma forma, não vai adiantar fugir e tentar enganar meus sentimentos, eu só tenho que viver meus dias em companhia desse homem maravilhoso, que parece disposto a me dar o que pode de si.

— Papai, papai. — Ash entra pulando na cozinha e o cachorro vem atrás. — Precisamos de um nome para ele.

Matteo se afasta um pouco de mim, abaixa-se para fazer carinho na cabeça do animal, olha para o filho com carinho e os dois, de repente, parecem pensativos. Tão concentrados em pensar em um nome, que nem se importam com o cachorro pulando de um para o outro, lambendo seus rostos. Olhando-os tão próximos, sinto meu coração expandir dentro do peito com um sentimento abrasador que me acalma, mas também me traz medo.

São tão parecidos, que até a carinha de pensativos de ambos são iguais. Solto uma risada ao perceber isso e Asher levanta a imensidão azulada para mim, com um sorriso na boca, me fazendo ter certeza que fiz a escolha certa, não apenas em comprar o cachorro, mas também em voltar para onde deixei meu coração inteiro.

— O que acham de Luke? — sugiro, encostada na bancada. Os dois fazem uma careta.

— Nãaaao — dizem em uníssono, arrastando o "a" e logo riem da sincronização.

— Podemos chamar de Bolt, que nem o cachorro do filme, papai — Ash diz, animado.

— Eu gosto de Bolt. E você, Ayla?

Os dois me olham com expectativa, então mordo meu lábio, olhando para cima como se estivesse pensando sobre a escolha, mesmo que tenha gostado, mas querendo deixá-los curiosos sobre minha opinião. Quando volto meu olhar para os dois, Matteo está deitado no chão, com o cachorro em cima dele lambendo-o e ele tenta se livrar do ataque, rindo. Quase sinto inveja do cachorro.

— Eu gosto de Bolt.

Asher pula no meu colo, fazendo-me agarrá-lo, rindo. Saber que sou responsável por trazer um pouco de alegria para ele só me deixa ainda mais apaixonada, querendo ser quem traz outros sorrisos desses.

— Você gostou do presente? — pergunto, só para ver o sorriso se alargar ainda mais em seu rostinho pequeno.

— Eu amei, Estrelinha. Melhor presente que já ganhei. — O menino deixa um beijo molhado no meu rosto e minha mão livre corre por seus cabelos agora curtos. Uma pontada de tristeza me alfineta, mas não deixo transparecer, não quero tirar esse momento de alegria dele. — Você não queria mais *vim* me ver? Eu fiquei com um *muitão* de saudade e você não vinha mais aqui. O papai disse que estava trabalhando, eu pedi para ele me levar para ver você, mas ele disse que não podia. Eu prometo que não vou mais chorar igual aquele dia.

Ah, merda! Merda mesmo!

Ele acha que sumi por tê-lo visto chorar naquele dia pela atitude monstruosa da mãe. Ah, se ele soubesse a bagunça que eu estou, se pudesse entender o que nem eu mesma entendo...

— Ei, não! Não foi por você ter chorado, Leãozinho. Eu estive trabalhado muito e lá no hospital não é um lugar para criança ir se não estiver dodói e você não estava, certo? — Ele me encara pensativo e logo balança a cabeça, negando. Acaricio seu rosto. — Sempre que sentir saudades pode me ligar que eu venho correndo, ok? E sempre que se sentir triste, você pode chorar, seu papai sempre estará com você para te deixar feliz de novo. E agora tem Bolt, ele também não vai te deixar triste.

Pisco um olho, mas ele não parece satisfeito.

— E você?

— O que tem comigo, meu amor?

— Você não vai estar com meu papai, Bolt e comigo? Você não pode *vim* morar com a gente? Aí eu nunca mais vou ficar triste. — Seu semblante não está mais com a alegria de segundos atrás, por isso penso em uma resposta rápida que vá satisfazê-lo.

— Não posso morar aqui, tenho de cuidar da tia Ceci, é ela quem vai ficar triste se eu deixá-la sozinha.

— Traz tia Ceci para morar com a gente. — Sorri, travesso.

Ouço uma risada atrás da gente e percebo Matteo sentado no chão, ainda com o cachorro no colo, porém atento a nossa conversa. O safado nem para me ajudar com as perguntas do filho. Semicerro os olhos, fuzilando-o e ele apenas ergue os braços, demonstrando que tenho de sair dessa sozinha.

— Vamos combinar assim, sempre que se sentir triste e quiser que eu venha aqui, pode pedir para seu pai me ligar e eu venho correndo, também. — Ainda não parece feliz com a ideia, mas assente. — Agora, vamos fazer essa pizza, senão você vai dormir muito tarde.

Desço-o do meu colo e me viro para limpar a bancada, enquanto os dois pegam os ingredientes que eu peço. Assim que está tudo certo para começar, misturo a massa que logo vai tomando forma. Matteo coloca uma cadeira ao meu lado para Asher me ajudar e nós dois vamos amassando a massa.

É estranhamente bom estar aqui entre os dois, rindo, brincando e conversando sobre nosso dia a dia. Estar me sentindo familiarizada com os dois me deixa ainda mais à vontade e querendo ter isso todos os dias da minha vida. Ainda é assustador, mas não quero ter medo do impacto que esses dois têm na minha vida, não quero ter medo de perdê-los. Quero só ser merecedora de tudo.

Meu telefone toca lá na sala assim que colocamos a massa no forno e estou começando a fazer o molho, por estar com as mãos sujas, peço a

Matteo para atender. Ele vai receoso e reclamando por ter que mexer na minha bolsa, mas nem dou ouvidos. Quando ele volta com o celular em mãos, percebo seu semblante carregado e os olhos fixos no aparelho.

— Não deu tempo de atender, assim que peguei ele desligou.

— Quem era? — pergunto, concentrada em cortar o queijo enquanto Asher lava os tomates ao meu lado.

— Gabe.

O nome sai em tom de desprezo e meu corpo retesa, pisco algumas vezes antes de olhar para ele novamente. Gabe não me deu um dia de paz desde que terminamos. Ele tem me ligado incessantemente, mandado mensagens querendo me ver, encurralando-me no hospital diversas vezes, deixando-me com medo de suas atitudes, que andam ainda mais violentas quando nota que não estou mais receptiva por ele.

Horas antes...

Está uma loucura nesse hospital hoje, depois de um acidente com ônibus escolar, onde algumas crianças se machucaram superficialmente, graças a Deus nada grave, mas o susto foi realmente grande. Passei um tempo entre atender algumas delas, conversar e acalmar os pais. Por isso, quando me sento na cadeira do meu consultório, tento desligar a mente e relaxar.

Os dias têm sido difíceis, entre ignorar Matteo, tentando ordenar meus sentimentos e pensamentos e ignorar Gabe, que está cada vez mais insistente em suas ligações e mensagens. As minhas horas livres gasto entre passar com Cecília, Rebeca e minha pequena Jujubinha. A criança está muito esperta para a idade dela, e toda descoberta é uma festa.

A porta se abre repentinamente e ergo a cabeça em tempo de ver Gabe passar por ela e parar a minha frente na mesa, fitando-me com algo que parece arrependimento. Minhas mãos começam a suar imediatamente e me ajeito na cadeira, preparando-me para qualquer coisa que ele possa fazer agora, já que estamos sozinhos na sala.

— Você não tem me atendido e nem respondido minhas mensagens, está fugindo de mim, amor?

— Não temos mais nada para falar, Gabe. Da última vez que nos vimos você me machucou fisicamente e me magoou com suas palavras. — Tento soar o mais firme que consigo. — Pare de me ligar, de me mandar mensagens e de me encurralar aqui no hospital. Não estou me sentindo confortável com tudo isso, espero que você entenda e se afaste de vez.

— Não, amor... — Dá a volta na mesa se aproximando de mim e rapidamente me coloco de pé, andando para o outro lado. Seus olhos estão vidrados, encarando-me. — Não precisa ter medo de mim, Ayla, não vou machucar você. Aquele dia você me tirou do sério, foi só um caso isolado, se você voltar a ser a mulher por quem me apaixonei, aquela tímida, quieta, com roupas comportadas, que mal me olhava nos olhos... Eu sei que isso nunca mais vai acontecer.

— Esse é o problema. Eu não quero uma relação que eu tenha que me adequar ao que você quer, quero alguém que aceite o que eu sou. E quero menos ainda me submeter ao que você me fazia, como você me fazia sentir pequena e horrível a cada coisa que eu fazia e você não gostava.

Meu celular toca com uma mensagem e quando pego, vejo o nome de Matteo, falando que Asher quer falar comigo. De repente, o medo não é mais com a situação em que me encontro, e sim de ter acontecido alguma coisa com meu menino.

— É ele? É aquele idiota? — questiona, aproximando-se tão rápido que me assusto quando tenta pegar meu celular. — Você acha que ele vai fazer por você, o que eu faço? Acha que ele vai aguentar você e suas manias chatas? Ele não vai suportar mais do que um mês a aguentando e você vai voltar com o rabinho entre as pernas. Eu vou adorar assistir você implorar por mim.

As lágrimas que se acumulam borram minha visão, no entanto, não deixo que note o quanto me afetou falando isso. Sei que ele não fez nada por mim, hoje vejo isso, tudo o que fez foi pensando somente nele. Mas ele mexe com a minha insegurança ainda mais.

— Eu tenho de atender, está uma correria hoje. E por favor, pare de me procurar!

Saio quase correndo do meu consultório, deixando-o para trás completamente transtornado. Ao fechar a porta, pulo assustada ao ouvir o barulho de algo sendo atirado na mesma.

Gabe demorou a mostrar sua verdadeira face, mas desde que o fez, não faz questão de esconder. Ele é desequilibrado, insano e me assusta pensar em quão longe ele pode ir quando está nervoso.

— Eu... Ele... — Minha voz embarga e eu respiro, tentando me tranquilizar e não transparecer para Asher como estou.

— Asher... Herói, o que acha de tomar um banho para podermos comer?

O pequeno desce da cadeira com a minha ajuda e depois de olhar para nós dois, sai em silêncio da cozinha. Matteo se aproxima segurando meu celular, sem me olhar nos olhos. O que me faz dar um passo para trás, encostando na bancada, com a respiração completamente ofegante. O pouco que conheço de Matteo, sei que para deixá-lo com raiva é rápido demais e mesmo sabendo que ele não me machucaria, sinto-me acuada.

— Ele tem me ligado.

— Vocês conversaram? — Pela primeira vez desde que entrou na cozinha ele me olha, mas não nego, não vou mentir para ele. — Conversaram?

— Ele entrou no meu consultório e falou algumas coisas. Foram poucas palavras e eu pedi para parar de me procurar, então sai e o deixei lá.

— Ele tocou em você? — Desce os olhos pelos meus braços desnudos, talvez procurando por alguma marca.

— Não, Matteo, ele não tocou.

— Ok...

Toco seu rosto com carinho e acaricio sua bochecha, ele fecha os olhos, pendendo a cabeça em direção ao carinho. Beijo sua boca suavemente.

— Se ele me tocar, eu vou te falar e continuar a ignorá-lo, como tenho feito há dias. Você não precisa se preocupar.

— Não estou preocupado por nós. Eu me preocupo com você, Anjo. Você já viu o que ele pode fazer quando está nervoso, mas eu já vi coisas dele que... — Sua testa encosta na minha e ele suspira. — Só não o quero perto de você, porque sei o quão ruim ele pode ser, ok?

Sua respiração quente bate no meu rosto e seu hálito me deixa tonta, morrendo de vontade de beijá-lo, mas depois da cara que ele fez quando deixei um selinho em sua boca, sinto-me receosa em fazer algo. Só que ele nunca teve medo de avançar, por isso toma minha boca com urgência e saudade. Sua língua passeia na minha boca com ganância, suas mãos me apertam contra seu corpo, enquanto as minhas se enroscam nos seus cabelos. Sugo seu lábio, puxando entre meus dentes e ele geme baixo.

Sem me afastar, abro um sorriso, feliz por estar em seus braços de novo. Seu carinho na minha nuca me faz relaxar ainda mais, deixando-me quase mole. Percebendo o que me causa, o sorriso que se abre em seu rosto é safado.

— Vamos comer essa pizza logo, porque estou com fome e depois quero ficar grudado com você na minha cama.

— Hummmm, isso é um bom plano, detetive — respondo manhosa.

Nós nos afastamos para que ele tire a pizza do forno e enquanto colocamos o recheio, Asher aparece reclamando que também está com fome. Coloco os dois para limparem a bagunça que fizeram e assim que a pizza fica pronta, sentamos à mesa para comer.

— Se o papai tivesse feito a pizza, não ia ficar tão gostoso — Ash fala de boca cheia, arrancando de mim uma risada e uma careta do pai.

— Assim você fere meus sentimentos, Herói — resmunga, contrariado.

Terminamos de comer e depois de limpar a cozinha, coloco Asher na cama, a pedido do pequeno. Vou para o quarto de Matteo e paro à porta, vendo-o deitado trocando o canal da televisão, mas assim que me vê, sorri e bate na cama, chamando-me.

Tiro a calça jeans, ficando apenas de regata e calcinha, aconchego-me ao seu corpo, que se encaixa tão perfeitamente ao meu que me faz suspirar. Durmo tão rápido por causa do seu carinho nos meus cabelos, que mal vejo dez minutos do filme.

CAPÍTULO 22

Matteo

Os dias que se seguiram depois da nossa noite de pizza só serviram para me mostrar ainda mais o quanto Ayla é uma mulher excepcional e o quanto ela se encaixa perfeitamente na minha vida e na do meu filho. Seu jeito delicado e carinhoso, o jeito com que me atrai sempre que estamos próximos, sua voz mansa quando se dirige a Asher e seus cuidados às vezes até exagerado, trouxeram tanta felicidade à minha vida que me sinto irradiar junto dela.

Asher é outro que parece outra criança. A felicidade que ele emana nunca tinha visto nele, mesmo quando as coisas entre mim e sua mãe estavam certas. Ele sorri livremente, brinca com todos que se aproximam, tornou-se muito receptivo e eu sei que isso é influência da morena.

Parei de procurar Valerie pessoalmente e entrei em contato com Noah, para resolvermos tudo sobre a guarda do meu menino na justiça. O processo até agora está indo bem, estamos confiantes que no fim eu consiga a guarda definitiva dele. Tive dias difíceis, em que o medo quase me dominou, porque eu não gosto nem de pensar em deixar meu filho com ela. Não depois de tudo o que ele me falou quando questionei do medo que ele sente dela. Ficou mais do que claro que o meu filho estava sofrendo terror psicológico pela própria mãe, e se eu já queria lutar por ele antes, agora sei que sou capaz de fazer qualquer coisa para que ela nunca mais se aproxime dele.

Isso também me levou a procurar uma casa, e junto de Ayla e Asher fomos visitar algumas, até achar uma que fosse perfeita. Não foi fácil, nós três entramos em debate a cada casa nova que víamos, brigando sobre os prós e contras de todas elas. Ayla não queria se envolver na escolha, mas esses dias que passamos juntos fizeram com que eu compreendesse a dimensão dos meus sentimentos por ela e que a quero na minha vida. Para sempre. Pensando nisso, eu insisti até fazê-la mudar de ideia. Foi até fácil fazê-la gritar um sim algumas vezes, enquanto eu insistia e a torturava com meu pau.

Foi ela e meu herói quem escolheram a casa branca e verde-claro.

A porta grande e marrom se destaca nas cores claras. Assim que abrimos, já encontramos um pequeno corredor com duas portas laterais, uma da suíte principal e outra do escritório. Meu quarto é enorme, com o closet conjugado, uma janela que vai do chão ao teto, com vista para a entrada da casa, é perfeita. A sala logo a frente é bem espaçosa, conjugada com a cozinha e um corredor que leva aos outros três quartos e mais dois banheiros.

— Papai, papai, vem ver o Simba desenhado no meu quarto.

Asher me puxa assim que solto a caixa no meio da sala e vamos para o seu quarto, o único cômodo que já está decorado, todo azul e cinza, com um Simba pintado na parede, como meu menino pediu. Sua cama tem grades de proteção pintadas nos mesmos tons. Tudo com dedo da minha mulher, que se esforçou para fazer do gosto dele e que ficasse seguro.

— Ficou lindo, não é?

— Ficou siiiiiim... — Pula, empolgado, fazendo-me rir dele.

— Vai guardar seus brinquedos no lugar e depois venho ajudar com as roupas, ok?

— Ok, papai. A Estrelinha não vem?

— Ela deve estar vindo, Herói. — Pisco e vou para o meu quarto arrumar minhas coisas.

Passo um tempo arrumando as roupas no closet e depois vou para a sala, ajeitando as poucas coisas que eu trouxe também. Um corpinho suado e ofegante se joga no sofá cinza que comprei.

— Estou com fome, papaaaaai... — resmunga de olhos fechados.

Sentado no chão, observo-o bater os pés.

— Alguém disse fome? — A voz suave faz todos os pelos do meu corpo se arrepiar e meu coração retumbar dentro do peito.

— Estrelinhaaaaaaaaaa.

O espertinho corre até ela e abraça as pernas da mulher quase a derrubando e arranca uma risada gostosa dela. Percebo que veste uma saia branca que lembra aquelas de uniforme de colégio e uma blusinha que deixa sua barriga lisa à mostra e os seios em evidência, fazendo-me salivar. Temos dormido quase todas as noites juntos, só que nunca me sinto satisfeito dela, sempre quero mais e mais.

— Ei, Leãozinho, ouvi que está com fome. Trouxe uma lasanha deliciosa, daquela que você ama. — Mostra a travessa de vidro que tem em mãos.

— Nossa, ouviu? — O dedinho dele vai ao ouvido, tomando tanto a minha atenção, quanto a dela. — Minha barriguinha até roncou.

Gargalhamos do pequeno espertinho e o mando ir lavar as mãos para poder comer. Assim que ele sai, ela abre um sorriso para mim que quase me faz derreter, literalmente, aos seus pés. Aproxima-se rebolando o quadril e abaixa para me dar um beijo, sem me conter, coloco minhas mãos em sua panturrilha a acariciando, sentindo-a se arrepiar com o contato, fazendo-me sorrir contente com o efeito que causo nela.

— Oi — sussurra na minha boca.

— Oi, Anjo. Já estava com saudades.

Ela ri sem graça e seu rosto é tomado pelo tom rosado. Puxo seu lábio inferior com meus dentes e solto assim que ouço os passos do Asher se aproximando.

Enquanto vão para a cozinha, continuo no chão, sorrindo feito bobo para os dois. Ela se vira e pisca, mexendo os lábios dizendo um "eu também". Essa carinha de anjo que ela tem me pega pelas bolas e me faz o homem mais idiota por ela e não tenho um pingo de vergonha disso, pelo contrário, me orgulho de ter sido amarrado por ela.

Levanto-me e vou rumo à cozinha, ouvindo as risadas e paro ao batente da porta, observando a cena dos dois sentados em volta da mesa, enquanto Ayla coloca lasanha no prato de Asher, que conta animado o quanto adorou o desenho do leão.

— Você viu que tem um pedaço na parede onde você pode desenhar?

Ele arregala os olhos e balança a cabeça em negativa, tirando uma risada dela.

— Tem um pedaço que é preto, você viu? — Ele assente com a boca cheia de lasanha. — Você pode desenhar à vontade lá. É tipo uma lousa.

— Que legal...

Os dois notam minha presença e me junto a eles, pegando um pedaço de lasanha e me deliciando com o sabor que explode na minha boca. Essa mulher tem mãos maravilhosas. Para qualquer coisa. Respiro fundo, dispersando o pensamento das mãos dela no meu pau e volto a atenção para eles.

Asher joga mil elogios para a comida e é impressionante como Ayla ainda fica sem graça perto da gente.

Eu sou muito apaixonado por essa mulher, puta que pariu!

O telefone dela toca, deixando-me tenso. Sempre fico ansioso com essa porra, por causa do escroto do Gabe que não a deixa em paz. Já pedi para ela ir atrás de uma ordem judicial para que ele não possa se aproximar dela, mas é teimosa demais quando quer. Por isso não me sinto nem um pouco culpado por ter pedido para o meu capitão deixar dois policiais cuidando dela. De início, ele não queria, entendo que sem uma queixa oficial ele não poderia, mas depois de explicar e praticamente implorar, acabou cedendo.

— Oi, Fê! — Solto a respiração, aliviado por ser o irmão dela. Ele já ligou para ela quando estávamos juntos, mas não a vi falando qualquer coisa sobre nosso relacionamento. — Estou aqui com Asher e Matteo, vim ajudar na mudança.

— Sei... Esse detetivezinho que fique de graça com você, que para ir aí e me resolver com ele é bem rápido.

Solto uma risada quando ela me olha envergonhada.

— Felipe, para com isso!

— Bom que ele já me ouviu, então. Que saiba que a porra de um distintivo não me assusta quando o assunto é você. — Sua voz é em tom de brincadeira, mas o pouco que Ayla me falou dele, sei que é muito protetor e não hesitaria em voar para cá e me acertar alguns socos se eu machucasse sua menina. — *Agora, cadê aquele pequeno travesso?*

— Aqui, tio Fê. Estou aqui. Você tem que ver meu quarto novo, é azul de menino e tem um leãozão na parede.

Como ele já havia ligado enquanto estávamos juntos, Felipe e Asher passaram a conversar sempre que podiam, tendo até adotado apelidos um para o outro.

— Posso mostrar para ele, Estrelinha?

Ela assente sorrindo e manda um beijo para o irmão antes de entregar o celular para Asher, que sai em disparada falando sem parar.

— Ei, detetive, está sem fome? — Olha para o meu prato, vendo que não cheguei a terminar o primeiro pedaço da lasanha.

— Na verdade, estou com fome. Muita. — Lanço um olhar sugestivo para ela. — Mas é de você.

Puxo-a para o meu colo e ela senta com uma perna de cada lado, quase mostrando a calcinha devido a saia. O sorriso tímido que me dá faz meu pau pulsar dentro da bermuda. Seus dedos acariciam meu cabelo, enquanto ela me dá um selinho.

— Temos de arrumar sua casa nova.

Será que se eu pedir para chamar de nossa casa, ela vai fugir de mim?

— Tudo bem. — Suspiro me fazendo de triste e encosto a testa em seus peitos, sentindo o cheiro delicioso dela, que não ajuda em nada a acalmar meu amigão. — À noite eu mato essa fome, então se prepara Anjo, vou comer você tão forte, tão duro que você vai gritar a noite toda, como boas-vindas para os vizinhos.

Ela ri e me acerta um tapa no braço.

— Ninguém vai gritar, lindo, nosso Leãozinho está em casa e não queremos traumatizá-lo.

Levanto a cabeça tão rápido, que chego a ficar tonto, olhando para seus olhos quase verdes. Ela parece nem perceber o que acabou de dizer, mas o meu coração descompassado com certeza percebeu o *"nosso leãozinho"*. Puxo sua nuca, trazendo sua boca para mim, beijando-a de uma forma que consiga sentir todo meu amor por ela, para que saiba que eu sou todo dela. Sua respiração acelera e ela geme conforme a faço rebolar no meu colo.

— Ei... — Afasta-se um pouco tentando recuperar o ar, desço minha boca por seu pescoço, beijando e mordendo, sentindo seu corpo tremer sobre o meu. — Lindo, Asher...

— Ok, ok! Mas não ache que vai fugir de mim à noite. *Nosso* leãozinho não vai me impedir de ter você a noite toda, em cada pedaço daquela porra de quarto gigante — friso o "nosso" para que ela saiba que adorei isso e assim que percebe fica vermelha imediatamente.

Pula do meu colo e foge de mim, fazendo-me rir da sua reação.

Fazia tanto tempo que não me sentia tão feliz e completo assim, que tenho até medo de algo acontecer para mudar isso.

É o meu celular que toca agora, tiro-o da bermuda e assim que vejo o nome de Valerie, respiro fundo. A última mensagem que mandei para ela foi avisando que ia me mudar, mas nem mesmo disse quando.

— *Seu filho da puta!* — grita assim que atendo, deixando-me arrependido imediatamente. — *Como você tira meu filho de perto de mim, assim? Você não tem esse direito, Matteo. O moleque é meu!*

— Para de gritar! — digo firme, ouvindo a respiração dela ofegante. — Eu avisei a você, seu advogado e o meu sobre a mudança. Estão todos cientes.

— *Eu sou a mãe dele! Ele tem de ficar perto de mim e não dessa vadia que você está comendo.*

— Olha como você fala dela, Valerie! Você me atacar eu aceito, mas atacar Ayla ou Asher a história vai mudar, então cala a porra da boca! Quem vai falar dos seus direitos é o juiz, e enquanto ele não decide, você não vai vê-lo.

— *Era só o que faltava, além de defender essa sonsa, ainda vai me proibir de ver meu filho? É o que agora, vocês três vão brincar de casinha?*

— Estou proibindo você de fazer mal ao MEU filho, porque depois da conversa que eu tive com ele, das coisas que ele me falou, você não pode ser considerada uma mãe.

— Eu não fiz nada, amor... — Sua voz muda para desesperada rapidamente, irritando-me ainda mais. — Você sabe como criança aumenta as coisas.

— Asher não mente para mim, Valerie! Agora vou desligar, porque tenho muita coisa para arrumar. O que tivermos para conversar, será diante aos nossos advogados.

Desligo com ela gritando ameaças a Ayla e Asher. Era só o que me faltava, agora vou ter que me preocupar com outro irmão Davis fazendo mal a um dos dois.

Mando uma mensagem para Noah.

Valerie acabou de me ligar. Gritou e me xingou, ameaçou Ayla e Asher. Será que demora a resolvermos de vez esse negócio da guarda?

Temos de esperar a data da audiência sair, creio que só mais alguns dias.

Se conseguir adiantar para o quanto antes, eu agradeço.

Verei se consigo.

Obrigado, Noah.

Largo o celular e vou terminar de desfazer as caixas que ainda faltam.

Gabe

Qual é o problema da Ayla? Por que ela não atende a porra do celular?

Eu sei que me excedi quando a peguei pelo braço no restaurante, gritando com ela, mas isso não é motivo para ela simplesmente passar a me ignorar. Estava esperando que meu pedido de desculpas a fizesse voltar para mim, mas nem quase me rastejar aos seus pés adiantou. Só que isso não vai durar, ela não vai ficar com aquele otário do ex-marido da minha irmã. Ele nem suportaria ver as roupas curtas e as respostas afiadas que ela dá às vezes, a desgraçada não sabe a hora de ficar calada e isso me tirava do sério. Mas eu amo ter seu corpo embaixo do meu, gemendo baixinho, contida, tão tímida que era incapaz de olhar em meus olhos em alguns momentos.

Entro no meu apartamento e jogo a carteira, celular e chave na mesa de centro da sala. Assusto-me ao ver minha irmã escorada na sacada, suas costas sobem e descem rapidamente, como se estivesse com raiva.

— Eu já não falei para você me ligar quando vier? Não quero ter a porra do meu apartamento invadido sempre que você quer.

Ela vira para mim, fuzilando-me com o olhar. Os olhos vermelhos, com uma fúria que nunca vi.

— Eu vou matar aquela sonsa! — grita, apontando o dedo para a fotografia que tenho da Ayla na minha sala. — Eu vou matá-la e mandar o corpo para a puta que pariu, para que nem se despedir dela, ele possa.

Não demoro a perceber que aconteceu algo entre ela e Matteo. O desgraçado está comendo a minha mulher, sentindo-se o dono dela. Mas os dias dessa brincadeira dos dois estão contados, eu vou tirá-la dele, nem que para isso eu tenha de levá-la para outro país.

— Valerie, para de dar show e conversa comigo. O que houve, agora? — Sigo em direção ao meu bar e me sirvo de um copo de uísque, enquanto ela conta que Matteo se mudou com o chatinho do filho deles. O problema não é o menino, o problema é ELE ter ido para longe dela. — Ayla não tem culpa de ele tê-la seduzido, Valerie.

— Ela quem o seduziu, idiota... Ela! — grita histérica e aperto o copo na mão, respirando fundo, tentando me manter calmo.

Amo minha irmã com tudo de mim, mas ela me irrita ao extremo com esses gritos. Reclamo que logo ela vai abrir um buraco no chão do meu apartamento de tanto andar para lá e para cá, mas ela ignora. — Você precisa ir atrás dela. Pegar ela e sumir no mundo. Sem dar notícias nem mesmo para aquelas nojentas das amigas dela.

— É questão de tempo para ela voltar para mim, irmã, você precisa aprender a ser paciente. Eu estou em cima dela, mostrando-me arrependido e abrindo meu coração sempre que possível, logo ela volta para mim.

— Não... Isso não vai funcionar. Vai demorar, e quanto mais tempo ela passa com meu marido, mais ele vai ficar encantado. — Seu corpo para na minha frente, ergue os braços, deixando as mãos acariciando meu rosto e abre um sorriso bonito, olhando-me com aqueles olhos que sempre me convencem a fazer tudo o que ela quer. — Você lembra como lutei para ter Matteo?

— Lembro, você sempre foi muito apaixonada. — Sorrimos cúmplices e os olhos dela brilham ao falar dele.

Nós dois crescemos vendo nossos pais viverem uma relação fracassada, sem amor, com nossa mãe submissa e um pai extremamente violento. Por isso almejamos um relacionamento com quem amamos e lutamos para isso. Sei que assim como eu sou capaz de tudo para ter Ayla, ela é por Matteo.

— Depois que eu engravidei, ele quis dar uma família para o garoto, por isso ficou comigo por um tempo e eu sei que ele me ama, eu sinto... — Sua voz embarga quando ela afunda o rosto no meu peito, fazendo-me abraçá-la. — Você podia engravidá-la. Aposto como vai querer ficar com o pai do filho e Matteo também não vai aceitar o filho de outro homem.

Quando termina de falar, ergue os olhos esperançosos para mim.

— Não estamos nem nos falando, preciso me aproximar dela para isso.

— Você pode encontrar com ela em um bar e no final da noite, quando ela estiver bêbada o suficiente para te ouvir, você a traz para cá e não usa proteção. Você sempre quis ser pai, Gabe. — Funga, voltando a acariciar meu rosto. Meu coração acelera com a ideia de ter um filho com a Ayla. — Vai ser um pai maravilhoso.

— E Matteo?

— Deixa que com ele eu me entendo, irmão. Sempre nos entendemos, mesmo que ele demore um pouco, só... Pegue a mulher que você ama!

Assinto, deixo um beijo na sua testa e fico por um tempo a embalado nos meus braços.

Realmente, sempre quis ser pai, e se for com Ayla, sei que vou amar ainda mais meu pirralho. A ideia pode ser distorcida e talvez até um pouco arriscada, porque não sei se realmente a prenderia a mim, mas, como eu falei, para ficar com ela eu sou capaz de qualquer coisa.

Ayla vai ser minha, custe o que custar.

CAPÍTULO 23

Ayla

— Lindo, eu preciso ir. Cecília está me esperando — reclamo, mas não faço menção de tentar levantar da cama, onde Matteo me tem presa em seus braços, enquanto respira colado no meu pescoço.

— Diz para ela que eu a prendi no quarto e joguei a chave fora.

Solto uma risada ao ouvi-lo falar todo dengoso, esfregando o nariz na minha mandíbula.

— Você podia ir...

— Não posso, prometi a Asher que hoje vou assistir a um filme com ele.

— Então você também vai estar em boa companhia.

Finalmente me solta, então aproveito o momento para me levantar e terminar de me trocar. Por estar dormindo mais aqui do que em casa, acabei deixando algumas roupas, o que me salvou hoje depois de Ceci ligar me chamando para sair, e como faz tempo que não saímos juntas, topei imediatamente.

Sento na beirada da cama para calçar minha sandália, prendendo a fita no tornozelo. Ele senta atrás de mim, trazendo suas mãos grandes para minha barriga desnuda e acaricia o local. Sua boca distribui beijos da minha clavícula até o pescoço, deixando-me toda arrepiada.

— Matteo... — gemo, sentindo meu corpo derreter com o fogo que se alastra dentro de mim.

— Pena que você tem de sair, estou louco para foder você.

Gemo quando ele aperta meus seios.

— Você sempre está.

— Isso é verdade, mas você não pode me julgar por isso.

Rimos juntos e me levanto, deixando um beijo nos seus lábios. Acaricio seu rosto, sentindo a barba rala espetar a palma da minha mão e seus olhos cristalinos me fitam com ternura. Passe o tempo que for, nunca me acostumo à beleza quase brutal dele e a forma intensa com que me olha como se tivesse medo de me quebrar, mas também quisesse me quebrar apenas por ele. É além de excitante, é delicioso me sentir assim, desejada por um homem como ele.

— Aproveite sua noite, lindo.

— Você também, Anjo.

Nós nos despedimos. Logo o carro que eu chamei chega e segue para a boate que combinei com Cecília.

Vejo a loira completamente estonteante em uma calça jeans justa e um cropped preto, os saltos que ela usa a deixam mais alta e os cabelos claros estão lisos até o meio das costas. Eu me aproximo dela, que sorri assim que me vê.

— Ei, conseguiu largar o detetive?

Bato em seu braço rindo e mostro a língua.

— Para de gracinha e vamos entrar.

Depois de ficarmos alguns minutos na fila, entramos olhando tudo ao redor. É a mesma balada que viemos no dia que chegamos à Califórnia e algumas outras vezes, por isso já conhecemos o ambiente. Seguimos direto para o bar e assim que encostamos, o barman vem até nós e sorri largamente para a gente.

— Boa noite, lindas!

— Boa noite! — respondemos em uníssono.

— O que vão querer hoje?

— Tequilaaaaaa — Ceci grita, animada.

Mexo meu corpo suavemente ao som da música alta, enquanto o homem loiro vai atrás do nosso pedido.

— Você anda passando muito tempo na casa do Matteo. Como estão as coisas?

Automaticamente meu sorriso se expande, ao pensar em como está indo tudo tão bem.

— Estão ótimas, amiga. Ele me faz tão bem, tão feliz.

— Estou vendo mesmo, por esses olhinhos brilhando e esse sorriso gigante no rosto. — Sinto meu rosto esquentar e mordo o lábio, tentando diminuir o sorriso. — Com Gabe que você ficou muito mais tempo, não te via desse jeito.

Só a menção do nome dele me faz olhar ao redor, como se ele pudesse de alguma forma se materializar ao nosso lado. Uma sensação estranha toma meu coração, mas tento dispersar o pensamento e a sensação.

— É diferente. Completamente diferente. Sinto que ele aceita minhas manias, que nem eu mesma gosto. Coisas que para o Gabe eram motivos de briga e gritos, com Matteo é motivo para risos ou para acabar na cama. E é delicioso me sentir assim, tão desejada, querida... — Paro ao ver a cara que ela me olha, com a sobrancelha erguida.

— Na cama, é? Ele tem cara de quem fode gostoso.

— E como a senhora sabe como é um cara que fode gostoso, se nunca transou?

Rapidamente desvia o olhar de mim e viramos nossa dose de tequila. Logo aparece outra quando ela pede.

— E você e Miguel? — pergunto, virando minha dose.

— Estamos... diferentes. — Dá de ombros.

— Diferente bom ou ruim? — Aproveito que o barman está passando por mim e peço um drink para nós duas.

— Só diferente.

Percebo que ela não quer falar, por isso não forço o assunto. Pegamos nosso drink e assim que sugo pelo canudo, sinto o gosto da vodka misturado ao do morango e quase gemo, de tão gostoso que está.

Abro um sorriso largo para minha amiga e encosto minha cabeça no seu ombro, piscando os cílios para ela, que me olha segurando o riso.

— Sentiu minha falta em casa esses dias?

— Estou me acostumando a ser abandonada — dramatiza, mas meu coração aperta, sabendo que estou realmente em falta com a minha amiga por esses dias, notando a diferença em meu semblante, ela segura meu rosto com as duas mãos. — Ei, não, não. Nada de ficar triste. Estou feliz por você e Rebeca estarem vivendo dias felizes ao lado de pessoas que amam vocês e cuidam das minhas amigas.

— Matteo não me ama... — Faço careta para ela, que ri, sarcástica.

— Aham. Não ama, não — ironiza. — Espera para ver.

Suga o canudo da sua bebida e eu faço o mesmo. Meus pensamentos indo para longe, só que logo me recomponho, voltando a atenção para a loira.

— Vamos combinar um dia das meninas. Só você, eu, Rebeca e nossa Jujubinha.

Eu me animo e os olhos dela brilham animados também.

— Tudo que precisamos. Sem as duas sombras atrás de vocês e aquele advogado idiota.

A gargalhada explode de mim ao ver a cara que ela faz.

— Você e essa implicância com Mike.

— Ele é insuportável. Não sei como vocês podem implicar com Miguel e gostar do Mike.

— Ah! Não me faça comparar, amiga — resmungo, fazendo-a revirar os olhos. — Mike é uma boa pessoa.

— Miguel é uma boa pessoa, Mike é... É... — Ela se cala para pensar, provavelmente em um xingamento. — Mike. Só por ser ele e me tirar tanto do sério, vocês deveriam odiá-lo comigo.

Continuo rindo sem parar e inclino a cabeça, mirando os olhos azuis.

— Se eu disser que ele é insuportável, você vai ficar mais calma?

— Sim, com certeza. Odeie-o como eu odeio.

— Não posso, desculpa — respondo, louca para debater sobre esse ódio todo dela por ele, que eu duvido muito que seja.

— Pode, é muito fácil. Conversa cinco minutos com ele e vai ver.

— Tudo bem, eu o odeio por ser tão... Mike.

— Isso. Assim que eu gosto. — Pisca para mim e mordo meu lábio contendo a risada.

— Vem, vamos dançar.

Puxa-me para o meio da pista, no meio da multidão e começamos a dançar ao som de *Bishop Briggs*. A batida sexy me embala, minhas mãos percorrem meu corpo e as lembranças da mão do meu homem logo me invadem e, de repente, sinto-me mais eufórica. Cecília rebola na minha frente, dançando junto no ritmo da música.

Nós nos revezamos para ir ao bar pegar mais doses de tequila e outros drinks, sem parar de dançar, chamando a atenção de vários homens que estão ao nosso redor, enquanto sorrimos cúmplices. Minha amiga também parece estar bêbada quando começa a falar mole, trocando palavras e me tirando muitas risadas.

— Só faltou Rebeca. — Faz um bico, fazendo-me rir mais.

Pego meu celular e abro a conversa com Rebeca depois de algumas tentativas falhas, já que estou enxergando tudo embaçado. Mandamos uma foto mostrando a língua e um áudio junto.

— Queria você aqui, sua diaba malvada...

— Vem rebolar a bunda com a gente! — gritamos juntas no áudio, acima da música e logo Cecília esquece a conversa voltando a dançar.

Aproveito que estou com o celular na mão e envio uma foto para Matteo mandando beijo. Depois de guardar de volta, vou para o bar e ao escorar no balcão, chamo o barman e peço mais um drink.

Sinto que tem alguém me olhando, por isso olho ao redor e de longe vejo um homem de porte alto, loiro, encarando-me fixamente, mas graças à pouca luz e a minha visão que está comprometida por causa da bebida, não consigo decifrar se o conheço ou não, mas meu coração bate forte, fazendo meu sangue correr rápido e quente. A sensação estranha volta com força e um medo surreal surge, deixando-me ainda mais confusa.

Merda.

Estou apenas muito bêbada. Muito, muito bêbada, por isso não dou atenção para essas coisas e nem para o homem que se aproxima a passos lentos. Viro as duas doses de tequila que seria para mim e para minha amiga e já peço outras duas.

Tudo começa a girar rápido demais, seguro firme o balcão na minha frente. O barman me entrega as duas doses e a passos trôpegos volto para onde minha amiga está e depois de entregar a sua dose, viro a minha mais uma vez. Volto a me mover no ritmo da música e Cecília me acompanha. Mas a sensação de ter alguém me observando volta também e, quando olho ao redor, vejo alguns homens nos olhando.

Claro, duas mulheres sozinhas dançando chamam atenção. Por isso tento não dar importância para isso.

— Vou ao banheiro... Não saia daqui.

A loira sussurra mole, aponta dois dedos para os olhos e para mim, mando um beijo para ela. Pelo menos, acho que mandei. Não estou nem sentindo minhas pernas mais, provavelmente já me perdi do ritmo da música.

Um arrepio perpassa meu corpo, mas não é aquele gostoso que Matteo me faz sentir, é um arrepio como se fosse um presságio de algo ruim. Perco a força nas pernas, o que me faz desabar encostada na parede. Fico ali por um tempo, até que alguém agacha na minha frente. Tento focar na pessoa, mas a minha cabeça está girando demais, por isso não consigo nem ficar com os olhos abertos.

— Oi, amor.

A voz ecoa na minha cabeça, vindo junto com um desespero latente, um medo e vontade de correr, mas meu corpo não me responde. Sinto-me completamente mole, apesar da minha cabeça gritar em alto e bom som para sair de perto dele.

— Você está muito bêbada, não é? — Os dedos grandes fazem um carinho no meu rosto, sinto vontade de vomitar. E é isso que acabo fazendo em cima dos seus pés. — A que situação você chegou, hein, amor? Se estivesse comigo, estaria em casa, segura e não largada no chão de uma balada, completamente bêbada e à mercê de pessoas maldosas. Já pensou se fosse outro homem que se aproximasse de você, não eu?

— Sai... Sai de perto de mim... — Tento falar, mas não sei se consegui realmente.

— Não, Ayla, não vou fazer mal a você, só quero ajudar. O que acha de eu levá-la para casa?

Abro os olhos e me encolho, querendo atravessar a parede onde me mantenho encostada. Gabe está me encarando com firmeza e minha mente continua gritando e girando.

Balanço a cabeça negando, porque minha boca não abre mais, a saliva seca e merda...

Péssima ideia.

Jogo a cabeça para trás com os olhos fechados, mentalizando que ele não está aqui, é só uma coisa do meu subconsciente medroso e minha mente bêbada.

Meu corpo é levantado do chão, sentindo braços fortes me apertarem contra um peito duro, aconchegando-me. Minha mente produzindo imagens de Matteo com tanta veemência, que sinto até mesmo seu perfume. Ouço uma voz distante ressoar.

— Vou cuidar de você, amor. E prometo que dessa vez você não vai fugir de mim.

Não sei em que momento eu apaguei, entre sentir um medo surreal e chamar Matteo mentalmente, como se ele pudesse vir ao meu socorro só assim.

Desperto sentindo um corpo grande e forte em cima de mim, prendendo-me contra o colchão. O desespero me faz remexer o corpo tentando me libertar, mas ele é forte demais.

— Acordou a Bela Adormecida — Gabe sussurra contra a minha boca, sua respiração quente batendo no meu rosto, traz lágrimas aos meus olhos.

— Me solta, por favor... — Minha voz é embargada, mas ele não se comove.

Com sua mão livre percorre meu corpo, levando-me a perceber que estou apenas de calcinha. Não me lembro de ter tirado a roupa.

— Não, amor, nós vamos matar a saudade.

Beija meu pescoço, descendo para os meus seios e um soluço rasga minha garganta, enquanto lágrimas rolam pelo meu rosto. Não paro de me mexer, lutando contra ele. Ergo minha perna, tentando acertar o meio das suas pernas, mas meu corpo ainda está fraco e mole demais por ainda estar completamente bêbada. Nem o pequeno cochilo que dei me deixou melhor e ele está se aproveitando disso.

— Seja boazinha, Ayla, não quero machucar você.

Sua mão se infiltra na minha calcinha e meu corpo convulsiona com o choro forte que me ataca. Agora sei por que me senti tão mal, entendi o medo. Era ele. É o que ele vai fazer comigo agora, e não consigo nem me defender. Sinto-me pequena e suja, conforme seus dedos me penetram.

— Molhadinha para mim, do jeito que eu gosto.

Beija minha boca, mas não abro para que ele aprofunde, deixando-o irritado. Sua mão aperta meu pescoço ao ponto de me sufocar e sugo o ar com força tentando respirar, mas é difícil.

— Você não sentiu saudades? Duvido que aquele merda a deixe molhada desse jeito.

A imagem de Matteo me prendendo na cama mais cedo me faz chorar ainda mais, deixando-me em completo desespero. Debato-me, soltando um dos meus braços e aproveito para acertar um tapa no rosto dele, que vira com a força, mas logo ele volta com o olhar carregado de ódio.

— Sua puta!

— Gabe, para... Por favor, não! — grito o quanto consigo, sentindo-me fraca.

Tento empurrá-lo, mas ele se força ainda mais sobre mim, rasga minha calcinha e assim que o sinto me penetrar, meu corpo amolece, desistindo de lutar. Completamente fraca.

— Não... Não... — Continuo sussurrando entre o choro forte.

Lembranças dos últimos dias me assolam.

Matteo e Asher sorrindo para mim.

Matteo me fazendo carinho enquanto assistimos um a filme.

Asher dormindo no meu colo.

Matteo me amando com calma.

Asher pulando em minha direção sempre que entrava pela porta.

Matteo me beijando.

Eu me sentindo destruída.

CAPÍTULO 24

Ayla

Acordo sentindo minha cabeça latejando, não tenho forças nem mesmo para abrir os olhos. Sinto braços fortes me puxar para mais perto e quando arrasto meu corpo, sinto o meio das minhas pernas doer. Solto um gemido pela dor e tento puxar na memória o que houve, mas só me recordo de beber como se não houvesse amanhã e Gabe...

Tiro seu braço de cima de mim e me sento na cama com um pouco de dificuldade. Meu corpo inteiro está doendo. Olho meus braços e vejo marcas de dedos ao redor deles.

— Gabe... — sussurro com a voz rouca, minha garganta está seca.

Puxo o edredom que cobre minhas pernas e vejo marcas em minhas coxas também. Só então noto a ausência da minha calcinha. Arrasto minhas pernas para fora da cama e ouço Gabe resmungar algo. Quando tento me levantar, minhas pernas falham e minha boceta parece latejar com a dor aguda. Coloco uma das mãos nela, apertando-a e fecho os olhos.

Flashes de memórias me atingem e meus olhos se enchem de lágrimas.

Eu pedi para ele parar, eu disse que não queria. Eu estava quase inconsciente, completamente bêbada, mas ainda consegui dizer não e mesmo assim ele foi adiante.

Sinto quando as lágrimas atingem as minhas pernas, caindo direto do meu rosto.

Se eu não estivesse tão bêbada, isso não teria acontecido. Porque eu fui beber tanto?

— Princesa, volta para a cama. — Ouço a voz rouca e meu peito arde com os sentimentos conflitantes, mas a culpa de tudo está acabando comigo, fazendo meu corpo parecer ainda mais fraco e dolorido.

— Eu pedi que parasse, Gabe. Eu pedi tanto... — Minha voz sai abafada e um soluço rompe o silêncio do quarto.

— Parar o quê? O sexo? — Sinto a cama se mover e ele se encaixar atrás de mim. Uma ânsia de vômito me toma. — Pelo contrário, você pedia mais e mais, gemendo alto. Pode perguntar para os vizinhos.

— Eu... Eu não... — O ar não chega aos meus pulmões e eu começo a puxar minha respiração com força.

Eu não pedi... Eu não pedi... Eu não...

Levanto da cama forçando minhas pernas a se manterem firmes, passo os olhos pelo quarto procurando minhas roupas, mas as lágrimas não me deixam enxergar nada. Sinto que meu corpo está fraco, mas apesar disso estou consciente das dores em cada parte dele.

— Ayla, pelo amor de Deus, não se faça de desentendida agora. — Sua voz parece estar raivosa. — Eu a vi dançando a noite toda, insinuando-se para mim, aí você quase me implorou para vir para minha casa. Você estava um pouco bêbada, mas quando começou a me agarrar, não consegui negar. Sou homem, porra.

Não... Não... Eu não pedi. Eu não quis.

— Um pouco bêbada, Gabe? Eu estava quase inconsciente! — grito na direção dele.

Quando noto, seu corpo está me pressionando contra parede e ele acaricia minha bochecha, tento empurrá-lo para longe, mas ele nem se move.

— Eu preciso respirar... Por favor... — Suplico, porque sentir ele tão perto de mim parece me deixar ainda mais fraca e sem ar.

— Você precisa de um homem que vá cuidar de você, meu amor. E eu sou esse homem. Deixe-me cuidar de você — pede mansamente, arrastando o nariz pelo meu pescoço.

Meu corpo não aguenta mais se sustentar e eu escorrego pela parede, encostando minha cabeça na mesma. Coloco a mão na barriga, como se pudesse arrancar essas dores de mim. Ouço meu celular tocar e não consigo nem ao menos abrir os olhos.

Se eu não tivesse bebido tanto. Se eu estivesse consciente, isso nunca teria acontecido. A culpa é minha, por provocar um homem do tamanho dele, sem ter forças para dar o que ele queria, ou afastá-lo. A culpa é só minha.

Sinto sua mão em meu cabelo e me encolho ainda mais.

— Vamos tomar um banho, Princesa.

— Não... Para... — Volto a chorar compulsivamente. — Para de falar, por favor!

Tapo meus ouvidos com as mãos e puxo meus joelhos para os meus peitos, mantendo-me encolhida.

— Quanto drama, Ayla, foi só sexo. Já fizemos isso outras vezes — diz, bravo. — Vou preparar nosso café e a espero na cozinha. Tome um banho, porque ontem você estava tão louca por mim, que me deixou gozar dentro de você. Caralho, princesa, aquilo foi o céu.

Ao ouvir isso, o que resta do meu coração simplesmente termina de se partir. Nunca transei com ninguém sem camisinha.

E se...

Não, não posso nem pensar nisso. Foi só uma vez, qual a chance de isso acontecer?

Sou médica, sei que pode acontecer, mas eu precisaria ser muito azarada para engravidar na primeira vez que transei sem camisinha.

Ele beija minha cabeça e logo em seguida ouço a porta bater.

Mais flashes da noite voltam e só consigo virar a cabeça para o lado, vomitando tudo o que tenho no estômago. Passo a mão na boca, limpando-a.

Olho novamente ao redor do quarto, acho minhas roupas e me arrasto até lá. Contorço-me toda para conseguir vestir minha calcinha e meu vestido, sentada. Pego meu celular e vejo a hora. Pelo horário, as meninas devem estar no hospital.

Forço-me a levantar, saio do quarto apenas com meu celular na mão e vou direto para a porta da sala. Quando ouço sua voz, meu estômago parece querer jogar mais coisas para fora, mas não tenho mais o que vomitar.

— Já vai, Princesa? Não quer tomar café?

Será que ele não percebe o quanto me destruiu?

Saio do apartamento sem uma resposta para ele e quando chego ao elevador, o choro volta com força. Uma senhorinha que já estava lá dentro me olha assustada e se aproxima de mim, passando a mão em minhas costas. Ao sentir o toque, meu corpo automaticamente se encolhe. Ela suspira, em silêncio ainda e sinto seus bracinhos delicados me abraçarem com carinho e meu corpo vai ao chão novamente, e a senhorinha se abaixa junto comigo.

— Mocinha, eu não sei o que houve para deixá-la nesse estado, mas seja o que for, Deus vai curar. Ele vai cuidar de você, juntar seus pedacinhos e fazê-la forte novamente. — Ela está acariciando meu cabelo e vejo a porta do elevador se abrir, mas ela continua comigo. — Quer ligar para alguém? — Nego com a cabeça. — Quer ir para o meu apartamento? Eu estava saindo para passear um pouco, mas podemos ir para lá e eu lhe faço um chá de camomila e fico em silêncio com você, se quiser. Só não desista, tudo bem?

Sua voz calma vai me tranquilizando e eu limpo meu rosto.

— Muito obrigada, senhora. Mas preciso ir para minha casa. — Ela assente, sem parar com o carinho. — Muito obrigada, mesmo. — Agradeço novamente com a voz embargada.

Ela se levanta e segura em meu braço para me ajudar a levantar. Saímos até a calçada e quando paramos, ela me olha e repete.

— Deus vai cuidar das suas feridas. Tenha fé, menina.

Eu a vejo se afastar e fico parada, olhando a rua sem foco algum. Começo a andar, mancando um pouco por causa das dores que sinto e paro em um ponto de táxi, entro em um que estava parado, dou meu endereço e no caminho não consigo mais chorar.

A culpa parece estar tomando conta de mim cada vez mais. Eu não deveria ter saído. Não deveria ter bebido. Não deveria ter dançado. Não deveria ter usado um short curto. Eu não deveria...

Eu não consigo entender, não consigo chegar a outro motivo para tudo isso ter acontecido, a não ser eu estar completamente bêbada. Mesmo que eu não soubesse que ele estaria lá, eu deveria apenas ter evitado...

Pago o táxi quando ele para em frente de casa e vou para dentro, agradecendo por Cecília não estar em casa.

Entro embaixo do chuveiro e tomo um banho com a água gelada, esfregando com toda a minha força cada pedaço do meu corpo, como se pudesse tirar suas marcas. Termino meu banho, vou para frente do espelho e percebo que além das marcas que já tinha visto, tem algumas mordidas e marcas de mãos abertas, como se fossem tapas.

Corro para o vaso e vômito tudo o que restava no meu estômago ainda. Volto a chorar copiosamente, sentindo minha garganta arder por estar forçando vômito ainda mais. Levanto, escovo meus dentes e vou para minha cama. Ligo o ar-condicionado, deixando meu quarto gelado e me enrolo no edredom.

Mando uma mensagem para Rebeca.

Beca, pode avisar aí que não vou hoje? Acordei me sentindo mal.

Ceci disse que você simplesmente sumiu ontem e está preocupada. Aconteceu algo?

Não aconteceu nada, amiga. Só estou muito mal hoje.

Não espero uma resposta, desligo o celular e me afundo na cama, deixando a culpa me engolir ainda mais. Deixando a dor me dilacerar ainda mais.

Sinto-me culpada por ter saído.

Sinto-me culpada por ter bebido sem limites.

Sinto-me culpada por dançar.

Sinto-me culpada por deixar que ele abusasse de mim.

Sinto-me culpada por mentir para minha amiga.

Tudo em mim dói, mas a culpa acaba comigo. Ela está me engolindo cada vez mais, fazendo-me temer para onde está me levando.

Estou me sentindo suja. Sentindo todo o peso do mundo cair sobre mim nesse momento, como se eu tivesse cometido o pior de todos os pecados.

Deixei que ele violasse meu corpo.

Meu short curto e minha blusa decotada. Minha bebedeira, minha dança. Minha inconsciência praticamente me jogou para ele.

De repente, me vem na cabeça o que ele disse sobre não ter usado camisinha e o desespero parece aumentar. Eu não Sinto-me preparada para ser mãe, ainda mais sabendo como essa criança foi gerada. Eu não consigo nem ao menos pensar nisso sem sentir minha cabeça latejar e meu estômago revirar novamente.

Não, eu não posso engravidar.

Levanto-me da cama em um pulo, o desespero é tanto que eu nem me lembro das dores. Visto uma calça de moletom preta e uma blusa de frio que fica bem larga em mim, tentando esconder meu corpo.

Procuro minha bolsa e me lembro que deixei na casa de Gabe quando saí. Coloco as mãos em meus cabelos, puxando-os, nervosa. Procuro o dinheiro que tenho guardado em meu guarda-roupa e o acho, coloco em uma carteira que eu não uso. Ligo meu celular e peço um Uber para ir à farmácia.

Vou para a cozinha e tomo um remédio para dor no corpo e quando saio de casa, o carro estaciona.

Seguimos para a farmácia e peço para ele esperar um pouco, pois vou comprar apenas um remédio.

Entro e sigo para o balcão.

— Boa tarde, preciso de uma pílula do dia seguinte.

O farmacêutico me olha medindo todo o meu corpo, mesmo com as roupas largas ele abre um sorriso safado e sinto um calafrio passar pela minha espinha. O homem me entrega a caixinha de remédio e eu pago. Quando estou saindo, olho para uma prateleira espelhada e noto o farmacêutico olhando minha bunda, então corro em direção ao carro.

Puxo minha respiração com força, tentando acalmar as batidas do meu coração. O Uber segue novamente o caminho para a minha casa, o senhor que dirige tenta puxar assunto, mas eu dou respostas curtas para ele. Pago a viagem quando ele para e corro para dentro de casa, quase trombando com Cecília logo atrás da porta.

— Ei, Aylinha, aonde vai com pressa? — ela pergunta, rindo.

— Lu-lugar nenhum, Ceci. — Começo a gaguejar e o medo de ela notar algo estranho me invade, fazendo-me estremecer. — Estou com frio, por isso entrei correndo.

— Ayla, pelo amor de Deus, nem está tão frio. — Ela senta no sofá e me chama para me aproximar dela.

— Amiga, agora não, não estou me sentindo bem.

— Você sumiu ontem, o que houve? Tentei te ligar, mas não me atendeu, então deixei mensagens.

— Vim embora, não estava me sentindo bem.

— Mas quando eu cheguei...

— Ceci, não estou bem. Vou para o meu quarto.

Ela está me olhando com aquela cara dela de psicóloga, que vê além do que queremos que ela realmente veja. Sua cabeça pende para o lado, sem desviar os olhos azuis dos meus. Meu corpo estremece com o seu olhar.

— Vou fazer chocolate quente e vamos assistir a um filme, o que acha? — ela propõe e sem saída, acabo assentindo.

Vou para o sofá e me sento encolhida, quando ela sai, aproveito para tomar a pílula e escondo a caixinha atrás de uma das almofadas em que estou encostada. Quando Cecília volta para a sala, estou travada do mesmo jeito em que sentei no sofá.

— Por que não escolheu o filme, hein, sua folgada? — Ela faz uma careta para mim.

Depois de um tempo acabamos escolhendo um filme, ela senta bem próxima de mim e eu me arrasto disfarçadamente para um pouco mais longe dela. Tomo meu chocolate quente, sentindo como se fosse botá-lo para fora a qualquer momento.

— Beca ficou preocupada com você o dia todo, amiga.

Ela me olha no momento em que a ânsia sobe e eu me forço a segurar para não vomitar. Ela se aproxima tomando minha xícara e toca minha testa. Fecho meus olhos e prendo a respiração, sentindo quase uma dor com o toque tão delicado da minha amiga.

— Ayla, você está mal? Quer ir para o hospital?

— Não! — Quase grito e ela se assusta, rindo de nervoso. — Não quero ir para o hospital. É só a bebida de ontem.

Levanto e vou seguindo para o meu quarto. Quando tento fechar a porta, Cecília segura a mesma e entra atrás de mim.

— Você sempre bebeu e nunca ficou tão mal assim, Ayla. Não minta para mim.

Meus olhos se enchem de lágrimas e viro de costas para ela, tentando pensar em algo para dizer.

Não posso contar para ela o que aconteceu. Ela vai me olhar diferente, ela vai querer me matar por deixar chegar a isso.

— É só uma ressaca, e tudo que vem acontecendo parece estar pesando demais hoje.

— Sabe que estou com você, não sabe? — Ela se senta ao meu lado e o calafrio perpassa todo meu corpo, como se repelisse a aproximação dela. — Além de psicóloga, sou sua amiga, acima de tudo.

Ouvir essas palavras parece me afundar ainda mais na minha culpa. Sentir todo o amor que ela me passa assim, só de estar do meu lado, faz tudo doer dez vezes mais.

— Eu... — Puxo o ar para os pulmões com força. — Eu só preciso ficar sozinha, Ceci, por favor.

Ela assente parecendo derrotada e beija minha bochecha. Aperto minhas unhas em minhas mãos, a ponto de machucar.

— Eu te amo muito, amiga. Quando estiver pronta para conversar, vou estar esperando.

Com os olhos fechados, ouço a porta bater e não consigo mais conter às lágrimas, choro como se toda a dor pudessem ir embora por elas.

Mas não vai. Ela nunca mais vai embora.

CAPÍTULO 25

Matteo

Desperto com a claridade batendo diretamente no meu rosto e automaticamente passo a mão na cama, procurando o corpo pequeno e quente da minha morena, mas quando percebo que não está aqui, lembro que ela saiu e dormiu na sua casa. Gemo, frustrado.

Já estou tão acostumado a acordar com ela enroscada em mim, que foi estranho dormir sem ela. Uma angústia repentina aperta meu coração, fazendo-me levantar rapidamente e ir direto para o quarto de Asher. Vejo somente os cabelos loiros no travesseiro, já que ele cobriu até o rosto com o edredom de carros, rio ao perceber que fez isso porque a cortina está aberta e a luz do dia deve tê-lo incomodado.

Volto para o meu quarto e tomo um banho rápido. A angústia me deixando ansioso. Sempre senti isso quando Ash ia com Valerie, ou quando ele ficava doente, mas ele está seguro, perto de mim, onde eu posso ver e cuidar dele. Por isso não compreendo o sentimento.

Escovo os dentes e vou para o closet, visto uma cueca, calça jeans e uma camiseta branca. Calço meus coturnos e volto para o quarto do meu menino para acordá-lo.

— Herói... — ele resmunga e vira para o outro lado. — Ash, acorda. Está na hora.

— Só mais um pouquinho, papai... — murmura, fazendo-me rir.

— Hoje não tem aula, filho. A vovó vai ficar com você e está esperando.

Ele pula tão rápido da cama, que só tenho tempo de dar um passo para o lado para ele não trombar em mim.

— Vou ficar com a vovó? — Assinto, rindo da alegria dele. — A vovó Amber, *né*? Não a vovó Abigail, *né*? Não quero ficar na vovó Abigail. O vovô sempre briga com ela e ela briga comigo sem eu fazer nada... — Desata a falar e mesmo incomodado com sua fala, ajoelho na sua frente, sorrindo para confortá-lo.

— Com a vovó Amber, filho.

Dá saltos alegres e faz uma dancinha estranha, fazendo-me voltar a rir dele.

— Vou tomar banho. Eu escolho minha roupa, ok? — Asher coloca as mãos na cintura e ergue as duas sobrancelhas. Sua tentativa de me imitar quando brigo com ele me faz rir ainda mais.

— Tudo bem, garoto, corre lá.

Enquanto ele vai para o banho, vou para a sala, pego o celular que deixei ali e estranho a ausência de mensagem da Ayla, mas não me atenho muito a isso. Deve estar cansada e ter saído correndo para o hospital.

Bom dia, Anjo! Senti sua falta essa noite.
Cama muito grande, apenas para mim.

Espero por uma resposta que não vem, fazendo a angústia se tornar mais latente. Não posso pensar muito nisso. Não deve ter acontecido nada. Foi só uma noite com a amiga dela, o que poderia ter acontecido? Decido que se ela não me responder, mais tarde passarei no hospital, só para conferir.

Depois de um tempo sentado, Asher aparece vestido quase igual a mim, com sua mochila nas costas. Abro um sorriso para ele, que retribui.

— Viu se Bolt tem ração e água?

— Sim e dei um biscoitinho, porque ele fez coco lá fora. — Dá uma risadinha engraçada, enrugando o narizinho.

— Então estamos prontos.

Vamos para o carro e acomodo o pequeno em sua cadeirinha, entrando em seguida. Dirijo até a casa da minha mãe, com um tagarela falando sem parar sobre o que pretende fazer no seu dia.

Ao entrar na casa, o cheiro de café fresco invade meus sentidos, fazendo-me seguir diretamente para a cozinha, onde encontro Tony e minha mãe sentados à mesa, conversando enquanto comem.

— Bom dia, família.

Asher logo corre para dar um beijo na senhora de cabelos negros que o abraça forte.

— Bom dia, meus amores. Que saudades que a vovó estava desse sapeca.

— Eu também tava com saudades, vovó. *Muitão* assim. — Abre os braços mostrando o tamanho da saudade, arrancando sorrisos de nós três.

— Caiu da cama, panaca? — Acerto um tapa na cabeça de Tony, que reclama e me sento ao seu lado.

— Tenho um ensaio daqui a pouco — resmunga. Assim como meu filho, Tony e Benício são bichinhos completamente noturnos. Se deixássemos, os três viveriam a noite e usariam o dia para dormir. — Eu sei que sou lindo, mas preciso dormir, irmão, as pessoas parecem não entender isso — reclama se fazendo de desesperado e gargalho dele.

O ego dos King é uma coisa a ser discutida.

— Lindo? Jura? Você é a raspinha do tacho, panaca. O restinho, sabe? — Começo a falar e minha mãe me belisca. — Aí, mãe... É a verdade, eu como filho primogênito tenho que abrir os olhos desses meninos, que eu quem foi o sortudo que herdou a beleza dessa deusa.

Beijo o rosto de Sra. King, que parece feliz com o elogio, mas se faz de brava, só para não concordar comigo.

— Meu Deus, mamãe, por que ele é assim? — Tony resmunga e aponta para mim. — Isso é inveja, porque eu saí o mais lindo.

— Os meus três filhos são lindos, vocês me ofendem quando chamam o outro de feio. — Mamãe faz careta para nós e seguramos a risada. Óbvio que ela ia dramatizar para sair pela tangente. — Olhem para vocês. São tão lindos que se eu pudesse teria prendido os três em casa, só para mim. Sem falar que vocês são a minha cara e olhem essa carinha... — Aponta para o seu rosto. Apesar dos seus cinquenta e três anos, mamãe é uma mulher maravilhosa. Seus olhos azuis estão sempre brilhantes, o sorriso branquinho, seus cabelos negros, o corpo esguio e suas roupas sempre elegantes... Tudo é um conjunto perfeito. — Uma carinha maravilhosa, que fez três carinhas mais lindas ainda.

Manda beijo para nós, se achando. Essa mulher é terrível!

Podemos notar de onde herdamos o ego também, não é?

Coloco café na minha xícara, provando o sabor que nenhum outro café tem. Sei que é bobeira, mas tudo o que Sra. King faz, parece ter um toque especial só dela, fazendo com que nada se compare.

— Tudo bem, senhora perfeita, entendemos. Você é maravilhosa e nós três somos lindos. — Tony concorda, beijando o rosto da mulher.

Tomamos o café entre mais conversas e risadas, com Asher tagarelando sem parar, as brincadeiras de Tony e mamãe contendo sempre que começamos a debater qualquer coisa.

— Que alegria toda é essa, logo cedo? — Benício aparece, e depois de beijar mamãe e Asher, se senta ao meu lado e me cumprimenta.

— Já viu um lugar onde estou que não tenha tanta alegria, assim? — Tony brinca.

— Esse moleque... — Beni resmunga, revira os olhos e olha para mim. — Cadê Ayla?

— Ayla? Aquela sua amiga, filho? — mamãe pergunta para Benício e ele assente. As duas já se encontraram e conversaram, cansei de ouvir tecer elogios para a minha morena, o que me tranquiliza. Sei que quando a trouxer para apresentar como minha mulher, as duas se darão bem. — Você está com ela, Matteo? E ia me contar quando, mesmo?

— A estrelinha dorme todo dia em casa. Só não dormiu ontem. — O fofoqueiro mirim solta enquanto come um donuts. — Ela faz uma lasanha tão gostosa, vovó, você tem de comer.

— Dorme, é? — Sra. King levanta a sobrancelha para mim e seguro a risada.

— Sim, mamãe, estou com Ayla. Ainda não é nada oficial.

— Foi só eu que notei o "ainda"? — Tony pergunta e Benício logo concorda com ele, fazendo-me fuzilar os dois.

— E quando você vai oficializar? Já conheço a moça, ela é supersimpática, mas quero conhecer como minha nora. — A mulher abre um sorriso tão largo, que aposto que seu rosto deve estar até doendo.

— Mamãe, vamos com calma, ok? Prometi que vamos seguir no tempo dela e quando ela estiver pronta, trago-a para apresentá-la.

Pisco maroto e ela retribui, ainda sorrindo calorosamente.

— Espero que aquela louca não se torne um problema. Já basta aquele otário. — Lanço um olhar fulminante para Benício, que dá de ombros sem parecer envergonhado.

— O quê?

— Nada, Sra. King. Fica tranquila que Ayla e eu estamos resolvendo tudo juntos e com calma, ok? — Beijo seu rosto, levantando-me. — Preciso ir.

— Tudo bem. Cuidado, meu amor, amo você.

— Amo você, mamãe.

Deixo um beijo na cabeça do meu menino, que se despede murmurando um "eu amo você" de boca cheia e me despeço dos meus irmãos. Vou diretamente para a delegacia, onde me afundo em serviço, tentando esquecer que Ayla não respondeu minha mensagem ainda e nem atende minhas ligações.

Depois que meu turno acaba vou ao hospital, mas ela não está lá. Procuro por Cecília e Rebeca, mas a loira está em atendimento e Rebeca já foi embora, por isso vou para a casa da Ayla, onde toco a campainha várias vezes, mas não sou atendido. Tento seu celular, mas agora ele está desligado.

Com a mesma angústia de mais cedo, vou buscar Asher e levo embora um garotinho emburrado porque não vai ver sua estrelinha. Tento focar minha atenção no meu filho, mas minha mente não para de me mandar um aviso de que tem algo errado.

Deito em minha cama, com saudade da minha mulher e uma sensação de perda tão grande, que parece comprimir todos os meus órgãos.

Primeira noite que não durmo.

Ayla

Levantar da cama foi a coisa mais difícil que já fiz na minha vida.

Meu corpo e minha mente não me deixam esquecer por nem um segundo o que houve.

É o segundo banho que estou tomando em menos de duas horas, esfregando a minha pele até que eu consiga afastar a sensação das mãos dele em meu corpo. Meus pulsos, coxas, pescoço, bunda e minha intimidade são as áreas que mais ardem devido à pressão que aplico com a bucha.

— Vamos lá, amor, geme para mim. — Ele arremete mais fundo, sufocando-me com uma das mãos, enquanto a outra castiga minha coxa mantendo-a aberta, mas nada se compara a dor de estar me sentindo morrer por dentro. — Eu estava com tanta saudade... Nossa, você sempre está tão apertadinha, aquele merda deve ter feito um trabalho muito ruim enquanto a fodia.

A simples menção de Matteo, mesmo que de forma grotesca, embrulha meu estômago, fazendo-me soluçar ainda mais alto durante o choro.

— Por favor... — Consigo dizer quase sem força.

Só percebo que eu caí quando o chão gelado causa incômodo devido a ardência que já estava sentindo. O choro descontrolado vem tão forte, quanto os flashes. A cada memória revivida, é como se um soco estivesse me acertando, deixando-me completamente sem ar, como se suas mãos ainda estivessem em mim.

Arrasto-me até o vaso sanitário e vomito o leite que tomei hoje cedo. Limpo a boca com minha mão com força.

Minha vontade é que eu pudesse colocar para fora essas lembranças e os sentimentos, como venho jogando tudo que como, mas não vai... Eu sei que não vai, e isso faz com que mais um pedaço do meu coração se quebre. Saber que eu vou ter que conviver com as lembranças para o resto da minha vida.

— Amiga... — Ceci me chama da porta e quando tenta abrir percebe que está trancada.

Cubro minha boca, tentando acalmar o choro. Ela não pode saber. O que ela pensaria? Jogaria na minha cara que eu procurei isso. Fui eu quem o trouxe diversas vezes para dentro de casa, fui eu quem saiu e bebi sem controle. Fui eu. A culpa é só minha e eu não posso olhar nos olhos da minha melhor amiga e ver seu julgamento.

— Estou indo para o hospital, você vai agora? Miguel vai passar para me buscar, pensei de você ir junto.

Estremeço com o pensamento de estar em um ambiente pequeno, sem jeito de fuga, com um homem.

Engulo em seco, tentando forçar a voz a sair.

— Vou mais tarde, Ceci. Tenho uma consulta antes.

— Não é no hospital? Peço para ele espe...

— Não! — Quase grito, cortando-a. — Pode ir.

— Tudo bem. Te amo, tá? — diz isso com uma voz baixa, chateada pela minha grosseria.

Nunca destratei nenhuma das minhas duas melhores amigas. Nunca ergui a voz ou fui grossa com elas. Sempre fui a mais carinhosa, que gosta de contatos físicos, que está sempre dizendo que ama ou perguntando como estão, a que dá um beijo no rosto delas sempre que chega ou sai de perto delas, mesmo que fosse para dar cinco passos para longe. Rebeca costuma dizer que eu sou o coração delas.

Mas como ser o coração das duas, se o meu próprio está quebrado?

— Te amo, também... Te amo tanto, amiga... — sussurro, mesmo sem saber se ela ainda pode ouvir.

Forço-me a levantar e volto para o meu banho. Esfregando mais meus braços, coxas, pescoço, bunda e minha intimidade. Mesmo sem me sentir satisfeita, tenho que parar. Já estou tão vermelha que parecem hematomas.

Saio do banho e depois de escovar meus dentes, escolho uma blusa larga de manga preta, uma calça de moletom da mesma cor e calço meus tênis.

Pego o celular para pedir um carro e vejo a mensagem de Matteo. Meu coração dói e meu estômago embrulha, querendo colocar para fora o que não tenho mais.

Ele vai me odiar!

Ele vai me odiar tanto, quanto eu estou odiando agora.

Vai me dizer que eu prometi que ia me manter afastada do... Do...

Meu Deus, não consigo nem pensar no nome dele.

Matteo vai achar que eu o traí. Traí sua confiança enquanto ele estava em casa com seu filho.

Peço o carro antes que o choro volte, impelindo-me a me afundar na minha cama mais uma vez.

Não posso! Não hoje!

O carro chega e dirige rumo ao endereço que dei no aplicativo.

Ele estaciona em frente a um prédio pintado de branco, com uma faixa rosa clara e um gramado extremamente verde. É lindo, mas isso não melhora meu humor, pelo contrário, chega a me irritar. Pago o homem e desço. Ao entrar, a sala de espera é tão branca que arde os olhos, tem quatro poltronas acolchoadas rosa e uma mesa de mármore, onde está a recepcionista e para onde eu ando.

— Bom dia, preciso de uma consulta com a Dra. Miller.

— Tenho horário para amanhã, às...

— Não, moça. Preciso para hoje.

— Posso ver se consigo um encaixe. — Ela mexe no computador por alguns instantes e quando volta a me olhar, oferece um sorriso caloroso. — Ela tem uma consulta, assim que finalizar a paciente que está lá dentro, consigo encaixá-la depois dela.

— Pode ser, obrigada.

Forço um sorriso para ela e dou os dados que ela pede. Sento em uma das poltronas, concentrando-me no programa que passa na televisão, tentando bloquear as lembranças, para não desabar aqui.

Depois de quase duas horas esperando, uma mulher morena, com os cabelos presos em duas tranças e o olhar calmo aparece na porta me chamando, então sigo ela para dentro da sala e me acomodo em uma das cadeiras em frente a sua mesa.

— Bom dia, Ayla.

— Bom dia, Dra. Miller.

— Bom, vamos lá... Você já deve ter alguma ginecologista, não é?

— Já tenho sim. Na verdade, eu vim por uma situação específica. — A mulher se ajeita, colocando as duas mãos em cima da mesa, olhando-me atentamente. — Noite retrasada eu sai com uma amiga, bebi um pouco além do limite e fiquei... Fiquei com alguém. Não nos protegemos e eu não o conheço, por isso preciso de exames para ISTs e também o coquetel de remédios para o caso... O caso de... — Começo a gaguejar e a médica me olha tão atenta, que desvio o olhar.

— Ayla... — Começa cautelosamente e eu já imagino o que ela vai perguntar. — O sexo foi consentido? Você estava em condições de consentir?

— Si... Sim! — Tento soar o mais firme que consigo.

Seu olhar passeia por meu rosto, até meus braços cobertos pela blusa. Não sei o que passa na cabeça dela ou se percebe algo apenas me olhando, mas ela me olha com carinho e uma pontada de... Pena. É, acho que é pena.

Odeio ver esse olhar nela, por isso abaixo minha cabeça, evitando seu olhar.

— Nessa situação, preciso perguntar... — Faz uma pausa, talvez procurando as palavras certas. — Você quer prestar queixa?

— Não! — Quase grito, porém respiro fundo, esperando meu coração parar de bater tão rápido. — Não quero prestar queixa.

— Se ele prosseguiu com o ato sexual mesmo que você tenha dito não, ou se ele fez qualquer coisa que você não se sentisse à vontade para fazer ali na hora, se ele se aproveitou de que você estivesse em um estado de embriaguez, é estupro. Então, vou perguntar mais uma vez... Você realmente quis transar com esse cara sem camisinha?

Tudo está rodando em câmera lenta, deixando-me enjoada. A mente gritando um não sonoro, mas eu apenas aceno com a cabeça, fazendo a mulher a minha frente suspirar.

— Se eu tivesse sido estuprada eu saberia, Dra. Miller.

— Sim, você saberia. Mas muitas vezes nessa situação e por vários motivos, a mulher acaba não denunciando o agressor, seja por vergonha, por medo do agressor ou do que as pessoas pensarão. Só que você tem de saber que depois de prestar queixa, terá todo o apoio que precisa para esse caso.

Seus olhos permanecem nos meus, mas não consigo sustentar, desviando a atenção para a parede branca atrás dela. O coração castigando o peito, de tão forte que bate.

Eu poderia denunciar Gabe? Mesmo que a culpa tenha sido minha?

O que minha família pensaria?

O que as meninas pensariam disso?

O que Matteo pensaria disso?

Ele me odiaria mais do que odeia Valerie.

Pensar nisso me traz um aperto no peito e a bile na garganta.

Não posso conviver com nenhum deles me odiando, tanto quanto me odeio agora. Não posso olhar para eles e sentir a indiferença vinda deles.

— Podemos apenas fazer os exames?

Parecendo derrotada, ela assente e me encaminha para um banheiro, pedindo para que eu vista um avental azul apropriado para que consiga fazer o exame. Saio do banheiro sentindo o medo me paralisar, enquanto olho para a maca que a mulher aponta para eu deitar, percebendo minha hesitação, ela para ao meu lado e me encaminha, me ajudando a deitar.

Ouço um arfar assim que ela sente em frente as minhas pernas abertas. Prendo a respiração, sentindo meus olhos se encherem de lágrimas.

— Você está bem machucada, por isso deve estar sentindo dores, mesmo que não tenha mencionado. Além da vulva bem avermelhada, suas coxas estão com marcas de mordidas e de dedos. — Dra. Miller volta a respirar fundo e sinto até inveja dela por conseguir, porque o ar para mim parece estar escasso. — Vou coletar fluídos agora, para isso vou precisar introduzir um haste flexível, tudo bem?

Assinto, mas lembro que ela não pode me ver e graças a Deus por isso, porque já não consigo mais segurar as lágrimas.

— Tu... Tudo bem.

Sinto quando ela introduz o objeto na minha vagina e automaticamente reteso meu corpo, prendendo a respiração até que ela retire. A mulher volta a falar, mas eu simplesmente não ouço mais nada.

— Para, Gabe... Para com isso, pelo amor de Deus.

Meu choro é alto, se sobressaindo ao som do corpo dele batendo no meu e do tapa que ele acerta em meu rosto, a ardência me faz parar de respirar por alguns segundos.

— Grita... Grita mais alto, porra. Grita até aquele filho da puta ouvir você chamando meu nome.

Minha vontade é de mandá-lo parar de citar Matteo enquanto destroça minha alma, mas a voz não sai mais.

Um aperto na minha mão me faz voltar a realidade, olho para a morena parada ao meu lado.

— Eu não posso obrigar você a fazer a denúncia, mas posso garantir que se fizer, não vai ficar desamparada. Vamos poder usar a amostra que colhi agora para a denúncia.

— Não, por favor... Só... — Soluço alto. — Não quero!

— Ok. Você tomou pílula do dia seguinte? — Assinto. — Ok, isso diminui as chances de uma gravidez. Agora, vamos colher seu sangue para os outros exames.

Ela some das minhas vistas, deixando-me sozinha no silêncio da sala e com o barulho alto da minha mente. Quando volta, pede que me sente e colhe meu sangue. Assim que termina, pulo da maca e corro para o banheiro, troco-me o mais rápido que posso e mal me despeço da médica antes de sair do consultório.

O dia está nublado, como se sentisse a minha tristeza. Esperando o carro, sinto as primeiras gotas de chuvas, mas não me movo, fica ali sentindo a força que a chuva vai ganhando e rezando para que leve com ela tudo que estou sentindo.

CAPÍTULO 26

Matteo

Da minha cama, acompanhei o dia amanhecer e o aperto do meu peito não me abandonou por nem um segundo. Estou começando a me sentir desesperado, mesmo que eu tente forçar o pensamento que se algo de ruim tivesse acontecido, eu já saberia. Rebeca ou Cecília me contaria.

Mas eu não consigo nem falar com elas para dar mais veracidade a esse pensamento.

Deixei Asher na escolinha antes de vir à procura do meu amigo, porque se eu não consigo falar com a mulher dele, ele vai.

— Tina, bom dia! — Quando me vê a mulher abre um sorriso bonito. — Theo está?

— Bom dia, Matteo. Está sim, no escritório. Mike está com ele.

Agradeço e sigo para o corredor, mas antes mesmo de chegar à porta, ouço a risada de Mike. Bato anunciando minha chegada e a voz que me manda entrar não é a de Theo e eu quase rio disso.

Mike e sua mania de se achar dono do local.

Ao entrar, os dois me olham com sorrisos largos que vão morrendo ao ver a cara de merda que eu devo estar.

— O que aconteceu? — Theo é o primeiro a perguntar.

— Vim aqui para descobrir se você pode me responder isso... — resmungo e me jogo no sofá que ele tem no meio da sala. A atenção deles em mim me deixa inquieto.

— Como assim, Matteo?

— Ayla saiu há duas noites com Cecília e desde então não fala comigo.

— A psicóloga doida tinha de estar envolvida, não é?

Lanço um olhar raivoso para Mike, que ergue as mãos em rendição.

— Não é hora para demonstrar essa porra de tesão incubado que você tem por Cecília — rosno, jogando minha cabeça no encosto do sofá.

Sinto afundar o lado do sofá e de esguelha vejo Theo sentar.

— Vocês brigaram? — Nego com a cabeça e esfrego o rosto com raiva. — Se vocês estavam bem. Ela provavelmente deve estar corrida lá no hospital.

Paro um pouco para pensar no que Mike fala e faz sentido, até me lembrar que nem as minhas mensagens ela responde. Nada. Nem um sinal de vida.

— É... — Theo resmunga e olha para mim. — Rebeca comentou que ela não foi trabalhar ontem, ela e Ceci estavam preocupadas porque ela disse que não estava bem.

Endireito-me no sofá, olhando-o atentamente agora.

— Ela disse o que tinha? — Nega com a cabeça e a pressão no meu peito aumenta consideravelmente. O que será que aconteceu? — Não quero parecer louco desesperado, mas desde ontem estou com uma angústia, um peso estranho no peito.

— Dá uma passada no hospital e se ela estiver lá, vocês conversam. Só ela vai poder dizer o que houve.

Assinto para ele. Passo o polegar no meu lábio, nervoso, com os pensamentos girando em possibilidades do que pode ter acontecido.

Será que ela percebeu que nossas vidas não se encaixam?

Será que cansou dos dias tranquilos que passou ao meu lado e do meu menino?

Será que percebeu que pode arrumar um cara sem tanta bagagem?

Nunca fui inseguro, pelo contrário, tudo que eu quis, eu fui atrás e batalhei até conseguir. Só que é impossível não me sentir assim agora. No pouco tempo que passamos juntos, muitas coisas aconteceram; tanto boas quanto ruins. Meus sentimentos por ela se tornaram tão fortes, que eu a sinto mesmo quando está longe, sinto como se ela fosse uma extensão minha... E se ela não se sente assim? E se todas às vezes que senti seu coração bater acelerado, não passaram de coisas que a minha mente apaixonada inventou?

— Como está a casa nova? — Mike pergunta depois de um tempo em silêncio.

— Tudo certo. Até Asher parece mais feliz. — Abro o primeiro sorriso ao pensar no quanto meu filho está radiante esses dias.

— Era só questão de sair de perto da louca da mãe dele.

— Pois é. Sinto-me culpado demais por só ter enxergado certas coisas agora.

— Não se sinta. Você só estava fazendo o que achava que era certo para Asher.

— E o deixei sofrer coisas absurdas na mão da mãe dele. Que porra de detetive eu sou, Mike? Se não fui capaz de ver o que ele passava.

— Um detetive que vive para o filho, que luta todos os dias pelo moleque e que quer o melhor para ele. Um erro não te faz um mau pai.

— Mas errar tanto tempo?

Theo me dá um tapa na cabeça e eu o olho feio.

— Que porra...

— Para de ficar se martirizando, que merda é essa, agora? Pense que de agora em diante é vida nova para vocês dois. Quem sabe, para vocês três. — Ele sorri para mim e retribuo o sorriso ao pensar na vida que quero levar com meu filho e Ayla.

— É... Quem sabe...

— Aí, que merda essas doidas fizeram para vocês parecerem dois bobões? — Mike revira os olhos, arrancando risos de nós dois.

— O dia que você cair, meu amigo, eu vou estar de camarote aplaudindo a mulher.

— Que cair o quê, sai para lá com essa conversa besta.

Converso mais um pouco com os dois e acabo me distraindo por um momento.

Despeço-me deles e vou para o hospital, contando com a sorte de encontrar Ayla dessa vez. Desço do carro, já pegando o celular para poder ligar para ela mais uma vez, só que antes mesmo que eu conclua a ligação, vejo a morena descer de um carro.

Meu coração chega a errar uma batida, a saudade latente judiando do órgão. Ela veste uma calça de moletom e blusa larga, totalmente diferente das roupas que costuma usar, que sempre valorizam seu delicioso corpo.

Corro até ela antes que entre e seguro seu braço, fazendo-a dar um grito assustada e se afastar do meu toque. Estranho sua reação, ainda mais quando seus olhos enchem de lágrimas.

— Anjo, sou eu. — Ela solta o ar ruidosamente, mas não me olha nos olhos, fazendo com que eu abaixe o corpo o suficiente para olhá-la. — Estou ligando desde ontem, o que houve?

— Eu... Eu... — gagueja, seus olhos se fecham e quando se abrem, noto que eles estão opacos, sem o brilho que eu amo ver. — Não estava me sentindo bem ontem, e hoje vai ser correria no plantão. Desculpa.

— Ei, não precisa se desculpar. — Abro um sorriso reconfortante para ela e quando toco seu rosto, seu corpo se retesa e ela dá um passo para trás. — O que acha de ir lá para casa quando terminar aqui? Podemos assistir a um filme e dormir agarradinhos.

Algo que eu falo a faz estremecer. Seus dentes fisgam seu lábio enquanto ela coloca uma mecha de cabelo atrás da orelha. Suas bochechas coradas me fazem ter vontade de beijá-la, mas me contenho esperando sua resposta.

— Vou fazer plantão de 48 horas, não vai dar.

Sua recusa me deixa triste, mas não deixo que perceba.

— Eu estou com saudades, amor. Asher também.

Sei que é jogo baixo falar do meu filho, mas não me importo com isso agora, só quero que ela aceite ir para minha casa para poder matar a saudade.

— Matteo, eu não posso mais ir à sua casa. Não posso mais ver você.

Um soco na boca do meu estômago teria doido menos. Dou um passo para trás, passando a mão nos cabelos, nervoso.

Caralho!

— Posso saber por quê? — Ela abaixa a cabeça novamente e nega. — Eu tenho esse direito, Ayla. Antes de você ir para aquela porra de boate, estávamos bem, caralho.

Quando explodo percebo que ela se encolhe, mas a minha mente parece estar repetindo sua frase sem parar.

"Não posso mais ver você."

— Eu só não acho que seja bom. Estávamos indo rápido demais e confundindo tudo.

— Não confundi nada, merda. Eu sei o que estou sentindo e estávamos indo em um ritmo que achei que fosse o que você queria.

— Mas não era. — Ela hesita antes de continuar e seus olhos passam por todos os lados, mas não param em mim. Ela está mentindo. Não sei por que, mas ela está mentindo para mim. — Eu não quero mais!

Ayla se vira e sai correndo para dentro do hospital, deixando-me parado feito um idiota, completamente perdido. Minha cabeça lateja com ela gritando que não me quer mais. Os sentimentos conflitando entre si, entre ir atrás dela e deixá-la ir.

Por um momento consigo visualizar um futuro sem essa mulher na minha vida e isso dói em cada parte do meu corpo. Preciso pensar e deixar que ela pense também. Preciso fazer valer o tempo dela agora. Já insisti tantas vezes, que começo a pensar se talvez tenha forçado esse relacionamento, impondo-me acima das suas vontades.

Com o pensamento de dar um tempo para ela, mas de que não vou desistir, saio do estupor e vou para o meu carro, dirigindo para a delegacia.

O dia passou tão lento que eu achei que fosse enlouquecer. Tentei focar no serviço, mas várias vezes meus pensamentos se perdiam na cena da minha mulher parada em frente ao hospital, dizendo que não quer mais me ver.

Assim que entro em casa, o cheiro de janta me atinge, fazendo-me ir direto para a cozinha, onde encontro minha mãe cozinhando. Beijo sua cabeça.

— Oi, mãe.

— Oi, filho. — Ela vira para mim, e seus olhos se estreitam. — O que aconteceu?

Ela sempre sabe quando algo acontece com um dos três só de olhar para nós e como a boa mãe coruja que é, fica pairando em cima, querendo nos proteger do que quer que tenha nos magoado.

— Nada, mãe. Só estou cansado. Cadê Asher?

— Você não me engana, sabe bem disso. — Seu carinho é muito bem-vindo e me tranquiliza, fazendo a pressão do peito aliviar um pouco. — Quando quiser conversar, estarei aqui, pronta para ouvir. Asher está lá fora brincando com Bolt.

Vou em direção das risadas do meu filho e o encontro correndo com a bola de pelos no gramado, as gargalhadas dele são tão altas, que é impossível não sorrir com ele.

Quando me vê, corre até onde estou.

— Papai. — Olha para trás de mim procurando por alguém, que eu sei bem quem é. — Cadê minha estrelinha?

— Ela não veio, amor. — Penso em como dizer que ela não vem por um tempo, sem magoar ele. Asher é tão apaixonado por ela, quanto eu. — Ela vai trabalhar muito lá no hospital e vai passar uns dias cuidando da tia Ceci.

— A tia Ceci está dodói? — Rio com sua inteligência e nego com a cabeça.

— Não, amor, a tia Ceci não está dodói. Só está com saudade da Ayla. Ela passou muitos dias dormindo aqui com a gente, né?

— Mas eu também estou com saudades dela. — Sua boca forma um bico e seus olhos brilham com as lágrimas que ele segura para não derramar.

— Filho, olha quantos dias ela dormiu aqui com a gente. Agora ela precisa ficar com a amiga dela.

O pequeno assente, mas não desfaz a cara de choro. Entra sem me olhar e vai direto para o quarto.

Respiro fundo, sentindo-me frustrado, esfregando meu rosto com força.

Ayla se infiltrou na minha vida, enraizando-se em cada mínimo pedaço dela, tomando para si tudo que pôde. Transformando com seu jeitinho de menina moça meus dias tristes, em dias tão felizes que é difícil de acreditar quão rápido tudo mudou. O jeito que ela se transforma de uma mulher tímida a uma completa devassa na minha cama.

Desde o dia em que eu botei meus olhos nela naquele hospital quando esbarrou em mim, ela já tomou conta dos meus pensamentos, mas depois de beijá-la eu a senti no meu coração. Como meu primeiro amor. A primeira mulher que eu quis tanto para mim, que meu corpo doía implorando por ela.

O simples pensamento de ficar longe dela me deixa doente e me faz querer gritar, socar alguma coisa.

Sei dos meus defeitos, sei dos meus problemas e das minhas cargas. Entendo completamente que não é fácil para alguém simplesmente entrar na minha e dividir tudo comigo, por isso meu coração dói ao pensar que talvez seja isso... Talvez ela só não estivesse aguentando suportar toda a bagagem que trago comigo.

Só percebo que estou chorando quando sinto as lágrimas escorrendo pelo meu rosto. Com raiva, seco o caminho que elas fazem e vou para o banheiro.

Tomo um banho rápido e visto uma cueca e uma bermuda. Ouço o toque do meu celular, fazendo-me saltar no lugar assustado. Pego o aparelho e vejo que uma mensagem de Valerie.

Passe-me seu endereço, quero ver Asher!

Até o momento, que eu saiba, você só pode vê-lo com uma ordem judicial.

Você não pode me deixar longe dele.

Respiro fundo várias vezes, querendo colocar os pensamentos no lugar e me acalmar para não acabar falando algo que possa me prejudicar no processo.

Não consigo entender o que se passa na cabeça dela, que a faz pensar que depois de tudo eu ainda deixaria meu filho exposto aos maus-tratos que sofreu em suas mãos.

O conflito de sentimentos de tudo que anda acontecendo está me deixando maluco, o dia de hoje parece que só piora a cada minuto. Minha vontade é de ficar aqui no meu quarto até que tudo se resolva naturalmente, mas não vai. Merda. Se eu não for atrás de tudo, como sempre fiz, nada vai se resolver e as coisas tendem a desandar ainda mais.

Até que você consiga a ordem, ou que o juiz decrete de vez a guarda compartilhada, você não vai vê-lo!

Deixe que eu vá ver VOCÊ, então. Estou com saudades suas, amor.

Claro, ela quer me ver e não nosso filho. Nada, nunca, foi sobre Asher, sim, sobre sua obsessão louca por mim. Para mim, o maior mistério é porque levou a gravidez adiante se não o aceitou desde a barriga.

Não que eu ache que isso seja um erro, meu filho, sem dúvidas, é a coisa mais linda que eu já fiz na vida. Meu maior acerto. Mas ela... Ela só esnobou o pequeno desde que me contou que estava grávida, mesmo que na minha frente tentasse forçar um amor, eu sabia que não sentia. O tempo com ela e depois me mudar para perto dela, foi pensando apenas nisso, que os dois pudessem se aproximar e que ela seria uma boa mãe para Asher.

Ser criado apenas pela minha mãe me fez valorizar a família, valorizar a importância que uma figura materna tem na vida de uma criança. O pai é mais que importante, mas a mãe... Eu tenho consciência de que a mãe é a pessoa que vai apoiar, a pessoa que vai brigar e dar carinho ao mesmo tempo. A mãe geralmente é o equilíbrio, e pensar que meu filho não vai ter o que eu tenho com a minha mãe, deixe-me inquieto e nervoso.

Você só vai me vir quando for vê-lo e apenas isso. Não temos mais nada para falar, se não for sobre Asher. Então, por favor, para!

Jogo o celular na parede, vendo o aparelho se destruir em alguns pedaços. Isso me tira ainda mais do eixo.

Porra!

A cabeleira escura da minha mãe aparece na porta, seu sorriso é contido, deixando-me um pouco mais calmo.

— Problemas?

— Muitos deles — resmungo passando a mão nos cabelos, sentindo-os ainda molhados. Ela se senta na minha cama e dá duas batidinhas no colo, em um convite para me deitar ali.

Seu colo sempre foi meu melhor lugar de conforto, mesmo quando parecia perdido, quando me deitava ali e sentia seu carinho, tudo parecia no lugar.

Sento no chão em sua frente, deitando a cabeça no seu colo. Sinto sua mão pequena se enrolar nos meus cabelos em um carinho suave e automaticamente meu coração vai batendo com mais calmo, me tranquilizando.

— Quer me contar? Sabe que sempre pode me contar tudo.

— Sei... — Fecho os olhos com seu carinho. — Ayla não quer mais me ver.

— Tem algum motivo para isso?

— Se tem, eu ainda não sei qual é. Ela saiu com a amiga esses dias e desde então, tem me evitado. Só hoje nos encontramos... Não, eu a encontrei, não é? E ela estava estranha, mal me olhava, mamãe. E simplesmente disse que não queria mais me ver, que não podia mais.

— Dê um tempo a ela, filho. Se ela pediu isso é porque alguma coisa aconteceu e está deixando-a confusa, talvez ela só precise pensar, e pensar perto de você eu imagino que seja difícil.

Levanto minha cabeça para olhar para a mulher que está me encarando com carinho e aposto que estou com o olhar confuso.

— Você sempre foi intenso demais, Matteo. Tudo com você sempre foi 8 ou 80 e imagino que com ela seja diferente e isso pode dificultar um pouco para ela.

— Só que eu estava indo no tempo dela. Não estava a forçando a nada. Tudo foi rápido demais, encontrei com ela a primeira vez no hospital e eu senti, mãe, senti uma onda tão forte de sentimentos me dominar, que não sei nem como te explicar. Demoramos a realmente ficar juntos, só que quando ficamos, foi tudo devastador demais, como se tudo entrasse nos eixos, mas também estivesse bagunçado.

Ela ri baixinho e acaricia meu rosto, seu toque tão suave diferindo dos sentimentos fortes que me eletrizam no momento.

— Seu primeiro amor.

— Meu primeiro amor. — Sorrio concordando com ela, sentindo-me mais leve por colocar para fora isso pela primeira vez. — Mas isso está doendo, agora.

— Eu imagino, amor. Você só precisa dar um tempo para ela, não estou falando para desistir, apenas para deixá-la respirar um pouco.

Penso no que ela diz e decido seguir seu conselho. Não estou abrindo mão da minha mulher, vou continuar demonstrando que a quero, que ela faz parte da minha vida, mas respeitando o seu momento.

CAPÍTULO 27

Ayla

Falar para Matteo ontem que eu não queria mais vê-lo, foi tão difícil que eu senti como se o que sobrou do meu coração estivesse ficando em suas mãos, todos os caquinhos para ele cuidar de longe e eu estava me sentindo afundar ainda mais na espiral de medo, desespero e dor.

O dia passou tão lento, quase parando, entre chorar desesperada e assustada toda vez que ouvia passos atrás de mim, ou quando via Gabe de longe, atender crianças que vez ou outra me tiravam sorrisos fracos e fugir das minhas amigas.

Eu não sei quem foi mais insistente, Rebeca e Cecília ou Gabe. As duas eu conseguia fingir um sorriso e que tudo está bem, apenas corrido. Mas com ele... O momento em que conseguiu se aproximar de mim, eu achei que fosse desmaiar ali mesmo na sua frente, o ar simplesmente sumiu dos meus pulmões e meu corpo não respondia, enquanto minha mente girava. Sentir seu cheiro tão perto me fez correr direto para o banheiro, tomar um banho de quase uma hora, me esfregando com tanta força que tudo ardia.

Dormir não foi diferente e acordar hoje, foi pior. O peso no meu peito me sufocando cada vez mais. Até ouvir a palavra "negativo" saindo da boca da mulher, que olha para mim com um entendimento silencioso.

— Os exames deram todos negativos.

O alívio que me invade quando a Dra. Miller termina de falar é surreal!

Em dias, é a primeira vez que consigo respirar com facilidade, sem sentir como se uma bola estivesse presa na minha garganta.

Eu já não aguentava mais o sentimento de medo, do desespero que estava sentindo. Estava sufocando tanto com tudo, que me sentia fraca. Porém, nesse instante a morena à minha frente consegue aliviar o aperto no meu coração.

"Negativo". A palavra ecoa tantas vezes na minha cabeça, que preciso fechar os olhos e respirar fundo, tentando me controlar.

— Os resultados deram negativos para todos os exames, mas preciso lembrar que não fizemos um de gravidez, então recomendo que aguarde mais alguns dias para poder ir fazer. — Ela sorri parecendo aliviada, assim como eu. — E lembrando também que você deve continuar tomando o coquetel de remédios, sem falha, ok?

— Ok, Dra. Miller. Muito obrigada!

Despeço-me dela e saio do seu consultório sentindo meu corpo um pouco mais relaxado.

O dia está ensolarado e quente, lembrando o calor do Brasil.

Ergo meu rosto em direção ao sol, sentindo-o esquentar com os segundos que se passam. A sensação de alívio está se esvaindo de dentro de mim tão rápido, que me desespero, querendo me apegar aquele breve sentimento.

Mais uma vez peço aos céus para que os raios de sol voltem a me esquentar por dentro, derretendo todo e qualquer sentimento ruim1.

Sentada no meu consultório, olho o envelope à minha frente como se ele fosse uma cobra pronta para me dar o bote.

Uma palavra ali pode mudar toda a minha vida, por isso respiro fundo várias vezes, tentando diminuir as batidas do meu coração e obrigando minha mente a parar de pensar em tantas coisas ao mesmo tempo.

Pego meu celular e ligo para Rebeca, sei que ela e Cecília estão no hospital, pois já nos encontramos algumas vezes hoje e agora eu só preciso das minhas amigas. Sei que o que estiver escrito nesse envelope, pode tirar meu chão e eu preciso do meu apoio.

— *Ayla*... — Um soluço me escapa antes que consiga responder — *O que aconteceu? Onde você está?*

— Você... Você pode vim aqui no meu consultório?

— *Claro, estou indo*.

— Pode chamar a Cecília também?

— *Você está me assustando, amiga, o que aconteceu?*

— Eu... Eu... — O choro vem com força, impossibilitando-me de terminar.

— *Estamos indo. Estamos chegando*. — Sua respiração está ofegante, como se ela estivesse correndo.

Desligo e curvo meu corpo para frente, os soluços altos ecoam pelo consultório antes tão silencioso.

Já se passaram quatorze dias desde o pior dia da minha vida.

Quatorze dias desde que me sinto morta por dentro.

A porta do meu consultório é aberta com força e logo sou abraçada por quatro braços que me acalentam e mãos que me acariciam, mas eu não consigo me acalmar.

Tudo em mim dói.

— Estamos aqui. Sempre estamos aqui com você, independente do que for que tenha te deixado assim.

— Foi o detetive? Eu vou arrancar as bolas dele com minhas unhas — Rebeca fala tentando manter a voz mansa, mas a raiva se sobressai.

Nego com a cabeça e ouço quando as duas respiram, quase aliviadas. Vou me acalmando aos poucos, sentindo o carinho e me sentindo completamente amparada.

Não posso contar tudo, elas vão me odiar. Vai ser a mim que vão querer matar. Mas isso... Para isso, eu preciso delas.

Levanto o rosto sentindo as lágrimas ainda descendo e aponto o envelope. Rebeca rapidamente o pega e abre. Percebo que ela lê mais de uma vez, sua feição tão chocada me faz ter mais medo ainda.

— O que é isso? — Ceci pergunta olhando diretamente em meus olhos.

— É um teste de gravidez — Beca responde, já que eu não falo nada. A boca da loira se abre em um O grande demais. — Um teste positivo.

Meu mundo para.

Tudo fica escuro e em câmera lenta.

Só sei que não estou respirando direito, quando Cecília segura meu rosto entre suas mãos, com os olhos azuis diretamente nos meus.

— Ei, respira. Vamos lá... Inspira... Expira... Inspira... Expira... — Tento fazer o que ela diz, mas meus pulmões não recebem o ar. Eles ardem como brasa.

Positivo.

Positivo.

Positivo.

Grávida do homem que me estuprou.

Não do homem dono do meu coração.

Mas do homem que despedaçou ele da maneira mais cruel possível.

— Amiga, você precisa se acalmar. Não é o fim do mundo. Você está com Matteo, ele já é pai, vai estar com você.

— Não é do Matteo. — Minha voz falha, assim como meu coração parece estar falhando agora.

— O quê?

— De quem é? — as duas perguntam ao mesmo tempo.

— Gabe. — Elas até tentam disfarçar o choque, mas suas bocas abertas não deixam. — Naquela noite da boate fui embora com ele.

— Vocês estavam conversando? — Nego com a cabeça. — Mas você... Você quis transar com ele? — Rebeca gagueja a pergunta.

Meu olhar cai para os meus dedos em cima do meu colo e torço-os nervosamente, enquanto assinto para ela.

— Quis.

— Amiga, naquela noite nós bebemos demais, você estava tão bêbada, quanto eu. Se você não...

— Eu quis, Cecília! — digo, ríspida, e as duas se calam. — Eu só estava com medo. Precisava de vocês, não consegui nem segurar esse envelope sem tremer.

O choro volta tão forte quanto antes e sou puxada para o chão, encaixada entre as pernas de Cecília, que me abraça forte.

Com a cabeça rodando em círculos, sinto-me enjoada, levanto correndo e vou para o banheiro, onde boto para fora tudo que almocei. Alguém segura meu cabelo.

— Estamos com você, Aylinha, no que você decidir.

No que eu decidir...

Pensar que vou gerar uma criança de um monstro Deixe-me mais enjoada, mas pensar em tirar essa criança...

Mais um jato de vômito sai de mim.

Quando minha mente assimila o carinho que estou recebendo, meu corpo retesa com o toque. Sinto como se fosse mãos grandes e não as mãos suaves da minha amiga, por isso me afasto do seu toque, encolhendo-me na parede. Não consigo levantar a cabeça para ver seus olhares de pesar ou de raiva.

— Posso ficar sozinha? Preciso pensar.

— Você vai nos ligar se precisar de algo? — Assinto e antes de sair, Rebeca ajoelha na minha frente. — Você não precisa decidir nada agora. Pode digerir a novidade e quando estiver mais calma, você decide e estaremos segurando a sua mão.

— Obrigada.

Ouço o barulho dos saltos se afastando até ouvir a porta bater.

Meu peito está tão pesado, que sinto como se alguém estivesse o apertando com força, impedindo o sangue de correr. Minhas mãos suam frio enquanto meu corpo balança com o choro compulsivo.

Eu estou grávida.

Um bebê sempre esteve nos meus planos, ser mãe era um dos meus maiores sonhos e Gabe conseguiu transformar tudo em pesadelo. Conseguiu manchar com sua sujeira, um ser tão puro que só deveria trazer alegria.

Queria minha família. Casar na igreja com o homem que eu amasse. Engravidar de um filho que me traria tanta alegria, tanta luz, que eu transbordaria amor.

Queria que fosse de Matteo. Ele amaria se fosse dele? Cuidaria tão bem, quanto cuida de Asher?

Claro que cuidaria. Matteo, apesar da sua cara fechada, é dono do maior coração que já conheci.

Não deveria ser assim, eu deveria amar essa criança desde o primeiro instante. Eu deveria me sentir nas nuvens com a novidade de gerar meu bebê.

E se essa for a luz que eu venho pedindo tanto a Deus?

E se esse bebê for a minha salvação?

Se ele veio para me dar as forças que eu estou perdendo?

Limpo meu rosto e boto minhas mãos na minha barriga, de repente, sentindo meu coração bater descompassado.

É isso que eu preciso ver. Que de uma coisa horrenda, veio um presentinho lindo para mim, algo pelo que lutar, e pensar isso me faz abrir um sorriso pequeno. Meu coração expande tão rápido, que me assusto com a força do sentimento que me toma.

— A mamãe... — A palavra tão simples não me traz o gosto amargo que achei que traria. — A mamãe vai ser forte por você, meu pequeno.

Levanto para lavar meu rosto e voltar para minhas consultas. Assim que acho que estou com a aparência melhor, volto para a mesa e guardo o exame na minha bolsa. Antes que eu consiga chegar à porta, ela é aberta e a figura loira alta me faz perder as forças nas pernas, me escorando na parede para não cair.

— Olá, amor, hoje não vi você.

Claro que não, estou te evitando.

Minha respiração fica suspensa e o coração bate forte com o medo. Meus olhos se enchem de lágrimas, mas não vou chorar. Não na frente dele.

— Estava pensando... Não usamos camisinha aquele dia, será que vem um bebezinho nosso?

A bile sobe a garganta, deixando um rastro amargo.

Ele não vai saber. Não pode saber.

— Não vem! Tomei pílula!

— Pílulas falham, amor. Não seria maravilhoso? Nós dois juntinhos e um filhinho? Já o imagino com o seu narizinho pequeno e reto.

Ele se aproxima e quando sua mão toca meu rosto, corro para trás da mesa, colocando uma distância considerável entre a gente. É desesperador estar tão perto dele. Uma das minhas mãos vai automaticamente para a minha barriga, como se pudesse proteger dele.

Seus olhos caem para o movimento e brilham com algo que não consigo identificar.

— Você fez um teste? — Nego com a cabeça. A voz simplesmente sumiu. — Não mente para mim, porra! — vocifera, fazendo-me estremecer. Continuo negando. — Então vamos fazer. Vem.

— Não... Não vou a lugar nenhum com você.

— Vai, você vai, sim! — Dá a volta na mesa, agarrando meu pulso e me puxando para fora.

Estou tão mole com o contato, que não consigo me soltar ou firmar os pés no lugar.

— Me solta... — Minha voz está embargada e baixa, não querendo chamar mais atenção do que já estamos. — Por favor, Gabe, as pessoas estão olhando.

Ele olha ao redor e para um pouco, parecendo pensar. Joga-me contra a parede, fazendo-me bater a cabeça com força e uma tontura me faz apoiar as mãos na mesma.

— Se eu descobrir que você está escondendo meu filho... Acho você no inferno!

Quando ele se afasta, meu corpo desaba no chão. Faço o exercício de respiração que fiz antes com Cecília, tentando tranquilizar meu coração. Após alguns minutos, mais calma, levanto e sigo para o quarto de Lauren.

———

Saio do banho enrolada na toalha, no momento em que meu celular começa a tocar. Um gelo sobe por minha espinha, temendo que seja Gabe ou Matteo.

Assim que pego o aparelho, vejo que é Felipe. Se eu não atender, ele vai me bombardear de mensagens até que consiga falar comigo, por isso atendo de uma vez.

— Ei, Fê.

— Oi, Estrelinha. — Usa o apelido que Asher me deu. — Chegou agora?

— Agora pouco, acabei de sair do banho.

O sorriso do meu irmão sempre foi uma das coisas que mais chama a atenção das mulheres, dá um ar de menino travesso a ele e o espertinho sempre usou disso para conseguir o que queria, seja uma nota maior naquela matéria que ele tinha dificuldade, ou para arrastar para sua cama a mulher que ele desejava. Até mesmo para amolecer mamãe quando ela estava brigando com ele.

— Liguei antes e você não atendeu. Está tudo bem?

Penso nos últimos acontecimentos, contendo a vontade de dizer que não. Não preciso dele brigando comigo agora, me dando lição de moral.

— Sim...

— Ayla, você nunca foi muito boa em mentir. — Dou de ombros para sua observação. — Foi Matteo? Vou precisar voar até aí para matá-lo?

Na imagem, vejo quando levanta da cama e corre para o seu closet, assim que ele começa a mexer em suas roupas, dou uma risada baixa.

— Para, Fê. Não, não foi ele!

Ele solta uma respiração profunda e coloca a mão em cima do coração.

— Graças a Deus, gosto demais dele para ter que me desfazer dele assim.

Rimos da sua gracinha. É a primeira vez em dias que consigo rir, que os pensamentos não me esmagam a todo segundo que passa.

A saudade dele e dos meus pais é esmagadora.

Não faço ideia de como vou contar para eles sobre a gravidez, mas decidida que não vou interromper, em algum momento eles vão precisar saber. E eu sinto que preciso do colo dos três nesse momento.

Amo Rebeca e Cecília, tanto quanto amo Felipe, e mesmo que as duas digam que vão estar comigo nessa fase, nada se compara ao que meus pais podem fazer por mim.

— Terminei com ele, então... — seus olhos claros me olham atentamente, como se esperasse que meu rosto demonstrasse algo que eu não falo. — Estava pensando em ir passar alguns dias aí com vocês.

Ele sorri, mas é um sorriso triste. Será que ele não me quer lá? Está acontecendo alguma coisa que eu não sei? — Você sabe que não pode fugir, né?

— Por que eu fugiria? — pergunto na defensiva e ele ri amargo.

— Sei que você gosta dele, Ayla. Todas às vezes que liguei, conseguia ver a forma que olha para ele e para aquele menino. Não sei o que te fez terminar, mas posso te garantir que nunca te vi tão radiante quanto naqueles dias.

— Que clichê falar isso, Felipe.

— Pode até ser, mas não deixa de ser verdade.

Assinto, porque como ele disse, nunca fui boa em mentir e nem quero, não sobre isso e não para ele.

— Eu gosto dele. — Sua sobrancelha levanta e ele faz aquela cara de quem diz "jura?", mostro a língua para ele. — Mas preciso me afastar. Não posso agora... Especialmente agora.

Pelo seu rosto, ele fica confuso com a minha fala, mas não me importo, isso é o máximo que ele vai tirar de mim.

— Será que ainda tem um lugar aí para mim?

— Você vai voltar a roubar mamãe de mim?

Solto uma risada dele.

— Provavelmente.

— Tudo bem, posso dividir mamãe com você por alguns dias.

Conversamos por mais algum tempo e depois de mais uma vez afirmar que vou para o Brasil assim que possível, desligamos.

Coloco um pijama, deito-me na cama e deixo um filme rolando na TV, mas não consigo prestar atenção. Pensar em ir para longe daqui é assustador demais. Muito mais do que foi vir para cá, e não entendo isso.

Mentira.

Meu cérebro acusa.

Claro que eu sei. Cortar relações com Matteo é completamente diferente de ir para longe dele, onde não vou vê-lo nem de longe, não vou ficar sabendo se ele ou Ash estão bem.

Pego meu celular e como a masoquista que sou, abro minha galeria, vendo fotos que tiramos nos dias que passamos juntos.

Matteo jogando Asher para cima, mesmo comigo brigando com ele por isso, não resisti em tirar uma foto, vendo os sorrisos que eles davam.

Matteo olhando diretamente para a câmera assim que acordou de um cochilo, depois de uma noite inteira venerando meu corpo. Seu olhar me queima mesmo que por essa pequena imagem.

Asher todo sujo de macarrão, gargalhando enquanto via o pai tão sujo quanto ele.

Asher e Bolt correndo pelo gramado.

Mas a que me faz chorar sentida, é a que Asher tirou enquanto mexia no meu celular.

Estou encostada na beira da piscina, preparando-me para sair e Matteo atrás de mim, mordendo minhas costas. Mesmo com meu rosto virado para baixo é possível ver que estou rindo, enquanto Matteo tenta me puxar para baixo. Lembrar da sensação das suas mãos em mim, dói meu coração, porque não sei se vou conseguir sentir novamente isso sem me sentir morrer a cada toque.

Como se invocado pelos meus pensamentos, seu nome pisca com a notificação de uma mensagem dele.

O dia hoje foi difícil. Correria na delegacia.
Asher chorando quando o deixei na minha mãe. A saudade não me deixa em paz... Quando você vai voltar para mim?
No seu tempo, Anjo.

Aperto o aparelho contra o peito, meu corpo chacoalhando com os soluços que não me abandonam.

Ele tem mandado mensagens assim todos os dias, me contando seu dia, contando sobre Asher, falando que está com saudade e todas elas acabam do mesmo jeito. "*Quando vai voltar para mim? No seu tempo, anjo.*"

Será que ele ia me querer de volta na sua vida se soubesse de tudo?

Será que ainda iria dizer que esperaria meu tempo?

E se esperasse, quanto tempo seria? Quanto tempo levaria para eu finalmente conseguir senti-lo perto de mim sem ter vontade de correr para longe?

Idiota, ele te odiaria, para começo de conversa.

Ir para o Brasil por alguns dias é a melhor coisa que vou fazer, lá posso pensar com clareza no que fazer com a minha vida.

CAPÍTULO 28

Ayla

O mar à minha frente está calmo, as ondas indo e vindo com tranquilidade. Assim como minha cabeça e meu coração.

Estou me sentindo tão sozinha aqui. A noite fria arrepia meu corpo, fazendo-me estremecer. Mas isso não me incomoda, não me faz querer ir embora. Pelo contrário, me faz querer ficar aqui, onde não estou me afogando em lembranças e sensações ruins.

Olhando fixamente para frente, percebo uma criança sentada. Seus cabelos loiros e agora curtos não me deixam dúvidas sobre quem é, por isso me levanto e vou até onde ele está. Meu pequeno leãozinho abre um sorriso enorme ao me ver.

Sento-me ao seu lado e é então que meus olhos caem para as suas pernas, onde tem um pacotinho embrulhado em uma manta branca, meu lábio se curva em um sorriso e levo minha mão ao rostinho delicado do bebê, que resmunga ao meu toque.

— Ei, estrelinha, ele é lindinho, né?

— É sim, meu amor. De quem é?

Asher sorri para mim, aquele sorriso que sempre me desmonta.

— É o bebezinho...

— Bebezinho de quem?

— Estamos com saudades, estrelinha.

— Também estou com saudades, amor.

— Você vai ficar bem e vai voltar para gente? O bebezinho precisa de uma mamãe.

— Cadê a mãe dele, Ash? — Dá de ombros para mim.

Com todo cuidado que uma criança de cinco anos pode ter me entrega o bebê e se levanta, ficando de frente para mim. Suas mãozinhas pequenas seguram meu rosto, enquanto ele me olha com a mesma intensidade que seu pai me olha, fazendo meu coração saltar dentro de mim.

— Você é tão forte, Estrelinha. Tão corajosa, que ama a gente com todo seu coração. E quando estiver pronta, eu, meu papai e o bebezinho vamos ficar com você, ok? — As lágrimas escorrem pelo meu rosto enquanto fala tudo olhando diretamente nos meus olhos. — Você vai voltar para nós e

vamos ser muito, muito felizes. Como meu papai diz, no seu tempo, Estrelinha.

Depois de deixar um beijo no meu nariz, ele se vira andando na areia, sumindo tão rápido quanto apareceu.

Olho o pacotinho no meu colo e enquanto choro, sinto meu coração expandir dentro de mim, um sentimento de amor tão arrebatador que choro ainda mais.

Asher tem razão, eu os amo tanto, que pensar em perder meu pequeno leãozinho e meu bebê me deixa em desespero.

— Eu vou voltar por vocês, meu amor... Vou lutar contra as coisas ruins e não vou deixar que me afundem ainda mais. Preciso ser forte por você, por Asher e... Por ele! Sempre por vocês.

Embalo por alguns minutos o corpinho pequeno, cantarolando uma música...

Acordar hoje foi menos doloroso do que tem sido ultimamente.

Depois de um banho demorado, como tem sido todos os meus banhos ultimamente, vou para o meu closet, visto uma calça jeans larga e um suéter branco de gola alta. Calço uma botinha de salto.

Enquanto penteio meu cabelo me olhando no espelho, percebo que é a primeira vez que me arrumo um pouco melhor desde o acontecido.

Talvez o sonho com Asher e meu pacotinho tenha alimentado alguma faísca de esperança dentro de mim, ele falar que me esperaria... Me fez perceber que quero voltar para eles.

Quero voltar para Asher.

Quero voltar para Matteo.

Mas preciso voltar inteira. Preciso estar curada para poder me sentir a vontade de novo com seu toque, estar curada para amar eles como merecem.

Decidida, pego minha bolsa e saio em direção a cozinha. Ao entrar no cômodo, Cecília está limpando o chão, o que me faz rir.

— São sete horas da manhã, Cecília e você já está limpando a casa.

Ela pula assustada com a minha voz e quando me olha, um sorriso se abre em seu lábio.

— Ei, estava suja, precisava limpar. — Dá de ombros. — Você parece animadinha hoje.

— Estou um pouco animada hoje. — Pisco para ela e pego uma maçã, dando uma mordida na fruta enquanto saio. — Estou indo para o hospital. Beijo.

Saio de casa no momento em que o carro que chamei estaciona e logo estamos nas ruas de Santa Mônica, sempre agitadas.

Meu celular apita dentro da bolsa, pego o aparelho e leio a mensagem do dia.

Bom dia, Anjo!
Sonhei com você essa noite e isso me fez procurá-la na cama. Quando lembrei que você não estaria ali, a saudade só aumentou.
E, para ajudar, Ash anda choroso, com saudades suas.
Não se preocupe, estou cuidando do nosso leãozinho.
Quando vai voltar para mim?
No seu tempo, Anjo.

Meu peito afunda com a informação, mas não consigo responder para saber como ele está. Não me sinto pronta para falar com ele ainda.

Ao chegar ao hospital vou direto para o meu consultório, rezando para não encontrar Gabe. Hoje que estou me sentindo um pouco melhor, não preciso vê-lo. Mas minhas preces não são atendidas, porque assim que eu entro no meu consultório, ele está sentado em uma das cadeiras em frente à minha mesa. Fico tensa imediatamente, segurando a maçaneta com tanta força, que o sangue para de chegar até eles, deixando-os branco.

Ele se vira para mim com um sorriso tão grande que minhas pernas amolecem imediatamente e o ar para de chegar aos meus pulmões.

— Bom dia, amor, vim para conversarmos. — Sua voz demonstra uma alegria estranha.

— Eu... Eu não posso falar agora.

Tento sair da sala, mas o que ele fala a seguir me faz parar, com o medo tomando conta de cada músculo do meu corpo.

— Peguei seu exame ontem. Estou tão feliz que vamos ser papais.

Tudo ao meu redor começa a girar, talvez consequência de eu não estar respirando agora. Só noto sua aproximação quando seus dedos tocam meu rosto, fazendo-me virar para não olhar diretamente para ele, mas sua respiração quente batendo no meu rosto me faz estremecer.

— Você não está feliz, amor? Já me sinto ansioso para pegar nosso pequeno no colo logo.

Minha voz não sai, o nó entalado na minha garganta não me deixa falar nada.

— Espero que ele tenha esse seu narizinho lindo... — Seu dedo percorre o contorno do meu nariz e meu estômago revira automaticamente pelo toque. — Vamos ficar juntos para sempre agora, amor, viver felizes. Podemos comprar uma casa com um quintal bem grande para ele brincar.

— Eu não vou voltar com você! Nunca!

— Você não quer dar uma família para nosso filho? — Sua voz tem um tom de confusão, mas consigo notar a raiva contida, como se estivesse se segurando para liberar.

— Meu filho! Meu... Não seu e nem nosso... Meu! — Quase grito em seu rosto.

Ele nunca vai se aproximar do meu filho, nem que para isso eu precise voltar de vez para o Brasil ou fugir a vida todo dele.

Ele agarra meu braço impondo um pouco de força, arfo sentindo meu corpo bater contra a porta aberta.

— Nosso filho, porra! Se não fosse por mim, você não teria essa criança!

— Você... Você...

Não consigo falar, não consigo discutir com ele agora, sinto-me fraca diante dele. Ele acabou de sugar a pequena esperança que nasceu hoje. Seu cheiro me deixa desnorteada, o toque me traz lembranças que eu só queria esquecer.

— Ayla, achei você. — Rebeca para ao nosso lado e olha diretamente para as mãos de Gabe, que ainda estão me segurando. — Algum problema aqui?

— Nenhum problema. Estávamos comemorando, não é amor? Mas eu já vou, mais tarde passo na sua casa. — Pisca para mim e nos dá as costas, sumindo no corredor.

— O que estava acontecendo aqui? — Ela continua olhando para meu braço e quando sigo seu olhar, vejo marcas dos dedos dele. — Ele te machucou.

— Só estávamos conversando, isso não foi nada.

Desvio o olhar dela e entro no consultório, indo direto para o banheiro, onde lavo meu rosto como se a água pudesse levar consigo minha angústia.

Preciso ir para o Brasil ainda hoje, preciso urgentemente sair de perto dele. Não posso deixar que ele continue perto de mim, me trazendo lembranças ruins daquela noite e menos ainda, perto do meu filho.

Saio do banheiro e encontro Rebeca sentada, olhando o celular. Sento-me em sua frente e ligo meu notebook, indo diretamente procurar uma passagem.

— Hoje é aniversário do Asher... — Beca diz hesitante, chamando minha atenção.

Merda! Eu me esqueci completamente de que hoje é aniversário dele. Queria tanto ver meu leãozinho, mas me aproximar dele e do Matteo me faz querer chorar, o medo de ver acusação nos olhos azuis cristalinos do homem me deixa completamente desesperada.

— Matteo perguntou ao Theo se sabíamos se você iria ainda. Você vai, né? Você não pode deixar de vê-lo, fiquei sabendo que ele anda bem choroso, sentindo sua falta.

— Beca...

— Eu sei que você terminou com Matteo, não sei o que te levou a essa decisão, mas ele é uma criança, Ayla. Uma criança que te adora e está sentindo sua falta, amiga. — Sua voz amolece enquanto me olha com cautela.

— Eu sei, tá? Eu também o adoro e sinto tanta saudade que dói. Mas não posso... Não posso ir. Não posso ver o Matteo agora.

Uma lágrima escorre e eu trato de limpar rapidamente. Volto o olhar para o computador, vendo que tem uma passagem para a madrugada, aproveito e fecho a com para sob os olhos atentos da minha amiga.

— Tudo bem, não vou ficar te pressionando. Saiba que Asher vai estar te esperando, se puder pelo menos ligar para ele, sei que ele ficará feliz, ok?

— Acabei de comprar minha passagem para o Brasil.

— O quê? — Rebeca parece confusa me olhando.

— Vou passar uns dias no Brasil, preciso disso, tá?

— Desde quando você decidiu isso? E como vai fazer aqui no hospital?

— Ontem, falei com o Felipe. Vou pedir uns dias de folga.

— Tudo bem, pelo jeito você está decidida e já pensou em tudo.

Levanto-me e sento na cadeira ao seu lado, seguro suas mãos e abro um sorriso, tentando acalmá-la.

— Eu só preciso de alguns dias, preciso pensar em como vai ser minha vida daqui para frente. Preciso acalmar meu coração, que dói só de pensar no que fiz com Matteo e Ash.

Rebeca me abraça com força e mais uma vez estou chorando. Achei que já não tivesse mais lágrimas para isso, só que pelo jeito ainda tenho.

— Vai ficar tudo bem, estaremos com você. E vamos estar te esperando aqui, então vai, mas volta pra gente.

— Eu sempre volto para vocês duas.

Sorrimos entre as lágrimas.

Um dos pequenos pedaços do meu coração se alegra minimamente, porque eu sei que enquanto eu tiver Rebeca e Cecília comigo, serei forte.

Matteo

Já é fim de tarde quando Asher termina de tomar seu banho e me encontra no seu quarto. Ele me dá um sorriso, mas seus olhos estão tão tristes que meu coração dói.

— Herói, hoje é seu aniversário, não está feliz? — Puxo-o para se sentar ao meu lado.

— Eu estou papai, prometo que eu estou. Será que minha estrelinha vem me ver hoje?

Caralho!

Já não tenho mais o que dizer para ele sobre o sumiço da Ayla. Todos os dias ele me pergunta e sempre tenho que inventar algo. Não me sinto pronto ainda para dar o braço a torcer de que tudo acabou, não estou pronto para desistir da mulher que eu amo, por isso estou enrolando Asher por tantos dias, mas tem sido cada vez mais difícil e cansativo.

— Não sei se ela vem, mas vou ligar para ela, ok? Agora vá se vestir, a vovó e seus tios já chegaram.

Asher pula da cama sorrindo, seus olhos caem na cama onde eu deixei a roupa dele já separada e já espero a reclamação que sempre vem quando faço isso. Tive que dar um jeito de deixar todas as roupas do seu armário para baixo, de uma forma que ele consiga mexer, porque agora ele acha que já é grande o suficiente para escolher suas próprias roupas.

— Gostei da blusa, papai.

Ele pega a blusa de moletom laranja que Benício deu de presente e seus olhos brilham de alegria, trazendo-me uma sensação de paz.

— Então se veste, corre...

Rindo, ele solta a blusa, coloca a camiseta branca e a blusa, uma cueca e uma calça de moletom preta. O pequeno vai para seu espelho e sorri abertamente.

— Eu estou gatão, em papai.

Não consigo conter a gargalhada que me escapa enquanto meu filho se olha no espelho, se admirando tanto.

— Sim, você está gatão, Herói. Vai arrasar corações.

— Tô mais bonito que o tio Tony? — Ash se vira para mim com os olhos estreitos e uma carranca séria. Mordo o lábio contendo a risada e finjo analisar ele.

— Com certeza. Muito mais!

Seu sorriso se abre novamente, enquanto ele vai para o guarda roupa pegar seu tênis. Deixo-o terminando de se arrumar e vou para o jardim, onde minha mãe arrumou uma mesa simples com um bolo e alguns docinhos e alguns enfeites de heróis. Uma cama elástica foi montada em um canto para Asher e Ana brincar.

Quando pensei em fazer algo para ele, queria fazer algo que somente pessoas importantes para Asher estivessem presentes, por isso somos apenas mamãe, Benício, Tony, Theo e Rebeca, Mike, Cecília e Talissa. E claro, o convite foi feito através de Theo para que Ayla viesse.

Falando nela...

Antes de minha mãe monopolizar minha atenção, vou para o meu quarto e pego o celular, ligando para Ayla. Depois de duas ligações não atendidas, desisto, jogando meu celular na cama, bufando.

Até quando ela vai ficar me evitando, merda?

Não quero pensar em desistir, mas ela não me dá brecha para uma aproximação. Não responde nenhuma das minhas mensagens e não atende minhas ligações.

Saio do meu quarto frustrado assim que a campainha toca, vou até lá abrindo a porta e dando de cara com os convidados, todos de uma vez.

Cecília e Mike brigando, para variar. Theo segurando Juliana no colo, Rebeca segurando uma caixa de presente enorme e Talissa segurando a mão de Ana, que carrega uma sacola de presente também. Abro um sorriso para todos eles que me cumprimentam juntos, um falando por cima do outro.

A cada encontro, eu acho que vão estar mais calmos, mas parecem cada vez mais loucos.

Quando todos passam por mim, meu coração afunda no peito ao perceber que falta uma pessoa.

— Tio Matt. — Abaixo na altura de Ana e abro um sorriso quando ela segura meu rosto com suas mãozinhas minúsculas. — Trouxe presente para Ash.

Aponta para a sacola que soltou no chão.

— Aposto que ele vai adorar, Aninha. Ele já está lá no quintal, gatinha, pode ir lá.

Pisco para ela, que sai correndo rapidamente e logo estou sendo seguido pelos outros até lá.

— Nossa, ficou linda sua casa — Cecília elogia olhando tudo ao redor.

— Obrigado, tive uma ajudinha. — Sorrio sem graça quando ela me olha com pena. Pigarreio. — Está parecendo um lar agora e Asher adora.

— Aposto que adora, agora ele tem espaço. — Ela dá uma risadinha baixa.

Chegamos à porta dos fundos e logo todos se despeçam.

Mike vai para a minha mãe, para abraçá-la e conversar com ela.

— Gente, pode ficar à vontade. A casa é de vocês.

— É claro que é, detetive. — Rebeca pisca e sai rindo, indo em direção as crianças.

Theo e Talissa seguem em direção aos meus irmãos, enquanto fico parado olhando tudo ao redor. Todos sorrindo, as crianças brincando e me sinto feliz por vê-los se enturmando.

Sempre gostei de estar perto deles e, quando estamos reunidos me sinto ainda melhor, sinto-me acolhido e em casa.

Aproximo-me de Mike e Theo, que estão conversando com Tony e Beni, pego uma cerveja na caixa térmica, abro e tomo um gole.

— Então, como o Asher está por esses dias? — Theo pergunta.

— Ele está bem. Na verdade, por esses dias ele anda desanimado, mas é porque está sentindo falta da Ayla. Ela estava passando muitos dias aqui com a gente e ele se apegou mais ainda, por isso esses dias que ela não apareceu está fazendo falta.

— Você já falou isso para ela?

Solto uma risada sarcástica e dou mais um gole na cerveja.

— Em metade das mil mensagens que deixei para ela.

— Matteo...

— Não, Theo, está tudo bem. Estou me virando com ele e não é como se eu tivesse desistido dela. Ela precisa de um tempo e eu estou dando isso a ela. Asher viveu, basicamente, só comigo até hoje, então nos viramos. — Dou de ombros. — Mas e a Juliana, dormindo melhor?

Mudo de assunto e ele ri.

— Graças a Deus, nunca achei que dormir faria tanta falta na vida.

— É por isso que eu vivo falando, casar e ter filho é cansativo demais. Prefiro minha vida de solteiro e pegar a mulher que eu quiser — Mike declara, meus irmãos erguem suas garrafas de cerveja em concordância silenciosa.

— Vocês são péssimos — digo.

— Theo, e sua irmã? — Benício pergunta olhando Talissa brincar na cama elástica com Ana.

Meu amigo vira a cabeça tão rápido para ele, que fico até fico com medo de ter causado um torcicolo nele. Mike e eu caímos na risada da careta que ele faz para Beni, o fuzilando com os olhos.

Theodoro é extremamente protetor com Talissa, mas depois de tudo que a mulher passou, é supercompreensível. Não consigo nem pensar como deve ser para ela agora, sofreu demais na mão de um escroto. Mesmo que quase não conversemos, sei que a protegeria também se algo voltasse a acontecer. Assim como faria com minha mãe, Rebeca, Cecília e principalmente com Ayla.

— O que tem ela? — A voz carregada chama minha atenção de novo.

— Como está? — Meu irmão olha com cautela para ele, mas logo seus olhos voltam para a mulher que gargalha com a filha. — Solteira?

— Solteira, mas para você, casada.

Benício ri para ele e pisca, antes de sair andando em direção as duas.

— Benício é corajoso. — Mike está rindo.

Meu telefone toca e assim que pego vendo quem é, meu coração acelera, ansioso e cheio de saudade.

Afasto-me deles e atendo antes que ela desista.

— Oi. — A voz vem suave e contida, como se tivesse medo do que vou falar.

— Oi, anjo, como você está?

— Estou aqui à porta, queria ver Asher um pouquinho. Só dar um beijo nele. Você guardou os presentes?

— Claro, claro que guardei. Vou abrir a porta para você entrar.

— Não, você pode só trazer ele aqui e os presentes? Vou ser rápida.

— Ayla...

— Por favor, Matteo.

— Ok, tudo bem. Vou chamar ele, espera um pouquinho.

Desligo o telefone e guardo no bolso. Sigo até Asher, que agora está na cama elástica segurando a mão de Ana.

— Asher, vem aqui.

— Ah, papai... — Sua voz é tremida porque ele não para de pular.

— Tem alguém querendo te ver lá fora, vem.

Ele me olha com esperança e logo solta Ana, prometendo voltar. Ajudo-o a descer e ele sai correndo em direção a porta, quando chego lá, Ayla e Ash estão abraçados. Tão colados, como se pudessem se fundir, isso me arranca um sorriso.

Mesmo que meu corpo implore para me juntar a eles, entro no meu quarto e pego os pacotes de presente que estão guardados no meu closet desde quando ela comprou. Volto para a porta e os dois conversam, Asher fala sem parar e Ayla fica só olhando para ele; seus olhos carregam uma tristeza que me fazer querer puxá-la para os meus braços e cuidar dela, tirar tudo que a esteja deixando assim.

— ...E a Aninha me deu um caminhão grandão, com um monte de carrinhos dentro.

— É mesmo, amor?

— É sim. E tá cheio de docinho, vamos comer muitos docinhos hoje, Estrelinha.

— Ah! Não amor, eu não vou entrar.

Não posso ver o rosto do meu filho, mas sua voz sai chorosa. Fecho as mãos em punho, perguntando-me mais uma vez porque ela está fazendo isso. Será que ela não vê que está fazendo-o sofrer? *Fazendo-me* sofrer?

— Por quê?

— Porque eu vou fazer uma viagem daqui a pouquinho e preciso arrumar minhas malas.

A informação me atinge tão rápido e forte, como um trem. Seus olhos encontram os meus, cheios de lágrimas não derramadas.

— Viagem? Você vai embora para sempre?

Agora tenho certeza que Ash está chorando, por isso me aproximo mais e me abaixo, puxando-o para meu colo. Aperto o pequeno corpinho junto do meu para que ele perceba que não importa quantas pessoas o abandonem, eu sempre estarei aqui para ele e por ele.

— Papai... Ela... — Os soluços que saem dele são como uma faca que afunda ainda mais no meu coração.

Ayla se aproxima e quando ela toca suas costas, ele estremece, se encolhendo ainda mais.

— Ei, Leãozinho, não é para sempre — Ayla fala mansamente, seu rosto se aproxima do dele e isso faz com que ela fique perto de mim também. Seu cheiro me acerta em cheio, mas não me deixo levar, não posso. Não agora com meu menino chorando desolado. — São só alguns dias.

Asher se solta do meu aperto e limpa os olhos com as duas mãos fechadas em punhos, parecendo bravo. Ele olha para Ayla por alguns segundos antes de sair correndo para dentro de casa, deixando nós dois olhando por onde ele foi.

— Matteo... — chama minha atenção, seu rosto banhado em lágrimas, mas como da outra vez, ela nem me olha.

— O que foi, Ayla? O que está acontecendo? Por que você está me afastando? Para onde você está indo? — Disparo todas as perguntas rápidas demais.

Ela se remexe inquieta, olhando para os pés.

— Eu tenho de ir, você pode falar... Falar para ele que eu o adoro e que sinto muito tê-lo feito chorar? Dê os presentes quando ele estiver melhor.

— Caralho, não! Entra, vamos conversar quando todos forem embora.

Ela nega com a cabeça e quando seu olhar finalmente encontra o meu, é completamente vazio.

— Preciso ir.

Ela some e eu fico ali, apenas olhando ela levar consigo não só o meu coração, mas o do meu filho também pelo jeito.

Bato a porta e vou para o quintal, procurando Asher por lá e vejo minha mãe embalando-o em um abraço protetor. Ela me olha como se procurasse respostas, mas eu também não tenho.

Aproximo-me da roda onde os outros conversam e paro ao lado de Theo, puxando-o para perguntar baixo.

— Para onde Ayla está indo?

— O quê? Como vou saber? — pergunta, confuso, olhando-me como se tivesse ficado louco.

— Ela disse que está indo viajar, para onde ela está indo?

— Não se...

— Para o Brasil. — Rebeca fala quando para ao nosso lado, olha para mim com cautela e provavelmente vendo as perguntas nos meus olhos, continua falando. — Ela me falou hoje. Eu a vi conversando com Gabe hoje e quando fui falar com ela, me disse que ia ainda hoje.

Não sei o que faz meu estômago embrulhar agora, o fato dela conversar com ele ou a informação de que ela está indo embora.

Antes que eu consiga falar algo, Cecília para ao lado da amiga, com os olhos cheios de lágrimas.

— Ela está indo para o Brasil? Por que eu não fiquei sabendo disso?

— Porque... Não sei, Ceci. Mas estamos indo lá agora falar com ela. Desculpe-me, Matteo.

Rebeca pega a chave do carro do marido e depois de dar um beijo nele, as duas saem marchando de casa, deixando-me aturdido com a informação.

CAPÍTULO 29

Ayla

Como se eu já não estivesse me sentindo horrível, ver Asher chorar me deixou ainda pior.

Eu fui o motivo do seu choro e isso destroçou o que restava dentro de mim. Meu menino não merecia isso, menos ainda no seu dia.

Olho para as roupas que já coloquei na mala e as outras que ainda estão no meu closet enquanto fico sentada no chão, tentando apagar da minha mente o rostinho choroso. As minhas lágrimas não pararam desde que sai de lá, deixando para trás os dois homens que chegaram à minha vida e tomaram todo o meu coração para eles.

É engraçado pensar que em tão pouco tempo, vivi e senti tantas coisas novas ao lado deles.

— Que merda é essa? Você não ia ao menos falar comigo, Ayla?

Pulo assustada com o grito de Cecília, encarando ela e Rebeca paradas no meio do meu quarto, me olhando com a decepção estampada em seus rostos.

— Eu... Eu...

— Você nada, porra! Você estava indo para o Brasil sem nem me avisar, deixou uma criança chorando, um Matteo completamente perdido... E merda, deixando a gente aqui sem saber o que realmente está acontecendo. Você está sendo a porra de uma egoísta do caralho! — Ceci continua gritando, enquanto limpa com raiva as lágrimas teimosas.

— Eu não estou indo embora, Cecília, estou indo apenas por alguns dias.

— E isso te deixa mais tranquila? Alivia sua consciência?

— Não, mas se eu falasse com você...

— Se você falasse comigo, de verdade, conversasse e me contasse o que está acontecendo, eu te entenderia, ajudaria e apoiaria. Mas você está se esquecendo da merda de anos de amizade, está simplesmente excluindo Rebeca e eu da sua vida.

— Não estou... Não estou... Eu só não quero...

— Caralho, claro que está! — Rebeca fala pela primeira vez, com a voz tremendo de raiva. — Quando nos falamos mais cedo eu não quis te pressionar, porque estava uma correria no hospital, mas achei que você esperaria para podermos conversar, mas pelo jeito não faria isso, né? Ia simplesmente subir no avião e nos deixar no escuro?

— Primeiro aquela noite na boate que você sumiu dizendo que estava com Gabe, isso já é estranho o suficiente porque você estava bem com Matteo, estava feliz e eu sei que a minha amiga nunca ficaria com outra pessoa estando em uma relação, depois o teste de gravidez positivo e agora... — A loira fecha os olhos, desistindo de impedir as lágrimas. — Agora você simplesmente vai viajar, sem nem se despedir, sem nem falar com a gente. Comigo na verdade, né, porque Rebeca ao menos estava sabendo da sua decisão. Minha amiga, minha Ayla, "nunca" faria isso! O que está acontecendo? Conversa comigo, por favor...

Ela se abaixa ficando de frente para mim, aqueles olhos azuis que sempre me entenderam, me olhando com tanta firmeza que não consigo manter o olhar. O medo de ver a vergonha, a decepção ali é muito maior do que qualquer vontade de me abrir com elas.

Eu as amo tanto, elas são parte de mim, minha metade, eu não saberia viver sem o apoio delas, sabendo que trouxe tantas coisas ruins para elas.

— É tudo, Cecília. Comigo e com Matteo tudo foi rápido demais, os sentimentos novos, as experiências... Tudo me assusta. Estou grávida de outro cara, enquanto ele já tem coisa demais na vida dele. Estou com medo de tudo, tá? — grito a última frase, fazendo-a cair sentada.

— Estamos com você, Ayla. — Rebeca volta a falar enquanto anda de um lado para o outro. — Sempre estivemos e isso não vai mudar. E mesmo que te assuste, ser mãe não é a pior coisa do mundo, olha para mim... — Aponta para o próprio peito. — Acha que eu não tive medo? Nunca quis nenhum relacionamento e agora não me vejo mais sem Theo ou Juliana. E por Deus, eu duvido que Matteo rejeitaria teu filho se você desse uma chance para ele de escolher. Mas você está tirando essa escolha dele. Está tirando essa escolha da gente. Nós temos a escolha de te ajudar e saber o que está te deixando assim, porque não é a gravidez, já que isso foi algo que sempre quis, mas você está decidindo por nós. Decidindo que vai se afastar de todo mundo.

— Vocês não entendem...

— É claro que não, você não fala, merda! — Beca grita de novo, fazendo-me encolher.

— Eu não consigo. Não consigo falar agora... — falo entre os soluços, levanto a cabeça e as duas me encaram. Ceci está chorando e Rebeca segura as lágrimas. — Não posso falar agora. Eu preciso de um tempo para assimilar tudo, preciso colocar meus sentimentos em ordem para tentar conversar.

Rebeca se junta a nós duas no chão, seus olhos amolecem quando me encara, fazendo um carinho na minha mão. Retraio-me com o contato e isso faz com que Cecília cerre os olhos, me olhando estranho.

— Tudo bem, tá? Não estamos engolindo essa história, mas se você precisa de um tempo, tudo bem, estaremos aqui te esperando para quando você estiver pronta para conversar — Cecília diz com a voz embargada.

Assinto para ela, vendo as duas se levantarem para me ajudar com as malas. Não falamos sobre mais nada até estar tudo preparado. Em todas as vezes que olhei para Cecília, ela estava chorando, evitando contato comigo.

Entendo que esteja magoada, foi realmente egoísta não ter falado com ela, mas está sendo tão difícil tudo isso, tudo ao mesmo tempo, que eu só quero sumir. Queria apenas voltar àquela noite e ficar na cama com Matteo, como ele tinha me pedido. Se eu tivesse ficado...

Respiro fundo, saindo do banho depois de me esfregar ao ponto de sentir dor, meus pulsos avermelhados porque todos os dias ainda sinto as mãos dele em mim e eu preciso sempre estar esfregando, lavando, como se pudesse simplesmente apagar seu toque.

Visto a roupa que separei e vejo que já está quase na hora de ir para o aeroporto. Pego minha bolsa e meu celular, indo para a sala, onde as duas estão sentadas em um completo silêncio, enquanto olham minhas malas ao lado da porta. O coração aperta ao saber que eu estou ferindo minhas amigas, me afastando assim delas.

Paro ao lado das malas e Cecília se levanta e vem em minha direção, eu a abraço com tanta força, que ela geme baixinho, tirando risadinhas da gente. Logo estamos as duas chorando.

— Estou tão chateada com você, agora... — sussurra ao meu ouvido. — Então, quando você voltar, volta de vez para gente. Porque senão eu vou te matar.

A loira sai tão rápido da sala que não tenho nem tempo de falar alguma coisa. Fico olhando Rebeca sentada e me mexo desconfortável com a forma que me olha.

— Não vou demorar.

— Espero que não.

— Não fique com raiva de mim.

— Não estou.

— Não vai me dar um abraço?

— Não sei se consigo.

— Está chateada comigo, também?

— Bastante.

— Por qual dos mil motivos?

— Talvez por novecentos e noventa e nove.

— Vai me perdoar quando eu conseguir falar?

— Talvez sim.

— Posso te abraçar? — Olho esperançosa para ela.

— Você sempre pode.

Aproximo-me um pouco insegura e ela se levanta, então abraço minha amiga tão forte, quanto o abraço anterior. Volto a chorar enquanto ela faz um carinho no meu cabelo.

— Vai voltar logo, né? Juliana vai sentir saudades.

— Vou sentir dela também.

— Então até mais.

— Cuida de Cecília, ok?

— Sempre. — Sorrimos cúmplices.

Beijo seu rosto e saio de casa assim que o carro que eu pedi chega, levando-me direto para o aeroporto.

Quando estou no avião, peço mais uma vez a Deus para que essa viagem me ajude com tudo, que estar de volta de baixo das asas dos meus pais me ajude a ver com clareza o que farei do meu futuro e do meu filho.

Sinto-me completamente despedaçada. Tão sozinha nesse escuro, nessa espiral de tristeza que está me consumindo todos os dias, que é mais do que desesperador e pensar em arrastar mais pessoas a isso me assusta ainda mais.

Meu coração salta no peito ao ver a figura loira e imponente parada no meio do aeroporto, e assim que ele me vê abre um sorriso grande e os braços para me receber, quando corro em sua direção e pulo em seu colo.

— Nossa, você tá pesada, hein?

— Cala a boca, estava com saudades.

Aperto ainda mais meus braços em volta do seu pescoço. Afasto-me um pouco para olhar para ele e abro um sorriso ao ver o quão lindo ele está.

Os cabelos loiros um pouco mais compridos do que estava na última vez em que o vi, estão bagunçados. Aposto que ele ficou o tempo todo passando as mãos por eles, ansioso pela minha chegada. Os olhos verdes dele brilham travessos debaixo dos cílios longos e loiros também. A boca torta em um sorriso genuíno. Felipe é tão parecido com meu pai e ao mesmo tempo tão diferente.

Meu pai é calado, as únicas pessoas capazes de arrancar um sorriso do homem sem sermos eu, mamãe e Felipe, são os pais de Cecília e Rebeca e as próprias. Gosta de ter tudo no seu controle, sempre a um passo de tudo que possa dar errado. Enquanto Felipe leva a vida com toda a tranquilidade que existe dentro dele, sem surtos quando algo não sai como quer, sem querer apressar nada, ou controlar. Desde que eu me entendo por gente, ele sempre foi muito seguro a cada passo que dava, dizendo que se tornaria um chefe de cozinha muito famoso e batalhou muito para conseguir abrir o *Handmade Bacelar*, o restaurante ficou famoso pelo Rio de Janeiro rápido demais e Felipe não poderia estar mais realizado com tudo.

Hoje em dia ele tem pessoas para cuidar de toda a parte burocrática e fazer a parte que gosta: cozinhar.

— Eu também, pequena. Vamos, dona Alessandra vai enfartar se não chegarmos logo.

Solto uma risada baixa e ele me ajuda a guardar as malas no carro e logo estamos no caminho para casa.

Meu Deus, é tão estranho estar de volta a cidade onde cresci e vivi parte da minha vida, mas me senti tão deslocada, tão fora da casinha.

— E aí, como estão as outras malucas?

— Estão bem. — Sorrio pensando nelas. — Juju está tão grande e esperta.

— Quem diria em a primeira a cair foi a pior de vocês. — Ele ri balançando a cabeça. — Meu Deus, a voz dela me falando que vocês fariam uma orgia ainda ecoa na minha cabeça.

Seu corpo estremece e eu rio do seu drama, inclino-me e deixo um beijo no seu rosto.

— Até parece que você não conhece a irmã que tem.

— Por isso mesmo, sei que vocês três juntas nunca dão bom.

Mostro a língua para ele, que ri dá infantilidade.

— Enfim, Rebeca está tão feliz com Theo e Ceci está feliz... — Mordo o lábio. — Depois de tudo, tive bastante medo de como as duas ficariam, já que estavam no quarto quando Karen se matou, mas elas parecem ter superado isso.

— Fico feliz por isso! Porque nós aqui quase surtamos quando tudo aquilo aconteceu, mas vocês se mostraram muito mais forte do que qualquer um achava, né?

Assinto para ele, mesmo não concordando totalmente com isso.

Eu não sou tão forte assim. A prova disso é eu estar aqui, no carro com meu irmão, enquanto meu coração e mente estão lá em Santa Mônica.

Ele para o carro na frente da casa branca e gigante e assim que entramos sinto o cheiro de café e logo dona Alessandra aparece na porta entre a cozinha e a sala, fazendo-me correr para os seus braços. Quando ela me abraça, sinto pela primeira vez que as coisas podem se acertar. É esse o efeito que o abraço da minha mãe tem.

— Filha, você está linda. Deixe-me ver você.

Suas mãos cercam meu rosto e afastam para que ela faça sua inspeção, sorrio fraquinho para ela, que me olha com atenção.

— Você está linda.

— Já falou isso, mãe.

— Eu sei, estou apenas reforçando. — Rimos e ela semicerra os olhos. — Tem algo diferente. Fez alguma coisa?

— Não... — Rio, nervosa.

— O que aconteceu?

Olhando seus olhos da mesma cor dos meus, decido que preciso contar o quanto antes do bebê, não vou aguentar ficar aqui escondendo algo deles e dona Alessandra não vai me dar paz enquanto não descobrir o que está diferente.

— Cadê seu Fernando?

— Opa, estou aqui! — Meu pai aparece e logo me puxa para os seus braços, abraçando-me tão forte que minhas costelas doem. Resmungo e ele me solta sorrindo. — Tudo bem, pequena? Estranhamos você decidir vir para cá assim tão de repente, mas estamos muito felizes.

— Eu sei, precisava conversar com vocês e de alguns dias para colocar algumas coisas em ordem.

— Conversar o quê? — Dona Alessandra não deixa nada passar.

Olho para os três parados, me olhando com caras desconfiadas e de repente me sinto nervosa. As mãos suando frio e o coração batendo forte na caixa torácica. O medo de como vão receber a notícia enraizando dentro de mim.

Sinto como se tivesse voltado a ter dez anos e pulava o muro da escola com as meninas para tomar sorvete.

— Vamos comer primeiro.

Vamos para a cozinha e cada um se senta em seu lugar, todo mundo falando junto por cima do outro, enquanto comemos o bolo e tomamos o café que mamãe fez.

Fico esperando a sensação de lar chegar, mas tudo que percebo é o nó na minha garganta, sufocando-me a cada segundo.

Só percebo que estou chorando quando sinto Felipe me abraçar de lado. Afundo meu rosto em seu pescoço, sentindo seu cheiro familiar, porém em nada me ajuda agora. Só sinto meu coração pesado e tanta saudade, que mal cheguei e já quero voltar correndo para Califórnia. O medo de voltar e ter que encarar todos os dias o homem que me quebrou e de viver cada dia mais nessa agonia de relembrar tudo, como um castigo pelas minhas decisões.

— Estou grávida. — Sinto o corpo do meu irmão se retesar imediatamente.

— O que disse? — meu pai pergunta — O que houve, pequena?

Eu me afasto e respiro fundo, olhando mamãe e papai parados em minha frente, olhando para mim com tanto carinho, que consigo me controlar minimamente. Seco as mãos suadas na minha calça jeans, desviando o olhar dos dois.

— Estou grávida.

— Grávida? — papai pergunta e mamãe segura sua mão, como se pedisse que ele se acalmasse, assinto para ele. — Cadê o pai desse bebê?

Engulo em seco. Merda. Eu sabia que ele perguntaria sobre o pai, mas não me preparei para responder. Dilacera-me mais só de pensar em como meus pais e Felipe receberiam a notícia completa.

— Não estou com ele, pai!

— Como assim, Ayla? — Sua voz se eleva e ele se levanta, colocando as duas mãos na mesa.

Felipe faz o mesmo que ele, mas fica em posição de defesa na minha frente enquanto estou encolhida.

— Pai, se acalma para conversar com ela. Ficar nervoso só vai chateá-la e em suas condições duvido que isso seja bom — Felipe diz, firme encarando, nosso pai, que sinto que me fuzila com o olhar. Meu irmão volta a falar sem me olhar. — Vai tomar um banho e descansar, quando o papai se acalmar, voltamos a conversar.

Assinto mesmo que ele não veja e me levanto correndo, indo em direção ao meu quarto, parando somente para pegar minhas malas. Assim que entro no quarto, noto que tudo continua do mesmo jeito que deixei.

Fotos espalhadas por todo o quarto, a cama imensa forrada com meu edredom branco, meus livros organizados nas prateleiras da parede... Tudo como se eu nunca tivesse saído daqui.

Ouço a porta se abrir e vejo os cabelos escuros da minha mãe aparecerem antes mesmo de ela entrar. Ela abre um sorriso tão grande para mim, que nem parece que acabei de soltar uma bomba em seu colo.

— Oi, mamãe... — digo sem jeito, enquanto ela se aproxima de mim e segura meu rosto com as duas mãos, olhando em meus olhos.

— Minha bebezinha cresceu.

— Cresci. — Sorrio para ela, sentindo seu carinho.

— E já faz bebezinhos.

Meu estômago retorce com o pensamento de como foi feito. Eu tenho total consciência de que meu filho não tem culpa de nada, ele não merece 1% de qualquer sentimento ruim. Não posso espelhar as coisas horríveis que aquele homem fez comigo, em uma criança que veio como um milagre para me salvar.

— Não está brava comigo?

— Brava, filha? Claro que não! — Sua voz me tranquiliza e ela senta comigo na cama, enquanto acaricia minha mão. — Estou assustada, menos do que você deve estar, óbvio, mas estou. Você é minha bebezinha e do seu pai. Ele te via como aquela menininha que corria atrás de Felipe sempre que ele não queria brincar de boneca com você... E agora você vai ser mãe e eu te garanto filha, ser mãe não é as mil maravilhas que todo mundo grita aos quatros ventos, mas você vai amar tanto seu pequeno, que não vai caber nada de negativo.

E cá estou eu, chorando mais uma vez.

Meu Deus, que loucura esses hormônios! Eu sempre acho que desidratei de tanto chorar, mas parece que nunca vai acabar.

Deito em seu colo com meu corpo, pulando a cada soluço que sai de dentro de mim.

— Estou realmente assustada...

— Eu sei, pequena, imagino. Mas você não está sozinha, vamos te ajudar em tudo o que você precisar.

— Menos o papai. — Soluço, afundando mais o rosto em seu colo. Ela ri.

— Eu dou menos de uma hora para aquele cabeça-dura entrar nesse quarto e beijar sua barriga como se o netinho pudesse senti-lo, e rolar no chão, te pedindo desculpa por gritar com você.

Rio entre o choro. Todo mundo sempre falou que sou a menininha do papai e isso é a mais completa verdade. Seu Fernando sempre foi muito duro comigo e com Felipe, mas bastava eu fazer um beicinho para ele, que o homem se desmanchava em minha frente. Confesso ter usado desse truque muitas e muitas vezes para benefício próprio.

— Diz para ele que eu vou esperar? — Ela ri e beija minha cabeça antes que eu me levante.

— Não vou nem precisar dizer. Agora vai tomar banho e descansar, mais tarde venho te chamar para jantar.

Faço o que disse, tiro a roupa e entro no boxe, ligando o chuveiro e sentindo a água quente bater no meu corpo. Fico por muito tempo apenas deixando a água lavar meu medo.

Tudo está me assustando. A gravidez, minha escolha de levar adiante, o amor que senti nascer dentro de mim assim que tomei minha decisão, o fato de que quando eu voltar terei de ver Gabe todos os dias...

Só de pensar nele, sinto meu corpo estremecer. Coloco sabonete líquido na bucha de banho e me esfrego até sentir a água quente arder por todo o lugar, onde esfreguei com tanta força.

Desligo o chuveiro e vou para o closet, pego uma blusa de frio e um short. Deito na cama e pego meu celular, abrindo meu Instagram, procuro Matteo para ver se ele postou foto do aniversário de Asher.

Vejo as poucas fotos que ele postou, esboçando um sorriso ao ver a felicidade do pequeno na maioria das fotos.

Paro em uma onde Matteo está segurando o filho, inclinado em direção ao bolo enquanto Asher está com a língua de fora como se fosse lamber o doce e o rosto cheio de glacê azul. Meu coração aperta, sentindo saudades dos dois e me sentindo pior ainda depois de deixar Asher chorando e Matteo sem entender direito aquela despedida.

Apago apertando o celular contra o peito, como se pudesse abraçá-los dessa forma, mas ainda consigo sentir meu colchão afundando com um corpo grande deitando atrás de mim e o cheiro inconfundível do meu pai me embala até estar dormindo completamente.

CAPÍTULO 30

Matteo

Sempre ouvi dizer que o amor é além de estarmos com a pessoa que amamos. Que amar também é abrir mão, é deixar voar e se sentir feliz com a felicidade da outra pessoa.

Então, por que eu não me sinto nem um pouco feliz?

Por que eu estou me sentindo sufocar a cada segundo do meu dia, desde que Ayla foi embora?

Que porra de sentimento é esse que me faz sentir tão impotente? Que me deixa com a sensação de que estou perdendo algo extremamente valioso?

Merda! Foi ela quem quis ir embora, quem se afastou de mim e fugiu na primeira oportunidade. O que eu deveria ter feito?

Não me sinto pronto para entrar em uma relação que a cada percalço eu tenha que correr atrás dela para trazê-la de volta para o meu lado. Não é isso que eu quero para mim. Quero alguém que esteja disposta a lutar todas as batalhas comigo, que entenda que nem todos os dias vão ser flores, mas que eu estarei junto dela para passarmos por qualquer obstáculo que a vida impuser diante da gente, quero alguém que transborde a minha vida e me deixe fazer o mesmo com ela e, pensando agora em tudo que passamos, sinceramente, não sei se Ayla está realmente pronta para viver isso.

Por isso é tão frustrante todo esse tormento que tenho vivido nesses dias longe dela.

Eu sinto como se tivesse deixado algo muito importante passar batido, como se eu não tivesse enxergado tudo como realmente é, mas não tenho o que fazer se a mulher simplesmente decidiu me deixar de fora do que quer que seja e sumiu. E foi por isso que nesses dois últimos dias, desde que ela viajou, eu não mandei nenhuma mensagem e nem liguei mais atrás dela. Seja o que for que tenha acontecido, eu estarei aqui para ela quando se sentir pronta para me contar, mesmo sem saber por quanto tempo posso continuar esperando.

— Ok, chega! Você pode até ser o mais calado da gente, mas esse seu silêncio e essa sua cara sofrida está me deixando quase com dó de você. Esquece essa médica sem coração! — Mike chama minha atenção.

— Não estava pensando nela.

— Aham, certo. E meu pau é pequeno.

— Isso é você quem está falando. — Tomo um gole da minha cerveja.

Estamos os três sentados no quintal de casa, enquanto Asher brinca com Bolt logo a nossa frente.

— Nós já imaginávamos que você tinha algum problema com o seu pau. Não sei se é bom descobrir que é porque é pequeno, ou se me compadeço de você agora. — Theo não perde a oportunidade de alfinetar o loiro, tirando uma risada de mim.

— Me respeitem! Vocês já viram o monumento que tenho entre as pernas? Se quiserem, posso mostrar. — Ele se levanta já levando a mão ao botão da calça e Theo puxa seu braço, fazendo-o cair na cadeira de volta.

— Ninguém quer ver seu pau, Mike. Até porque, não temos uma lupa por aqui.

Meu amigo mostra o dedo para o outro, mas logo o abaixa e olha na direção do meu filho, o que faz nós dois rirmos dele.

— Vai se foder! Sou bem orgulhoso de ter um pau grande e de saber como usá-lo maravilhosamente bem.

— Porque estamos falando sobre seu pau, mesmo? — pergunto erguendo a sobrancelha para ele, que dá um sorriso de lado.

— Vocês que estão falando do meu pau.

— Porque você disse que ele é pequeno.

— Foi modo de dizer, porra. Meu pau não é pequeno. Já viu alguma mulher com quem eu saí reclamar?

— E alguma vez você nos apresentou alguma mulher que pudéssemos perguntar? — questiono de novo.

— É claro que não. As mulheres brincam nesse parquinho e mesmo querendo voltar, preciso deixar que outras aproveitem.

— Eu não sei como você ainda não contraiu nenhuma IST — Theo diz e bebe mais da sua limonada.

— Assim você me ofende, Theodoro. — Nosso amigo faz careta para ele, por chamá-lo pelo nome completo. — Eu sou o homem mais precavido que você vai conhecer na vida.

— Tem de ser mesmo, rodado do jeito que é, se não se cuidasse teria mil advogadozinhos do diabo por aí já.

Mike estremece com a ideia de reproduzir e eu rio dele. A aversão dele aos relacionamentos é engraçada. De nós três, ele é o único com esse medo de deixar uma mulher entrar em seu coração.

— E se querem saber, estou saindo com alguém. — Theo e eu paramos com nossas bebidas no ar, olhando para ele assustados. — Já faz alguns dias.

— É a Natasha?

— Que Natasha, o quê. Aquela mulher é louca. — Toma um gole da sua cerveja e olha para um ponto qualquer, evitando os dois pares de olhos que estão nele. — É outra mulher.

— E não vai nos dizer quem é? — Theo pergunta antes de mim.

— Não! — diz rápido demais, deixando-nos intrigados.

— Nós conhecemos, pelo menos?

Ele dá de ombros, mas não responde. Olho para Theo esperando que talvez ele imagine quem seja, mas ele parece tão confuso quanto eu.

— Mas não estávamos falando de mim, estávamos falando sobre o sofredor do momento. — Mike me olha com aqueles olhos azuis e desvio o olhar dele porque não quero entrar no assunto, mas ele não vai me dar paz. — Você não pode sofrer para sempre por uma mulher que decidiu sair da sua vida.

— É muito mais fácil falar.

— Você foi atrás dela? — Theo pergunta, olho para ele indignado com a pergunta, já que ele sabe que fui, sim, atrás dela. — Não, idiota. Não estou falando sobre mandar mensagens ou ligar, estou falando de ir realmente atrás. Falar sobre o que está sentindo, olhar nos olhos dela e mostrar que ela tem a opção de querer ficar com você, ou realmente ir embora.

— Estava dando um tempo para ela pensar.

— Você é um babaca — Mike diz revoltado e arqueio a sobrancelha em sua direção. — Eu duvido que ela fosse capaz de mentir ou de esconder algo se você fosse atrás dela de verdade. Ficar se escondendo atrás do celular com medo de ser rejeitado é coisa de covarde e eu nunca achei que você fosse um, Matteo.

— Eu não sou covarde, caralho. Mas não queria que ela se sentisse pressionada.

— E isso o ajudou em quê?

— Eu...

— Em nada, já que ele está aqui com a gente igual um idiota, sofrendo e remoendo, por ter medo de ser rejeitado.

— Não é isso.

— Não? Então é o quê?

Merda! Será que ele tem razão? Eu estava mesmo me escondendo, com medo de ser rejeitado?

Lembro dos dias que ficamos longe e em momento algum tive coragem de ir atrás dela de verdade. Talvez ele tenha razão, talvez eu tivesse com medo mesmo. Mas é porque me assusta o sentimento forte que sinto por Ayla e pensar em ela olhar nos meus olhos e falar que realmente tudo acabou me destroça por dentro.

— Está vendo, Theo? Essa é a cara de um babaca que se tocou que não fez tudo o que podia fazer para ter a mulher que quer.

— Vai se foder, Mike.

— Eu vou foder mais tarde. E você? Ao invés de estar aqui feito um bundão com dois machos, bebendo para afogar as mágoas, poderia estar fodendo sua mulher.

Lembranças de uma bunda empinada na minha cama enquanto eu a fodia com força invadem a minha cabeça. E de repente meu pau pulsa dentro da calça, quase chorando de saudade. Até os gemidos da mulher eu consigo ouvir como se ela estivesse gemendo ao meu ouvido agora. As imagens tão vívidas em minha mente que eu preciso me mexer na cadeira, incomodado com a dureza entre as pernas.

— Vou ligar para Rebeca — Theo fala, já pegando o telefone e fazendo uma chamada de vídeo que logo é atendida. — Oi, Diaba... Pelo amor de Deus, os meninos estão perto de mim.

Ele ri e deixa o celular perto do seu rosto, evitando que Mike e eu vejamos seja lá o que a mulher esteja mostrando pra ele. Provavelmente alguma coisa que envolva putaria.

— Ei, deixe-me ver também — Mike provoca, levando um tapa na cabeça.

— Vai atrás da sua mulher, se quiser ver uma pelada.

— Oh, Diaba, tenha dó do nosso amigo — zomba e nós rimos da cara de desesperado do Theo.

— Amor, acho que Matteo quer falar com você. — Olho para ele, perguntando com o olhar o que diabos teria para falar com ela.

— Cadê ele? É sobre Asher?

— Asher está bem, acho que ele quer falar sobre Ayla...

Meu coração salta dentro do peito, só com a menção do nome dela.

— O que ele quer falar sobre ela? Matteo?

Theodoro me passa o telefone e engulo em seco quando vejo a feição da Rebeca me olhando. Não parece estar muito feliz, mas seus olhos demonstram uma pitada de esperança.

— Teve notícias dela, Rebeca?

— Falei com ela, agora há pouco. Ela está bem, se é isso que quer saber.

Ela está bem.

Não sei o que essa informação me faz sentir. Feliz por saber que ela está bem, ou triste por saber que sou o único que parece estar sofrendo com essa distância.

— Na verdade, ela quer que a gente acredite que ela está bem, mas já faz algum tempo que notamos que tem algo acontecendo com ela. Ayla nunca teve muita facilidade de falar como se sente, ela é de demonstrar, mas não de falar.

— Também percebi que tem algo errado, mas não queria pressioná-la e talvez por isso eu tenha a perdido, não é? — Passo o polegar no lábio, tentando não demonstrar a tristeza na minha voz.

— Sempre tivemos que pressioná-la um pouco quando queríamos saber sobre algo. O primeiro instinto dela é sempre se distanciar, não sei se por medo de julgamento ou de que talvez isso afetasse a nossa amizade. Ela é a pessoa mais coração que eu conheço e a educação que ela teve foi mais contida que a minha e a da Cecília. Acho que por isso a dificuldade.

— Eu queria ajudar, queria saber o que aconteceu e ajudá-la seja lá com o que for.

— E você falou isso para ela?

— Claro!

— Olhando nos olhos dela?

— Talvez...

— Ayla sempre preferiu conversar por mensagens ou ligações, porque assim é mais fácil para ela que não vejamos o que ela realmente está sentindo.

A lembrança dos olhos castanhos invade meus pensamentos e, de repente, eu sei que preciso ir atrás dela. Preciso olhar nos seus olhos e falar como me sinto e que estarei com ela para enfrentar o que quer que ela esteja passando sozinha.

Preciso daquela mulher, como preciso do ar para respirar.

— Você se sente preparado para entrar no coração dela e cuidar como realmente tem que ser?

— Rebeca, não acho que eu precise lhe dar alguma explicação... — Ela faz uma careta e eu sorrio para ela. — Mas se a deixa tranquila, quero Ayla na minha vida. Não é uma coisa temporária, não é para brincar ou curar meu ego de homem abandonado. Eu realmente quero construir uma vida com ela e lutar para cuidar do coração dela.

A mulher sorri para mim, parecendo feliz pela minha resposta.

— Eu sabia que você não me decepcionaria. Eu te mando o endereço dos pais dela por mensagem. — Pisca para mim e volta a falar. — *Agora deixa eu terminar meu banho, porque estou esperando o gostoso do meu marido chegar em casa, para aproveitar que Juliana está com a tia Ceci hoje. Por favor, mande que não demore.*

Ela desliga rapidamente e Theo toma o celular da minha mão com o rosto corado. Só então percebo que Mike está rolando na grama, brincando de alguma coisa com meu filho.

— Então, como você ouviu, melhor eu ir embora.

Gargalho do meu amigo que parece ansioso para ir embora, agora que sabe que a mulher dele o espera em casa.

— Vai lá, idiota.

Trocamos cumprimentos e ele some, indo embora. Pego meu celular e mando uma mensagem para Noah avisando que vou viajar com Asher. Prefiro avisar para não termos nenhum contratempo, agora que a audiência está aproximando. Aproveito o aparelho em mãos e compro as passagens para o dia seguinte, logo cedo.

Mike se aproxima, procurando por Theo.

— Cadê o pau mandado? Vai me dizer que a diaba estralou o dedo e o cachorrinho foi correndo.

— Não digo que estralou o dedo, mas fez uma proposta que ele não pôde recusar.

— O safado nos abandonou aqui para ir transar? — diz, indignado.

— Como se você não fizesse isso com frequência.

— Vocês dois só me ofendem. — Mostra o dedo e eu rio dele.

Asher vem para perto e pega o copo do seu suco que está na mesa, já deve até estar quente, mas ele bebe vários goles. Esfrega a mão na testa secando o suor e sorri para mim.

— O que acha de irmos viajar, Herói?

— Viajar? Para onde, papai?

— Vamos buscar uma estrelinha fujona.

Seu rostinho se ilumina, mas logo ele faz um beicinho triste.

— Ela vai querer me ver?

— Claro que vai, amor. — Seguro seu rosto, fazendo-o olhar nos meus olhos, torcendo para que entenda que não estou mentindo. — Vamos lá à casa do tio Fê e trazer sua estrelinha de volta. O que acha?

— Eu estou com *muitão* de saudade, papai.

— Eu sei, Herói, eu também. E é por isso que vamos buscá-la e amarrá-la para nunca mais fugir de nós.

— Então vamos logo, papai...

Se solta de mim e corre para dentro de casa, fazendo-me rir da sua ansiedade.

Ele não vai dar paz enquanto não estivermos com ela, agora.

— Já sabe que serei o padrinho, não é?

— Padrinho de quê, maluco?

— Do seu casamento com a Dra. Anjinho, não é, idiota?

— Quem disse que vamos casar?

— Ah, vai à merda. A mulher o tem na coleira igual o outro idiota. Vai dar casamento logo, logo. E como foi graças a mim você tirar a cabeça da bunda e estar indo atrás dela, é justo que eu seja o padrinho.

Não discuto com ele, nem vale a pena.

Nós nos despedimos e quando ele vai embora, vou para o quarto de Asher, que está jogando suas roupas na cama.

— O que está fazendo, Asher?

— A gente vai buscar a estrelinha, quero ficar lindão para ela me amar de novo.

Não sei se rio ou se choro com sua fala.

— Filho, você é lindo e ela não deixou de te amar, só está com algum problema e nós estamos indo ajudá-la. Mas só vamos amanhã cedo, então vai tomar um banho para dormir, que eu arrumo suas coisas, sim?

Ash para com as mãos na cintura, olhando para mim com os olhos iguais aos meus.

— Você não está me enganando não, não é, senhor papai?

Rio dele e me abaixo para ficar da sua altura.

— Eu já o enganei alguma vez?

— Todas as vezes você fala que a gente vai comer hambúrguer e me leva para tomar injeção. — Semicerra os olhos para mim e mordo o lábio para não rir.

— Tudo bem, me perdoe por isso, filho. Mas prometo que agora não estou enganando você, ok?

— Ok, tudo bem. Vou tomar banho e dormir para chegar logo amanhã.

Sai correndo, deixando-me com a bagunça em cima da cama.

Separo algumas roupas dele, sapatos, perfume... Meu Deus, meu filho é muito vaidoso.

Coloco em uma mala pequena e vou arrumar a minha.

Antes que eu termine, um corpinho pequeno pula na minha cama e se enrola no edredom. Com os olhos fechados, noto seu sorriso pequeno.

— Para de me olhar, papai e vai tomar banho logo, se não vai demorar muito para gente ir buscar minha estrelinha.

— Ei, senhor mandão, eu já vou. — Rio dele.

— E quando ela voltar, vai dormir comigo. Nada de dormir na cama do papai, não.

Mexe o dedinho gordo de um lado para o outro.

— Ah, é? E por quê?

— Porque ela é minha.

E como se isso explicasse tudo, ele se vira para o outro lado, deixando-me abismado com o quanto meu filho já se mostra possessivo com as pessoas que gosta.

É engraçado demais ver um serzinho tão pequeno, ter sentimentos tão intensos e arrebatadores.

Faço o que ele mandou — porque meu filho não pede, ele manda, e não sei de quem herdou isso — e tomo um banho rápido. Coloco uma bermuda para dormir e deito ao lado do meu filho, que se aconchega no meu corpo.

Passo metade da noite acordado, ansioso por ver a mulher que tem atormentado meus dias novamente e a outra metade sonhando com nosso encontro.

Acordo com meu celular tocando e desligo o despertador, procuro Ash na cama, mas pelo jeito meu pequeno madrugou.

Vou para o banheiro escovar os dentes e encontro o menino fazendo xixi no mictório infantil que coloquei na parede, sorrio para a concentração dele no que está fazendo.

— Bom dia, Herói.

— Bom dia, papai. Nós já vamos?

— Que ansiedade é essa, garoto? Vamos tomar café, depois nos arrumar e ir para o aeroporto.

— Vai demorar?

— Filho, lava a mão, escova os dentes para podermos comer. Logo você vai ver sua Estrelinha, ok? Acalme-se!

Balança a cabeça e o pego no colo para sentá-lo no mármore da pia, onde ele lava a mão e pega sua escova que eu coloco pasta e ficamos os dois escovando os dentes, lavando os rostos e aproveito para arrumar o cabelo dele em um penteado arrepiado que ele tem adorado usar desde que tivemos que cortar os fios.

Quando o desço, ele vai para o seu quarto falando que já vai se vestir. Então sigo para o meu, vestindo uma calça jeans e uma camiseta preta. Calço meus coturnos e passo meu perfume.

Vou para a cozinha preparando café para mim e o leite com achocolatado para meu filho.

Depois de comermos e conversamos um pouco, guardo nossas coisas no carro e sigo para o aeroporto.

Parando na casa da minha mãe antes, encontro Benício deitado sozinho na sala.

— Cadê a Sra. King?

— Teve de sair. Não vai entrar?

— Na verdade, estou com pressa, só vim pedir um favor.

— O quê? — pergunta me olhando estranho.

— Preciso que vá comigo até o aeroporto e volte com meu carro. Vou deixar minha chave com você para cuidar do Bolt.

— Vai para onde? — pergunta, mas já está levantando.

Antes que eu responda, some para dentro da casa e depois de alguns minutos volta vestindo uma camiseta, com o celular e a carteira na mão.

— Para o Brasil. — Ele estaca no meio da sala, encarando-me como se quisesse perguntar, mas não fala nada. — Sim, Beni, vou tentar falar com Ayla. Mas preciso ir logo, se não perco o voo.

O sorriso que se abre em seu rosto é orgulhoso e ele me abraça assim que me alcança. Quando me larga, suas mãos seguram meu rosto.

— Até que enfim, né idiota.

Bato em sua mão e logo estamos na estrada, em direção ao aeroporto.

Só espero que ela me receba e que aceite conversar comigo.

O fato de pegá-la de surpresa pode assustá-la, mas se eu avisar, sei que ela não vai me deixar ir.

E se for para colocar o ponto final na nossa história, ela vai ter de fazer isso olhando dentro dos meus olhos.

CAPÍTULO 31

Ayla

Já se passaram dois dias que estou na casa dos meus pais, e ao contrário do que eu achei, não estou melhorando em nada, pelo contrário, sinto-me ainda mais no meio do olho do furacão de sensações desesperadoras. Cada vez que as lembranças surgem, é como se eu fosse transportada novamente para aquela noite, como se o corpo dele ainda estivesse em cima de mim. Já perdi as contas de quantos banhos desesperados tive de tomar tentando melhorar essa sensação, como se fosse apagar...

Mas nada apaga, nada melhora, nada tira de mim a sensação de ele estar dentro de mim.

Não consigo parar de pensar se um dia vou conseguir ter uma vida normal novamente. Se um dia vou conseguir voltar para o homem que eu amo e conseguir me entregar a ele mais uma vez, se só de pensar em alguém tocando meu corpo, o choro convulsivo me toma.

Nem mesmo sei se ele me aceitaria de volta e pior ainda, se me aceitaria sabendo que estou quebrada.

— Você é pequena, mas é muito espaçosa. Vai pra lá.

Felipe me empurra para o lado, mas quando olha para o meu rosto banhado em lágrimas me puxa para o seu peito, onde me aconchego. Sentindo seu cheiro tão familiar e seu abraço acalmar um pouco meus pensamentos.

— Ele nunca vai me perdoar. — Soluço chorando e ele me aperta mais. — Eu nem sei se tenho como pedir perdão. Estou quebrada, Fê. Tão quebrada que sinto que nunca mais vou ser inteira de novo.

— Eu não sei o que te aconteceu que te faz pensar isso, mas você é uma mulher forte. Você foi criada por dona Alessandra, pequena, ela te criou para ser forte, resiliente e enfrentar os problemas de frente. O que te fez fugir? Você parecia tão feliz e completa.

— Porque eu estava feliz, Fê. Tão feliz como achei que nunca fosse ser.

— Então para de fugir dele e enfrente o que está te deixando assim.

— E se ele não quiser me ouvir? E se eu não conseguir falar? Eu não sei se consigo me abrir... — Volto a chorar, sentindo-o acariciar meus cabelos.

— E se ele te ouvir? Aquele homem sempre mostrou te amar todas as vezes que liguei e vocês estavam juntos, então o que te faz pensar o contrário?

— Ele nunca disse...

— Eu também não vivo falando que te amo e olha só, você é a pessoa que eu mais amo no mundo.

— Você é meu irmão, não faz mais que a sua obrigação. — Solto uma risada nasalada e ele ri junto.

— Pode ser, mas não deixa de ser verdade. Eu te amo com tudo de mim, pequena e odeio te ver assim. Você brilha por onde passa, exala amor com esse jeitinho meigo e carinhoso e te ver sofrer é muito difícil, imagino que para Matteo e para as meninas também.

— Eu o amo tanto, que eu sinto em cada osso do meu corpo esse amor. É loucura dizer isso, porque foi tudo muito rápido, mas não tem como viver ao lado dele, conhecer aquele homem e não se apaixonar.

— Não sei se o certo seria eu ser o primeiro a ouvir que você o ama, deveria ser ele.

— Eu sei, merda... Até isso eu tirei dele, né?

Ele ri e beija minha testa quando olho para ele.

Felipe sempre foi um criançāo, mas quando eu preciso de um conselho ou um puxão de orelha, sempre foi o primeiro a fazer isso.

Ouvir tudo o que ele me disse me fez perceber que me esconder no meu casulo está fazendo com que as outras pessoas sofram comigo e isso com certeza é uma coisa que eu nunca quis. Mas para conseguir voltar para as minhas amigas e para Matteo, preciso de ajuda. Não vai ser fácil, mas não posso deixar que Gabe leve a melhor na minha vida, não posso deixar que a monstruosidade que fez comigo me afunde tanto, a ponto de eu me perder de mim mesma.

— Vai ligar para ele? Contar do bebê?

Meu irmão brinca com uma mecha do meu cabelo, olhando-me com os olhos que sempre me trouxeram paz e a sensação de estar em casa.

Se minhas amigas são minha metade, Felipe sem dúvidas é a outra!

— Vou fazer melhor... — Pulo da cama e corro para abrir minha mala e começo a jogar algumas roupas, quando olho para Felipe, sinto-me eufórica e ele sorri orgulhoso. Os braços esticados atrás da cabeça e aquele corpo gigante estirado na minha cama. — Tira esse sorrisinho da cara.

— Por quê? Estou orgulhoso de dar um conselho sábio para a minha irmãzinha.

— Você é ridículo. — Jogo um pote de creme nele, que reclama quando acerta sua cabeça.

— Porra, sua mira é melhor que a da mamãe quando jogava o chinelo em mim, para não me matar com as próprias mãos.

Nós dois rimos da sua comparação e ele me faz companhia enquanto arrumo minhas malas para voltar para Santa Mônica.

Tenho total consciência de que não vai ser nada fácil, minha ferida não vai se curar tão rápido, mas também não posso perder Matteo. Não posso perder Rebeca e Cecília. Não posso perder meu pequeno leãozinho.

Ter uma amiga psicóloga deveria ter me ajudado a entender que logo que tudo aconteceu, eu já deveria ter ido atrás de ajuda psicológica. Mas ainda não está tarde para isso.

Vou lutar por mim, pelo meu filhinho e meus meninos.

Enquanto acaricio minha barriga, decido que vou passar mais um dia com meus pais, já que não os aproveitei e compro a passagem para o próximo dia.

Matteo

Enquanto o avião pousa, sinto-me eufórico por saber que logo estarei ao lado da minha mulher e Asher não está diferente de mim, não parou um só minuto enquanto esteve acordado, conquistando até alguns amigos durante o voo.

Sim, estou jogando baixo levando meu menino comigo, porque talvez ela me recuse, mas não vai nunca recusar o Leãozinho dela. Ele ficou todo animado por poder vir, porque disse que iria conhecer o céu e olhando meu filho daquele jeito, fez-me tentar lembrar em quanto tempo eu não o via tão eufórico assim, longe da Ayla.

Quando chegamos ao Rio, fomos direto atrás de um hotel para nos acomodar. Se para mim às mais de dezesseis horas de viagem já foi cansativa, Asher deve estar exausto. Pego um quarto, dou um banho no meu menino e o faço dormir depois de comer algo.

Aproveito que ele está descansando e vou tomar um banho também. Não consigo parar de pensar em Ayla e em como deve estar agora. Achei que estávamos indo bem, que talvez estivéssemos nos encaminhando para um provável relacionamento. Porque está claro que temos sentimentos um pelo o outro e, pelo menos para mim, está sendo difícil ter que guardar tudo para mim.

Estou cansado de tudo. Cansado de esconder sentimentos, cansado de carregar o mundo nas costas. Cansado de ser só meu menino e eu. Estou cansado de ver a mulher que eu amo ser cobiçada por olhares masculinos e eu não poder fazer nada. Estou cansado de não poder olhar em seus olhos e dizer que a amo.

Eu preciso tê-la só para mim.

Termino meu banho, visto uma bermuda e deito ao lado de Asher, apagando rapidamente.

Acordo com uma mãozinha se mexendo em meu pescoço, tentando me fazer cócegas e abro um sorriso para ele.

— Acorda, papai, acorda. Vamos buscar a Estrelinha. O senhor prometeu que ela ia querer me vê. — Nem parece que o moleque passou tantas horas em um avião, ele está eufórico.

— Calma, Herói, nós já vamos. Você mal dormiu. — Sento na cama, vendo-o pular de um lado para o outro na mesma. — Asher, você vai cair.

— Eu dormi, sim, senhor. Dormi um montão assim. — Ele abre os dois bracinhos para demonstrar o quanto dormiu.

Rio dele e o pego no ar durante um de seus pulos, jogo sobre meus ombros ouvindo suas gargalhadas infantis e não consigo parar de rir junto dele.

— Então vamos, garoto ansioso.

— Eu estou muito *asioso* para ver minha Estrelinha. Só minha, não é?

— Ansioso, filho. É ansioso que fala. — Coloco-o no chão e abro a mala dele para pegar uma roupa. Visto uma camiseta branca gola polo da Tommy e uma bermuda jeans. — Não vai dividi-la nem com o papai?

Ele balança a cabeça, negando. E eu finjo uma careta triste para ele.

— Já tem o tio Beni que a quer só para ele — diz parecendo bravo e coloca as mãozinhas na cintura, olhando-me feio.

— Tio Beni não tem de querer nada, ela é só sua e minha. — Pisco para ele, que continua bravo e eu rio disso. Meu filho é tão ciumento com nossa garota, quanto eu. — Vou me trocar e nós vamos, ok?

Pego uma camiseta preta regata e uma calça preta, calço meu coturno e coloco o tênis em Asher. Saímos do quarto depois de pegar meu celular e carteira. Paramos na calçada esperando um táxi e assim que vejo um, uso meu português ruim para passar o endereço. Asher não para um só minuto de falar o quanto ele está ansioso para vê-la e levá-la embora.

Pago o motorista e desço do carro, seguro na mão do garotinho elétrico para contê-lo e toco a campainha. Depois de um tempo, o pai de Ayla vem abrir o portão.

— Boa tarde! — Ele me olha confuso, mas logo abaixa o olhar para Asher e abre um sorriso imenso. Quando volta a falar usa o inglês perfeito ao nos reconhecer. — Está procurando Ayla. Você deve ser Asher, certo? Eu me lembro de você do casamento da Rebeca — comenta para ele e meu filho vai para trás das minhas pernas, tentando se esconder.

— Sim, estou procurando Ayla. Ela está?

— Está sim. — Trocamos um aperto de mãos. — Entra.

Ele me dá espaço para entrar e o sigo para dentro da casa. Asher em momento algum solta minha calça, mas olha tudo, curioso. Quando entramos, paro no meio da sala olhando tudo, é cheia de fotos de família, com as meninas e dá uma sensação de lar tão gostosa.

— Só não sei se ela vai querer conversar. Ela mal sai do quarto e só anda conversando com Felipe, ou quando invadimos seu quarto. — O homem parece um pouco chateado e até cansado. — Além do bebê, ela não fala mais nada com a gente.

Demoro a conseguir entender o que ele disse. Fico o olhando e meu cérebro parece ter derretido.

Bebê? Ele disse bebê?

— Posso ver minha Estrelinha, senhor? — Ouço a voz do meu filho, mas parece estar tão distante que não tenho certeza se ele falou mesmo — diz para ela que estou muito *asioso* e com *muitão* de saudade.

O mundo parece estar girando devagar agora. Estou estático, olhando um ponto específico da casa, mas sem foco algum.

— Vou tentar, tudo bem? — Fernando fala para Asher.

Um movimento na escada chama minha atenção e vejo Felipe descendo. Ele se aproxima de onde estamos e me estende a mão, que aperto.

Trocamos algumas palavras enquanto Fernando sobe para chamar Ayla e Felipe chama meu filho para sentar ao seu lado, ele vai um pouco receoso.

Encosto-me em uma parede e minha mente parece estar a mil.

Por que ninguém me contou? Por que ela não me contou? Falei com suas amigas, com os MEUS amigos e eles decidiram ocultar isso de mim.

Talvez os sentimentos que eu achei que fossem recíprocos, não fossem realmente. Talvez eu tenha visto apenas o que eu queria ver, deixando o que *eu* sinto por ela me cegar a ponto de enxergar sentimentos onde não existam realmente. Afinal, por que ela me esconderia uma gravidez? Por que os nossos amigos me esconderiam essa gravidez?

Não consigo não me sentir traído. Não só por ela, mas por todos. Porque Theo e Mike já sabiam como me sinto sobre ela. E Receba, se ainda tivesse algum tipo de dúvida, eu tratei de tirá-las na nossa última conversa e todos eles simplesmente decidiram me deixar voar até aqui, sem saber essa informação extremamente importante.

Apesar de sempre nos cuidarmos e ela tomar remédio, sei bem que isso pode acontecer, método nenhum é 100% seguro e nós dois sabíamos muito bem disso. E isso me faz questionar mais uma vez a decisão dela de se afastar, será que ficou assustada? Com medo da minha reação? Não consigo nem imaginar o que a faria pensar outra coisa que não fosse eu ficando feliz com isso, ela sempre me viu com Ash, como eu sou completamente apaixonado pelo meu filho e com certeza sabe que eu amaria loucamente outro filho. Ainda mais um filho com ela.

Ouço passos se aproximando e desvio os olhos na direção do som e vejo a mulher que tem meu coração em mãos, pronto para ser esmagado. Ela veste um pijama de tecido leve e os cabelos presos naquela bagunça que ela sempre faz. Seus olhos têm duas bolas arroxeadas ao redor, indicando que anda dormindo mal e estão inchados. Mas seu rosto exibe um sorriso pequeno, quase esperançoso.

Quando ela ergue o olhar em direção ao Asher, seus olhos se enchem de lágrimas e ela corre até ele, ajoelhando-se no momento em que ele se joga nos seus braços.

— Quanta saudade... Meu Deus, quanta saudade de você, Leãozinho — ela fala abafado, com seu rosto encaixado no pescoço do meu filho.

— Eu estava *muitão asioso*, Estrelinha. — Asher começa a chorar, deixando-me em alerta e ela parece ficar também, porque ergue o rosto para olhá-lo. — Não vai embora, não. Fica comigo, por favorzinho.

Ele soluça chorando e o abraço dos dois parece se apertar mais.

Depois de um tempo e da troca de palavras sussurradas entre eles, ela olha ao redor da sala, parecendo perceber que Asher não chegou até aqui sozinho e quando me encontra, seu olhar está vazio, opaco e uma lágrima solitária desce pela sua bochecha.

— Asher, minha mãe fez bolo de cenoura. Você gosta? Quer ir comer comigo? Não posso comer sozinho, se não ela me deixa de castigo depois — Felipe fala, fazendo uma cara triste para meu filho, que sorri para ele e segura sua mão, seguindo para a cozinha.

Ela se levanta do chão e fica parado no meio da sala, olhando-me desconcertada. Com suas bochechas naquele tom rosado que eu sempre achei lindo.

— O que veio fazer aqui, Matteo?

— Vim saber o que aconteceu para você fugir de repente, mas acho que já descobri. — O tom amargurado da minha voz parece atingi-la de alguma forma, pois seus olhos novamente inundam em lágrimas.

— Descobriu o quê? Você não pode ter descoberto o que me fez fugir, garanto.

— Porque escondeu de mim que está grávida? Ficou com medo? — Sua boca abre e fecha algumas vezes, ela está em choque e não consegue nem rebater a isso. — Não consigo pensar em motivo nenhum para você fugir assim, não consigo entender, porra.

As lágrimas estão banhando seu rosto quando termino de falar e meu coração aperta ao vê-la assim, mas não posso fazer nada. Se ela tivesse me contado isso antes, poderíamos ter conversado e estaríamos bem. Eu estaria me sentindo feliz pela vinda de outro bebê, mas ela não deu qualquer opção de escolha, simplesmente fugiu de mim.

— Podemos conversar no meu quarto? — questiona com a voz baixa e rouca.

Penso em negar, mas algo em suas feições me faz concordar. Sigo-a até seu quarto e quando entramos, ela fecha a porta.

Olho ao redor e tudo é muito a cara dela; delicado e discreto. Com fotos de sua infância, até sua adolescência ao lado das amigas. Paro no meio do quarto e coloco as duas mãos no bolso, olhando-a e esperando que fale algo.

Ela respira fundo algumas vezes e senta no meio da cama, em posição de Buda, mexendo os dedos nervosamente. Ela está pensativa e eu dou seu tempo, não adianta pressionar, quero que ela me conte o que quer que seja quando se sentir pronta. De repente, um soluço escapa de seus lábios e ela curva seu corpo para frente, como se sentisse dor.

Corro para a beirada da cama quando ouço seu choro doloroso, ajoelhando-me e pegando suas mãos.

— Foi tudo culpa minha... Tudo culpa minha, entende? — Ela não para de repetir isso, deixando-me confuso.

— Minha linda, você precisa me explicar. Eu não estou entendendo.

— Foi culpa minha, Matteo. — Ela continua chorando desesperada e eu me sinto além de perdido. — Eu me envolvi com você, enquanto... Enquanto...

— Não fala que isso foi um erro, Ayla. Não diga isso. — Solto suas mãos. Levanto-me e, nervoso, passo a mão em meus cabelos. — Nós não somos um erro e eu não vou deixar você falar isso.

Olho para ela, que ergueu a cabeça olhando na minha direção, mas sem parecer realmente me ver. Ela parece mais perdida do que eu.

— Aquela noite... A noite em que eu saí com a Cecília e você me pediu para ficar... — Ela continua falando e eu sinto como se ela cravasse uma faca em meu coração a cada palavra dita. — Fomos a uma balada e estávamos nos divertindo. Eu juro por Deus que éramos só nós duas, não convidamos mais ninguém. Queria passar uma noite feliz com a minha amiga e me divertir...

Os olhos parecem finalmente focar em mim e um sorriso fraco se forma em seus lábios, mas somem rapidamente.

— Eu bebi tanto, tanto, Matteo. Sempre que saímos juntas, bebemos e cuidamos uma da outra, mas naquele dia... Acho que nunca fiquei tão mal quanto naquele dia. Uma hora Cecília foi ao banheiro e eu acabei escorregando e caindo no chão, mas estava tão mole que não tinha forças para me levantar e de repente aquela voz apareceu e eu me senti desesperada. Não o queria perto de mim, eu juro, você tem de acreditar em mim, eu não o queria lá. Mas eu não conseguia reagir, não conseguia correr ou confrontá-lo. Eu nem o tinha visto antes disso. Ele me pegou no colo e me levou pra casa dele...

Fecha os olhos com força e respira fundo, meu coração bate acelerado e eu sei. Sei que ela vai terminar de me matar nesse momento.

— Eu acordei no outro dia com muita dor de cabeça, deitada na cama de Gabe, vestindo apenas uma camiseta dele. Meu corpo inteiro doía, a primeira coisa que notei foram marcas de dedos nos meus braços e em seguida uma dor no meio das minhas pernas...

— Não! — grito — Ayla, por favor, não...

Quando entendo o que ela vai me contar, não consigo aceitar isso.

Ela não pode... Não pode ter passado por isso.

Esse filho da puta não pode ter feito isso com a minha mulher.

— Eu... Matteo, a culpa é minha. Eu estava bêbada, literalmente jogada no chão, vestindo um short curto. O que eu esperava? Mas quando percebi o que tinha acontecido eu me senti violada. Senti como se não fosse dona do meu corpo e foi horrível me sentir assim.

Estou em total estado de choque. A raiva se faz tão presente em mim, que meu sangue parece brasa líquida correndo nas minhas veias. Só percebo que dei um soco na parede, quando sinto meus dedos latejarem e ouço outro soluço dela.

— Me desculpa... Por favor, me desculpa.

Olho para ela transtornado. Começo a andar de um lado para o outro no pequeno espaço e o caralho do ar parece não ir para os meus pulmões. Meu coração está tão acelerado, que parece que vai rasgar meu peito.

Como Ayla pode se sentir culpada? Meu Deus, ela está me pedindo desculpa por ter sido estuprada. Isso é perturbador.

Quando ela disse que fazia sexo mesmo quando não queria, eu tentei fazê-la perceber que isso era abuso, que ele a estuprava, mas ela não conseguia enxergar assim ainda, mesmo que eu tenha voltado a falar disso outras vezes.

Esse desgraçado é um doente do caralho.

— Eu vou matar esse desgraçado. Eu preciso... Preciso ir atrás dele. Ele vai se arrepender de um dia ter tocado em você. Eu vou matá-lo!

Sinto duas mãos quentes segurarem meu rosto e olho em seus olhos. Seu nariz vermelho e olhos inchados fazem a dor parecer ainda mais forte dentro de mim.

De repente, um pensamento me toma.

— Esse bebê é dele, Ayla?

Ela assente para mim e volta a chorar, afundando seu rosto meu peito e eu a aperto em meus braços. Apoio meu queixo em sua cabeça e fecho os olhos, tentando me acalmar. Seu corpo pequeno estremece com meu toque, mas ela não se afasta, só se aperta mais ainda em mim.

A única certeza que tenho agora é a de que vou matar aquele filho da puta.

CAPÍTULO 32

Ayla

Acordo sentindo uma dor forte no pé da barriga, choramingando incomodada com isso.

Levanto-me e vou ao banheiro, sento para fazer xixi e sinto uma ardência que me deixa em alerta. Confiro para ver se tem algum vestígio de sangue, mas não vejo nada e isso me tranquiliza um pouco, por isso sigo para escovar meus dentes e logo me troco para poder tomar um remédio para a cólica incômoda.

Chego à cozinha, vendo minha mãe e meu pai conversando, eles sorriem para mim, mas o sorriso morre ao ver minha expressão.

— O que foi filha? Está com dor? Precisa ir ao hospital?

— Não, papai, só preciso de um remédio. É só uma cólica.

Mamãe se levanta correndo e pega um copo de água e um remédio, entregando-os para mim . Tomo e me sento com eles.

— Então... — Papai começa e eu já sei o que ele vai dizer. Dou uma mordida no pão caseiro da minha mãe, me deliciando com o sabor. — Matteo volta hoje?

— Não sei, papai.

Depois da nossa conversa, o homem ficou completamente transtornado, mas não me disse mais nada sobre o assunto, porque Felipe teve de levar um Asher choroso para o meu quarto e o menino não desgrudou de mim até que eu prometesse voltar com eles hoje, por isso adiantei minha passagem.

— Ele estava estranho quando os dois foram embora. Conheço-o pouquíssimo, mas notei como ele estava aéreo.

— Foi uma conversa difícil — digo apenas.

— Imagino que tenha sido, mas saiba que independente do que vocês decidirem, tem duas crianças envolvidas nisso tudo, vocês têm de pensar nos dois antes de qualquer decisão. — Balanço a cabeça para dona Alessandra. Ela acaricia meu rosto com seu jeitinho todo carinhoso e sorri para mim. — Estaremos com você em qualquer decisão que você tomar, filha. Se quiserem ficar juntos, seremos os maiores apoiadores.

Meu pai bufa e revira os olhos.

— Fernando... — mamãe diz em tom de advertência, mas estamos as duas segurando o riso, porque o senhor a minha frente sempre foi muito ciumento. — Não ficaremos felizes?

— Feliz, feliz, eu ficaria se a minha menina pudesse viver pra sempre aqui, onde eu possa cuidar dela e afastar os abutres. Mas, não tenho mais o que fazer... — Ele me olha com a cabeça inclinada. — Olha esses olhinhos dela brilhando só de falar dele.

Mamãe ri e meu pai finge chateação. Beijo seu rosto.

— Uma hora ou outra isso aconteceria.

— Pois é, não tenho o que fazer, não é mesmo? — Ele ri. — Só quero que seja feliz.

Assinto, porque agora é tudo que posso fazer sobre isso.

Sei que para ser feliz preciso me curar dessa dor e mesmo decidida a procurar ajuda, não vai ser fácil.

— Vai embora hoje, mesmo?

— Vou sim, mãe. Preciso começar o pré-natal e começar a organizar minha vida.

— Vou ficar com saudades — Felipe diz entrando na cozinha e beija minha cabeça.

— Também ficarei com saudades de vocês, mas não posso abandonar minha vida lá.

— Não, não pode filha. — Meu pai sorri.

Tomamos café conversando e passo a manhã toda com eles me paparicando o tempo todo. A cólica persiste ainda, mas não deixo transparecer para eles, não quero que eles se preocupem agora que estou indo para longe, quero que fiquem tranquilos.

Depois de almoçar vou para o meu quarto terminar de arrumar às coisas. Meu celular toca e vejo que é Cecília me ligando, atendo-a rapidamente. Alguns dias longe e já estou morrendo de saudades da minha loira.

— Oi, amiga, como você está?

— *Estou bem. Não vou nem fingir que não liguei para saber sobre Matteo.* — Rimos e eu me sento na cama tentando achar uma posição onde não fique incomodada com a dor nas costas. Arrumar mala é um saco. — *Desembucha...*

— Não tem o que falar, ele apareceu aqui ontem, conversamos bem pouco. Mas ele vai voltar hoje e eu vou no mesmo voo.

— *Só isso?*

— Só. — Solto uma risada. — Como eu falei, não conseguimos conversar muito, precisava me desculpar com Asher depois...

Não consigo nem falar, pois saber que o magoei me dói tanto, que é quase uma dor física.

— *Nem um beijinho?*

— Nem um beijinho... — Antes que eu termine de falar, alguém bate à minha porta que está entreaberta e logo o rosto do homem em questão aparece, ele abre um sorriso pequeno para mim. — Ceci, preciso desligar. Matteo está aqui.

— Hum, seu Fernando deixou que fosse pro seu quarto? Deve ter conquistado o sogro, já.

— Cala a boca.

Ela ri e eu desligo a ligação, mandando-o entrar.

Matteo senta na cama ao meu lado, olhando para o chão e meu coração afunda no peito.

Eu sabia que ele me culparia. Sabia que depois de saber de tudo ele não conseguiria mais me olhar da mesma forma.

Pensar nisso traz lágrimas aos meus olhos. Mas respiro fundo, tentando controlar.

— Asher está brincando com sua mãe lá embaixo.

— Ela o adorou. — Ele sorri e assente. — É difícil não adorá-lo, não é?

— Sim, é.

Ele respira fundo. Seus braços estão apoiados na perna, por isso ele precisa virar a cabeça para me olhar. Sinto o mesmo impacto de todas as vezes que ele me olha. Os cílios escuros fazendo sombra naqueles olhos azuis tão intensos, sua barba rala contornando perfeitamente o maxilar. Meu Deus, porque tenho medo de outros homens me olhando, mas quando é ele eu quero pular em seu pescoço?

— Preciso perguntar uma coisa, mas não quero que me entenda mal.

— Pode perguntar.

— Você pensou em... interromper a gravidez?

— Eu sei das minhas opções, em um primeiro momento me assustei e claro que isso passou pela minha cabeça, mas eu não posso, entende? — Abaixo o olhar para minhas mãos no meu colo. — Eu só consigo pensar que meu filho é meu milagre, sabe? Que mesmo que tenha vindo dessa forma tão horrível, ele veio para me ajudar no processo de cura, veio para me salvar.

Levanto o olhar para encontrar o dele, esperando ver todo o julgamento ali, mas tudo que vejo é compreensão, carinho e acho que até um pouco de orgulho. Ele olha para frente de novo, abaixando a cabeça e passando o polegar no lábio, como sempre faz quando está nervoso.

— Eu entendo que você esteja me odiando agora, juro que eu entendo. Mas é meu filho, Matteo...

— Por que eu a odiaria, Ayla? — Sua fala é cansada, mas ele não levanta a cabeça.

— Por tudo. Por Gabe, por Asher, pela gravidez, por ter fugido de você, por ter causado tudo isso.

— Porra, pare com isso! — fala alto, fazendo-me pular assustada.

Ele se levanta e estica as mãos para mim, fico olhando alguns segundos, mas pego e ele me puxa para o seu corpo quente, seguro-me em sua camiseta quando ele segura meu rosto, fazendo-me encará-lo.

— Presta atenção no que eu vou falar, ok? — Assinto mirando seus olhos. — Você não tem culpa de nada! Nada do que aconteceu naquela noite é por sua culpa, por estar bêbada, por estar de shorts curto, de blusa curta, você poderia estar pelada naquela merda e o filho da puta tinha que de respeitá-la! O único culpado é aquele doente do caralho e eu prometo para você que vou garantir que ele se lembre e se arrependa de tudo o que a fez pelo resto da vida dele, todos os dias ele vai querer nunca ter encostado em você, porque eu vou garantir que ele saiba que é por isso que ele estará sofrendo.

— Matteo...

— Não, escute-me. — Suas mãos seguram mais forte meu rosto, mas sem me machucar. — Sobre o seu filho, se você decidiu que o terá, eu vou apoiá-la todos os dias nessa decisão. Se você me deixar fazer parte da sua vida a partir de agora, eu vou cuidar de vocês dois, vou fazer de vocês dois tão meus quanto Asher. Se você deixar, serei o pai dele e eu prometo que vou amá-lo como meu filho, amarei tanto como amo Ash.

— Não precisa...

— Não preciso, mas eu quero, Ayla! Eu quero ver você de barrigão, quero acompanhar tudo que vem com a gravidez, quero ter vocês em minha vida.

Sua testa encosta na minha, meus olhos se fecham e meu corpo retesa, temendo o contato.

— Não imagino como você tenha se sentido esses dias, como você está se sentindo agora, eu nunca vivi uma situação assim, mas imagino que agora tudo esteja te assustando e eu não quero isso, não quero que tenha medo de mim, quero que saiba que nunca faria nada para machucar você, de forma alguma. Eu só preciso que você não fuja mais de mim, preciso que você fique ao meu lado e me deixe cuidar de vocês dois a partir daqui. Pode fazer isso por mim?

— Não sei se consigo... — Respiro fundo, pensando em como falar para ele que agora, apesar de querer, não sei se consigo ir adiante com o contato físico. — Tudo me assusta, Matteo. Qualquer toque me faz pular de medo, qualquer olhar masculino me faz ter vontade de chorar. Eu não sei se posso...

— Tudo bem, Anjo. Não estou pedindo para transarmos agora. Estou pedindo que me deixe ficar, que me deixar ser o pai do seu filho. Que pare de fugir de mim... — Ele ri baixinho, provavelmente pensando em quantas vezes já corri dele. Abro um sorriso de lado. — Você é muito fujona, mulher! Mas eu sou mais persistente, não desisto fácil.

— Já percebi isso — comento rindo baixinho e ele sorri. Deus, como eu senti falta desse sorriso! — Você tem certeza, Matteo? Sei que não é fácil assumir uma responsabilidade que não é sua, não quero que se sinta obrigado a isso, só porque contei.

— Toda certeza do mundo, Anjo.

— Você vai ter de ser paciente comigo.

— Ainda não percebeu como sou um homem paciente? — Finge estar indignado, fazendo-me rir de novo. — Tudo bem, não sou tão paciente quanto gostaria, mas vou estar com você na sua caminhada a partir de agora, passaremos por tudo o que vier daqui em diante juntos e estarei mais do que feliz com qualquer coisa que você me ofereça. Faremos tudo no seu tempo.

Pisca para mim, fazendo-me sorrir e dou um passo para trás, afastando-me do seu toque.

Tudo que ele falou agora está mexendo demais comigo, deixando-me atordoada, mas consciente de que ele ainda terá muito tempo para mudar de ideia. E a ideia de tê-lo cuidando de mim me aquece por dentro, deixando meu coração em saltos.

— Você teve muito pouco tempo para pensar sobre isso, Matteo e temos algum tempo para que você possa mudar de ideia, mas por agora eu aceito isso.

Seu sorriso aumenta e logo um furacão loiro entra no meu quarto.

— Estrelinha, papai me disse que vamos voar de avião de novo hoje.

Sorrio para Ash e me abaixo para que ele me abrace. Beijo seu rostinho redondo.

— Ei, você está gordinho, hein?

Solta aquela risada gostosa e meu coração aquece, lembrando-me de como senti falta dele. Olho para Matteo, que nos encara com um sorriso no rosto.

— Comi muitos docinhos na minha festa.

— Eu imagino. — Dou risada dele. — Já está pronto para voltar para casa?

— Você vai com a gente, *né*?

— Vou, sim, só preciso me despedir dos meus pais e do tio Felipe.

Levanto-me e vejo Matteo pegar minhas malas, enquanto sigo segurando Asher pela mão. Chegando à sala, encontro os três sentados no sofá, olhando para nós. Mamãe sorri enquanto Felipe e papai estão com caras de contrariados, fazendo-me rir dos dois ciumentos.

Aproximo-me do meu pai quando ele levanta e me puxa para um abraço.

— É difícil ver minha pequena indo embora mais uma vez.

— Ei, vocês podem ir me visitar também.

— Sim, podemos, mas já falei que queria poder te ter aqui pertinho de mim para sempre. — Rio dele, que beija minha testa. — Mas, tudo bem! Espero que esse detetivezinho cuide muito bem da minha pequena.

Assinto para ele e beijo seu rosto, logo sou puxada para os braços delicados da minha mãe, que me abraça com força. Aspiro seu cheiro tão familiar e reconfortante, já sentindo a saudade de casa antes mesmo de partir.

— Se cuida, minha menina. Cuida do nosso bebezinho e da sua família que está construindo. — Olho para ela e antes que eu fale algo, passa o dedo no meu nariz carinhosamente sorrindo para mim. — Você é nosso orgulho, filha. Tudo que queremos é que seja muito feliz!

— Farei o que puder para ser.

Ela beija a ponta do meu nariz e me afasto dela, indo para o meu irmão que está com os olhos cheios de lágrimas e a cara emburrada. Abro um sorriso para ele, esticando minha mão que logo é puxada para seu corpo, abraçando-me com força.

— Odeio te dividir — resmunga.

— Não está me dividindo, é meu único irmão. — Rio e ele revira os olhos.

— Prometo que vou visitar vocês, ok Então é bom ele cuidar de você — fala alto, olhando diretamente para Matteo, que está parado com Ash no colo e ele sorri para Felipe.

— Vou esperar. — Beijo seu rosto e me afasto, olhando para todos. — Amo vocês.

Recebo um coro de "eu também" e depois de mais alguns abraços, conseguimos finalmente ir para o aeroporto.

Demora um pouco até entrarmos no avião e nesse meio tempo sinto a dor no pé da barriga se intensificar novamente e minhas costas incomodarem também, mas não reclamo para não preocupar Matteo, que está concentrado em deixar Asher quieto.

Quando entramos no avião, o menino está elétrico, mas em poucas horas de voo ele apaga e seu pai também, só que a dor não me deixa nem mesmo fechar os olhos.

Desembarcamos no *Nearby Airports* que fica a uma hora de Santa Mônica. Estou apertada para fazer xixi.

— Preciso ir ao banheiro, vai ser rápido. Pode ir chamando um carro para irmos.

— Vou pegar as malas e já peço, espero por você aqui.

Ele sorri e parece querer me tocar, mas não faz movimento algum, deixando-me aliviada por estar respeitando meu espaço. Não que eu já tenha duvidado que ele seria paciente, mas Matteo é como eu, gosta de toques e ver seu esforço é reconfortante.

Sigo para o banheiro e uma pontada intensa me faz parar e encostar na parede mais próxima, um gemido de dor escapa de mim. Mãos seguram meu rosto e encontro duas safiras me encarando com preocupação.

— Você está bem, Anjo? O que está sentindo?

— Não... Não sei... — Respiro fundo algumas vezes. — Estou sentindo dor desde a casa dos meus pais e agora senti uma pontada muito forte no pé da barriga.

— Porra, por que não falou? Se eu soubesse, teríamos adiado a viagem. Você ficou mais de dezesseis horas naquele avião, Ayla. — Ele olha para baixo procurando alguma coisa, mas volta seus olhos para os meus. — Vamos daqui direto para o *Dignity Healt*, manda mensagem para Rebeca.

— Não precisa...

— Precisa sim, Ayla, não é hora de ser teimosa. É hora de me deixar cuidar de vocês.

Sua fala preocupada me faz ceder mais rápido do que ele mesmo esperava. Olho para Asher, que está com uma mochilinha nas costas, olhando para nós, curioso.

— Já passou, só preciso ir fazer xixi agora e vamos para o hospital.

Ele assente parecendo feliz e eu me afasto indo para o banheiro. Assim que entro, noto o local vazio, entro em uma cabine e tiro minha calça, quando abaixo minha calcinha, percebo um pouco de sangue e isso me deixa em alerta.

— Merda...

Tiro a calcinha e jogo no lixo, sento-me para fazer xixi sentindo a ardência que venho sentindo para conseguir me aliviar. Isso me faz gemer.

Quando me levanto para pegar uma calcinha que sempre levo dentro da minha bolsa, percebo que sangrei mais e me desespero. Eu me visto o mais rápido que posso, sentindo a dor intensificar.

Procuro meu celular na bolsa e disco o telefone de Rebeca, que demora a me atender.

— *Oi, amiga, estou no plantão e está uma loucura isso aqui hoje.*

— Beca... — gemo me inclinando em cima da pia.

— *O que houve? O que você tem, Ayla?*

— Estou sentindo uma dor muito forte no pé da barriga e agora fui ao banheiro e estou sangrando... — digo chorosa. — Amiga, estou com medo...

— *Onde você está? Está chegando?*

— No banheiro do aeroporto... Matteo está pedindo um carro...

— *Procura um hospital aí por perto e vai para lá o quanto antes, amiga.* — Sua voz preocupada me deixa ainda mais desesperada.

— Eu não quero... Quero você... — resmungo.

— *Desde quando está com essas dores?*

— Desde ontem, na hora que acordei já estava assim, mas não estava tão forte.

— *Merda, Ayla e você viajou mesmo assim?*

— Rebeca — reclamo, porque não é hora para um sermão.

— *Tá, tá... Vem direto para cá! Vou te esperar.*

— Ok.

Vejo a porta se abrir e um pequeno loirinho passar por ela, olhando-me com os olhinhos arregalados e logo seu pai aparece na porta atrás dele. Quando me vê ele corre para perto de mim e não consigo evitar o pensamento de que esse homem está sempre pronto para correr ao meu socorro.

— Ei, o carro chegou, está nos esperando. Vamos procurar um hospital aqui perto.

— Não, Matteo, por favor, não... Quero Rebeca... Por favor, leve-me para a Rebeca... — Choro quando segura minha cintura, apoiando-me.

— Ayla, estamos longe.

— Eu já falei com ela. Ela está me esperando. — Olho para ele suplicando com os olhos. — Leve-me para a Rebeca.

— Tudo bem, vamos — diz contrariado e com a mão livre pega a mão de Asher. — Herói, a estrelinha está dodói, então você precisa me obedecer, ok? Não pode me soltar, tem que segurar bem forte para irmos até a tia Beca para ela cuidar da nossa estrelinha.

— Ok, papai. — Ouço a voz assustada, apoiando-me na lateral do seu corpo enquanto ele segura minha cintura com força.

Seguimos para o carro que já está estacionado em frente ao aeroporto e ele me ajeita no banco e logo coloca Asher ao meu lado, quando ele entra, dá um tapinha no ombro do motorista.

— Pago o dobro para ir o mais rápido e cuidadoso que puder — diz e o motorista olha para nós três pelo retrovisor e talvez notando minha cara de dor apenas assente e acelera seguindo rumo ao hospital.

Matteo em momento algum solta minha mão, que aperto com força a cada vez que a dor se intensifica, mas ele não para de conversar com o filho, distraindo-o. Percebo que ele liga para Benício, mas estou distraída demais para prestar atenção.

De repente, uma mãozinha acaricia meu rosto e inclino minha cabeça em sua direção, sentindo o toque suave.

— A tia Beca vai cuidar do seu dodói, Estrelinha, não chora.

Abro um sorriso fraco para ele, sentindo meu corpo amolecer cada vez mais no banco.

Não sei quanto tempo se passa, mas de repente sinto minha calça molhar, por isso abro os olhos olhando para baixo e percebo que é sangue. Muito sangue.

— Matteo... — chamo com a voz fraca.

— Ai, porra! — O homem se desespera, e olha para fora, de repente alarmado. — Estamos chegando, amor, aguenta mais uns minutos.

Assinto para ele, que continua falando palavras para tentar me acalmar, mas não consigo parar de chorar e de pensar que não posso perder meu bebê, de jeito nenhum posso ficar sem ele. Foi tão rápido, mas já o amo com todo o meu ser.

Percebo quando o carro para depois de alguns minutos e alguém abre a porta antes mesmo de Matteo descer, por isso olho para cima e vejo o rosto de Benício com uma feição preocupada, logo Matteo toma seu lugar, passando um braço por baixo dos meus joelhos e outro pelo meu pescoço, puxando-me para o seu colo.

— Beni, paga o cara, pega nossas malas e cuida de Asher, por favor... — diz já entrando para o hospital. — Rebeca está nos esperando.

Por favor, Deus, meu filho não...

Enquanto ele corre para dentro, sinto meu corpo amolecer nos seus braços e mais sangue molhar minha calça. Ele passa correndo pela recepção, gritando com a loira que está ali.

Não tire meu filho de mim...

— A Dra. Fontes, chame-a, rápido.

Ouço vozes alteradas ao meu redor enquanto ele corre, logo sou colocada em uma maca e com os olhos turvos, percebo minha amiga ao meu lado, ela parece assustada, mas não consigo confirmar.

— Fica calma, ok? Vou cuidar de vocês...

É a última coisa que escuto antes de apagar.

CAPÍTULO 33

Gabe

Quando descobri sobre a gravidez da Ayla, fiquei imensamente feliz. Saber que a mulher que eu amo carrega meu filho me fez sentir imbatível, como se mais nada no mundo pudesse me parar, porque eu vou amá-los como merecem.

Mas a mulher parece que não sabe se colocar em seu lugar, não respeita nem mesmo meu filho que carrega, simplesmente decidiu sumir do mapa como se não me devesse nenhum tipo de satisfação e isso tem me irritado mais que o normal, porque ela não me responde, não me atende, não me manda um sinal de vida.

A hora em que eu colocar minhas mãos nela, ela vai aprender a me respeitar!

Valerie tem me atormentado mais ainda nesses dias, porque segundo ela, Matteo a está evitando também, então ela tem passado seus dias divididos entre meu apartamento e a casa dos nossos pais. A endemoniada ainda falou para nosso pai sobre meu filho e isso gerou uma briga entre mim e ele, já que ele jogou na minha cara o quão frouxo eu sou por deixar uma mulher fugir com meu filho, sem fazer nada. Ele só não sabe dos meus planos, por isso tratei de deixar isso bem claro para ele.

Se ela não voltar, vou atrás dela. Vou trazê-la de volta nem que seja na marra. Se ela ainda não entendeu que vai ficar comigo, querendo ou não, vou tratar de deixar isso muito claro para ela.

Nunca temi fazer o que precisava, não vou começar a temer agora.

Ayla

A claridade incomoda meus olhos e o cheiro de limpeza arde minhas narinas, fazendo-me abrir os olhos devagar. A primeira pessoa que vejo é Rebeca sentada ao meu lado com o olhar perdido, atormentado.

— Ei! — chamo sua atenção e quando me olha, seus olhos se enchem de lágrimas.

— Ei, você acordou.

— O que aconteceu? — Bato os cílios algumas vezes tentando clarear a mente e de repente me lembro. Sento rapidamente, ouvindo o bip incessante acelerar devido as batidas fortes dentro do meu peito. — Beca, meu filho...

— Amiga, fica calma. — Ela se levanta e me força a voltar a deitar.

— O que aconteceu? Ele está bem? — Olho para ela, mas ela fica fazendo-me um carinho calada. — Rebeca, meu filho está bem?

A porta se abre, mostrando Cecília e Matteo que entram e vem para o meu lado. Suas feições me fazem ficar ainda mais assustada, porque eu sei o que eles vão me falar. Não quero ouvir, não posso ouvir eles me dizerem que o perdi. Lágrimas escorrem pelo meu rosto, mas não consigo emitir som algum, só sentir a dor lancinante tomando todo meu corpo.

— Ayla...

— Não... Por favor, Ceci, não... Eu não posso ouvir, não quero... — digo chorando, sentindo meu peito afundar cada segundo mais. Minhas mãos automaticamente seguem para a minha barriga, como se pudesse senti-lo de alguma forma. — Vocês não entendem... Não entendem... Eu preciso do meu filhinho...

— Amiga, eu não imagino como esteja se sentindo agora, mas você precisa se acalmar. Perdeu muito sangue, então tem de ficar de repouso.

Sinto quando um braço forte me puxa para perto do seu peito quente, agarro-me a ele como se ele pudesse arrancar de mim toda a dor que estou sentindo. Tremo com o choro compulsivo, molhando sua camiseta, fazendo com que ele me aperte ainda mais. Sinto dois corpos pequenos subirem na cama e as mãos das minhas amigas me fazendo carinho como conseguem.

Não sei quanto tempo se passa, mas finalmente o choro perde a força e eu olho para Rebeca.

— Pode... — Forço a voz a voltar. — Pode me dizer o que aconteceu?

— Claro. — Ela segura minha mão livre com força, mas não me solto de Matteo, que se manteve calado o tempo todo. — Como você descobriu e já foi para o Brasil, não fazendo o ultrassom, não pudemos detectar a gravidez ectópica. Essa condição acontece quando o embrião é gerado fora do útero...

— Eu sei o que é uma gravidez ectópica — resmungo, afundando meu rosto no peito de Matteo, sentindo o coração dele bater com força e o som das batidas parecem ajudar a me acalmar. — Se eu tivesse sido mais responsável e feito o ultrassom...

— A única coisa que mudaria é que você estaria preparada para a perda, amiga. Você mesmo acabou de dizer que sabe o que é, então entende que de forma alguma a gravidez iria para frente, sabe que não tem tratamento.

— Você não pode se culpar por algo que não estava ao seu alcance, Ayla. — A loira sentada na minha frente diz, me olhando com firmeza e carinho. — Não podíamos ter feito nada, como a Beca disse, só teria te preparado.

Assinto para elas, que continuam com os carinhos. Sinto como se tivesse sido levada por uma enxurrada de coisas ruins, sendo soterrada de baixo de tudo e ninguém pode me ajudar. Ninguém pode me tirar daqui, só pode deixar com que tudo me sufoque cada vez mais.

— Você precisa ser forte agora, Ayla — Matteo diz baixinho, próximo ao meu ouvido.

— Não consigo... Eu me sinto sufocar, Matteo.

— Eu sei, Anjo. Mas precisa ser forte pelo seu anjinho que está olhando por você agora, por você, pelas suas amigas... — respira fundo, fazendo-me estremecer e voltar a chorar. — Pelo Asher e por mim.

— Quando você descobriu a gravidez, dissemos a você que estaríamos juntas em qualquer decisão que tomasse, lembra? — Assinto para Rebeca como posso, já que não consigo me desfazer do contato de Matteo. — Isso não mudou, nunca vai mudar. Vamos te ajudar a passar por isso.

— Não é como se a dor fosse embora de uma hora para outra, mas é um sentimento que você vai aprender a levar para parte boa — Ceci diz chamando minha atenção.

— Eu... — Respiro fundo e olho para Matteo, que me olha de volta com tanto carinho que meu coração dói mais ainda. — Eu achei que ele seria minha salvação.

— Salvação do quê, amiga? — As lágrimas descem em abundância ao pensar que não terei mais meu pequeno para me fazer forte e não me deixar afogar nas lembranças horríveis. — Conversa com a gente.

Sinto o nó formado na garganta, sufocando-me, não deixando o ar entrar.

Sinto que se não falar, que se continuar guardando tudo, vou morrer ainda mais por dentro, vou me perder de vez. Pela primeira vez desde aquela noite, não sinto medo do julgamento, só que preciso falar, preciso colocar tudo para fora, porque só sinto medo dos sentimentos ruins que estão me tomando.

Olho para Matteo procurando apoio e talvez vendo minha intenção, balança a cabeça, me incentivando. Limpo meu rosto, tentando parar de chorar, porém é em vão, já que elas não param por nem um segundo.

— Naquela noite que saí com Cecília, fiquei muito, muito bêbada. — Ceci assente concordando e Beca me olha atentamente. — Teve uma hora que Ceci foi ao banheiro e eu me sentia entorpecida demais, não sentia nem mesmo as pernas, cheguei a cair sentada no chão e foi onde Gabe me achou. Eu queria sair de perto dele, não queria seu toque em mim, só que eu simplesmente não conseguia me mover. Eu mal conseguia falar...

Mordo o lábio tentando controlar as emoções. Sinto o corpo enrijecer ao meu lado, imagino que deve ser difícil ouvir tudo de novo, mas minhas amigas me olham com atenção esperando mais informações, por isso continuo:

— Ele me levou para a casa dele.

— Porra! — Rebeca pula da cama, andando de um lado para o outro parecendo atordoada e Cecília está imóvel na minha frente, prendendo a respiração.

— Não me lembro de como chegamos ao apartamento dele, mas me lembro perfeitamente das mãos dele em mim, da sua boca forçando a minha enquanto eu pedia para ele parar.

Respiro fundo. Achei que seria mais fácil falar, mas as lembranças voltam para me atormentar a cada palavra que sai da minha boca.

— Lembro perfeitamente de ele tirar minha roupa, enquanto falava que eu era dele, que eu não deveria ter me envolvido com Matteo...

O homem bufa tenso ao meu lado, e quando volto o olhar para minhas duas amigas, ambas choram junto comigo. Rebeca está com as mãos na cabeça, olhando-me, perdida.

— Lembro de quando ele entrou em mim. Meus gritos pedindo para ele parar, pelo amor de Deus, ecoam na minha cabeça todos os dias, porque eu juro que eu não queria. Eu juro, gente...

Sinto-me fraca conforme lembro de tudo, é como se sentisse as mãos horrendas dele em mim ainda. Por isso me afasto de Matteo.

— A gente acredita, amiga... — Ceci diz segurando minha mão. — Eu não deveria ter te deixado sozinha.

A loira volta a chorar comigo. Mesmo em meio ao desespero, percebo que a respiração dela está irregular.

— A culpa não é sua. É minha, Cecília, só minha... — Respiro fundo, fechando meus olhos sem conseguir olhar por mais tempo para elas. — Se eu não tivesse bebido...

— Que porra, não! — Rebeca grita, assustando-me, automaticamente me sinto encolher na cama. — A culpa não é de nenhuma de vocês! Não é! A culpa é daquele doente do caralho. Como ele pôde ter feito isso?

Ouço o barulho de algo caindo no chão e quando abro os olhos, vejo que Rebeca chutou uma mesinha que tinha no canto, derrubando o copo que estava lá em cima e saindo do quarto, desnorteada.

CAPÍTULO 34

Rebeca

Ofegante, saio do quarto depois de escutar atentamente cada palavra que Ayla disse. Violada, minha amiga foi violada da pior maneira possível e o pior é ver o quanto ela se culpa. Ver seus olhos culpados como se estivessem pedindo desculpa por algo que ela não teve culpa me destruiu.

Viro no corredor que dá acesso a ala da plástica e dou de cara com Theo, ele me olha confuso, talvez por meus olhos estarem cheios de lágrimas não derramadas.

— O que houve? — Sinto sua mão vir ao meu rosto, fazendo um leve carinho e fecho os olhos, tentando recobrar o controle do meu corpo.

— Ayla, foi o que houve.

Pela minha visão periférica, vejo um homem loiro vindo em nossa direção com sua atenção voltada ao celular em suas mãos, dando espaço a minha ira, empurro Theo para o lado e avanço em cima de Gabe, que pego desprevenido não percebe minha chegada.

— Mas que po... — Antes que ele termine, acerto um soco em seu nariz e começo a chutá-lo e dar tapas em sua cara.

— Você vai pagar... Você vai pagar pelo que fez a ela, seu filho da puta! — Debato-me enquanto Theo me tira de perto de um Gabe com nariz ensanguentado.

Gabe faz menção de se aproximar de mim e instintivamente Theo toma a minha frente.

— Afaste-se, agora! — Meu marido grita, ficando cara a cara com Gabe.

— Essa maluca me atacou, eu não fiz nada.

Tento sair de trás de Theo, mas ele me segura.

— Cretino! Eu vou marar você!

Debato-me mais ainda, olho para o lado quando sinto outro par de mãos me segurarem.

— Diaba, arrumando confusão ainda — Mike fala, segurando-me enquanto Gabe murmura algo para Theo, que o empurra fazendo-o cair no chão.

— Fica longe da minha mulher, ouviu — Theo diz e parte para cima dele.

— Porra! — Mike me larga as presas e vai separá-los com a ajuda de outros funcionários do hospital.

Com ambos separados e sendo segurados, direciono meu olhar a Gabe.

— Onde aquela cadela está, onde ela está com meu filho! — ele grita, fazendo Theo e Mike me olharem em alerta.

Eu não havia contado a eles sobre a gravidez da minha amiga, porque era algo que ela deveria fazer.

— Não interessa, seu doente — falo respirando fundo e tento me aproximar, mas Theo segura meu braço. — Fica. Longe. Dela.

— Eles são meus, ninguém pode tirá-los de mim — Gabe retruca com um sorriso cínico, fazendo-me fechar as mãos em punho.

— Você a violou, filho da puta! — Não consigo me segurar e solto a verdade, fazendo todos ao nosso redor arregalarem os olhos, Theo e Mike me olham confusos e quando o entendimento cai, ambos olham com fúria para Gabe.

Matteo aparece no corredor e tem seu olhar focado no loiro filho da puta. Mike pragueja quando o vê se aproximar com lágrimas rolando pelo seu rosto. Todos ficam tensos quando Matteo e Gabe ficam cara a cara. Automaticamente Theo e Mike se colocam ao lado do amigo.

— Eu vou acabar com sua vida — Matteo rosna, apontando dedo no peito de Gabe. — Eu vou fazer você se tornar um nada, e todos os dias do resto da sua vida miserável você vai se arrepender por ter encostado nela.

Viro-me, deixando Matteo e o resto da confusão. Minhas pernas me levam de volta ao quarto em que Ayla está, minhas lágrimas rolam pelo meu rosto, imaginando o quanto deve ter sido difícil para a minha Ayla. Não tenho forças para abrir a porta e encará-la, minha amiga precisa de força, mas agora eu sou uma bagunça.

— Amor.

Fecho os olhos fortemente quando sinto as mãos de Theo me puxarem para um abraço, os soluços altos deixam meu corpo trêmulo. Sem perceber, minhas pernas perdem a força, fazendo com que meu marido me ampare e entre comigo em uma das salas vazias, ele me coloca sentada em uma cadeira e corre para fechar a porta.

Quando volta a me encarar, seus olhos também estão com lágrimas.

— Ela... Theo, ela... Ela passou por tudo isso. Oh, meu Deus! — Coloco as mãos na cabeça, desesperada.

— Ela precisa de você, Beca. Você precisa ser mais forte do que nunca, amor.

— O que vai ser dela agora? Como que ela vai se erguer, Theo? Por Deus! É da Ayla que estamos falando, ela vai se fechar no mundo particular dela e não vai me deixar entrar — falo, ofegante.

— Ela vai, sim, e conhecendo você como eu conheço, caso ela não a deixe entrar, talvez você possa chutar a porta.

Sua fala suave me faz o olhar com carinho. Theo é o homem mais doce e sensato que conheço, ele é a calmaria dos meus dias. Se existe uma certeza nessa vida, é do quanto eu fiz a escolha certa em me casar com ele.

— Eu achei que íamos dividir esse momento juntas — falo, triste, olhando-o nos olhos e ele coloca a mão na minha barriga.

— Tudo no seu tempo, *baby*. Esse bebê que você está carregando hoje, pode ajudar Ayla, então foque nisso.

— Ela acabou de perder um bebê, como vou contar que estou grávida? Seria egoísmo da minha parte.

Há uma semana descobri minha segunda gravidez, não que eu estivesse me prevenindo, ainda mais Theo e eu transando como dois coelhos. Foi uma surpresa bem-vinda e havíamos decidido contar para todos em um almoço em nossa casa, estava esperando o retorno de Ayla, mas depois de todos esses acontecimentos, não sei se devo contar.

— Primeiro, nós vamos lá vê-la, mostrar o quanto ela é amada e querida e que não está sozinha.

Nós nos levantamos e depois de enxugar as lágrimas, saímos do quarto, quando chegamos ao dela, respiro fundo e entro, encontrando Ceci deitada com Ayla na cama, as duas estão encolhidas, com os olhos vermelhos pelo choro. Ceci está deitada de lado, fazendo um carinho nos longos cabelos castanhos de nossa amiga. Mike e Matteo estão sentados no sofá no canto, calados e com olhares perdidos.

Theo se aproxima de Ayla, que o encara, tensa, fecho os olhos controlando as lágrimas. Depois de um aceno, Theo se aproxima mais ainda dela e lhe dá um beijo na testa, enquanto minha amiga solta um soluço.

— Vai ficar tudo bem, nós vamos garantir isso — ele fala enquanto algumas lágrimas escorrem pelo seu rosto. O amor e carinho que Theo sente pelas minhas amigas é quase fraternal, ele as protege como se estivesse protegendo a mim, e o que aconteceu com Ayla, levou um pedaço tanto meu quanto dele.

Chego perto e os olhos castanhos me olham amedrontada.

— Estou aqui.

Ela sorri de lado e abre um pequeno espaço para que eu me junte a elas na cama.

CAPÍTULO 35

Matteo

Eu achei que ouvir o que Ayla me contou no Brasil, tinha sido difícil, mas ouvi-la entrar em mais detalhes para suas amigas, conseguiu me deixar pior.

Nunca vou conseguir entender o que se passa na cabeça de um homem que acha que pode fazer o que quiser com uma mulher quando ela está em estado vulnerável, ou mesmo quando não está. Não entendo a dificuldade de um filho da puta como ele, de ouvir a palavra "não" e respeitar isso.

Ele viu a mulher que ele diz amar completamente bêbada e ao invés de ajudar, achou-se no direito de violar seu corpo. A mente doentia dele o fez pensar que poderia fazer com ela o que quisesse, se aproveitando do seu estado de embriaguez.

Uma semana já se passou desde o dia que ela sofreu o aborto e Ayla parece estar mais fechada ainda do que já estava. Mesmo que Cecília a tenha convencido a ir para a terapia, ela parece estar submersa na sua dor e está afastando a todos. A convencemos a prestar queixa, mesmo que ela esteja com medo de que ele faça algo contra ela, mas já garanti que eu mesmo a protegeria e por isso tentei convencê-la a ficar na minha casa, mas a morena negou veementemente, por isso estou vindo para a casa dela todas as noites e quando estou trabalhando, deixo um policial de guarda o tempo todo.

Não que ir todas as noites até sua casa a faça falar comigo, pelo contrário, ela está trancada no quarto e só sai para comer quando Cecília ou Rebeca aparecem para arrancá-la da cama ou ir à terapia. As poucas palavras que ela fala giram em torno de "está tudo bem" e "pode ir embora". Outro dia, Ceci me acordou de um sono profundo, enquanto eu estava encostado na porta do quarto da morena, com medo de que ela fizesse algo, a esperança é de que ela abra a porta e me deixe abraçá-la como quero. Ela está tão absorta em sua própria dor, que não percebe o quanto está machucando as pessoas ao seu redor por estar tão afastada. Várias vezes eu vi Cecília chorando e Rebeca desabar todos os dias depois de sair do quarto dela. Eu mesmo, que nunca fui de chorar, me peguei chorando em alguns momentos, por ela, pela situação e pelo bebê.

É estranho pensar que em uma noite ela me contou que estava grávida de outro homem e no outro dia eu já sentia que queria cuidar dos dois. Eu queria aquele bebê para mim, porque sei que seria capaz de amá-lo e cuidar dos dois. Se ela achava que o bebê seria sua salvação, eu não via o porquê de virar qualquer raiva minha para a criança, ela também não tinha culpa do que houve.

O único culpado por toda essa desgraça é o homem que estou indo atrás nesse exato momento, depois de receber uma ligação falando que ele está escondido no apartamento da irmã.

— Boa tarde, Sr. King. — O porteiro me cumprimenta assim que passo por ele.

— Boa tarde, estou indo para o apartamento de Valerie, não avise minha chegada.

Sem paciência para esperar, subo correndo às escadas até o andar dela e assim que chego, pego a chave que eu tenho guardada e abro a porta, encontrando Valerie sentada na sala com uma taça de vinho, assistindo a algo que passa na televisão.

— Matteo... — Ela pula assustada assim que me nota e olha para o corredor.

— Com você eu converso daqui a pouco. — Aponto para ela e corro apartamento adentro, abrindo todas as portas, procurando pelo desgraçado. O encontro se vestindo com pressa no quarto que era de Asher. — Achou mesmo que ficaria escondido por muito tempo?

Ele ri com escárnio, olhando-me parado à porta. Todos os músculos do meu corpo estão tensos.

— Não seja ingênuo, se eu tivesse me escondendo, você não me acharia.

— Ah, pode apostar que eu acharia! — Eu me aproximo dele a passos calmos, por mais que ele seja alto, eu sou alguns centímetro maior e mais forte, por isso espero que ele esteja com bastante medo. Assim como Ayla sentiu naquela noite. — Eu o acharia no inferno se fosse preciso! Sabe por quê? Porque ninguém mexe com a minha mulher e sai livre e tranquilo por aí.

— Ela não é sua. — Sua voz se altera e ele tenta vir para cima de mim, fazendo-me acertar o primeiro soco em seu rosto. — Seu filho de puta!

Seguro a gola da sua camiseta, empurrando-o até a parede, batendo seu corpo força, fazendo-o gemer pelo impacto.

— Você é um doente de merda.

A raiva que cresce ainda mais em mim me deixa cego, meu punho acerta sua barriga uma vez, duas, três e só paro quando ele se curva procurando por ar. Seguro seu cabelo, puxando e bato na parede com a mesma força, acerto mais socos em seu rosto, ele coloca a mão para se proteger e me acerta na barriga, fazendo-me ir para trás. Ouço o grito de Valerie, mas não tiro meus olhos do homem a minha frente, que limpa o sangue da boca com o braço.

— O que foi, Matteo? Não consegue aceitar que Ayla é uma vadia que pulou da minha cama direto para a sua e quando cansou de você voltou para mim? — Abre um sorriso sinistro com os dentes sujos de sangue.

Meus dedos ardem com os machucados, mas a vontade de bater nele ainda é latente. — Você tem de aprender a perder, amigo.

— Voltar para você? Você a estuprou, seu filho da puta!

Parto para cima dele mais uma vez, segurando sua cabeça e acertando vários golpes. Descontando nele todos os dias que a minha mulher está longe de mim, toda a dor dela, do abuso, do aborto. Descontando a raiva que sinto da irmã dele por arruinar os primeiros anos de vida do meu filho. A raiva de todos os dias que esses dois me atormentaram.

Seu corpo amolece e ele cai no chão, o rosto cheio de sangue e os olhos quase se fechando. Ao fundo, ouço o barulho da sirene e os gritos desesperados de Valerie. Abaixo ao lado do corpo dele e seguro seu pescoço com força enquanto miro seus olhos. Uma pontada de felicidade estala em meu peito ao ver seu estado.

— Foi assim que você a segurou, seu maldito? Está bom para você? — Forço mais meus dedos e ele segura meu pulso, tentando tirar meu braço e sinto um corpo chocar contra o meu.

— Solte-o, Matteo. Solta meu irmão, você vai matá-lo.

— Sai de perto de mim, Valerie! — grito para ela e a tiro de cima de mim, que cai sentada de bunda no chão. — Não vou matá-lo. Sabe por que não, Gabe? Porque você vai para a cadeia e eu juro que eu vou tornar os seus dias lá completamente infernais! Vou fazer com que lembre todos os dias do porquê de está lá e se arrepender amargamente de ter cruzado o caminho da Ayla!

Solto seu pescoço assim que Bret, um policial conhecido, entra no quarto dando voz de prisão, ele olha para mim e para o corpo desacordado a minha frente. Levanto-me olhando para Valerie sentada no chão, olhando diretamente para o irmão.

— Ele apenas desmaiou, não o matei!

— King, você sabe que ele pode fazer uma denúncia de agressão física e até tentativa de homicídio, olha a situação que você o deixou.

Outros entram no quarto e o cômodo vira uma bagunça de corpos e gritos. Bato no ombro de Bret e o olho completamente esgotado.

— Duvido muito disso!

Olho novamente para a mulher encolhida no canto do quarto chorando, desolada, e decido que é hora de dar fim definitivamente a esse ciclo cansativo. Aproximo-me dela e agacho, chamando sua atenção. Seus olhos parecem perdidos, mas me olham demonstrando certo carinho; não consigo mais me compadecer com esse olhar dela.

— Vou dar apenas um aviso a você, Valerie, eu juro pelo meu filho que é o último. Não apareça mais na minha frente, na frente de Asher, Ayla, da minha família e dos meus amigos. Não nos procure mais de forma alguma. Eu estou cansado de fechar os olhos para suas merdas, não farei mais isso. E entenda de uma vez por todas que eu nunca a amei, nunca estivemos juntos por sentimentos, foi apenas por Asher e nem por isso deu certo. Você precisa entender que eu não vou ficar com você porque você me manipula usando meu filho. Então faça o favor para todos nós e some das nossas vidas. Você me sugou por muito tempo e isso acabou, está me ouvindo? Finge que se ama ao menos um pouco e me esqueça. Você nunca foi uma boa mãe, por isso Asher não vai sentir sua falta.

Respiro fundo e me levanto pronto para ir embora.

— Vou avisar ao meu advogado para entrar em contato para trazer os documentos para você assinar, abrindo mão da guarda de Asher.

— Matteo... Por favor... Não me deixe. Não posso viver sem você. — A loira se pendura na minha perna, chamando a atenção de alguns policiais que estão no quarto.

— Para com isso, Valerie.

Tiro suas mãos de mim e saio o mais rápido que posso do quarto. A adrenalina e a raiva correndo quente nas minhas veias, me deixando completamente eufórico.

— King, que merda é essa? — McGregory me chama.

— O quê?

— O quê? Você não podia simplesmente esperar a polícia para simplesmente prender o cara? E se ele decidir denunciá-lo por tentativa de homicídio, porque pelo que eu vi aqui quando a ambulância o levou, enquadra-se perfeitamente nisso.

— Não, eu não poderia esperar — digo e encosto na parede de frente para ele. — Você pode me dizer o que for, mas com todo o respeito, capitão, não me arrepende nem um pouco de ter batido no desgraçado que abusou da minha mulher e a engravidou, gerando ainda mais dor nela, porque ela sofreu a porra de um aborto e agora eu vivo os dias com medo de nunca mais poder tê-la perto de mim, porque agora ela não consegue nem me abraçar direito sem tremer nos meus braços.

— Tire o resto do dia, King. Vamos lidar com isso depois — diz sem emoção e se afasta.

Dirijo até minha casa e, assim que entro, me jogo de costas na cama, sentindo a raiva ir diminuindo aos poucos e uma tristeza nada bem vinda surgir.

Deveria me sentir um pouco melhor depois da surra que dei em Gabe, mas não consigo, só consigo pensar em Ayla longe de mim.

A exaustão me toma, fazendo com que eu apague sem nem mesmo tomar um banho.

Acordo com meu celular tocando e vejo que é McGregory, sento rapidamente na cama, me sentindo em alerta imediatamente.

— Capitão, o que houve?

— King, está mais calmo?

— Sim. Por que está me ligando?

— Porque preciso contar uma coisa e preciso que você fique calmo — ele diz, deixando-me inquieto.

— Fala logo, senhor, a enrolação que vai me deixar nervoso.

— Antes de sairmos do apartamento, um policial estava conversando com Valerie, tomando depoimento e em um momento de distração dele, ela pegou a arma dele e... — Ele respira fundo e só então percebo que estou prendendo a respiração. — Ela tirou a própria vida.

— O quê?!

Sinto-me perdido com a informação. Entendi tudo o que ele me disse, mas é como se meu cérebro não estivesse processando.

— Não conseguiram fazer nada para evitar, foi tudo rápido demais. Eu sinto muito.

Porra! Valerie se matou.

Uma lágrima solitária escorre dos meus olhos e me sinto péssimo ao perceber que é de alivio. O quão ruim isso me torna?

Me despeço dele, mas ainda Sinto-me entorpecido com a informação.

Como vou falar para Asher que a mãe dele tirou a própria vida?

E como se meu pensamento o atraísse, ouço a porta ser aberta e ele me chamar. Levanto e vou a sua busca, encontrando Asher, Benício e Tony entrando na sala. O pequeno corre para mim e pula no meu colo, eu o abraço com tanta força que ele reclama.

— Aí, papai. Vai me esmagar, assim. — Ele se debate no meu colo, arrancando risadas dos meus irmãos, mas quando os olhos, percebem que algo aconteceu e param de rir imediatamente.

— Desculpa, filho. — Beijo seu rosto. — Vai tomar banho, o papai vai conversar com seus tios e depois quero falar com você.

— Ok, mas você pode me levar para ver a Estrelinha depois?

— Asher... — Como dizer ao meu filho que ela não quer ver ninguém?

— Por favor, papai.

— Herói, a Estrelinha está dodói.

— Eu dou beijinho e o dodói dela vai sarar, papai, por favor.

Olho para Benício e Tony procurando ajuda, mas eles dão de ombro.

— Ele me pediu o dia todo para levá-lo lá, achei melhor deixar para você — Beni diz.

— Tudo bem, Herói, agora vai tomar banho.

Solto ele, que sai correndo para o banheiro. Sento no sofá, respirando fundo, tentando clarear a mente. Meu coração bate tão forte no peito, que posso jurar que consigo ouvir as batidas, sinto quando os dois lados do sofá afundam quando meus irmãos se sentam.

— E aí, o que quer conversar? — Tony pergunta, sério.

— Gabe foi preso hoje.

Ouço a respiração aliviada que Benício solta e quando olho para ele, está sorrindo para mim.

— Isso é ótimo, Matteo. Claro que deveria ter tomado uma surra antes, mas agora Ayla vai ter paz e isso é perfeito. Ela merece, depois de tudo.

— Eu cheguei antes da polícia... — Dou de ombros, não querendo entrar em detalhes, e solto de uma vez: — E Valerie se matou.

—O quê? — perguntam em uníssono.

— Ela pegou a arma do policial que estava tomando o depoimento dela e atirou contra a própria cabeça, foi tudo muito rápido, acabei de saber.

— Merda — Tony resmunga.

— Como você está, irmão?

— Se eu disser que estou aliviado que tudo acabou, vou ser uma pessoa horrível?

— Não, claro que não. Depois de tudo o que passou com ela, é compreensível. — Beni me dá dois tapinhas nas costas. — Só me preocupo com Asher, ela judiava dele, ainda assim...

— Vai ser difícil para ele — Tony completa.

— Vai, e isso está me fodendo, não sei como vou falar.

— Vamos ficar aqui com você enquanto conta.

— Valeu — agradeço aos dois.

Ficamos os três sentados no sofá, cada um perdido em pensamentos, até Tony levantar reclamando que está com fome e indo para a cozinha preparar algo.

Depois de um tempo longo de silêncio, Asher aparece e meu peito afunda ao saber o que preciso contar para ele. Ele se senta à mesa de centro de frente para nós, balançando os pezinhos, nos olhando atentamente.

— O que você quer falar, papai? Fala rápido para gente ir ver a Estrelinha, estou com saudade dela.

Benício ri da ansiedade dele.

eu me ajeito no sofá para conseguir segurar suas mãos e olho diretamente naqueles olhos azuis, tão iguais aos meus.

— Herói, o papai vai contar uma coisa, mas preciso que você saiba antes de qualquer coisa, que eu vou estar com você para sempre e que mesmo que doa, vai ter o papai com você, ok? — Ele assente me olhando atentamente. — Você lembra quando a vovó Amber contou que em algum momento, algumas pessoas, viram Estrelinhas no céu?

— Lembro, ela disse que o Snoop foi morar com o papai do céu e virou uma estrelinha brilhante.

— Isso. — Respiro fundo e Beni se levanta para se sentar ao lado dele, pronto para ampará-lo. — A sua mamãe hoje virou uma estrelinha brilhante.

Ele me olha, confuso, olha para o tio e volta para mim.

— Ela não vai mais *vim* me ver?

— Não, Herói, ela foi morar com o papai do céu.

Seus olhos se enchem de lágrimas e ele abaixa a cabeça, pensativo. Seu silêncio me atormenta, deixando-me em desespero.

— Ela... — A voz chorosa me acerta como um soco, mas o que ele diz quase me desmonta. — Ela não vai mais me fazer chorar?

Juro, meu filho é a pessoa que consegue me fazer desmoronar com mais facilidade.

Puxo-o para o meu colo, abraçando-o com força, sentindo seu corpo chacoalhar com o choro.

— Não, filho, ninguém mais vai fazer você chorar. — Acaricio seu cabelo curto. — Eu sinto muito, pela mamãe, meu amor.

Tony aparece para chamar a gente para comer, mas para quando vê Asher e vem para perto da gente, fazendo carinho nas costas do pequeno.

Ficamos por um tempo assim, até que ele adormece no meu colo. Coloco-o na minha cama e volto para a cozinha, onde Benício e Tony tentam me distrair.

Meus irmãos vão embora depois de comermos e eu vou para a minha cama, puxando o corpo pequeno do meu filho para perto do meu. Depois de tudo o que aconteceu hoje, sinto-me completamente esgotado e como se só o cheiro do meu menino fosse me acalmar.

Hoje não vou para a minha rotina noturna, mas decido que amanhã cedo vou levar Asher para ver Ayla. Só rezo para que a mulher decida conversar pelo menos com ele.

Ayla

Mais um dia chega e eu não me sinto nem um pouco disposta a sair da cama, como vem acontecendo todos os dias depois que perdi meu bebê.

Sinto-me tão devastada, como se eu simplesmente não tivesse motivos para sair desse quarto e enfrentar o mundo lá fora.

Rebeca apareceu ontem para contar que Gabe foi preso e o que aconteceu com Valerie. Mesmo me sentindo aliviada, ainda não consigo lidar com o turbilhão de sentimentos.

Eu vejo nos olhos das minhas amigas o quanto estão sofrendo comigo e por elas estou indo à terapia, e mesmo que eu já tenha conseguido falar sobre o abuso e a perda, não me sinto nem um pouco melhor. Também ouço todas as noites Matteo batendo à porta, conversando com elas e até mesmo falando comigo, mesmo que eu não o responda. Eu sei que prometi que não iria afastá-lo, mas não consigo o olhar, nem estar perto dele agora.

Ouço uma batida leve à porta do meu quarto, mas não me movo, fico em silêncio, assim a pessoa vai embora como foi das outras vezes que tentaram me chamar.

— Estrelinha, eu estou com saudade de você. — Ao ouvir a voz de Ash, sento-me imediatamente, sentindo meu coração acelerar — Meu papai disse que você está dodói, você quer beijinho? Você me disse que beijinhos de quem a gente ama cura todos os dodóis, se o meu não sarar, podemos chamar a tia Beca ou a tia Ceci e você fica boa para brincar comigo.

Ele fala tão rápido e é como se estivessem esmagando todos os meus órgãos, por saber que um beijinho dele ou de uma das meninas não vai curar meu machucado.

Meu filho se foi e com ele levou metade de mim.

Mesmo sabendo de como ele foi concebido, eu o amei desde que soube da sua existência, era uma coisa boa vinda de um ato cruel. Ele foi a minha salvação pelo pouco tempo que esteve comigo e agora só me sinto vazia.

Tudo o que passei naquela noite parece me esmagar ainda mais e agora não tenho forças para lutar contra.

Desde que Rebeca me contou que eu o havia perdido, senti-me vazia e só senti dor. Sentia a humilhação e a vergonha.

— Estrelinha, você não me ama mais? — Ouço quando meu Leãozinho começa a chorar baixinho e alguém sussurra algo para ele.

Eu queria me levantar e abraçá-lo, dizer que eu o amo tanto quanto amava meu bebê, porém meu corpo está fraco, ele não responde aos meus comandos e eu continuo sentada, me sentindo ainda pior por saber que eu estou machucando pessoas com quem eu me importo.

Sinto novamente lágrimas escorrendo pela minha bochecha e tampo minha boca, para que não ouçam que estou chorando.

Algumas vozes continuam sussurrando por detrás da porta e eu reconheço a voz de Matteo e de Rebeca. Logo as vozes se calam e percebo que se afastaram.

Um baque forte na porta me faz ter um sobressalto pelo susto e a voz grave soa magoada e irritada.

— Você não querer me ver, quer me tratar mal ou me punir com seu silêncio, eu aceito. Porra, eu aceitaria que você gritasse comigo e me batesse, que descontasse em mim todas suas dores, suas frustrações e seus medos. Eu aceito que você me machuque, Ayla, eu aguento. Eu aguento porque...

Matteo suspira e tenho a impressão de que está cansado, sua voz em seguida vem em um sussurro tão calmo e eu seguro a respiração sem notar ao ouvir suas palavras. — Porque eu amo você. Eu a amo tanto, Ayla, que eu aguentaria tudo. Para ter você eu a alcançaria, mesmo você me afastando para ainda mais longe, eu a seguraria tão forte e a protegeria do mundo. Mas eu não vou deixar que você magoe meu filho. Isso você não pode fazer. Você sabe que ele já tem muita coisa para lidar e ter de lidar com a sua rejeição, está magoando meu menino e eu não vou aceitar isso.

Suas palavras são como um punhal sendo atravessado no meu peito, fazendo-me arfar e chorar ainda mais. Eu sei que eu o amo, eu amo esse homem de uma forma que eu achava que não seria capaz e amo ainda mais Asher, por isso me sinto a pior pessoa nesse momento.

— Eu vim todos os dias ver você e passei horas só sentado aqui à sua porta, machucando-me ao ouvir você chorar e sem poder ajudar, porque você nem mesmo me deixa entrar nessa merda desse quarto. Mas eu não vou deixar você fazer isso com Asher. Você não pode entrar na vida de uma criança, fazer com que ele a ame acima de todos e depois simplesmente ignorá-la. Feri-lo assim é a pior coisa que você poderia fazer contra mim e isso não vai voltar a acontecer. Você não pode pensar que ele vai te esquecer com a mesma facilidade com que a amou, e isso aqui...

Ele para um pouco e logo volta a falar:

— Asher não vai mais sair chorando desolado como ele acabou de sair daqui. Eu estou indo juntar os caquinhos do coração do meu filho e espero, com todas as minhas forças, que você junte logo os seus e volte para nós.

Pela claridade que entra por baixo da porta, vejo que ele fica um tempo parado, mas logo se afasta, levando consigo a outra metade do meu coração que ainda batia.

E no silêncio do meu quarto escuro, eu sei que acabei de perdê-los.

Perdi o amor da minha vida e meu menino, e não sei se terei forças para lutar para tê-los de volta.

CAPÍTULO 36

Ayla

Três meses depois...

— E então, como está hoje?

— É estranho me sentir mais leve?

— Não, não é. Mas tem algum motivo que a fez sentir assim?

Olhando para a ruiva a minha frente, abro um sorriso de lado e balanço a cabeça.

— Gabe finalmente foi condenado. Sinto que foi pouco tempo para o estrago que ele fez, mas também sinto como se um peso tivesse sido tirado de cima de mim.

Respiro fundo.

— Imagino como esteja aliviada, agora.

Falar sobre Gabe ou sobre o abuso já não é mais tão difícil, não que eu tenha superado completamente, mas me sinto mais do que pronta para me deixar curar disso. Claro que as lembranças sempre vão existir e em alguns dias vão doer mais do que outros, mas não quero mais viver refém desse medo de simplesmente estar na presença de outras pessoas e a Dra. Jones está me ajudando com isso.

Desde o início ela fala que tenho de viver um dia de cada vez, ir aos poucos, sem achar que de uma hora para outra tudo sumiria. Eu só preciso ter paciência e viver meu tempo de cura.

— Eu entendi há algum tempo que a culpa não foi minha, que eu fui vítima e que passar por tudo isso me machucou demais, mas também me fez mais forte. — Torço os dedos no colo, sem olhar para ela. — Quando tudo aconteceu, eu me afastei de todos com medo do julgamento, medo do que iriam pensar de mim.

— É muito comum isso acontecer, Ayla. A pessoa, até compreender que foi a vítima e não causadora do trauma sofrido, tende a se autojulgar como culpada. É muito comum em casos assim que a mulher passe a temer locais públicos, locais onde ela sabe que pode encontrar pessoas como o abusador, que tenha medo de pessoas do sexo oposto, mesmo que seja próximo.

Sinto que me analisa, por isso levanto o olhar para encontrar o dela e me sinto enrijecer.

— Então não se cobre tanto se você ainda não se sente pronta para, por exemplo, ir a uma balada ou beber novamente. Você está passando por um processo e isso leva um tempo. Você é uma sobrevivente.

— Eu sou — concordo, repetindo a palavra "sobrevivente" mentalmente. — Não tenho medo de estar perto das pessoas em quem confio, mesmo que sejam homens, mas me sinto em pânico ao pensar que um homem qualquer na rua pode estar me olhando de forma maliciosa. Mas perto de Mike, Theo, Benício e...

Mordo o lábio ao pensar nele e meu coração afunda no peito.

— E...?

— Matteo. — Solto um suspiro. — Eu sei que nenhum deles me machucaria e me sinto segura quando me abraçam ou me tocam. O abuso não me fez perder a confiança neles, no começo, sim, eu estremecia a cada vez que um deles estavam por perto, mas agora... Agora só me sinto segura.

— Porque você entendeu que eles não vão machucá-la nem julgá-la. Seus amigos só querem cuidar de você e todos eles são muito importantes nesse processo de cura. — Assinto para ela. — E Matteo? Você não tem falado dele.

— Não tem o que falar. — Dou de ombros. — Nunca mais o vi depois que ele saiu da minha casa e não sei se ele ainda quer me ver.

— Você disse que ele pediu para você voltar para ele, então acho que ele quer, sim, e que talvez você não esteja pronta e está tudo bem se não estiver.

— Mas eu quero. Não sei se é normal na minha situação, mas sinto tanta falta dele. Eu disse a ele que não sabia se um dia conseguiria voltar a ter uma vida normal, mas eu quero sabe... — Suspiro mais uma vez. — Sinto saudades dos toques dele, do cheiro, do carinho.

— Claro que é normal. Você mesma acabou de falar que confia nele e que sabe que ele nunca a machucaria, então é mais do que normal sentir falta da pessoa que você ama. Por que você não o procura?

— E se eu não conseguir... Não conseguir ter uma vida ativa?

— Sexual? — Afirmo com a cabeça. — Você pode conversar com ele e explicar. Tenho certeza de que ele irá entender e se não entender, você pode se afastar. Mas pelo que já me falou dele, aposto que vai ser bem compreensivo e dar um passo de cada vez, junto a você.

— Tenho medo.

— É compreensível seu medo depois do que passou, mas você também não pode deixar o medo comandar sua vida.

Olho para um ponto específico em sua sala, pensando no quanto a saudade de Matteo tem me machucado. Fui totalmente responsável por seu afastamento, mas hoje eu só o queria por perto.

Não sei se estou completamente pronta para o sexo, mesmo que seja com ele. Mas o medo de viver o resto dos meus dias sem tê-lo ao meu lado é paralisante.

— Você só vai saber para o que está preparada, quando estiver na situação. E se a situação for o sexo, você tem o direito de dizer não a ele.

Eu sei que se eu falar para ele que não me sinto pronta, ele vai ter paciência, mas eu quero estar pronta para ele. Quero tanto estar pronta para ele, que meu coração lateja dentro do peito quando tomo a decisão de procurá-lo.

Levanto-me e a Dra. Jones se levanta junto, sorrindo para mim como se soubesse que tomei a decisão.

— O amor não é para machucar. Amor é paciente e bondoso, ele pode nos surpreender das formas mais notáveis. Não tenha medo de viver o amor.

Assinto e me despeço dela, saindo do seu consultório. Pego meu celular na bolsa e mando uma mensagem para Rebeca e Cecília.

Ocupada demais para um dia no shopping?

O céu está cinzento, anunciando um temporal, mas meu coração está tão leve com a decisão, que não consigo me sentir triste.

Rebeca: *Chego lá em dez minutos.*
Cecília: *Passa aqui para me buscar, Diaba!*
Rebeca: abusada!

Ayla: *Estou indo direto para lá. Espero por vocês na praça de alimentação.*

O ar frio do ar-condicionado me atinge assim que entro no shopping, fazendo-me estremecer levemente. Sigo direto para a praça de alimentação, louca de vontade de tomar um *milkshake* e assim que eu compro, escolho uma mesa e sento para esperar as duas.

Poucos minutos depois, Rebeca e Ceci se jogam nas duas cadeiras à minha frente, Beca pega meu *milkshake*, tomando um pouco sem nem mesmo me pedir, faço careta para ela, que sorri e alisa a barriga saliente, sorrio vendo o crescimento da sua segunda filha em seu ventre.

— E aí, estamos aqui em busca de algo em especial, ou só dia das meninas mesmo?

— Dia das meninas — respondo tomando meu *milkshake*. — Preciso ir ao salão e comprar uma roupa e não queria fazer isso sozinha.

Sorrio angelicalmente para as duas, que me olham desconfiadas.

— Roupa para quê? Posso saber, hum? — Rebeca é quem pergunta, fazendo-me corar e desvio os olhos para o copo a minha frente. — Ai, meu Deus! Por que você está corando assim?

— Não estou corando.

— Está sim! — dizem em uníssono e logo se olham, sorrindo cúmplices.

— Será que a gente pode só ir até o salão? — resmungo já me levantando.

Ouço os passos das duas me alcançando e seus braços enlaçando os meus, cada uma de um lado e sorrindo para mim. Suspiro me dando por vencida, se eu não der uma mínima informação, não terei paz.

— Ok... Meus Deus, vocês são muito chatinhas! — reclamo e elas mostram a língua. — Pretendo ir ver o Matteo hoje.

— Ai, meu Deus! — Cecília grita, chamando a atenção de algumas pessoas.

— Shhh... Para de gritar, maluca.

Ela ri quando brigo com ela, não dando importância nenhuma a isso.

— Você... Acha que está pronta? — Beca pergunta com cautela.

— Eu estou sentindo falta dele e sei que estou pronta para conversar com ele agora, para... Hummm... Vocês sabem... — Pigarreio forçando a voz, fazendo Beca rir. — Não sei se ainda consigo, mas confio nele o bastante para querer tentar, sabe?

— Então vamos atrás de uma depilação completa e uma roupa linda para você chegar arrasando.

E assim que termina de falar, a diabinha da minha amiga sai nos arrastando pelo shopping inteiro, o dia todo correndo entre o salão e lojas de roupas.

Saio do banho enrolada na toalha, entrando no meu quarto e olhando a lingerie de renda branca que Rebeca e Cecília me fizeram comprar hoje, alegando que eu deveria me preparar para caso algo acontecesse.

Só de olhar para as duas peças pequenas, um arrepio percorre meu corpo, fazendo-me estremecer e me deixando ansiosa para o meu encontro surpresa com Matteo. Visto a lingerie e logo tiro da sacola a calça preta e a blusa branca de manga comprida, vestindo em seguida.

Passo uma maquiagem leve e penteio meus cabelos, deixando-os soltos, moldando meu rosto e destacando o batom vermelho.

Durante o dia mandei mensagem para Benício para perguntar se ele sabia se o irmão sairia hoje e descobri que ele vai sair para beber com os meninos, e por isso combinei com as meninas de irmos juntas para o bar onde eles costumam beber direto, aproveitando que Rebeca estará com o carro do marido.

— Ei, Rebeca acabou de chegar. — Ceci coloca a cabeça para dentro do meu quarto e quando me olha, sorri. — O detetive vai ter uma parada cardíaca quando te vir gata desse jeito.

— Será que ele vai gostar de me ver? Já faz algum tempo... — Mordo meu lábio, sentindo a insegurança crescer dentro de mim.

— Claro que vai! Agora pega aquele seu casaco branco, porque está frio e ele vai ficar perfeito.

Pego o casaco branco que ela falou e minha bolsa, guardando meu celular e carteira antes de sair de casa e encontrar Rebeca no carro vermelho de Theo.

Beijo seu rosto assim que sento no banco de trás e Ceci faz o mesmo ao se acomodar no banco do carona.

— Theo liberou por vontade própria esse carro na sua mão? — questiono, recebendo em resposta uma sobrancelha arqueada.

— Ele vai enfartar a hora que ver. — Ela ri tirando risadas de nós também.

Minha perna fica chacoalhando, inquieta, o caminho todo. Minhas amigas conversam comigo o tempo todo tentando me acalmar, mas a minha ansiedade está em um nível altíssimo e automaticamente a insegurança também está crescendo ainda mais.

— Se quiser voltar, posso dar meia-volta e faremos noite das garotas — Beca diz me olhando de soslaio.

— Não... Não quero voltar. Acho que só estou com medo de como ele vai reagir quando me vir. — Respiro fundo.

— Ele vai adorar ver você — Ceci diz e toca meu joelho. — E se ele for um babaca, Rebeca dá um soco nele e nós vamos para a noite das garotas.

Coloco a cabeça entre os bancos, olhando para as duas sorrindo, deixando o amor que sinto por elas tranquilizar meu coração. As duas sempre souberam como me acalmar e me deixar bem.

— Eu amo vocês!

— A gente sabe. — Beca dá de ombros sorrindo e manda uma piscada em minha direção.

— Eu também amo vocês — Ceci responde, mandando beijos no ar.

Entramos na rua do bar e logo notamos que está lotado, porque não conseguimos achar nenhuma vaga para estacionar, Beca sem paciência fica resmungando, tirando risadas de mim e de Cecília.

— Olha, Aylinha, desce e já vai arrumando uma mesa maior com os meninos, Ceci e eu vamos arrumar uma vaga para estacionar.

— Ok.

Desço quando ela para em frente ao bar e vou entrando procurando pelos meninos, sinto os olhares em mim me deixando incomodada e com uma vontade enorme de sair correndo daqui, mas ao me lembrar do motivo de ter vindo me mantenho firme, fingindo não me importar.

Vejo os cabelos loiros de Mike, com duas mulheres sentadas ao lado e Theo do outro lado da mesa, com uma cara de quem vai matar o amigo. As duas mulheres não param de falar e Mike ri de algo que uma delas fala.

A Rebeca vai comer o fígado dele se ver essas duas na mesma mesa que Theo.

Aproximo-me por trás do Mike e passo meu braço entre Mike e a loira que tem os seios quase pulando do decote, alcanço uma batata frita e abaixo o tronco na altura de Mike, para sussurrar ao ouvido dele alto o bastante para que as mulheres ouçam:

— Se não quiser comer picadinho de advogado com caldo de piranhas, tira essas duas daqui. Rebeca e Cecília estão chegando.

Levanto-me sorrindo ao ver o corpo dele retesar e Theo me encarando com os olhos assustados. Como a batata e vou para o lado de Theo, olhando as duas se levantarem e saírem quase correndo da mesa.

— Dra. Anjinho. — Mike me cumprimenta com o sorriso um pouco sem graça. — Cecília está vindo também?

Ergo uma sobrancelha para ele, e olho para Theo procurando por resposta. Olho ao redor sem achar Matteo, isso faz com que a insegurança me tome de vez. E se eu tiver vindo a toa? Meu estômago cai no pé ao pensar na possibilidade de ele ter saído com alguma mulher.

Antes que eu possa falar algo, Rebeca e Ceci aparecem, ao ver minha amiga o sorriso no rosto de Theo aumenta e ele levanta para abraçá-la pela cintura e dar um beijo em sua boca.

Olho para o loiro que está praticamente comendo Cecília com os olhos, semicerro os meus em sua direção, que quando percebe faz a cara de inocência mais deslavada do mundo. Minha amiga está parada ao meu lado, olhando para o casal se pegando na nossa frente e estranho que até agora ela e Mike não trocaram nenhuma farpa, mas não falo nada, que continuem assim.

— Mike. — Chamo sua atenção. — Cadê Matteo?

— Ele foi ao banheiro.

Saio em direção ao banheiro rapidamente, desviando de alguns corpos que estão em pé. Antes de chegar, noto o corpo grande encostado na parede. O cabelo escuro em uma bagunça bonita que sempre ficam depois de um dia trabalhado. Dou alguns passos adiante até notar uma mulher parada à sua frente, tocando o braço dele enquanto ele tem as mãos nos bolsos da calça, demonstrando desconforto enquanto a mulher fala.

Meu sangue ferve e de repente tudo o que sinto é o ciúme me corroendo fortemente. Paro atrás dela e quando Matteo me vê, seus olhos se arregalam assustados, mas ele logo se recupera e um sorriso largo se abre em seu rosto.

— Atrapalho?

A mulher pula assustada ao ouvir minha voz e me olha por cima do ombro de cima abaixo, deixando-me desconfortável, mas apenas empino o nariz a olhando de cima.

— Na verdade, sim — ela diz com a voz nasalada e eu olho diretamente para os olhos azuis que estão presos em mim.

— Sério? — Ergo a sobrancelha na direção do homem que sorri de lado agora, aquele sorriso que me faz derreter.

— Você nunca atrapalha, Anjo.

Olho para a mulher que agora está com a raiva cintilando nos olhos castanhos, ela gira o corpo e sai batendo o pé, mordo o lábio segurando o sorriso e logo volto a olhar para o homem que ainda está encostado na parede. Coloco as mãos nos bolsos do casaco sem saber o que fazer com elas e sentindo-as suarem frio.

— Oi.

— Oi — ele responde com a voz rouca.

— Será que podemos conversar?

— Claro.

Olho ao redor vendo que saem dois homens do banheiro mais próximo, ele estica a mão para mim que seguro sem titubear e sou puxada em direção a porta que se fechou.

O banheiro está vazio, por isso ele aproveita e passa a chave na tranca. Matteo se encosta na bancada da pia e fica me olhando fixamente. Ele parece estar tranquilo, mas seus olhos têm um brilho que eu não sei identificar e, de repente, me sinto tão ansiosa que preciso me lembrar de como se respira.

— Como você está? — questiona, provavelmente vendo meu nervosismo.

— Estou bem. E você?

— Bem.

E o silêncio recai sobre a gente mais uma vez, meu coração bate tão forte dentro do peito que posso jurar que ele pode ouvir. Ele está tão lindo vestindo uma camisa de botão preta e uma calça da mesma cor, a barba por fazer evidenciando seu maxilar quadrado...

Deus, que saudade que estou dele.

— Sinto sua falta. — É a primeira coisa que digo e fecho os olhos tentando ordenar os pensamentos. Volto a olhá-lo e vejo um sorriso sutil aparecer em seus lábios. — Eu perdi muita coisa em uma noite só. Gabe conseguiu estilhaçar cada pedaço de mim e quando descobri que estava grávida, projetei no meu bebê, toda a pouca esperança que tinha de que poderia me refazer, que poderia ser forte por ele e por poucos dias até fui. Quando você apareceu no meu quarto falando que me queria mesmo depois de saber de tudo e se dispondo a amar meu bebê, eu queria aquilo. Queria me refazer por vocês três. Mas a vida tem um jeito doentio de testar nosso limite e depois do aborto eu me senti vazia, como se não sentisse mais nada além da dor e da culpa.

Ele continua parado me olhando, enquanto continuo falando:

— Depois de um tempo de terapia e conversas com as meninas, eu entendi que ninguém além do Gabe é o culpado e que eu não deveria me resumir apenas ao estupro e daí em diante me esforcei de verdade e estou me esforçando, estou vivendo um dia de cada vez, porque não quero viver para sempre no ciclo vicioso que é a culpa e a dor. Quero recuperar minha vida, quero viver a minha vida. Não estou dizendo que já não dói mais pensar no bebê que eu perdi ou naquela noite, ou que voltei a me sentir confortável em lugares onde tem muita gente, entrar aqui foi a prova de que ainda não estou pronta para isso, cada olhar em minha direção eu me sentia mais tensa. Não me sinto bem perto de pessoas estranhas ou andando na rua, é uma luta diária que estou vivendo, mas não quero desistir. Quero ser forte.

— Você é forte, Ayla. Passar por tudo o que passou e não ter desistido, querer lutar, já mostra o tamanho da sua força.

— Rebeca e Cecília estão me ajudando demais nisso também, elas sempre foram minha força e depois de tudo, sinto como se fossem meu alicerce. Mas ainda sinto falta de algo... — Respiro fundo e dou dois passos em sua direção, parando em sua frente e olhando diretamente em seus olhos, rezando internamente para que ele sinta toda a verdade do que estou dizendo. — Sinto sua falta, falta de Asher, falta de passar minhas noites com vocês dois e das risadas do meu Leãozinho.

Dessa vez é ele quem respira fundo.

— Sei que magoei muito vocês dois, principalmente ele, que não merecia o que fiz, mas eu não conseguia, entende? Eu estava deixando a dor me afogar e não poderia levar vocês comigo.

— Eu entendo, Asher é quem não entende. Ele chorou por muitos dias sentindo sua falta, até hoje.

Meus olhos se enchem de lágrimas ao pensar na dor que causei no meu pequeno.

— Não foi intencional e você não faz ideia do quanto eu sinto por ter feito isso.

Dou mais um passo em sua direção, deixando meu corpo quase colado ao dele. Sentir o calor que emana dele me deixa um pouco perdida, mas não sinto o medo que achei que sentiria, não me sinto tensa, só quero mais.

— Você disse naquele dia que era para eu juntar meus cacos e voltar para vocês. Ainda não juntei, estou em processo de cura, mas eu... — Mordo meu lábio e seus olhos caem para o movimento. Minha boca seca imediatamente. — Eu quero voltar para vocês porque, Matteo, meu coração ainda está quebrado em vários pedacinhos, tantos que não sei se um dia conseguirei juntar todos eles. Mas eu juro, eu te amo com cada um deles.

Vejo o homem a minha frente arfar, ajeitando a postura, enquanto me encara fixamente.

— Ayla...

— Não, espera. Deixe-me falar, ok?

Ele assente, não consigo desviar os olhos dos seus azuis cristalinos que brilham lindamente.

— Já se passou algum tempo e não espero que você tenha estagnado sua vida me esperando, não depois de tantas vezes que teve de correr atrás de mim e eu sempre fugir de você e te magoar de alguma forma. Nem estou pedindo para me colocar na sua vida como sua mulher, assim, imediatamente. Só estou pedindo uma chance para me deixar te conquistar de volta, deixar que as coisas aconteçam com calma e no tempo que precisarmos. Só quero a chance de tentar voltar para o seu coração. O dia que você foi embora de casa foi a primeira vez que disse que me amava e não quero que volte a dizer isso, pelo menos não por agora, mas me deixe tentar concertar as coisas e eu prometo que vou lutar todos os dias para te fazer feliz e cuidarei para que nada nunca mais nos afaste.

Ficamos em silêncio por um tempo, longo demais para o meu pobre coração, que bate descompassado com medo do que ele vai dizer. Minhas mãos suam absurdamente, por isso tiro elas do bolso e as esfrego no casaco disfarçadamente.

Não consigo entender o que passa na cabeça dele agora, porque o homem não demonstra nada.

— Você não quer ouvir agora que eu a amo?

— Não...

— Porque eu amo — diz sem nem me deixar terminar e eu paro estática, vendo seu rosto bonito, enfeitado com um sorriso. Às borboletas levantam voam no meu estômago. — Eu a amo tanto. Isso não quer dizer que eu não tenha ficado chateado, mas, amor, você passou por coisas horríveis e foi difícil, mas eu consigo entender. — Sua mão toca meu rosto com carinho e meu corpo acende só com o leve toque. — Eu falei para você voltar para mim, porque eu a esperaria e Deus, você não imagina como foi difícil ficar longe de você esses dias.

Um sorriso satisfeito se abre em meus lábios, feliz por sentir a verdade em todas as suas palavras. Sem conseguir me conter, coloco uma das mãos em sua nuca, puxando seu rosto para o meu e assim que sua boca toca a minha, um gemido de pura saudade salta dos meus lábios.

O beijo é calmo, mas intenso, assim como tudo é com ele. Sua língua massageia a minha e o gosto de Matteo misturado com o de cerveja me deixa ainda mais sedenta por ele. Fico na ponta dos pés quando seu braço enlaça minha cintura, colando-me ainda mais nele e aprofundando o beijo. Sua mão livre se enrosca no meu cabelo e sinto sua ereção crescente.

Ele afasta a boca da minha, arfante, seus olhos escaneiam os meus.

— Desculpa por isso... — Olhamos para baixo juntos, rindo baixinho do volume formado em sua calça. — É meio instantâneo isso quando se trata de você. Mas não quero que se sinta...

Dou um beijinho em sua boca, fazendo-o ficar quieto.

— Não vou dizer que conseguirei te ajudar com isso, mas quero tentar. Podemos tentar?

— Mas...

— Matteo, eu não vou quebrar com você. Eu sei que se eu não conseguir e te pedir para parar, você vai parar e isso me deixa segura o suficiente parar querer isso.

Mal termino de falar e o homem sai me arrastando bar afora, arrancando-me risada do seu desespero. Passamos na mesa que o pessoal está apenas para avisar que estamos saindo, as meninas me olham com sorrisos grandes estampados no rosto, o brilho de orgulho e felicidade cintilando nos olhos, me incentivando.

Assim que entramos em seu carro, olho para ele, que já colocou o carro em movimento.

— Que pressa é essa, homem?

— É a saudade de quatro meses.

CAPÍTULO 37

Matteo

Empurro a porta de casa com o pé assim que entramos, completamente enroscados e colados. Ela só se afasta para soltar a bolsa e o casaco no chão, logo voltando para junto de mim. O corpo pequeno de Ayla me deixa em completo estado de alerta, sua língua acariciando a minha, sentir o hálito quente e delicioso me deixa a querendo ainda mais, por isso dobro um pouco os joelhos e espalmo as duas mãos em sua bunda, ajudando-a a impulsionar o corpo para cima e enrolar as pernas ao redor da minha cintura, isso faz com que meu pau se encaixe entre suas pernas e só o contato mínimo já faz meu membro pulsar entre nós. Sua boca deliciosa e esperta se afasta da minha só para distribuir beijos e mordidas do meu maxilar, até meu pescoço, fazendo-me arrepiar e apertar sua bunda com força, arrancando um gemido dela.

Deus...

— Como eu senti falta disso — digo com a voz rouca, fazendo-a sorrir contra o meu pescoço.

Entro no meu quarto e vou direto a cama, soltando o corpo pequeno ali e assim que afunda no colchão, uma gargalhada gostosa sai da sua boca e o som aquece meu peito imediatamente. Sem dúvidas senti mais falta disso, do que até mesmo do sexo, até o roquinho que sai no meio da risada eu estava com saudade.

A imagem de Ayla jogada na minha cama, completamente confortável, com os cabelos em uma bagunça perfeita, as bochechas coradas, os olhos nublados de tesão e os dentes marcando o lábio inferior me deixa em completo estado de excitação, com o pau completamente ereto.

Subo na cama encaixando minha perna entre as dela, apoio meus braços em torno da sua cabeça, olhando atentamente procurando qualquer vestígio de medo ou desconforto, mas tudo que vejo é o tesão estampado em seu rosto. Sua mão delicada vai para os meus cabelos, fazendo carinho, enquanto seu sorriso brilha para mim.

— Não precisa ficar procurando, lindo, se eu ficar desconfortável vou falar.

Seu sorriso angelical acalma meus pensamentos e o medo de afastá-la.

Suas mãos descem pelos meus braços, sinto a queimação do seu toque e a corrente elétrica transpassando pela minha coluna. Logo ela se infiltra entre nós, abrindo pacientemente botão por botão, me deixando ansioso por seu toque de volta. Afundo meu rosto no vão do seu pescoço, arrastando minha barba nela, fazendo com que seu corpo se encolha e ela dê uma risadinha.

Sinto suas unhas arranharem meu peito até meu abdômen, fazendo-me estremecer. Fico de joelhos, tirando de vez a camisa e a ajudo a tirar a blusa dela, jogando para fora da cama. Sua pele desnuda me faz ter vontade de lambê-la inteira, e não passo vontade, coloco a língua para fora e faço o caminho do seu estômago até seus seios apetitosos. Ouço seu arfar e olho para ela, enquanto mordo o bico do seu peito por cima do sutiã e seu rosto corado e o sorriso no rosto só me incentivam a continuar.

Desço sobre o corpo dela, beijando e mordendo, arrastando minha barba, deixando vermelho por onde passo.

— Eu amo ver você marcada por mim.

Passo meu dedo no rastro vermelho e ela olha para mim com os olhos nublados, sorrindo.

Abro sua calça e vou tirando ela lentamente junto com sua calcinha, deixando sua boceta úmida bem na minha cara. Assim que jogo sua calça para se juntar com as blusas, volto para o lugar onde estava, encosto meu nariz sentindo o cheiro delicioso da sua excitação, fazendo com que o seu corpo se arqueie e um gemido é ouvido me incentivando a continuar. Passo minha língua lentamente, sentindo seu sabor, que faz efeito diretamente no meu pau, que pulsa implorando por alívio.

Cubro seu clitóris com a boca, sugando e lambendo com pressão, ouvindo-a gemer. Mato a saudade que senti do seu gosto, comendo-a com a boca, fazendo com que ela se contorça em cima da cama. Ao passar a língua no seu clitóris, ela projeta o corpo para frente, forçando o pontinho ainda mais na minha boca e isso me faz sorrir e olhar para cima, encontrando seus olhos fechados e a boca entreaberta.

— Gostoso, assim?

— Aham... — geme.

Sinto suas coxas apertando minha cabeça, enquanto tremem. Passo dois dedos pela sua entrada, que está úmida demais, ao ponto de ele escorregar para dentro dela com uma facilidade impressionante, segundos depois tenho uma Ayla gozando na minha boca e gritando meu nome. Só tiro a boca e os dedos dela quando finalmente a sinto amolecer e logo subo pelo corpo dela, que me beija assim que aproximo o rosto, sentindo o próprio sabor dela na minha língua quando chupa com gosto, enviando uma corrente elétrica que vai direto para a cabeça do meu pau, que já está babando, louco para entrar em ação.

— Achei que ia morrer sentindo falta desse gosto — sussurro na sua boca e ela sorri, deixando um selinho.

— Também senti falta disso. — Ela puxa meu lábio com os dentes, enquanto sua mão trabalha na minha calça, abrindo e começando a descê-la.

Levanto, termino de tirar minha calça e antes de voltar para a cama, inclino a cabeça, completamente apaixonado na imagem dela nua, corada, suada e gozada.

— Caralho, você é deliciosa. — Manuseio meu pau admirado com a mulher ali.

Olho para a mesinha de cabeceira e vou até lá para pegar uma camisinha, assim que abro a gaveta, vejo uma algema junto com os pacotes e abro um sorriso malicioso com a ideia de vê-la presa na minha cama.

— Ei, o que é esse sorriso? — Ayla pergunta me olhando, apoia os cotovelos no colchão e levanta o tronco a fim de conseguir olhar.

Para facilitar, ergo a algema mostrando para ela, que arregala os olhos, mas o susto logo passa e seus dentes forçam o lábio, deixando uma marca no batom vermelho.

Pego a camisinha e subo na cama, pego um de seus braços e fecho o objeto nele, passando por trás da grade da cabeceira da cama e puxo o outro para prender também, deixando-a com os braços para cima, os peitos empinados em minha direção cobertos pelo sutiã. Abro o pacote de camisinha e deslizo pelo meu pau, que pulsa ao sentir o calor úmido que sua boceta emana.

— Porra, eu poderia gozar só olhando assim para você. — Seu rosto fica ainda mais vermelho, como se fosse possível, o que me faz sorrir e alisar sua bochecha com carinho, deixo um selinho em sua boca. — Eu te amo!

— Eu também... — Um gemido alto corta sua fala assim que a penetro de uma vez, gemendo junto ao sentir o aperto mortal da sua boceta no meu pau. — Eu te amo.

Ela fica séria e eu paro o movimento, completamente dentro dela. Acaricio seus cabelos. Sentindo uma gota de suor escorrer pela minha testa pelo esforço de estar me segurando dentro desse aperto.

Desde a última vez que estive com ela, não fiquei com mais ninguém, apenas esperando que voltasse para mim.

— Abra os olhos, Anjo. Olha para mim — sussurro em sua boca e seus olhos castanhos se abrem lentamente, e quando finalmente abertos, vejo que segura algumas lágrimas. — Sou eu, amor, só eu. Se quiser parar, nós paramos.

— Não, não...

Morde o lábio sem desviar os olhos dos meus, ela rebola no meu pau, fazendo-me gemer alto. Seguro a vontade de esconder meu rosto em seu pescoço, porque quero que ela me veja, quero que ela veja que sou eu e que nunca a machucaria.

— Estou feliz, lindo. Muito feliz de estar aqui com você e só quero que você me toque, que me tome como sua e só sua, que apague qualquer memória ruim. Quero lembrar só de você, lindo.

Os músculos da sua boceta esmagam meu pau e nós dois gememos com a sensação. Ayla começa a movimentar a cintura como se estivesse me montando, mesmo embaixo de mim e porra, é a coisa mais deliciosa isso.

Os gemidos soam mais altos e o som dos nossos corpos se batendo ecoam pelo quarto, nos levando ainda mais ao limite. Suas pernas se enrolam na minha cintura, mudando a posição e me fazendo acertar um ponto dentro dela que a faz gritar e curvar o corpo para frente, os seios sendo oferecidos e eu não demoro a cair de boca neles, revezando entre um e outro, enquanto ela continua me torturando com os movimentos.

Puxo o sutiã para baixo, liberando um dos seios e vendo seu piercing brilhar, não resisto a vontade de morder o bico intumescido, fazendo-a gritar. Suas mãos estão por todos os lugares do meu corpo, arranhando e apertando, me deixando tão marcado quanto a deixei.

— Matt... Meu Deus... — geme, contorcendo-se embaixo de mim.

Sinto meus músculos abdominais contraírem e de repente o aperto em meu pau se intensifica, fazendo-me gemer e entrar no ritmo dela, estocando mais forte e fundo.

Fodendo com ela por todo o tempo que ficamos longe um do outro.

— Eu vou... Matt... — ela geme, seus olhos se fecham e eu beijo seu pescoço, indo em direção a sua orelha, dando mordidas no lóbulo e a sentindo estremecer.

— Abre os olhos, Anjo! Quero gozar olhando nos seus olhos — sussurro e vejo seus olhos se abrirem e é como se fossemos acertados por uma descarga muito intensa de um tesão descontrolado, fazendo-a gozar me apertando dentro dela e me levando ao orgasmo junto.

Seus olhos ficam vidrados, completamente perdidos na sensação do gozo intenso. Meu corpo estremece junto do dela, sentindo o alívio tomar conta de mim.

Caio por cima dela, cuidando para que não fique com o peso todo sobre ela. Afundo meu nariz em seu pescoço, sentindo o cheiro dela misturado ao de suor, deixo um beijo no local e ela se contorce, rindo baixinho.

— Ei, me solta — reclama.

— Nada disso, anjinho fujão.

Saio dela, levanto-me e vou para o banheiro, deixando-a resmungando. Descarto a camisinha e coloco a banheira para encher, volto para o quarto e paro do lado, apoiando meus braços no colchão para abaixar o tronco e beijar sua boca.

— Eu não vou fugir, lindo. — Ela ri se contorcendo.

— Não vai mesmo, amor. Não vai fugir nunca mais. — Sorrio para ela. Seguro seu rosto com as duas mãos, a forçando olhar nos meus olhos. — Nunca mais você vai sair de perto de mim.

— A não ser que você me mande embora.

— Eu não vou mandar, acredite em mim. Se eu pudesse te deixaria aqui, na minha cama, por dias, sem me cansar. — Estico o braço para a mesa de cabeceira e pego a chave da algema, soltando seus pulsos.

Ayla se levanta e puxa consigo o lençol, enrolado em seu corpo, o que me faz rir, porque, porra, acabei de foder com ela e ela está com vergonha de andar pelada no meu quarto.

Ao ver a banheira enchendo, ela vira para mim com um sorriso iluminado nos lábios, os cabelos bagunçados dão à ela um ar de rebeldia que faz meu pau pulsar automaticamente, só com a imagem. Ayla solta o lençol no chão e entra na banheira, sigo-a e me ajeito sentado de frente dela, que encosta a cabeça na beirada e fica me olhando fixamente.

— Cadê Asher?

— Com a minha mãe. Ela queria levar o neto para passear, Benício vai trazê-lo amanhã cedo.

— Você... Hum... — Pigarreia e estica a coluna, desviando os olhos dos meus. — Você quer que eu vá embora antes de ele chegar?

— O quê? — pergunto, confuso, olhando para ela, que parece sem jeito de me olhar. — Claro que não, Anjo. A não ser que você queira ir. Mas aposto que ele vai gostar de ver você.

— E se ele não quiser me ver?

Ergo a sobrancelha em sua direção, não acreditando no que ela está falando. Eu me estico e puxo seu corpo para se sentar em cima de mim, abraço sua cintura e beijo seu queixo, seu cheiro enfraquecendo devido à água, mas ainda delicioso.

— Anjo, crianças tem uma facilidade assustadora para perdoar, seja lá quem for, e acredite em mim, assim que ele a vir aqui vai pular no seu colo e abraçar como se nunca tivessem se afastado. — Coloco uma mecha do seu cabelo atrás da orelha e abro um sorriso reconfortante. — Ele a ama quase mais do que me ama e por mim tudo bem, eu entendo que é difícil não te amar.

— Eu também te amo, lindo.

Uma lágrima escorre pelo seu rosto e eu limpo sorrindo para ela, que também está com um sorriso nos lábios e me dá um selinho, que logo se transforma em um beijo intenso.

Perdido completamente no seu sabor, sinto-a rebolar no meu colo e logo ela está cavalgando meu pau, levando-me ao estado de completo êxtase e ao orgasmo mais intenso que o primeiro.

Depois de tomarmos banho, ela veste uma camisa minha, deita-se na minha cama e logo me junto a ela, depois de vestir uma bermuda. Seu corpo encaixa perfeitamente no meu, como se tivéssemos sido criados para isso, para ficarmos tão colados que eu consigo sentir seu coração batendo no peito e aposto que ela sente o meu nas suas costas.

Sua respiração calma embala meu sono.

Acordo com o barulho da porta da frente se abrindo e olho para o lado, vendo Ayla dormir profundamente com seus cabelos espalhados pelos travesseiros e as feições tranquilas, completamente em paz.

As vozes sussurradas na sala me fazem levantar e fechar a porta, indo direto para onde vem a conversa, encontrando Benício e Asher deixando a mochila do meu filho no sofá.

— Bom dia, papai. — Ash sorri para mim e me dá um abraço, que retribuo. — Ontem a vovó me levou no cinema para assistir o Homem-Aranha.

— Sério, Herói? E você gostou?

— Muito, papai — fala alegremente. — Vou lá guardar minha bolsa e escovar meus dentinhos, porque eu esqueci minha escova aqui.

Meu filho sai em direção ao seu quarto, fazendo-me procurar Benício na sala, mas não o acho, então vou para a cozinha e encontro ele falando ao telefone animadamente.

Vou até a cafeteira onde Beni já tinha colocado para preparar o café e coloco em uma xícara para mim. Mal contendo o sorriso ao pensar na minha mulher deitada na minha cama, nesse exato momento. Meu corpo formiga, louco para voltar para lá.

Durante a madrugada ela me acordou com beijos pelo meu pescoço e peito, até me ter totalmente desperto para mais uma rodada de sexo delicioso. Confesso que desde o banheiro do bar, fiquei receoso de ela sair correndo a qualquer momento, porque só ela sabe o quanto é difícil passar por tudo que ela passou e poder confiar em outra pessoa, eu só posso imaginar isso. Mas ela ficou e me mostrou várias vezes o quanto confia em mim para se entregar completamente.

— Sonhando acordado, irmãozinho? — Beni estrala os dedos na frente dos meus olhos, chamando minha atenção.

— Cala a boca. Já estava atrás de um rabo de saia?

— Não, estava falando com um amigo. — Pega uma xícara de café para ele e se senta na cadeira, dando um gole no líquido fumegante. — Ottavio Ruggero, lembra-se dele?

— Claro que lembro. Está tudo certo? A última coisa que fiquei sabendo foi que ele tinha se casado.

— Ele casou, e eu perdi um soldado! Ele comentou que em breve vem e marcamos de nos ver e também me convidou para ir à Itália.

Meu irmão sorri em minha direção e retribuo o sorriso, tomando um gole do café.

— Já estou com pena das italianas — afirmo sorrindo e viro para a pia, lavando a xícara que esvaziei.

Ouço os passos atrás de mim e de repente Benício enfia a cara na minha frente, olhando-me, desconfiado.

— Porque esse sorriso não saiu da sua cara desde que entrei? — Seus olhos azuis semicerrados me fazem rir.

— Porque...

— Ei, Matt, você...

Ayla entra na cozinha vestindo apenas a minha camisa, chamando a atenção do meu irmão que assim que ouve sua voz, sorri largamente para mim como quem diz "entendi tudo", mas seu sorriso logo é dirigido para a mulher corada parada na porta, olhando para nós.

— Aylinha, baby, bom dia! — Beni vai até ela e a abraça. — Voltou para a família?

— Eu não...

— Voltou e não vai sair mais! — corto-a, piscando um olho, arrancando uma risadinha do meu irmão.

— Olha, está preparada para aguentar esse homem possessivo?

— Mais do que preparada, ansiosa — ela responde e vem para o meu lado, passo meu braço ao redor dos seus ombros, deixando um beijo em sua têmpora.

Asher entra na cozinha, distraído com um livro de desenho que ele ganhou de Theo, nós três ficamos olhando para o pequeno. Consigo sentir perfeitamente o corpo de Ayla tensionar com a presença dele.

Por mais que meu menino tenha ficado chateado depois de tudo, ele nunca guarda mágoa de ninguém, duvido que guarde logo dela, por quem é completamente apaixonado.

Talvez ao perceber que estamos em silêncio, Ash levanta a cabeça olhando primeiro para Benício e depois para nós dois, arregalando os olhos assim que percebe Ayla. De longe consigo ver perfeitamente quando seus olhos se enchem de lágrimas.

— Estrelinha. — O apelido sai com a voz estrangulada, como se ele tivesse segurando para não chorar.

Ayla sai de perto de mim e vai até ele, ajoelhando em sua frente.

— Oi, Leãozinho. Estava com saudades — ela diz. Suas mãos seguram as mãozinhas pequenas dele e acariciam. Ele fica vidrado olhando para ela. — Você não sentiu saudades?

— Senti, sim. — Meu menino funga, tentando segurar o choro.

— E não vai me dar um abraço?

Ele dá um passo para trás e Ayla é obrigada a soltar as mãos dele.

— Você vai embora de novo? — ele pergunta, incerto.

— Você quer que eu vá embora? — A cabecinha loira nega rapidamente. — Então, eu não vou embora nunca mais!

Ash aponta o mindinho na direção dela, pedindo para ela enroscar o dela em um juramento de mindinho. Ayla nem titubeia antes de fazer.

— Juramento de dedinho não pode quebrar.

— Nunquinha — Ayla completa.

Então o corpo pequeno de Asher se choca com tanta força com o de Ayla, que ela cai sentada no chão, agarrada nele, enquanto os dois riem. A mulher da minha vida enche meu filho de beijos, deixando meu coração quente e completamente preenchido de amor.

Meu irmão e eu ficamos embasbacados, olhando a cena que se desenrola na nossa frente.

— Eu fiquei muito triste sem você, Estrelinha — Ash resmunga, com o rosto no pescoço dela, no mesmo lugar que eu sou apaixonado por conseguir sentir perfeitamente seu cheiro ali.

— Eu também, amor, fiquei muito triste sem você. Mas não vamos nunca mais ficar longe, ok? — Seus olhos castanhos sobem para os meus, brilhando em uma promessa velada, mas logo se voltam para o pequeno, enquanto ela segura seu rostinho com as duas mãos. — Eu amo você, Leãozinho.

Os olhinhos azuis se arregalam para ela, que ri baixinho. Deixa um beijo na ponta do nariz dele, que abre um sorriso lindo para ela. Os dois ficam abraçados por um tempo, até que eu chame a atenção deles, para que possam comer algo.

Nós nos sentamos à mesa, conversando animadamente, ouvindo Asher contar sobre o filme que ele assistiu ontem e a farra que ele fez com Tony e Benício antes de dormir. Entre risadas e assuntos aleatórios, meu filho entra em um assunto que deixa Ayla tensa ao meu lado.

— Você sabia que a minha mamãe foi morar com o papai do céu, Estrelinha?

— Filho... — Ayla segura minha mão, apertando, em garantia de que tudo bem o assunto.

— Fiquei sabendo, Leãozinho e sinto muito por isso, amor.

Com a mão livre, acaricia o rostinho dele.

— Tudo bem, ela não gostava de mim mesmo. — Asher dá de ombros, deixando-nos chocados com isso, é a primeira vez que ouço meu filho falar isso e não sei como me sinto agora, só quero pegá-lo no meu colo e abraçá-lo com força. — Você gosta de mim, *né*, Estrelinha?

Os olhinhos pidões de Asher se viram para ela, esperando uma resposta que vem rápido demais, sem nem mesmo pensar.

— Claro, meu amor, acabei de falar que eu amo você. — Ela ri, o olhando com carinho e paciência.

— Então, eu posso chamar você de mamãe? — Asher pergunta, fazendo Benício engasgar com o pão que está comendo, deixando-me estático e Ayla parecendo um pouco chocada.

— Ash, filho... — Não sei consigo formular uma frase completa. — Ayla, não precisa... — Volto a gaguejar que nem um idiota, irritando-me, mas me sentindo um pouco aliviado ao sentir o aperto de Ayla na minha mão e o sorriso imenso que ela abre em direção a ele.

— Meu amor, você pode me chamar do que quiser. E se quiser me chamar de mamãe, juro que serei a mamãe mais feliz desse mundo.

A cadeira quase cai para trás quando Asher pula no colo dela, rindo, contagiando a todos com a sua alegria. Quando olho para Benício, ele tem um brilho de esperança e felicidade nos olhos e aposto que refletem os meus.

— Então, a gente pode ir buscar suas coisas?

— Buscar minhas coisas? Para quê? — Ayla ri da afobação dele.

— Para você morar aqui com a gente, ué. Se você é minha mamãe, tem que morar comigo e me dar muito carinho e beijinho.

Sua fala arranca risada de nós três.

— De onde você tirou isso, garotinho? — Beni é quem pergunta.

— A vovó que disse, que dá beijinho e carinho no tio Tony, no tio Beni e no papai, porque ela é mamãe de vocês. — Dá de ombros como se explicasse tudo.

— Posso deixar algumas coisas aqui e algumas lá na casa da tia Ceci? Aí eu divido para dormir aqui e lá, para ela não ficar tão sozinha.

— Eu vou poder ir com você?

— Herói, a sua estrelinha precisa ficar com a tia Ceci, também.

— E por que eu não posso ficar com elas, papai?

— Porque elas precisam ter momentos de garotas.

— Ok! Ok! — resmunga parecendo não estar contente com a resposta, fazendo-me receber um olhar feio de Ayla.

— Que foi, Anjo?

— Você pode ir, sim, amor. Podemos fazer noite das garotas e do Leãozinho — ela diz para ele, mas seus olhos estão em mim, fazendo-me rir e arrancando um sorriso vitorioso do menino no seu colo.

— Eu te amo, mamãezinha — diz e sai do colo dela, voltando para sua cadeira.

Ayla olha para ele com os olhos cheios de lágrimas, abro os braços em um convite e ela coloca a cabeça no vão do meu pescoço, deixando-me arrepiado com a sua respiração e com o coração transbordando amor e querendo viver isso para sempre.

— Ele me ama. — Ela funga, fazendo-me sorrir mais ainda.

— Ama sim, Anjo e eu também.

Ela levanta o rosto, limpando algumas lágrimas, enquanto me olha fixamente. Seus dentes fisgam seu lábio inferior e quando solta, ela deixa um beijo casto nos meus lábios.

— Meu primeiro amor.

Benício faz barulho de vômito, arrancando risadas de nós dois.

O resto do dia passa entre momentos roubados só nossos e outros com Asher colado em nós.

E no final da noite, quando deitamos os três na sala para assistir um filme, a única coisa que eu pedi foi para que nossos dias a partir de hoje fossem sempre assim. Recheados de felicidade e da mais completa paz.

CAPÍTULO 38

Matteo

Sair de casa todos os dias tem sido muito difícil. Na verdade, não sair de casa, mas deixar Ayla dormindo na minha cama todos os dias tem sido difícil.

Desde a semana passada, quando ela apareceu no bar em que eu estava com Theo e Mike, ela tem dormido na minha casa. Só volta para sua casa quando precisa de roupas, ou quando quer conversar um pouco com a amiga, mas ela sempre volta para passar a noite comigo e, porra, todas às noites ao lado dela é uma sensação completamente nova para mim, uma surpresa diferente na cama.

Estou conhecendo facetas de Ayla que me deixam eufórico sempre que aparece e que me deixam ainda mais encantado e embasbacado.

Ver sua força todos os dias, a alegria que ela trouxe para a minha vida e de Asher, o jeito que ela cora sempre que falo alguma putaria, as risadas dela que alegram a casa, ver o quanto ela está desabrochando cada dia mais, o quanto ela ama meu filho e adora passar o tempo dela com ele e ouvi-lo falar sem parar. Acordar todos os dias com seu corpo colado ao meu... Isso tudo só me faz ter certeza absoluta de que a quero comigo para o resto da minha vida.

E é por isso que estou entrando no shopping nesse instante. O ar frio do ar-condicionado toca meu rosto, fazendo-me ranger os dentes.

As pessoas andam para lá e para cá e a cada passo que dou em direção à loja, sinto-me mais ansioso, minhas mãos suam. Estou certo de que quero demais me casar com aquela mulher, mas e se estiver dando um passo maior que a perna? E se ela não estiver pronta?

Eu sei que ela me ama, mesmo se não pudesse ver em seus olhos, ela me lembra todos os dias, toda hora que pode. Isso traz um sorriso ao meu lábio, lembrar-me dela é sempre assim, o coração bate forte e o sorriso é inevitável.

Entro na loja de joias, sendo imediatamente parado por uma das vendedoras. Seus olhos descem pelo meu corpo descaradamente, fazendo-me fechar a cara imediatamente.

— Bom dia, sou Any. Como posso ajudar o senhor? — ela diz toda sorridente, seus olhos se fixam aos meus.

— Bom dia. — Olho ao redor e ela continua parada, encarando-me tão próxima a mim que sinto o perfume enjoativo me invadir.

— É algo para o senhor? Temos relógios incríveis, cairia muito bem em seu pulso. — Olha para mim, mordendo o lábio.

— Para começar, quero outra vendedora para me atender. — Sorrio forçado quando a mulher me encara, confusa. — Vim comprar um anel para pedir minha mulher em casamento e não vou comprar com alguém que me olha como se pudesse me comer.

Pisco para ela e vou em direção ao balcão onde tem outras vendedoras, logo uma delas vem até mim.

— Bom dia, queria me desculpar pela minha colega antes de qualquer coisa.

— Tudo bem. — Abro um sorriso tranquilizador para ela. — Preciso de um anel de noivado.

— Vou mostrar algumas opções.

A mulher se afasta e meus olhos passam pelo balcão, observando as jóias expostas, todas brilhantes demais, algumas grandes e outras discretas. Meus olhos param em um colar de ouro rose, com um pingente pequeno de anjo vazado com uma pedra branca discreta no meio dele.

Logo minha atenção é tomada por uma bandeja de veludo preta com alguns anéis dispostos ali. Passo meus olhos por eles com calma.

— Trouxe algumas das melhores opções.

Um em especial chama a minha atenção. O aro fino é em ouro rose, com uma pedra de diamante no meio e outras pequenas revestindo o aro. Ele é discreto e delicado, algo que com certeza Ayla adoraria e consigo imaginá-lo perfeitamente em seu dedo. Aponto o anel para a vendedora, sorrindo enquanto digo.

— Vai ser esse!

Ela assente e pega o anel.

— O senhor sabe a medida dela?

— Não sei, mas tenho um anel dela aqui comigo.

Pego o anel no bolso e entrego para ela, que diz que já volta e se afasta. Fico algum tempo ainda esperando, com o olhar focado naquele colar que me chamou a atenção. Ficaria perfeito com o anel, aposto que ela amaria, mas sei que se tiver algo a mais, ela amaria mais ainda.

Quando a vendedora volta depois de um tempo, está com uma caixinha preta de veludo e o outro anel que entreguei a ela na mão, ela coloca no balcão sorrindo e pega uma sacola de papelão azul com a logo da loja e conforme guarda, ela fala:

— Não precisamos fazer ajuste nenhum, era o tamanho exato do anel que o senhor me deu.

Assinto para ela e aponto para o colar.

— Você tem algum berloque nesse estilo, mas de um menininho?

— Ah, tenho sim, só um momento. — Ela se abaixa e depois de mexer em algo que eu não consigo ver, volta com um pingente como eu pedi e sorrio para ela.

— Perfeito! Vou levar também.

O sorriso dela se expande enquanto ajeita o pingente no colar e guarda o mesmo em outra caixinha e sacola. Pago tudo e saio depois de agradecer, deixando uma vendedora bem feliz por, provavelmente, ter batido alguma meta de venda hoje e me sentindo ansioso para encontrar com Ayla.

Mas preciso pensar em algo especial, tem que ser algo que ela nunca se esqueça. Ayla merece sempre o melhor e um pedido de casamento não pode ser menos que perfeito, mas sou um merda para essas coisas, então preciso pensar muito em como farei isso.

Ando em direção a praça de alimentação e vou direto ao *HUCKLEBERRY CAFE & RESTAURANT.* Sempre gostei de vir aqui comer hambúrguer, é sem duvidar o melhor da cidade. Meu estômago ronca só com a ideia de comer um hoje.

O restaurante tem poucas pessoas sentadas nas mesas espalhadas, a claridade que vem das janelas imensas faz o espaço parecer ainda maior. Enquanto vou até uma mesa no canto, vejo dois homens conversando e automaticamente um sorriso rasga em minha boca.

Faz muito tempo que não o vejo!

Conheci Lorenzo Gonzáles em umas das minhas noites de farra, ele estava tão bêbado quanto eu, mas quando nos esbarramos e começamos a conversar, foi inevitável virarmos amigos, porque na época queríamos saber das mesmas coisas e as conversas e zoeiras foram naturais. Ele se daria bem com Mike, mas se juntasse os dois, eles que me perdoem, mas eu teria que socar um deles quando começassem com as gracinhas.

Aproximo-me da mesa deles e quando Lorenzo desvia o olhar do homem a sua frente, abre um sorriso, se levanta e trocamos um cumprimento de mãos.

— Perdido, Gonzáles?

— Mais ou menos isso. — Rimos e ele aponta para o outro homem, que se levanta e me cumprimenta do mesmo jeito. — Esse é Arthur, meu primo. Mas não se assuste, a beleza da família ficou toda para mim, mesmo.

Ele ri e dá de ombros quando Arthur mostra o dedo para ele, me arrancando uma gargalhada.

— Matteo — apresento-me a ele, já que o engraçadinho não falou meu nome.

— Senta aí, acabamos de chegar para almoçar.

Sento na cadeira vaga assim que os dois se sentam também e coloco as duas sacolas no canto da mesa, rapidamente os olhos azuis de Arthur e os de Lorenzo vão para elas e voltam para mim, Lorenzo tem um sorriso sarcástico no rosto, o que me faz revirar os olhos.

— Acabou a vidinha de baladas, foi? — A sobrancelha arqueada me faz querer dar um soco na cara dele. — Vai amarrar o pau?

— Pois é, uma hora tem de acabar. Você não está casado? — questiono encostando na cadeira.

O garçom vem até a mesa e fazemos nossos pedidos. Assim que ele sai Arthur zomba do primo.

— Casado, não. Amarrado. Enforcado. Adestrado — fala com humor.

— Com muito orgulho. — Sorri, seu olhar se volta para mim e eu vejo o brilho de diversão nele. — Já está enforcado, fez merda e está tentando se desculpar? Por isso dois presentes? — diz com humor, fazendo-me rir.

— Não. Ainda não casei...

— Ah, então está querendo? — Arthur pergunta e eu assinto, tirando risadas dos dois.

— Mais um escravoceta — Lorenzo diz entre as gargalhadas.

Lanço um olhar questionador para ele, que dá de ombros, acalmando as risadas.

— Escravo de boceta. — Bate com força no meu ombro, fazendo-me rir.

Puta que pariu!

— Meu Deus, tem alguém que se você conhecesse, se dariam muito bem — digo entre as risadas.

— Se for mulher, esquece. Ele tem mais medo da Diana do que qualquer outra coisa.

— Cala a boca. Medo não, respeito. — Lorenzo incha o peito e dá de ombros.

— Não é mulher, é um amigo, tão idiota quanto você. — Ele nem se digna a parecer chocado, apenas ri. — Quem diria em que Lorenzo Gonzáles se casaria.

— E seria pai — Arthur reitera, o que me faz arregalar os olhos.

— Você é pai?

— De trigêmeas. — Sorri orgulhoso. — Os amores da minha vida.

— Caralho... — Minha boca se abre em choque, fazendo os dois rirem. Mas logo me estico na cadeira e dou dois tapinhas em seu ombro. — Parabéns, papai.

— Obrigado. — Assente.

— De consumidor, para fornecedor — digo o que Mike vive falando para Theo e a gargalhada alta de Arthur irrompe a minha, deixando Lorenzo com a cara fechada.

— Porra nenhuma de fornecedor. Minhas filhas vão para um convento — diz e toma um gole do suco que o garçom acabou de colocar na mesa, junto com nossos hambúrgueres. — E você está falando o que Arthur? Preciso lembrar que a sua não só já tem idade para namorar, como já tem um namorado?

Olho para Arthur chocado com a informação. Ele não parece ter idade para ter uma filha com idade para namorar, mas como posso dizer o contrário? Engravidei Valerie quando tinha vinte e três anos. Passei pela fase com os hormônios em ebulição e sei que para todos esses hormônios gerarem um filho, é tão rápido quanto piscar.

— Nem me lembra disso. — Arthur suspira, fazendo-me sorrir da sua cara de desespero. — Camille não me deixa mais nem xingar aquele idiota do Caleb, sem me dar um esporro. Não faça filhas, escute o conselho de um homem que sofre com a dele. É um castigo.

— Vou tentar seguir seu conselho — asseguro rindo.

— Você tem um filho, não tem? Lembro que você comentou uma vez que tinha tido um filho com aquela loira maluca que vivia atrás de você — Lorenzo comenta, dando uma mordida no hambúrguer e eu e Arthur fazemos o mesmo.

Assinto para ele.

— Tenho. Um menino, Asher. Um futuro consumidor. — Pisco para eles, que reviram os olhos e Lorenzo me mostra o dedo, fazendo-me gargalhar.

— Vai se achando demais. — Aponta para as sacolas. — Quero ver quando vier o próximo e for menina. Eu vou voltar para te assombrar.

Uma onda de ciúmes estranha vara meu corpo. Nem tenho uma filha mulher, que porra de ciúmes é esse? Mas ao pensar nisso, meu coração infla dentro do peito, imaginando uma menininha de cabelos castanhos e olhos castanhos esverdeados, o sorriso com covinhas como o de Ayla, a boca em formato de coração...

Nunca pediria isso a ela, Ayla ainda está passando pelo luto da perda do filho, mas merda, como eu ia amar uma pequena bagunceirinha a cara dela.

— Se vier e puxar a mãe, por mim tudo bem... — Dou de ombros.

— Avise-me quando ela nascer, que eu volto dezesseis anos depois para ver se você ainda vai ficar feliz da sua filha se parecer com a mãe — Arthur resmunga, tirando mais risadas de nós dois.

— Arthur adquiriu até pressão alta depois disso. — Lorenzo ri enquanto Arthur fecha o semblante, encarando-o.— E me diz, King, o chá de boceta de loira maluca foi tão bom que o segurou até hoje?

Faço careta para ele, ajeitando-me na cadeira.

— Não é Valerie! Ela... — Pigarreio forçando a voz. — Ela se matou.

Os dois me olham chocados, seus olhos quase saltam para fora e sinto meus ombros caírem.

— Longa história. Não é ela, é outra mulher. — Minha mente se volta para o corpo pequeno enrolado no meu lençol que deixei hoje de manhã e duas reações são automáticas no meu corpo sempre que penso nela. Meu pau pulsa dentro da calça e o sorriso rasga meu rosto. — O nome dela é Ayla.

— Nome diferente.

— Pois é. Ela é brasileira.

Os dois assentem.

— Ouvi dizer que são quentes, teve um amigo nosso que levou um chá de uma brasileira. Coitado, ressuscitou bem rapidinho. — Arthur assente.

— Olha, os olhinhos dele brilham quando fala dela — Lorenzo zomba, olhando fixamente meus olhos.

— Soldado abatido! — Arthur entra na brincadeira.

Terminamos de almoçar entre risadas e com os dois contando histórias sobre sua família gigante e lembranças de algumas festas que eu e Lorenzo participamos.

É difícil ficar três minutos conversando sério com eles, apenas quando começam a falar sobre a empresa de petróleo deles é que ficam sérios, mas o assunto sempre acaba voltando para a família deles, ou para a minha. E assim acabamos passando metade do dia conversando.

— Bom, temos que ir — Arthur diz quando já pagamos nossa conta. Levanta-se quando seu telefone começa a tocar. Lorenzo e eu fazemos o mesmo. — Foi muito bom te conhecer, Matteo.

Troco um abraço de lado, sem jeito com ele.

— Muito bom conhecer você também, Arthur.

— Ei, não fica muito perto dele que eu sou ciumento — Lorenzo resmunga, fazendo-me rir. Troco um abraço igual o de Arthur com ele. — Foi bom ver você, King.

— O mesmo, Gonzáles. Na próxima vez venham com mais tempo e me avise antes para combinarmos algo.

— Claro! Diana queria muito vir, mas acabou ficando com as meninas, na próxima vez eu as trarei.

— Você também, Arthur.

— Pode deixar. E boa sorte com isso. — Aponta para a mesa.

— Obrigado.

Trocamos mais um cumprimento e logo eles se afastam. Percebo muitos olhares na direção deles. Pego as duas sacolas, saio do restaurante e vou para a delegacia.

Sentindo-me em êxtase total pela decisão que tomei. Se a decisão assustá-la agora, posso esperar mais um tempo até que esteja pronta, mas preciso que ela saiba que eu a quero todos os dias.

Pego meu celular quando chega uma mensagem.

O dia já começou cansativo no hospital. E o seu, como está indo? Já estou com saudades.

Acabei de sair do shopping, almocei com dois amigos. Também estou com saudades. Vai me esperar pelada hoje?

Quem disse que vou dormir na sua casa hoje?

Tudo bem, pode ser só de calcinha ;)

Guardo o celular e passo o resto do dia ansioso para a noite.

CAPÍTULO 39

Ayla

— Bom dia, mamãe.

Ai, meu Deus!

Nunca vou me acostumar a ele me chamando assim. É sempre um baque no meu pobre coração, que infla de tanto amor com uma simples palavra vinda dessa voz que eu amo.

Olho para o pequeno parado na porta da cozinha, coçando os olhos com a mãozinha gorda e a cara sonolenta ainda.

— Bom dia, meu amor. — Vou até ele, ajoelhando-me em sua frente e beijando a pontinha do nariz, arrancando um sorriso dele.

— Cadê o papai?

— Está dormindo, ainda.

— O papai é muito preguiçoso — reclama, indo se sentar à mesa onde preparei o café da manhã que ele adora; bolo de chocolate e leite com achocolatado.

Pego uma xícara de café e me sento ao lado dele, vendo-o comer com tanto gosto o pedaço de bolo.

— Ele chegou muito tarde ontem da delegacia, Leãozinho, está muito cansado.

— Então quem vai me levar na escola?

— O que acha de eu te levar? — pergunto, tomando um gole do meu café, vendo-o abrir um sorriso largo e assentir. — Então, termina seu café e vai se trocar para podermos ir.

Ele termina de comer e tomar seu leite e se levanta indo para o seu quarto. Sempre me impressiono em como uma criança de cinco anos pode ser tão obediente como ele, nunca questiona as ordens vindas dos adultos, apenas obedece e cada vez me encanto mais com isso.

Lavo a louça suja e quando termino, vou para o quarto de Matteo, que quase pode ser dito que agora é nosso, porque desde que nos acertamos, há algumas semanas, tenho passado mais tempo aqui do que na minha própria casa.

Entro, encontrando Matteo deitado de bruços na cama, a bunda redondinha e dura virada para cima me deixa com água na boca e com vontade de deixar uma mordida ali. O lençol cobre só até sua cintura deixando suas costas largas à vista, toda marcada com as minhas unhas e mordidas. Mordo meu lábio, contendo a vontade de gemer com a imagem.

Eu sou completamente louca por esse homem!

Subo na cama, engatinhando sobre seu corpo, distribuindo beijos pelas costas até chegar à sua nuca. Ele resmunga algo que não entendo e isso me faz sorrir.

— Bom dia, lindo! — sussurro ao seu ouvido e passo a língua no lóbulo.

Girando na cama, ele me deixa embaixo do seu corpo, gemo com o peso em cima de mim, mas logo minha boca é coberta pela sua em um beijo calmo. Sua língua a invade, acariciando e sugo, arrancando um gemido. Sua mão pesada aperta minha cintura, encaixando o seu membro duro na minha intimidade, que já esta encharcada. Seus dentes puxam meu lábio, enquanto meus dedos seguram seus cabelos, mantendo sua cabeça no lugar, impedindo-o de afastar.

— Para melhorar esse bom-dia, só se você estivesse pelada, cavalgando em mim.

Rio do que ele diz, sentindo meu rosto corar. A boca de Matteo continua espalhando beijos pelo meu pescoço, até chegar ao topo dos meus seios.

— Não acho que essa cena seja uma que queremos que uma criança de cinco anos veja. — Ele para os beijos com a minha fala e como se lembrasse algo, estica-se para pegar o celular e xinga ao ver a hora.

— Porra! Tenho de levar Asher à escola. — Ameaça se levantar, mas o puxo de volta.

— Eu vou levá-lo, amor, você pode voltar a dormir. — Matteo abre um sorriso de lado, encarando-me.

Beijo sua boca e saio da cama, indo direto para o banheiro.

Tomo um banho rápido e volto para o quarto, encontrando o homem deitado de bruços de novo, encarando-me com um sorriso nos lábios. Ignoro a pontada no meio das pernas, indo direto para o closet que já está sendo tomado por roupas minhas.

Pego um short jeans e uma camisa de botão de Matteo, me visto e calço meu tênis, sentindo o olhar dele me queimar a cada movimento que faço. Paro ao lado da cama, fazendo um coque no cabelo. Matteo estica a mão, tocando minha coxa e acariciando o local.

— Agora vai usar minhas roupas para sair, também?

— Vou, e se tiver alguma reclamação para fazer... — Dobro o corpo para deixar um beijo em seus lábios. — Guarde para você.

Pisco, arrancando uma risada rouca dele e recebo um tapa na bunda como resposta.

— Você vai voltar?

— Não, vou para casa me trocar e ir para o hospital. Volto à noite.

Ele se vira de barriga para cima, facilitando o acesso a sua boca.

— Estaremos esperando por você ansiosamente.

— Estaremos? — questiono, arqueando uma sobrancelha.

— Sim, estaremos. — Desce a mão pela barriga sarada até alcançar seu pau completamente duro apontando no lençol.

— Seu tarado. — Rio e beijo sua boca, afastando-me correndo, antes que ele me enrole mais. — Deixe-me ver por que aquele garotinho está demorando tanto.

Saio do quarto e vou direto para o quarto de Asher, encontrando o pequeno completamente vestido com o uniforme, mas deitado, dormindo. Mordo o lábio segurando a risada e me aproximo dele, beijando seu rosto até que ele comece a despertar resmungando.

— Ei, preguiçoso.

— Mamãe, estou com sono — reclama se mexendo.

— Eu sei, amor. Mas precisa ir para a escola, não pode faltar.

Ele levanta da cama ainda reclamando e pega a bolsa, arrastando-se até o quarto do pai, comigo em seu encalço. Vejo da porta Matteo dar um beijo no filho e se despedir. Vou até a mesa de cabeceira e pego a chave do carro dele.

— Indo com seu carro, amor.

— Cuidado com meu carro, Ayla! — Matteo quase pula da cama, tirando risadas de mim e do nosso pequeno.

Mando um beijo no ar para ele e sigo com Asher para fora, coloco-o na cadeirinha e dirijo até a escola com ele conversando e cantando o caminho todo. Assim que chegamos, vejo alguns alunos e mães entrando na escola, salto do carro e vou para trás soltando ele e arrumo a mochila em suas costas.

— Sabia que é sempre papai, tio Beni ou tio Tony que me traz? — Ash pergunta enquanto seguro a mão dele e entramos na escola.

Sinto alguns olhares sobre a gente, mas nem me dou o trabalho de olhar ao redor.

— É mesmo, Leãozinho? Agora quando eu puder, eu trago você. — Pisco para ele.

— As mamães dos meus amiguinhos e a professora gostam de conversar bastante com tio Beni quando ele vem — diz inocente, fazendo-me rir.

— Aposto que sim — murmuro.

Assim que paramos na sala dele, a professora olha para mim, para ele e para mim de novo, com um sorriso no rosto.

— Bom dia.

— Bom dia, professora — meu menino diz alegre.

— Bom dia — respondo. — Sou Ayla, namorada do pai de Asher.

— Prazer, sou Betty, a professora. — Ri baixinho e sorrio para ela.

Eu me despeço dele e sigo para a casa, Cecília deve estar louca pelos dias que não apareço por lá.

Ao estacionar o carro, desço e entro correndo, quase escorregando no piso molhado da sala, assim que recupero o equilíbrio, ouço a risada da loira maluca que limpa a casa em plena 8 horas da manhã, pelo amor de Deus.

— Você não dorme, criatura? — resmungo para Cecília, que está sentada no sofá se dobrando de rir.

— Não, prefiro tentar matar minhas amigas na nossa sala. — Consegue dizer entre as risadas e faço uma careta para ela.

— Engraçadinha. Se eu tivesse caído e morrido, você choraria por dias. — Mostro a língua para ela.

— Depois que eu parasse de rir da sua morte trágica, causada por um escorregão.

— Rá! Tá engraçadinha mesmo, hein?

— E o que você faz aqui a essa hora? O detetive decidiu te liberar da cama dele?

— Tenho de ir para o hospital. Você vai hoje?

— Vou, pode me esperar?

— Claro, vou me trocar enquanto isso.

Mando um beijo no ar e sigo para o meu quarto. Pego uma calça jeans, visto, ajeito a camisa de Matteo que estou usando e calço uma botinha branca de salto. Arrumo minha bolsa com minhas coisas, mas quando vou guardar meu celular ele toca com uma chamada de vídeo da minha mãe.

— Oi, filha desnaturada — reclama, mas o sorriso em seu rosto me diz que está feliz em falar comigo.

— Oi, mãe. Estou me arrumando para ir para o hospital.

— Só liguei para saber como você está.

— Estou bem. Na verdade, muito bem. — Sento na cama, sorrindo de lado. — Indo à terapia regularmente. Matteo e eu estamos bem. Asher...

O sorriso expande em meu rosto e os olhos da mesma cor que os meus brilham, estudando-me atentamente.

— Ele me chamou de mamãe há alguns dias e ainda não me acostumei a isso...

— Filha... — Seu tom preocupado me faz enrijecer. — Sei que você ama aquele menino, mas te chamar de mãe é uma coisa grandiosa. O cargo de mãe vem com muitas responsabilidades. Você está pronta para lidar com isso?

Respiro fundo, abaixando o olhar.

Sei as responsabilidades que vêm com isso, sei o que significa e eu amo me sentir tão bem e tranquila com o fato de ele confiar tanto em mim, ao ponto de me chamar de mãe. A vida do meu menino até agora não foi fácil, apesar de Matteo dar sempre o seu melhor por ele, a mãe sempre dificultou o que pôde e por isso sei que para ele me chamar de mãe significa muito mais do que posso imaginar e é isso que digo a minha mãe quando volto a olhar para a tela do celular.

— Eu me apaixonei por ele no instante em que coloquei meus olhos nele. Sei que a vida dele não foi fácil, até pouco tempo atrás a palavra mãe desencadeava crises de choro. O psicológico dele estava tão afetado, que começou a afeta-lo fisicamente e eu quero dar o meu melhor para que a partir de agora ele tenha uma vida boa, uma infância feliz e tranquila, como eu tive. — Sorrio para ela. — Então, sim, mãe, estou pronta para todas as responsabilidades. Eu o amo demais. Ele e o pai.

— Eu sei, meu amor. Só quero me certificar de que você não está vendo nele uma forma de minimizar a dor do aborto. — Dona Alessandra suspira e sorri em seguida. — Mas se você está feliz, todos nós estamos.

— Não estou, mãe, prometo. Todos os dias eu sinto a dor da perda do meu bebê, mas o meu amor por ele não tem nada a ver com isso. É o mesmo amor, aquele que faz meu dia corrido valer a pena quando ele sorri assim que eu entro em casa, aquele amor que aquece o coração e me faz forte. É o mesmo amor, mas por duas pessoas diferentes, entende?

— Claro que entendo, tenho dois filhos, lembra? — Rimos enquanto assinto para ela. — Casa, hein? — Balança as sobrancelhas, fazendo-me corar.

— Estou passando bastante tempo lá. — Dou de ombros.

— Não deixa seu pai ou Felipe ouvir isso, vai causar um enfarto neles.

Outra onda de risos, porque, sim, meu pai e meu irmão morreriam se soubessem que passo mais tempo na casa de Matteo, do que na minha. Quando contei a eles sobre o abuso passei dias tentando acalmá-los e minimizar os danos lá, já que eu já estava na terapia. Felipe foi o mais difícil, mas depois de eu garantir milhões de vezes que agora estou bem e ele falar com Matteo, algo que só eles sabem, ele se acalmou.

— Estou orgulhosa de você, minha filha e feliz por te ver tão bem e tão forte.

— Tenho pessoas maravilhosas que me ajudam todos os dias. — Pisco para ela, que cora com o elogio indireto.

— Vou te deixar ir trabalhar. Não se esqueça que tem uma mãe, viu? Me liga mais vezes.

— Prometo! — pisco para ela. — Te amo.

— Também te amo, meu amor.

Desligamos no exato momento que Cecília aparece à porta.

— Podemos ir?

— Claro.

Pego minha bolsa e saímos de casa. Assim que entramos no carro, Ceci liga o som, colocando uma música para tocar. Ela se mexe no banco confortável e sorrindo.

— Matteo te deixou usar o carro por livre e espontânea vontade ou foi depois de desmaiar depois que você deu um bom chá de bo...

— Ei! — Sinto meu rosto esquentar e ela ri. — Eu só peguei a chave e avisei que viria.

— Acho fofinho o jeito que você ainda cora, mesmo que deva estar transando alucinadamente com aquele monumento delicioso.

Bato em seu braço de leve, arrancando mais risadas dela.

— Para de fala assim dele, sua abusada.

— O quê? Está com ciúmes? — diz, divertida.

— Que ciúmes, o quê. — Faço careta — Mas parece que estamos o objetificando.

— Vai dizer que ele não é um monumento delicioso? — questiona e ergue a sobrancelha.

— Ele é...

— Rá! — ela grita, assustando-me e o sorriso em seu rosto é enorme. — Vivi para ver Ayla safadinha.

Mostro a língua para ela e faço careta. Estaciono o carro em frente ao hospital e descemos, andando com calma. Logo que entramos, damos de cara com Miguel conversando com a recepcionista, suspiro e Ceci me olha com a cara fechada.

— Vocês têm de parar com essa implicância com Miguel.

— Vocês ainda estão juntos?

Cecília desvia o olhar e não me responde, isso faz um alarme soar na minha cabeça. Faz tempo que não converso direito com a minha amiga e isso me entristece, saber que pode estar acontecendo alguma coisa com ela, que eu não sei.

— Preciso ir, tenho uma paciente em dez minutos — diz e sai praticamente correndo de mim.

Merda, sou uma péssima amiga!

Vou para o meu consultório e me sento na cadeira. Pego meu celular e mando uma mensagem para o grupo que tenho com as meninas.

Almoço hoje?

Super topo! Mal tomei café e já estou faminta, essa menina está me sugando.

Rio sozinha de Rebeca, minha amiga já está com a barriguinha da gravidez aparecendo, cada dia mais linda.

Quando ela descobriu, alguns dias antes de eu perder meu filho, ela ficou receosa de me contar, com medo da minha reação, e a amo ainda mais por isso. Mas saber que ela estava com medo de me deixar ainda pior, me deixou triste por um tempo, nunca quis ofuscar a felicidade dela com a minha infelicidade.

Quando me contou, explicou os motivos de ter demorado a dizer. Entendi seu ponto e fiquei imensamente feliz por ela. Beca merece as coisas maravilhosas da vida.

Cecília: *Claro, topo também.*

Uma enfermeira abre a porta e me chama para um atendimento de emergência de uma criança que se machucou ao cair de um balanço.

O dia segue assim, entre um atendimento e outro. Toda a correria que eu amo, o almoço com muitas risadas com minhas amigas e ansiedade para a noite encontrar Matteo e Asher.

Desabo na cadeira do meu consultório no final do plantão, sentindo-me completamente esgotada.

A porta é aberta e um furacão pequeno loiro entra no meu consultório, correndo direto para mim.

— Mamãe, viemos te buscar. — diz quando para na frente da minha mesa, olhando tudo atentamente. Seus olhinhos azuis param na foto dele com Matteo que está em um quadro e abre um sorriso iluminado para mim. — Olha, papai, tem a gente aqui.

Olho para a porta novamente, sorrindo para Matteo, que está escorado no batente da porta, nos olhando com um sorriso no rosto.

— Claro que tem, sua mãe ama a gente. — Pisca para o pequeno e volta seus olhos para mim. — Asher quer ir tomar sorvete e nós viemos te buscar para ir junto.

— Vamos, mamãe. — Os olhinhos pidões não me deixam nem lembrar que estava cansada há alguns segundos atrás.

— Vamos, amor. Só me deixa desligar o computador.

Entramos na sorveteria em frente à praia alguns minutos depois e vamos direto para o balcão.

— O que você vai querer, amor? — pergunto a Asher, que está no colo do pai, olhando curioso para todos os sabores de sorvete.

— Sorvete de chocolate! — grita animado e a atendente ri da empolgação dele.

— Sorvete de chocolate, para o menino bonito. — Pega uma casquinha e coloca uma bola do sorvete em cima. — E para os papais?

— Eu não vou querer, obrigado! — Matteo diz, fazendo-me olhar para ele e fazer careta.

— Quero um *milkshake* de morango — peço e a atendente se vira para preparar meu pedido, logo ela volta e me entrega. — Obrigada!

Sorrio, Matteo paga a conta e saímos da sorveteria, indo em direção à praia. Meus passos na areia são meio incertos graças as minhas botas, o que me faze resmungar e os dois engraçadinhos rirem de mim. Matteo solta Asher, que anda ao nosso lado.

— Ninguém manda andar com essas coisas com um salto desse tamanho — Matteo diz risonho e mostro a língua para ele, fazendo Asher abrir a boca em choque.

— Não pode mostrar a língua para o papai, mamãe — briga.

Matteo passa o braço ao redor dos meus ombros, puxando-me para mais perto. Sua respiração quente perto do meu ouvido me arrepia, mas o que diz é que me deixa desnorteada.

— É mamãe, não pode mostrar a língua para o papai, pode dar ideias erradas. Tipo, como eu gosto dela lambendo meu pau.

Sinto meu rosto esquentar imediatamente, a voz rouca atinge direto o meio das minhas pernas, que pulsa. Minha boca fica seca, pensando em como eu gosto de ter o pau dele na minha língua. Ele solta uma risada rouca, como se soubesse o que estou pensando agora.

Merda. Óbvio que ele sabe.

Nós nos sentamos em uma parte bem iluminada, Matteo senta atrás de mim, com meu corpo encaixado no dele. Algumas pessoas estão sentadas espalhadas pela areia, alguns casais abraçados, outros se beijando, algumas crianças brincando pela areia e de repente um deles se aproxima de Ash, que está terminando o seu sorvete, todo sujo já. O menino chama para brincar e ele olha para nós, esperando uma autorização.

— Pode brincar, Herói. Mas aqui perto da gente — Matteo diz e Asher não espera nem ele terminar, sai andando com o menino, que chuta uma bola para ele. Os dois ficam alguns passos de distância da gente. — Muito cansada?

— Nossa, sim! Esgotada. — Tomo mais um pouco do meu *milkshake* e Matteo descansa o queixo no meu ombro, deixando seu rosto colado no meu. — A hora que chegaram tinha acabado de me sentar, pensando no quanto queria sua banheira.

— Só a minha banheira? — pergunta fazendo beicinho e eu rio dele.

— E suas mãos... — Suspira feliz. — Fazendo uma massagem.

— Massagem, é? Estou tendo mais ideias, agora.

— Você sempre tem ideias, lindo.

— Ah, isso é verdade. — Rimos.

Asher corre até nós e me entrega a casquinha do sorvete, fazendo uma careta.

— Quer mamãe?

Sorrio para ele e pego da sua mão, dando uma mordida. Ele sorri e volta a brincar com o amiguinho novo.

— Acho que nunca vou me acostumar ao modo como meu coração bate forte quando ele me chama assim — falo e mordo o lábio, contendo as lágrimas.

— Acho bom se acostumar, porque vai ser assim o resto das nossas vidas.

— O resto das nossas vidas, é? — pergunto rindo e viro meu rosto um pouco para poder olhar para ele, que tem os olhos azuis cintilando pela claridade das luzes espalhadas. Sinto sua mão mexer entre nossos corpos e me remexo. — O que está...

Paro a frase no meio quando Matteo estica o braço esquerdo e vejo uma caixinha de veludo preta aberta em sua mão, com um anel de ouro rose, uma pedra brilhante em destaque no centro dele e algumas menores ao redor do aro. Arfo com a beleza do anel, sentindo meu coração bater alucinadamente, meu estômago fervilha com as borboletas enlouquecidas dentro dele e meu cérebro quase derrete.

— Estou há dias pensando no que fazer, em como tornar esse momento único e especial e quer saber o que percebi agora?

Apenas murmuro um "hum?" e ele volta a sussurrar com a voz rouca, arrepiando-me inteira:

— Minha mãe sempre me fez acreditar que havia uma pessoa destinada a cada um, que o amor existe e que eu viveria isso algum dia, juro, passei anos ansiando por isso, mesmo quando vivia em festas, bebendo loucamente, tinha esperança de encontrar o meu amor um dia, mas aí Asher chegou na minha vida e eu experimentei o amor mais puro da vida, o amor de pai, e fui retribuído todos os dias desde que ele nasceu, mas a esperança de viver o amor que eu queria antes, não existia mais. Até você aparecer. Entrou na minha cabeça desde o primeiro momento, meu coração sentiu ali que era você e desde então, todos os dias ao seu lado tem me feito ver que finalmente ele chegou. Meu primeiro amor. Todos os dias ao seu lado são especiais, Anjo, então, que lugar melhor para fazer isso, senão aqui? Com a lua e o mar testemunhando meu momento romântico.

Matteo dá uma risadinha.

— Desde o primeiro momento eu a quis, Anjo. E todos os dias eu a quero mais ainda, eu a amo mais ainda e não vejo um dia sequer da minha vida sem você nela. Então, você quer ser minha mulher? Quer se casar comigo?

Nesse ponto da nossa noite, eu já estou em prantos, as lágrimas descendo pelo meu rosto e meu coração tão inchado de amor que posso jurar que se colocar a mão no peito, vou sentir ele perfeitamente.

— Eu... Eu... — Começo a gaguejar devido ao choro, mas ao notar o nervosismo dele atrás de mim, forço a garganta. — Sim, sim, sim. Mil vezes sim. Quero ser sua mulher, meu amor!

Ele pega minha mão direita e desliza o anel com suavidade, deixando-me encantada. Ergo a mão para babar melhor no meu anel de noivado e o sinto sorrindo colado no meu pescoço. O sorriso em meu rosto chega a doer minhas bochechas, de tão largo.

— É lindo... — sussurro.

— Gostou?

— Claro, é perfeito — digo, enfática.

— Então ganhei pontos pela escolha?

Rindo, viro-me para ele, forçando-o a se deitar. Deito-me em cima dele, que está com um sorriso ladino no rosto e o brilho em seus olhos me diz o que está passando em sua mente agora.

— Com certeza, muitos pontos. — Distribuo beijos da sua mandíbula até o pescoço, sentindo sua pele se arrepiar.

— Podemos ir para casa? Estou me sentindo muito a fim de começar a usar esses pontos.

Ele esfrega seu membro duro na minha barriga, mostrando que está realmente a fim, tirando-me uma risada. Mas me sento em sua barriga, mirando seus olhos.

— Só que tenho duas exigências — digo firme, Matteo apoia os braços na areia, levantando o tronco, fazendo-me escorregar um pouco e sentar encaixada no seu pau, tirando um gemido baixo de nós dois.

— Qualquer coisa, Anjo — diz com a voz fraca e a cara sofrida, mordo meu lábio.

— Quero casar na Igreja e... — Coloco uma mecha do meu cabelo atrás da orelha, me sentindo um pouco receosa. — Quero que Asher leve nossas alianças com a Jujuba.

— Mais do que apoiado, meu amor. — Seu dedo faz carinho na minha bochecha, enquanto ele sorri. — Mas também tenho uma exigência.

— Diga.

— Dois meses — diz e morde o lábio, olhando-me com cara de menino travesso.

— O quê? Dois meses? Matteo... — reclamo.

— Por mim, a gente casava amanhã, Anjo. Dois meses já é muito tempo. — Estica-se para alcançar minha boca, dando um selinho. — Tenho certeza que você consegue preparar tudo do jeitinho que você quer, e eu vou ajudar no que precisar. E tem Beca e Ceci, que tenho certeza que vão amar ajudar também.

Ele é louco.

Só isso explica.

Talvez eu também seja, porque me vejo acenando para ele, concordando com a maluquice de preparar um casamento em tão pouco tempo.

— Se eu ficar maluca até lá, você não pode desistir. — Bato o indicador em seu peito e ele ri, dando-me outro selinho.

— Eu não desistiria nem que você tivesse que entrar de camisa de força naquela igreja. — Acerta um tapa na minha bunda e me faz levantar. — Herói, vamos, a mamãe está cansada e querendo uma massagem! — grita para o pequeno, que vem correndo e acenando um tchau para os amiguinhos. A boca de Matteo cola no meu ouvido e sua voz rouca me faz estremecer. — Estou louco para fazer essa massagem e começar a gastar meus pontos.

CAPÍTULO 40

Ayla

Acordo com a claridade batendo diretamente no meu rosto e abro um olho, notando a cortina aberta. Resmungo com a irritação causada pela luz e me viro de lado procurando por Matteo, que não está no seu lugar. Levanto a cabeça procurando por ele no quarto, quando o barulho do chuveiro me chama a atenção e me desperta de vez.

Levanto e vou em direção ao banheiro, o boxe está todo embaçado por causa do vapor da água quente, o que me deixa tirar o baby doll que estou vestindo sem que ele note minha presença, abro o boxe e encontro o homem debaixo da água, com os olhos fechados. Aproximo-me e ele pula assustado quando toco seu peito molhado. O sorriso que ele abre me deixa tonta de tão lindo que é, os olhos azuis acessos ao descer pelo meu corpo.

— Ei, você me abandonou na cama — reclamo.

Seu braço me enlaça e me puxa para mais perto, colando meus seios em seu peito quente. Subo minha mão para o seu cabelo, fazendo um carinho nos fios sedosos.

— Bom dia, Anjo. Precisava de um banho, você me esgotou tanto ontem, que não consegui nem tomar banho.

Rio baixinho ao ver sua cara safada.

— Não te ouvi reclamar ontem.

— E não está ouvindo hoje — diz com firmeza. — Está dolorida? Ontem foi muito intenso.

Foi mesmo. Depois que chegamos da praia, ajudei Asher com o banho e o coloquei para dormir, depois, Matteo me pegou na cozinha e começamos por lá, vindo para o quarto para outra rodada, que se tornou outras três. No último orgasmo simplesmente apaguei, sentindo-me esgotada, como se ele tivesse sugado todas as minhas forças.

Troco o peso das pernas, sentindo um leve desconforto, mas não é algo que vá me impedir de tê-lo dentro de mim agora.

— Estou muito bem. — Abro um sorriso de lado, puxando seu pescoço para baixo, até alcançar sua boca.

O beijo começa lento, mas logo pegamos um ritmo onde estamos quase nos comendo. Matteo puxa meu lábio e desce a boca para o meu pescoço, fazendo-me estremecer com o contato que envia ondas de calor para todo o meu corpo, sinto minha boceta encharcar e não tem nada a ver com a água do chuveiro. Sua risada rouca colada no meu pescoço me deixa arrepiada.

— Nem toquei em você, Anjo — comenta, fazendo-me resmungar. Meu cérebro parece ter derretido, porque não consigo formar nenhuma frase que faça sentido. — Eu amo como seu corpo responde ao meu.

Para mostrar seu ponto, seus dedos beliscam meu mamilo e puxam meu piercing, fazendo-me tremer mais uma vez com a onda de excitação e ele ri. Por estar com os olhos fechados, sinto apenas seu corpo se afastando e quase pulo quando sua língua gulosa lambe toda minha boceta, fazendo uma pressão no pontinho inchado.

— Matteo...

— Hum? — murmura, chupando meu clitóris e tirando um gemido alto de mim.

Só o solta quando me abre e passa a língua novamente, mas dessa vez com uma lentidão torturante e faz isso mais algumas vezes, deixando minhas pernas moles. Apoio-me na parede e quando olho para baixo, seu olhar me queima. Os olhos embaçados de tesão estão quase pretos pela pupila dilatada. Ele passa os dentes no meu clitóris, arrancando outro gemido alto de mim.

— Amor, Asher está em casa.

Sua voz vibra em mim e me deixa ainda mais excitada. A água molha meus cabelos, deixando-os grudados em meu rosto, mas não consigo me incomodar, só sentir a sensação boa de estar sendo devorada por sua boca que não me dá descanso.

— Eu amo te ouvir gemer, mas se ele estiver acordado, pode te ouvir e vir para cá.

— Ok... Ok... — gaguejo entre a névoa do tesão que está me deixando atordoada.

De repente, sou invadida por dedos que se mexem dentro de mim, acertando um ponto que traz pontos de luz aos meus olhos e sinto como se fogos de artifício estivessem explodindo dentro de mim. Minhas pernas perdem a força com o orgasmo forte, varrendo tudo de mim, fazendo-me quase desabar em cima dele, só não caio porque ele se levanta e me apoia, mas seus dedos continuam trabalhando em mim, deixando-me atordoada. Meu corpo para de tremer, minha respiração fica ofegante e preciso puxar o ar com força para melhorar a ardência dos pulmões. Matteo tira seus dedos e os leva até sua boca, chupando-os de uma forma completamente erótica, sem desviar os olhos de mim.

— Deliciosa, porra!

Ele gira nossos corpos, colando o meu na parede fria e sua mão grande espalmada na minha cintura me puxa, deixando minha bunda empinada, onde ele me acerta um tapa, fazendo-me gritar. Ouço sua risada baixa e quando vou virar meu rosto, sua mão se enrosca nos meus cabelos segurando minha cabeça no lugar.

— Você tem ideia do quanto eu amo te ter assim? Caralho, amor.

Não consigo responder, porque ele me penetra de uma vez, fazendo nós dois gemer em uníssono. Sinto-me como se estivesse sendo alargada e contraio minha musculatura, tirando outro gemido dele.

— Faz de novo — ordena.

Mas meu cérebro enevoado não me deixa processar a ordem, por isso recebo outro tapa na bunda, fazendo o som ressoar por todo o banheiro. Quando o aperto de novo, ele faz um movimento com a cintura, acertando diretamente um ponto que me faz ver mais estrelas. A cada vez que ele entre e sai de mim meus gemidos vão aumentando, Matteo cobre minha boca com a mão grande.

— Mais... Mais forte... — digo abafado.

Ele me fode com força, segurando-me para não chacoalhar com as estocadas brutas. Os sons que saem dele me levam ainda mais ao limite. Seu corpo gruda no meu quando ele puxa meu cabelo com um pouco de força, mas ele não para nem por um segundo de investir contra mim, seu quadril se chocando com a minha bunda com força. Sua língua desliza pelo do pescoço até a orelha, que ele morde e lambe.

— Eu amo como você ainda cora quando eu a elogio, mas quando eu a fodo você grita, pedindo mais — sussurra e eu tremo quando sua mão escorrega da minha cintura para o meu clitóris, fazendo movimentos circulares. — Goza para mim, Anjo. Quero sentir sua boceta estrangulando meu pau, enquanto me encharca com seu gozo.

Ele mal termina de falar e estou explodindo em mil pedaços, sentindo meu corpo tremer violentamente e o orgasmo derreter de vez meu cérebro, enquanto meu coração bate alucinado. Seu pau incha de mim e antes que ele goze, consigo me afastar e ajoelhar em sua frente, engolindo o máximo que consigo do seu membro enquanto ele se despeja todo dentro da minha boca.

— Caralho... Porra, Ayla... — Sua voz sai mais rouca que o normal. Afasto minha cabeça sem desviar os olhos dele e passo a língua nos meus lábios, saboreando o sabor agridoce dele. — Você vai me matar, Anjo! — resmunga tirando risadas de mim.

Levanto e entro debaixo do chuveiro, me colando nele. Deixo um selinho em sua boca.

— Bom dia, lindo! — Abro um sorriso sapeca.

— Porra de bom-dia delicioso. Pode me dar sempre um bom-dia assim.

Gargalho dele, que ainda parece um pouco aéreo.

Tomamos um banho, entre nos lavar e trocar carícias, que acabamos demorando mais do que o necessário.

Quando estou saindo enrolada na toalha, ouço passinhos pelo quarto e olho para Matteo com os olhos arregalados, completamente em alerta.

— Timing perfeito, filhão — diz baixo quando termina de enrolar a toalha na cintura.

Uma batida fraca à porta soa e a voz de Asher invade o banheiro.

— Mamãe, está aí? Quero comer bolo.

— Mamãe? Sério? Saudades de quando meu filho sentia a minha falta — Matteo resmunga, fazendo-me rir.

Beijo seu ombro quando ele para na frente da pia para escovar os dentes.

— Amor, aceite que agora a mamãe é mais importante. — Pisco para ele, que me olha com os olhos semicerrados e vou para a porta, abrindo e encontrando o pequeno com seu pijaminha azul, sentado na cama. — Bom dia, Leãozinho.

— Bom dia, mamãe, estou com fome — reclama, passando a mãozinha na barriga e arrancando mais risadas de mim.

Acordar com esses dois tem se tornado minha parte favorita do dia. Sinto meu coração inchar de tanto amor por eles e foi tão fácil me acostumar com isso. Antes seria assustador pela rapidez e a intensidade, mas depois de tudo que passei, só quero viver todos os dias assim, intensos, cheios de risos e sexo gostoso.

— Vou me trocar, escovar os dentes e já vamos comer, seu guloso. Você já escovou os dentes? — Ele nega com a cabeça lentamente. — Então vai lá escovar com o papai e depois trocar de roupa, tia Beca e tia Ceci vão vir nos ver hoje.

— Tia Talissa também vem?

Rio da pergunta, porque sei quem ele quer que venha. Asher e Ana são extremamente apegados um ao outro, mesmo não se vendo com tanta frequência, acho lindo que quando se veem, é como se sempre estivessem juntos.

— Hoje ela não vem, amor, mas podemos chamar ela outro dia. O que acha?

— Pode ser, mamãe — diz e vai direto para o banheiro, atrás do pai.

Vou para o closet, visto uma calcinha e um vestido solto de cetim azul claro, com um decote que deixa meus seios em evidência, com algumas correntes delicadas, as costas nuas dão um detalhe a mais.

Ouço os dois saírem do banheiro conversando animadamente quando estou calçando minha rasteirinha. Um assovio me faz olhar para trás e encontrar pai e filho parados, me olhando. Asher tem um sorrio genuíno no rosto, enquanto seu pai me come com os olhos.

— Meu Deus, Herói. Fala se a mulher das nossas vidas não é linda? — Matteo diz rouco, descendo os olhos pelo meu corpo, fazendo-me corar.

Merda, por que ainda coro quando ele me elogia? Acabei de invadir o banho dele e literalmente foder com ele no banheiro como uma louca.

— Da minha vida, papai. — Asher olha bravo para ele, fazendo-me rir. — É só minha mamãe linda, não divido não — diz, enfatizando com o dedinho balançando no ar.

Vou para perto deles e me abaixo, beijando a pontinha do nariz do meu menino.

— Toda sua, Leãozinho. — Pisco para ele, que ri e olha para o pai mostrando a língua.

Matteo faz careta e ameaça se abaixar para pegá-lo, mas ele corre para o quarto dele.

— Moleque abusado — murmura enquanto me abraça e deixa um beijo na minha boca, os dois sorrindo feito bobos. — Você está linda, Anjo.

— Obrigada, lindo. — Dou mais um selinho nele, antes de ir para o banheiro escovar os dentes e pentear meus cabelos.

Quando termino, saio do banheiro e encontro o quarto vazio. Pego meu celular para ver as mensagens das meninas. Já tínhamos combinado esse almoço há alguns dias e vou aproveitar para contar a novidade.

Cecília: *Você pode passar para me pegar?*

Rebeca: *Posso pedir que Mike passe? Será que vocês conseguem estar em um carro, juntos, sem se matarem? Theo está resolvendo alguma coisa da livraria e talvez demore um pouco.*

Cecília: *Ayla, se não chegar a sua casa, você sabe o nome que vai dar para o detetive prender e se for Mike que não chegar, vão ter de me ajudar a esconder o corpo.*

É impossível não rir de Cecília. Tenho notado que quando nos encontramos os seis, os dois têm brigado menos e não sei se é impressão minha, só que a tensão sexual parece ter aumentado, mas não vou me meter nisso, se eu sugerir algo assim, é perigoso ser o meu corpo que Rebeca terá que ajudá-la a esconder.

Não sei se consigo ajudar, Mike parece ser pesado, mas prometo pagar um advogado muito bom. Venham logo, amo vocês.

Solto o celular e vou para a cozinha, encontrando os dois homens da minha vida. Um sentado, enquanto o outro prepara o café. Asher já está devorando seu habitual bolo de chocolate quando me sento ao lado dele. O café como de costume passa entre risadas e um pequeno tagarela monopolizando toda a nossa atenção.

Cecília e Mike são os primeiros a chegar, e ao abrir a porta para eles, minha amiga está com cara de poucos amigos e Mike com sua habitual feição de deboche.

— Ei, vocês! Entrem. — Abro espaço para eles, que passam para dentro.

— Já falei que eu o odeio?

— Odeia nada, Princesa — Mike retruca alto, depois de deixar um beijo na minha testa e seguir para o fundo da casa.

— Argh! Escroto! — Cecília grita para ele.

— Olha a boca, Asher está em casa — repreendo e minha amiga fica vermelha imediatamente.

— Desculpa, amiga. — Mas seus olhos se acendem quando me olham com atenção e eu estou sorrindo para ela. — Já está parecendo muito uma mãe, cuidando dos palavrões e tudo o mais.

Sinto meu rosto corar e mordo o lábio, contendo o sorriso.

— Vamos logo e para de gracinha.

Empurro-a em direção a onde os meninos estão e quando chegamos, encontramos Mike ajoelhado na frente de Asher, enquanto o pequeno mostra um brinquedo novo que ganhou da avó. Matteo está sentado em uma cadeira, com uma garrafa de cerveja na mão, sorrio para ele quando se levanta e vem em nossa direção, cumprimentando Cecília com um abraço e um beijo na testa.

Percebo minha amiga um pouco sem jeito, mas imagino que seja porque Matteo nunca foi muito desse tipo de demonstração, mas sei que desde o ocorrido com Karen, ele e os meninos tomaram para si a responsabilidade de cuidar de nós, e por ela ser minha melhor amiga, ele se sente mais à vontade para se aproximar assim dela.

— Mike está lhe dando trabalho já? — pergunta bem-humorado e a loira revira os olhos.

— Você já viu algum dia ele me dar paz? — Faz a pergunta retórica, tirando risada de nós dois.

Chamo-a para vir comigo até a cozinha e deixar os dois conversando. Tiro do forno a costelinha de porco e peço para Cecília pegar o molho *barbecue*. Assim que pisamos para fora da cozinha, a campainha toca e Matteo vai atender. Coloco as coisas sobre a mesa e jogo o molho por cima da carne, enquanto minha amiga vai buscar os acompanhamentos na cozinha. Enquanto arrumamos a mesa, Rebeca e Theo aparecem ao lado de Matteo, conversando e rindo.

Beca vem até nós com sua barriga marcada no vestido colado que usa, fazendo Cecília e eu sorrirmos. Ela nos dá um beijo, cumprimentando.

— O cheiro está delicioso. — Aspira o cheiro da comida e olha para trás, onde os três homens estão conversando. — Será que podemos comer, já? Essa menina está me sugando e me deixando viver com fome — reclama, tirando risos de todos.

— Você quem manda, amor — Theo diz, já vindo em direção à mesa posta.

— Pau mandado — Mike murmura e Matteo balança a cabeça, semicerro os olhos para ele, que me olha e rapidamente vem atrás de Theo. Mike fica olhando chocado, fazendo as meninas e eu rirmos dele. — Só falta mandar rolar agora.

— Não precisa ficar chateado, filhote de Lúcifer, uma hora aparece uma doida para te querer, também — Cecília implica quando se senta.

— Tenho várias me querendo — ele responde. — Mas tem uma em especial... — Pisca quando deixa a frase no ar e uma Cecília vermelha olhando para ele, como se pudesse matá-lo.

— Herói, vem comer — Matteo chama enquanto sirvo um prato para o pequeno, que corre e se senta entre mim e Rebeca.

Cada um se serve e logo ouço alguns suspiros, deixando-me satisfeita. Sempre gostei de cozinhar, desde que Felipe passou a me ensinar. E ver as pessoas se deliciando com a minha comida, sempre me deixa êxtase.

Comemos conversando sobre conversas alta, risadas e farpas trocadas. Asher também entra em algumas conversas, já que todos fazem questão de incluir o pequeno.

Ainda estamos sentados à mesa e estou tomando um copo de refrigerante, quando Rebeca grita de repente.

— Ai, meu Deus! — Ela pula da cadeira, assustando a todos e Theo logo fica em alerta. Mas ela puxa minha mão com anel e o observa atentamente, sorrindo. — Isso é...

— Um anel de noivado. — A voz grossa ao meu lado parece satisfeita ao anunciar isso.

— O quê? — Cecília e Mike dizem juntos.

Mordo meu lábio, tentando segurar o sorriso que ameaça rasgar em meu rosto. Os olhos das minhas amigas brilham olhando o anel.

Theo é o primeiro a falar ao se levantar e puxar Matteo para um abraço meio sem jeito.

— Parabéns, irmão! Felicidades!

— Obrigado.

Cecília e Rebeca me esmagam em um abraço conjunto, sorrindo as três.

— Parabéns, amiga! — dizem juntas.

— Obrigada gente, amo vocês — digo, ainda entre elas. — E tenho uma missão para vocês.

— O quê? É só mandar — Ceci diz, sorridente, quando se afasta.

— Missão madrinha, e me ajudar a preparar tudo...

— Claro! Isso é óbvio. — Rebeca revira os olhos, fazendo-me rir.

— Em dois meses?

— O quê? Está maluca? — Ela me olha, assustada, e olha para Matteo, que dá de ombros sorrindo. — Dois meses? Sério?

— Por mim, seria hoje — ele diz para ela, que abre a boca, chocada. — Mas quero o casamento do jeito que ela sempre sonhou, dois meses é o suficiente?

— Dois malucos — Ceci resmunga. — Então, temos de começar logo. — Quando volta a falar, sua animação é contagiante.

Sou puxada para um abraço de lado por Mike e sorrio para ele, que está sorrindo para mim também.

— Mais um soldado abatido, mas tudo bem, vocês merecem toda a felicidade. — Beija minha têmpora.

— Obrigada, Mike! — Sorrio para ele.

— Por que só eu que não recebi abraço? — Asher reclama, emburrado em sua cadeira, arrancando risadas de todos e fazendo Rebeca e Cecília esmagar ele em um abraço, como fizeram comigo.

O resto do dia passa com os meninos conversando e bebendo e eu e as meninas começando os planejamentos.

É loucura preparar o casamento dos meus sonhos em tão pouco tempo. Não que eu queira algo grandioso, só quero que seja perfeito. Quero que seja o melhor dia das nossas vidas.

Olhando Matteo sentado na cadeira, com Asher no seu colo dormindo e os amigos sentados ao seu lado, enquanto conversam animados, faz meu peito doer de tão rápido que meu coração bate.

Seus olhos azuis encontram os meus e um sorriso radiante aparece em meu rosto, refletindo o dele. Seus lábios se movem em um "eu te amo" me deixando derretida na frente de todos.

Não vejo a hora de me tornar oficialmente sua mulher e viver o resto dos nossos dias juntos.

EPÍLOGO

Matteo

Estou a ponto de enfartar! Lembranças de tudo o que vivi até chegar aqui, ao dia que finalmente vou me casar com o amor da minha vida. Mas uma lembrança recente em especial me deixa na mais completa paz. Sempre fui um cara que cumpre tudo o que promete e prometi uma coisa à minha mulher e ao homem que fez mal a ela e, eu acho, que essa foi uma das promessas que mais fiquei satisfeito em cumprir.

Isis aparece na minha sala na delegacia, com um sorriso satisfeito enfeitando o rosto bonito, fazendo meu coração bater alucinado, torcendo para ser boas notícias.

— Olá, Matteo. — Ela se senta na cadeira de frente para mim e bate as unhas na mesa, enquanto me olha.

— Oi, Isis, como foram as coisas no julgamento? — Isis como a advogada que assumiu o caso da Ayla contra o Gabe, conseguiu fazer com que Ayla não precisasse comparecer para não ficar no mesmo lugar que ele, atestando o quanto ela está psicologicamente abalada com tudo e que isso poderia fazer com que regredisse em seu tratamento.

— Bem, como já havia informado a vocês, apareceram outras oito mulheres denunciando-o e todas elas concordaram em depor, claro que na mesma situação da Ayla, de não se encontrarem com ele. Enfim, o júri optou por prisão perpétua.

A alegria que me invade é avassaladora, a sensação de alívio e de dever cumprido corre quente dentro de mim. Sinto como se finalmente pudesse respirar aliviado.

— Obrigado, Isis, de verdade. Não sei nem como te agradecer por tudo o que fez por nós. — Sorrio grato para ela, que assente enquanto me olha.

— Imagina, é meu trabalho e ver mais um babaca estuprador na cadeia é... — Ela para como se pensasse em algo, mas logo volta a sorrir quando fala. — Gratificante.

— Sei como é.

Rimos juntos e ela se levanta, cumprimentando-me e saindo em seguida, mas para na porta e volta a me olhar.

— Ah! E ele estava bem machucado e mancando, devido a uma briga que se envolveu. Achei que fosse bom você saber disso. Não que ficaria

feliz com isso, não é? — O sarcasmo escorre da sua voz, fazendo-me sorrir enquanto encosto na cadeira.

— Claro que não — retruco.

Mas, sim, fico mais do que satisfeito!

Prometi a ele e a Ayla que tornaria os dias dele o inferno na terra, que faria com que ele se arrependesse. Por isso fui ao encontro de um dos caras que prendi por fazer parte de uma gangue, dei todas as informações sobre o Gabe e depois de prometer que mensalmente um dinheiro cairia na sua conta, ele me garantiu que não só outros presos ficariam sabendo, como ele seria responsável por lembrá-lo diariamente do sofrimento que causou. Os presos por si só já têm um tipo de lei entre eles, onde não aceitam estupradores. Mas com um incentivo, a informação se espalharia mais rapidamente e é isso que eu quero.

Ele vai se arrepender todos os dias de ter tocado em Ayla e em outras mulheres.

Sinto uma palma grande pousar no meu ombro e olho para o lado, encontrando os olhos azuis de Theo me encarando com um entendimento silencioso. Minhas mãos suam descontroladamente, meu coração bate alucinado, minha visão está embaçada e meu cérebro não registra as vozes que ecoam na sala onde estou. Preciso respirar fundo várias vezes para levar ar para os pulmões.

— Acalme-se, cara.

— É fácil falar — bufo em resposta e ele ri.

— Ela não vai fugir — Mike reitera, sentado em uma cadeira.

Os dois estão com os ternos parecidos com o meu, a única diferença é que a camisa que estou usando é branca e a deles é preta, igual a de Felipe, Tony e Benício, que eu não sei onde estão à essa hora.

— Eu sei que não vai — murmuro, pois não tinha nem pensado nisso, mas agora que ele falou...

— Ai! — Olho para Mike, que esfrega a nuca, provavelmente deve ter levado um tapa de Theo. — Por que eu estou sendo agredido, mesmo?

— Porque é para ajudar acalmar, não colocar ideias ruins na cabeça dele — repreende o loiro, que tem a decência de parecer arrependido.

— Foi mal, só estava falando que ela não vai fugir. Dá para ver nos olhos dela que ela ama você, ainda não sei por que, mas ela ama.

Theo dá uma risadinha e mostro o dedo para ele.

— Vocês dois não estão me ajudando.

E como se sentisse que preciso dela, Sra. King abre a porta e entra com um sorriso largo no rosto, os olhos brilhando de amor, enquanto me encara e se aproxima de mim. Ela usa um vestido longo azul-escuro, todo liso e discreto, seu cabelo loiro-escuro está preso em um coque alto, destacando seus olhos azuis, que levam uma maquiagem leve. Ela para na minha frente, mexe na minha gravata e estou tão focado nela, que só ouço a porta batendo quando meus amigos saem.

— Meu bebê vai casar, não estou nem acreditando nisso — diz com a voz chorosa, arrancando-me um sorriso. Minha mão vai para o seu rosto, fazendo um carinho e ela tomba a cabeça em direção a minha mão. Seus olhos cheios de lágrimas me encaram transmitindo a paz que preciso. — Estou tão feliz de você estar finalmente formando a família que falava que queria quando era criança.

— Mãe, não chora — peço sorrindo.

— Mas meu menino vai casar, deixe-me chorar em paz.

Nós dois rimos e de repente é ela quem está fazendo um carinho em mim.

— Quando seu pai foi embora, eu tive tanto medo de não dar conta. Foram tantas noites chorando, assustada com o que estava por vir, e durante o dia eu era forte, a mãe guerreira que vocês precisavam. Lutei todos os dias para dar sempre o melhor para vocês três e a cada dia que passava, eu via o quanto vocês se tornavam ainda mais unidos, defendendo um ao outro quando eu precisava brigar, socorrendo quando precisavam...

Ela funga e sinto uma lágrima descer pelo meu rosto, que ela trata de secar imediatamente, abrindo um sorriso amoroso.

— Eu fiz um bom trabalho. Olhando você e seus irmãos hoje, eu sei que fiz um bom trabalho e que as noites em claro, os choros, o desespero... Tudo valeu a pena. Porque vocês são homens maravilhosos, meu filho, e você merece a felicidade. A vida de casado não vai ser sempre mil maravilhas, mas eu prometo, meu amor, que quando você se deitar na sua cama e vir o amor que aquela mulher sente por você, nos olhos dela, ver seu filho ser a criança que ele tem que ser, prometo que o resto vai parecer pequeno.

Puxo minha mãe para os meus braços, abraçando-a com força, sentindo meu coração bater forte, mas é de amor por ela, que fez tanto por mim e por meus irmãos.

— Você é uma mãe maravilhosa e se somos tudo o que somos hoje, é graças a você! Eu a amo tanto.

— Também amo você, meu amor. — Ela se afasta, limpando as lágrimas com cuidado. Volta a me olhar com o mesmo sorriso. — Vamos lá, casar você com seu anjo, porque ela também está a ponto de ter um colapso e Asher está lá com ela, deixando-a ainda mais doida.

Rio disso, porque meu filho parecia tão ansioso quanto eu, hoje. Não parou de falar um segundo desde a hora que Ayla saiu de casa hoje cedo. Colocar o terno nele foi tão difícil, que foi preciso Benício e Tony para me ajudar.

— Vamos lá — digo sorrindo e seguimos para fora da sala, indo para a porta da igreja pela lateral, onde meu menino me vê e abre um sorriso imenso em nossa direção.

— Papai, a mamãe já vai entrar? — Dá passos até parar na minha frente. Seu corpinho no terno preto não para um segundo, saltitando. — Ela está tão linda, você tem que ver. Parece uma das princesas que a Aninha gosta de assistir — fala, animado, fazendo-me sorrir.

— Eu imagino, filho! — Sorrio para ele e passo a mão em seus cabelos, que estão arrepiados. — Você tem de ficar quietinho, senão vai ficar fedido. Vamos entrar, Herói, porque daqui a pouco é a vez da mamãe.

— Vamos! — grita animado, fazendo Benício e minha mãe rirem.

Ayla

Olhando-me no espelho grande da salinha da igreja, é impossível não me sentir ansiosa.

O vestido estilo princesa é trabalhado com brilho por todo o seu comprimento, o decote em formato de coração realça meus seios ainda mais pelos detalhes do acabamento. O véu que acompanha tem os mesmos detalhes do vestido, como folhas e está preso por uma coroa que enfeita meu coque, ele é tão grande que arrasta no chão ao meu redor. Optei por uma maquiagem composta apenas por um delineado e um batom vermelho.

Desde que coloquei o vestido, não consigo parar de chorar, Rebeca e Cecília já desistiram de tentar me acalmar. Mamãe já estava quase me chacoalhando aqui, por isso agora estou puxando e soltando a respiração já faz alguns minutos.

Minhas queridas amigas agora só riem de mim.

Depois de muita discussão, nós três entramos em acordo sobre os vestidos das madrinhas, minha única exigência é que seria rosa, por isso parece que Rebeca e Ceci brilham dentro dos vestidos chamativos. Os dois são de tule, mas o de Cecília é ombro a ombro, com um decote redondo que ficou deslumbrante nela e o de Beca é frente única, com alças finas, fazendo com que a barriga de cinco meses fique ainda mais evidente; nossa Raika logo chegará. As outras madrinhas, Talissa que vai entrar com Benício, Mia que vai entrar com Felipe e Isis, que Matteo chamou para entrar com Tony, também estão aqui.

Está uma loucura na sala, com um monte de mulheres conversando ao mesmo tempo. Mas pelo menos está me ajudando a ficar mais calma.

— Está na hora, pequena. — Meu pai aparece à porta e quando me vê, seu queixo vão ao chão, arrancando risadas de mim e das meninas. Ele entra de vez e vem para o meu lado e da minha mãe, que está segurando a minha mão. — Você está linda! Meu Deus, linda demais.

Sinto meu rosto corar com violência e abro um sorriso para ele.

— Obrigada, pai!

Seu Fernando beija minha testa e passa um tempo me olhando em silêncio, o que me deixa constrangida, mas estar aqui com ele faz com que meu coração bata com mais calmo e as vozes serem abafadas. Meu pai nunca foi de falar palavras de amor e afeto para nós, ele é mais de demonstrar, por isso não preciso que ele diga nada, pois consigo ver em seus olhos tudo o que ele não diz.

— Então vamos, antes que eu desista de te entregar ao policial — diz, arrancando risadas minha e das meninas. Cecília e Rebeca se aproximam de nós, sorrindo para ele que sorri de volta. — Vocês também estão deslumbrantes, minhas meninas.

Seu olhar de carinho para nós faz com que sons de admiração sejam ouvidos.

— Obrigada, tio! — dizem em uníssono e as duas esmagam as bochechas dele, deixando um beijo e eu rio da cara dele de sem graça.

Rebeca passa a mão no meu cabelo, como se arrumasse o penteado que está em completa ordem e sorri carinhosa para mim.

— Você merece a felicidade, Ayla, e eu sei que aquele homem te esperando no altar fará o possível e o impossível para te ver feliz todos os dias, sei que ele vai cuidar de você e amar acima de qualquer coisa e é isso que você merece. Merece o melhor da vida. — Beija minha bochecha. — Eu te amo!

— Também te amo. — Sorriso para ela, que logo é afastada por Cecília, que sorri para mim.

— Só quero dizer que estou feliz por você ter encontrado alguém que a completa e que luta por você todos os dias. Vê-la ter tudo o que sempre nos falou que queria, é lindo. — Beija minha outra bochecha. — Eu te amo!

— Também te amo! — Fungo e limpo as lágrimas. — Agora vamos, porque se não vou desidratar antes mesmo de entrar na igreja.

Todos riem, as meninas saem jogando beijos no ar e logo eu e meu pai estamos seguindo atrás delas. Nós nos posicionamos para entrar assim que todos os padrinhos entram e Ana vai à nossa frente; ao melhor estilo brasileiro, como eu tanto quis.

A igreja é toda branca, com um lustre dourado pendurado no centro, o altar à nossa frente tem algumas velas espalhadas pela escada, mas fora isso, a única decoração que optamos foram as folhas verdes com velas em vidros ao lado dos bancos, está magnífico. Mas o que me tira o ar mesmo é quando levanto os olhos e o encontro.

Ele está magnífico!

Simplesmente perfeito dentro do terno negro que escolheu, os cabelos penteados para trás, a barba feita, a boca entreaberta como se estivesse chocado ao me ver caminhar em sua direção. Seus olhos me encaram com tanta intensidade, que mesmo à distância sinto o amor emanar deles. De repente, é como se só existíssemos nós dois dentro dessa igreja enorme e cheia de convidados. É sempre assim, ele tem esse poder de me envolver apenas com o olhar e fazer com que o resto deixe de existir.

Sou parada no meio do caminho por meu pai, que segura a minha mão e sorri para mim quando o olho, confusa.

— Sempre sonhei em te entregar para o homem da sua vida. Bom, não que eu quisesse de fato que você se cassasse, mas era algo inevitável. Por isso hoje vou te entregar para o primeiro homem, fora eu e seu irmão, que te fez sentir o verdadeiro amor. Seja feliz, pequena, você merece tudo o que a vida está te oferecendo.

Continuo confusa quando ele me solta com lágrimas nos olhos, mas quando um pequeno furacão loiro sai do meio dos convidados ao nosso lado direito, vestido em seu terno negro igual ao do pai, quem está chorando sou eu.

Novidade...

Asher para do meu lado, sorrindo para mim e ouço vários suspiros e exclamações ecoando na igreja, abaixo-me sorrindo para ele, que beija a pontinha do meu nariz como faço com ele sempre.

— Vamos, mamãe, o papai está ansioso — diz, alegre.

— Eu te amo! — É o que digo antes de me levantar e segurar sua mãozinha pequena.

Asher caminha comigo até o pai, que deu alguns passos para nos alcançar e quando chegamos perto, noto as lágrimas em seus olhos também.

— Vovô Fernando falou que eu tenho de mandar você cuidar muito bem da minha mamãe — diz firme para o pai, arrancando risadas baixas de mim e de todos que ouvem.

— Pode deixar, Herói. Nós dois cuidaremos muito bem da mamãe. — Matteo pisca para ele e pega a minha mão. O pequeno se afasta e vai para perto da avó. — Você está... perfeita! Como um anjo. *Meu* anjo!

Sinto meu rosto corar, fazendo-o sorrir largamente. Deixa um beijo na minha testa e nos acomodamos em frente ao padre.

A cerimônia passa como um borrão, pois só consigo me concentrar nos meus batimentos cardíacos acelerados. Digo sim quando o padre pergunta se aceito ser a mulher dele e meu coração vem na garganta quando ele repete a mesma palavra. O padre pede para que tragam as alianças e nós viramos para ver Juju entrar junto com Asher. Ele anda devagar, segurando a mãozinha dela enquanto dá passos incertos, quando chegam até nós, abaixamos para dar um beijo em cada e pegar as alianças.

Quando chega aos votos, Matteo consegue me fazer chorar ainda mais e como se fosse possível, o amar ainda mais!

— Você sabe que não sou bom com palavras, não tanto quanto você merece. Mas saiba que você ganhou meu coração, literalmente, no primeiro esbarrão. Eu passei a minha vida esperando por um amor e quando o senti tomar meu coração com uma força avassaladora, não podia ignorar. Você me fez um homem melhor, trouxe a paz que eu precisava e o amor que me faltava. Viver meus dias com você faz valer todos os anos que te esperei. E eu juro que vou te amar, te fazer feliz e te respeitar todos os dias, pelo resto das nossas vidas.

A aliança desliza pelo meu dedo com suavidade, juntando-se com o meu anel de noivado. O sorriso rasga meu rosto, porque agora é oficial, casei com o meu primeiro amor!

— Sempre sonhei com um príncipe, em casar vestida de princesa é tudo o que uma mulher sonha.

Ouço algumas risadas e identifico as das minhas amigas, se tem alguém que me ouviu falar sobre esse sonho, foram elas.

— Aí você chegou. Como um trem desgovernado, devastando tudo e virando minha vida do avesso, deixando-me completamente louca por não saber lidar com a intensidade de tudo o que sentia. Mas você foi paciente, soube lidar com as minhas crises. Foi persistente, não desistiu de mim, nem quando eu mesma havia desistido. Seu amor me fortaleceu, Lindo. E me fortalece todos os dias. Quando estou com você, sinto como se fosse invencível, como se nem mesmo as marcas do que carrego comigo fossem o suficiente para me derrubar. Amei Asher no primeiro momento que olhei para ele, foi ele quem invadiu meu coração e me fez conhecer um amor novo, um amor materno, mas você...

Respiro fundo, tentando conter as lágrimas.

— Você foi o meu primeiro amor! Eu ressurgi, amor, e ressurgirei todos os dias por nós três. — Coloco sua aliança e ele beija minha mão.

Assim que o padre fala que podemos nos beijar, Matteo puxa meu corpo e me beija com suavidade, sua língua faz carinho no meu lábio inferior antes de encontrar a minha e quando o beijo está ficando mais forte, um pigarro vindo atrás de mim faz com que nos afastemos. Olho para trás, encontrando Felipe nos olhando com a cara fechada, tirando uma risada de nós. Mando um beijo para ele, que logo amolece o olhar.

Todos saem da igreja e nós seguimos atrás, saindo ao som de assobios e pétalas sendo jogadas em nós. Entramos no carro que nos espera e seguimos direto para o salão que escolhi. Ao chegar, fico encantada em como ficou lindo, está tudo decorado com flores brancas, as folhas verdes e velas em todas as mesas. As mesmas flores estão no teto, ao redor dos lustres, deixando tudo ainda mais perfeito.

A festa começa logo depois de tirarmos fotos com todos e jantarmos. Nossa mesa tem três cadeiras e, claro, meu pequeno quis sentar no meio de nós dois.

Agora estamos só Matteo e eu sentados, olhando as pessoas dançarem animadas. Sua mão repousa no meu ombro, aproveitando que Asher está dançando com Ana, seus dedos me acariciam e o sorriso não deixa seu rosto por nem um minuto.

— Está feliz, senhora King?

Abro um sorriso imenso, virando meu rosto para olhar o seu, que está quase colado comigo.

— Imensamente. E você, senhor King?

— E tem como não estar? Acabei de casar com o amor da minha vida, meu filho está feliz, estou perto de pessoas que amo... Nunca fui tão feliz na minha vida — diz, animado. — Vem, vamos dançar.

A música que está tocando é *Use Somebody*, do Kings of Leon. Matteo uma vez me disse que ela tocou na primeira vez que saímos juntos e quando prestou atenção na letra, teve a certeza dos seus sentimentos, por isso ele diz que é a música oficial dele para mim.

Estou com o corpo tão grudado com o dele, que posso sentir seu coração batendo forte. Encosto minha cabeça em seu ombro, aspirando o cheiro delicioso do meu marido, sentindo-me tão completa ao ponto de transbordar os sentimentos.

Dois corpos esbarram na gente, fazendo-me rir quando ele reclama.

— Gonzáles, tem dois pés esquerdos? — murmura, rindo.

— Você que é muito espaçoso, Matteo. — O outro homem, que eu nunca tinha visto antes de hoje, responde.

Estou rindo quando ele me olha e estica a mão. O homem é tão lindo, quanto a mulher ao seu lado. É um casal perfeito, daqueles que a gente olha e pensa que dificilmente tem problemas na vida.

— Lorenzo Gonzáles, prazer. Essa é minha esposa, Diana. — Sua voz é carregada de orgulho ao falar dela.

— Ayla, o prazer é meu. — Aperto a mão dele e beijo o rosto da mulher sorridente ao lado dele.

— Ayla King, obrigado! — Matteo fala e seu tom também carrega orgulho com a junção do meu nome e seu sobrenome, isso arranca risadas de nós três e meu coração salta piruetas dentro de mim.

— Está tudo lindo, parabéns! — Diana diz com a voz suave.

— Ah, obrigada! — Sinto meu rosto corar.

— Vamos deixar o casal terminar a dança e ir atrás de Arthur, ele já deve estar com saudade — Lorenzo diz com humor e nós assentimos, porque não temos tempo de responder, ele sai tão rápido quanto apareceu.

— Nunca o tinha visto e nem a mulher, você se conhecem de onde? — pergunto quando voltamos a dançar.

— Eles não são daqui, são de Nova York. Conheci Lorenzo em uma festa.

Sinto uma pontada de ciúmes ao pensar nessas festas que ele ia, mas não foco nisso. Ele agora está comigo, é todo meu e seu passado não vai me atormentar de forma nenhuma, assim como o meu.

— Eu sou louco por você, Anjo! — diz, dando-me vários selinhos.

— Também sou louca por você, Lindo!

Passamos horas e horas dançando. Danço com meu pai, com Felipe, com os meninos e com minhas amigas.

E em certo momento, estamos nós seis pulando com a música eletrônica que toca, os corpos suados não param por nada. Cecília por algum motivo não está bebendo, Mike já está bêbado, Matteo está controlando nossas bebidas, Beca não pode beber por causa da bebê e Theo não bebe, mas nem por isso deixamos de aproveitar.

Eu amo estar entre eles. Saí do Brasil com a intenção de apenas vir trabalhar em um hospital de renome, mas aqui encontrei meu lar, encontrei amigos que quero levar para o resto da minha vida e a família que sempre quis para mim.

Cansada, vou para a mesa e me sento na cadeira, logo Rebeca e Cecília sentam ao meu lado e olho para elas, sorrindo alegre.

— Estou tão feliz!

— E estamos felizes por você! — grita minha furacão por cima da música.

Olhamos para a loira ao nosso lado, que está focada em algo na pista de dança e quando sigo seu olhar, vejo Mike dançando com Talissa, os dois animados e rindo um para o outro.

— Ei! — chamo sua atenção e ela olha para mim com os olhos cheios de lágrimas. — O que foi?

— Eu preciso contar uma coisa — diz desviando o olhar para frente de novo. Beca e eu ficamos em silêncio, esperando e meu coração afunda no peito por um segundo, receosa do que ela pode dizer. — Acho que estou grávida.

— O quê?! — gritamos juntas.

Ajeito-me na cadeira para olhar melhor para ela, que me dá um sorriso de lado.

— Acho que estou grávida! — repete.

Meu coração bate alucinado, sentindo-me oscilar entre ficar feliz com outro bebezinho nas nossas vidas e preocupada com a minha amiga. Mas seja lá o que for que está assustando-a, passaremos por isso, juntas, como sempre foi.

— Sempre juntas — digo com firmeza, enquanto seguro sua mão, vendo-a sorrir de verdade agora.

— Sempre juntas — As duas repetem e nós rimos.

AGRADECIMENTOS

Primeiramente temos de agradecer a Deus, que nos sustentou até aqui, que nos fez fortes para superarmos qualquer obstáculo e nos deu sabedoria e paciência para finalizarmos mais um projeto.

Aos nossos familiares, que nos apoiaram a cada passo dado. Agradecer às nossas leitoras, que são nossas maiores motivadoras e às nossas meninas; Isis, Juliana e Daiany. Nós amamos vocês.

www.lereditorial.com

@lereditorial